1

弟のローリーがやってくるのが、コ[illegible]聞くまえからわかった。ローリーは静かに動くということを知らな[illegible]動物を怖がらせて追い払うのが生涯の仕事であるかのように、足もと[illegible]派手な音を立てて折りながら森を歩く。狩りをするときには困りも[illegible]ランもほかの兄弟たちも彼を狩りに連れていかない。ローリーが兄[illegible]行きたがるというわけではないが。ローリーは家族のなかでは変わり[illegible]うより癒し手なのだ。とはいえ、公正を期するためにいえば、最近[illegible]流していて、体力もつき、剣の腕も上がっている。コンランがそう思[illegible]ようやくローリーが森から出てきて訊いてきた。「採れた?」

コンランは振り返り、わきへどいて[illegible]を見せた。「キンギョソウとイヌハッカとヤナギとナツシロギクとクサノオウを山ほど見つけてやったぞ。袋に入り切らないぐらいな」

「クサノオウだって？」ローリーはおうむ返しに言うと、にっこりしてかぶりを振った。「すごいな。兄貴はもう、おれがどんな草を必要としてるかわかってる」

コンランは顔をしかめてぱんぱんの鞍袋に向き直り、ふたたび口を締めにかかった。

「まあそうだな、おまえが病人を治療しにいくのにつきあってるうちに、多少の知識は身についた」

「ああ、そうみたいだね」ローリーは同意し、草地を突っ切ってコンランのそばに来た。「思ってた以上だよ。病人やけが人を診(み)てるときも、おれが頼むまえから必要なものがわかってるみたいだ。生まれつき、治療師(ヒーラー)の素質があるんだよ」

コンランは愉快に思いながら首を振った。「ドゥーガルにも馬について同じことを言われたよ。ニルスにも羊やウールのことでそう言われた。けど、本当のところは、兄弟の手伝いをするのに長(た)けてるってだけなんだ。それで、なんでも屋になってるんだよ」

「自分を低く評価しすぎだよ、コニー」ローリーはまじめな顔で言った。「おれやほかの兄弟たちはひとつのことに長けてるだけだけど、兄貴はたくさんのことをうまくこなすじゃないか」

「うーん、やっぱりなんでも屋だな。しかも悲しいことに、どれも名人の域には達してない」コンランはやっとのことで鞍袋の口を締め、ほっと息をつくと、ローリーに目をやった。「なあ、滝に寄って、体を洗ってから帰らないか？　茂みを歩きまわったせいで、草やら虫やらがお尻にくっついてるみたいだ」

「いや、やめとくよ」ローリーは首を振ってきっぱりと言った。「カノコソウとノコギリソウも採らなきゃいけない。そのあと宿屋の主人の娘さんのようすも見にいかないと。すっかりおなかも大きくなって、いつ子どもが生まれてもおかしくない状況なんだ。なんの問題もないか確かめておきたい。でも兄貴は先に帰ってくれ。昼食の時間になるまえにドラモンドに向けて発つつもりなんだろう？　わざわざ時間を割いて薬草を採るのを手伝ってくれて感謝してる」

「いつだって喜んで手伝うよ」コンランは肩をすくめて言い、安心させるように続けた。「滝でさっと体を洗って、いったん城に薬草を置きに帰ってから出発するよ」

「ありがとう。助かるよ」ローリーは馬に乗りながら言った。

「どういたしまして」コンランは弟が馬で走り去るのを見送ると、ベルトから剣を抜いて馬の鞍にくくりつけ、プレード（スコットランド高地地方の男性が、ひだを寄せ、体に巻きつけて着用する格子柄の大判の布。キルトの起源）とシャツを脱いだ。滝で水浴びをするのが待ち切れなかった。実際、プレードの下で、肌の上を虫が這いまわっているような気がしていた。けっしてそんなことはなく、ウールのプレードを身につけていたせいで汗まみれになっているだけだとわかっていたが。薬草を探して茂みのなかを歩きながら、必死に虫を追い払ったが、なんの効果もなかったように思えた。ああ、滝で体を洗ったら、どれだけさっぱりするだろう。きっと生まれ変わったような気持ちになるにちがいなかった。

「えっと、あれがブキャナンの馬よね。じゃあ、いったい本人はどこにいるの？」エヴィーナは言って、草地を見まわし、川とその先の滝へと目を移した。川にも滝にも誰もいないように見えた。

「馬をここに残して、薬草を探しにいってるのかもしれません」

エヴィーナは眉を寄せて、右にいる馬に乗る男が言ったことを考えた。彼、ドナンがマクレーン一族の第一従者になって十四年になる。この旅に随行させられるほど信頼できる者は、彼をおいてほかにいなかった。おそらく、彼女の左にいる、いとこのギャヴィンをのぞいては。

エヴィーナが何も言わずにいると、ドナンが指摘した。「先ほど話を聞いた少年に、ローリー・ブキャナンは治療に使う薬草を採りにいったと言われたじゃないですか。

このあたりにはさまざまな草が生えてる。ここを拠点にして馬を残し、採った薬草を置きに、ときどき戻ってきてるのかもしれません」

　エヴィーナは草地の反対側にいる美しい馬のわき腹に吊り下げられた膨らんだ鞍袋に目をやって、うなずいた。確かにそうかもしれない。薬草採りはほぼ終わっているようだけれど。実際、ブキャナンがもうひとつ袋を持っているのでないかぎり、すでに終わっているにちがいない。鞍袋には、もう葉っぱ一枚も、茎や根の一本も入りそうになかった。

「おっと」ギャヴィンがつぶやいた。

　エヴィーナは眉を吊りあげていとこに目をやり、彼が顎で示した滝のほうを見た。最初、ギャヴィンがそうつぶやいた理由になりそうなものは何も見えなかった。川にも変わったようすはない。けれども、ふたたび滝に目をやると、ギャヴィンが見たものが見えた。滝の水は優に六メートルはある崖から流れ落ちている。白く水しぶきを上げながら勢いよく落ちる水に隠されて、岩肌はもちろん、水の向こうにあるものは何も見えない。エヴィーナが最初に見たときはそうだった。だが、今度は水のなかから肘が突き出しているのが見えた。誰かが滝の下で動きまわっているのだ。

「どうやら見つけたようですよ」ドナンが愉快そうに言った。「出てくるのを待ちましょうか?」

エヴィーナは一瞬考えたが、その選択肢は自分にはないように思えた。ローリー・ブキャナンはすぐに水浴びを終えて出てくるかもしれないが、なかなか出てこない可能性もある。とにかく、こうして時間を無駄にしているあいだにも父親は生死をさまよっているのだ。

「いいえ、出てきてもらうわ」エヴィーナはきっぱりと言った。「それから、ノーという答えは受けつけないから」

「そうですね」ドナンが静かに応じて、エヴィーナの左にいるギャヴィンに目を向けた。

エヴィーナがドナンの視線を追うと、ギャヴィンはすでに馬から降りようとしていた。地面に降り立ち、すばやく剣を置いてブーツを脱ぐ。その手がプレードのピンに伸びるのを見て、エヴィーナは彼のプライバシーを守るために顔をそむけ、滝に目をやった。ギャヴィンが小さかったときにはおむつを替え、お風呂に入れてあげていたものだが、彼はもう子どもではない。それでなくても貴婦人らしくないと言われることが多いのだ。男の裸を見たりしないのに。

少なくとも、見ようとして見たりはしない。エヴィーナは心のなかで訂正した。滝のなかから突き出す肘の代わりに、今度は裸のお尻が見えたのだ。裸のお尻だけが。どうやらブキャナンは滝のなかで向きを変え、まえかがみになって膝から下を洗っているらしく、水しぶきを上げて流れ落ちる水越しに左右の脚の輪郭がうっすらと見て取れた。滝から突き出し、はっきり見えているのはお尻だけだ。

丸みを帯びた形のいいお尻だわ。エヴィーナがそう心に留めていると、すぐそばで何かが動く気配がした。ギャヴィンに注意を戻すと、彼は滝に向かって歩きはじめていた。すぐに目をそらしたが、背中や脚、そしてお尻が目に入った。いとこは体格のいい若者だと、エヴィーナはつねづね思っていた。実際、胸板も厚く、肩の筋肉も盛りあがっている。脚もたくましい。けれども、お尻に関してはブキャナンにかなわない。唯一見えている部分においてはブキャナンの勝ちだ。滝から突き出ているお尻に比べると、ギャヴィンのお尻は平らだった。

「ノーという答えは受けつけないとのことでしたけど」ドナンがゆっくり言った。

「それってつまり……？」

「そのままの意味よ」エヴィーナは答えた。「その必要があれば、さらうわ。なんとしてもローリー・ブキャナンを連れて帰らないと。腕のいいヒーラーがいないせいで、お父さまを死なせるわけにはいかない」

ドナンはうなずいたが、続けて言った。「ブキャナン一族と戦うことになるかもしれませんよ」

「そうなったら戦うまでよ」エヴィーナは険しい声で言ってドナンに向き直り、その顔を見つめた。「問題ある？」

ドナンは首を振った。「いいえ、お嬢さま。わたしはお父さまに忠誠を誓った身です。お父さまのために命を捧げる覚悟はできています。今回のことがどういう結果をもたらすか、お嬢さまがわかっていらっしゃることを確かめておきたかっただけです」

「よくわかってるわ」エヴィーナは重々しく答えた。「それにわたしだってお父さまのために命を捧げる覚悟はできてる。お父さまを助けるために必要があるなら、戦うまでよ」

ドナンは一瞬口をつぐんでから静かに言った。「ローリー・ブキャナンはお父さまを治せないかもしれません。すでに手遅れということも」

「そうかもしれない」エヴィーナは認めた。「でも、わずかでも救える可能性があるなら、それに命を懸けるわ。うまくいけば戦いにはならないかもしれない。ブキャナンが快く来てくれるかもしれないわ」

「そうはいかないようですよ」ドナンは冷静な声で言って、滝のほうを顎で示した。

エヴィーナはすばやく首をめぐらせ、目を丸くした。ギャヴィンはすでにブキャナンのもとにいた。話をするどころか、滝の下で取っ組み合っている。エヴィーナがそう気づいた瞬間、ふたりはそれまでいた低い岩棚から滝つぼに転がり落ちた。

「あら」エヴィーナはつぶやくと、唇をすぼめて、ふたりが水の流れにもまれ、上下になりながら取っ組み合って、相手を殴ったり、溺れさせようとしたりするのを見守った。「あなたの言うとおりかもね」

「ギャヴィンに加勢したほうがよさそうですよ」数分経っても決着がつかないでいるのを見て、ドナンが言った。

「そうね」エヴィーナは心配になって言った。ブキャナンはギャヴィンを水中に押さえ込んでいる。ギャヴィンが水面に現われず、形勢を逆転させられそうにないとわかると、ドナンは馬から降り、彼を助けに向かった。

走っても間に合わないだろう。エヴィーナは低く悪態をつくと、馬の腹に踵を押しつけた。馬はすぐに応じ、さっと駆け出して、ドナンがまだ半分も来ていないうちに川のほとりに着いた。エヴィーリは馬に乗ったまま剣を抜き、川に入っていった。そしてギャヴィンを水中に押さえ込んでいる男のそばに行くと、手綱を強く引いて、馬をうしろ足で立たせた。

ブキャナンが驚いた顔でエヴィーナを見上げた。目と目が合った瞬間、エヴィーナは剣を振り下ろした。剣の柄が勢いよく側頭部にあたり、ブキャナンは痛そうに顔をゆがめて気を失った。それと同時に馬はまえ足を水中に下ろした。

ブキャナンの手が離れると、ギャヴィンは水のなかで立ちあがり、苦しそうに咳き込みはじめた。エヴィーナはほっとして剣をさやに納め、すばやく馬から降りて、腰まである水のなかに立った。そのときようやくドナンがばしゃばしゃと川に入ってきて、三人のほうに近づいてきた。

「ギャヴィンをお願い」いとこがふらふらしているのを見てエヴィーナはそう命じると、ドナンが言われたとおりにするのを確認せずにブキャナンに近づき、肩をつかんで仰向けにさせた。顔が青白くなっているのに気づいて不安になり、表情がこわばるのが自分でもわかったが、すぐに手をつかみ、岸を目指して歩きはじめた。

ヒーラーは驚くほど重かった。岸に着いても全身を引きあげられず、胸まで水から出せたところで、ひと息つかなければならなかった。引きあげられるところまで引きあげると、草地に膝をついてうつ伏せにさせ、両手で背中を強く押した。一回、二回。すぐに口と鼻から水が噴き出した。三度目に押しても何も出てこなかったので、仰向けにさせた。ブキャナンが息をしていないのがわかると、ためらわずに鼻をつまみ、口を開けさせて、息を吹き込んだ。

「あの……お嬢さま」激しく咳き込んでいるギャヴィンに膝をつかせ、エヴィーナの横に座らせながら、ドナンがいぶかしげに言った。「何をなさってるんです？」

「息を吹き込んでるのよ」エヴィーナは息を吹き込むあいまに言った。「まだ小さかったお兄さまが溺れかけたとき、お母さまがこうしてたの。お兄さまは息を吹き返したわ」そう説明しながらブキャナンの胸を押し、ふたたび口で口をふさいだ。

「キスしてるように見えますけど」ドナンは疑わしげに言った。ギャヴィンがしわがれた声でくすりと笑い、その拍子にまた咳き込みはじめた。

エヴィーナはふたりを無視して、気を失っている男の胸に耳をあてた。ほっとしたことに、鼓動と、肺に息が吸い込まれる音が聞こえた。身を起こし、期待を込めて見下ろしたが、ブキャナンは目を開けなかった。

「強く殴りすぎたようですね」ドナンが重々しく言った。「すぐには目を覚まさないかもしれませんが、少なくとも息はしてます」

「そうね」エヴィーナはため息交じりに言って、男の顔を観察した。とてもハンサムだ。こんなにハンサムだとは思ってもみなかった。優れたヒーラーだとは聞いていたが、容姿がいいとは誰も言っていなかった。だから、きっと平凡な顔をして痩せこけている堅苦しい男にちがいないと思っていた。まるで神父のような。彼女が知る、知識のある男といえば神父だけだったから。ところがこの人は美しい顔をして背も高く、がっしりした体をしている。エヴィーナは広い胸から引き締まった腰へと視線を走らせた。そこから先はまだ水に浸かっていたので見えなかった。

「お嬢さま？」ドナンが静かに言うのを聞いて、エヴィーナはしぶしぶ目を彼に移した。「そろそろここを離れたほうがいいかもしれません。この男の兄弟が捜しにきて、こんなところを見たら……」

「そうね」エヴィーナは濡れたドレスの重みをものともせずに、ぱっと立ちあがり、すばやくあたりを見まわした。そして自分たちのほかには誰もいないことを確認すると、ギャヴィンに注意を向けた。ようやく咳が治まったギャヴィンは地面に唾を吐いた。「だいじょうぶ、ギャヴ？　馬に乗れる？」

「ああ」ギャヴィンはうなるように言って、よろよろと立ちあがった。

エヴィーナは心配して見守ったが、どうやらだいじょうぶそうだった。少なくとも、もうふらついてもいなければ、咳もしていない。頬にも赤みが戻っている。エヴィーナはうなずき、ふたたび川に向かった。冷たく濡れたドレスが脚に絡む。エヴィーナは唇をゆがめた。彼女の馬はまだ彼女が馬を降りた場所にいた。エヴィーナは水のなかを歩いて手綱をつかみ、馬を引いて岸に戻った。

「ブキャナンはどうします？」彼女が馬に乗るのを見守りながらドナンが尋ねた。

エヴィーナは鞍にまたがり、ドレスの裾をどうにかうまく納めると、地面の上で気を失っている裸の男を見下ろした。本当にハンサムね。目の保養になるわ。そう思いながら言った。「手首と足首を縛って、この男の馬に乗せて。落ちないように、手と足を結んでおいてね」

「そのまえに服を着せましょうか？」ドナンがうれしくなさそうに言った。気を失っている大人の男の身にプレードをまとわせるのはひと仕事にちがいないとエヴィーナは思った。

エヴィーナはかぶりを振った。「いいえ。旅のあいだ馬から落ちないようにうまく乗せたら、上からプレードを掛けておいて。プレードが落ちないように、縛っておいたほうがよさそうね」

ドナンはうなずいて、ギャヴィンのほうを見た。「もうだいじょうぶですか？ブキャナンの馬を連れてこられます？」

「もちろんだよ」ギャヴィンはむっとして答え、ぶつぶつ言いながら歩き去った。

「ちょっと水を飲んだだけで、もうなんともないんだから」

エヴィーナとドナンは彼を見送って、小さく微笑(ほほえ)み合った。能力を疑われるようなことを言われると、決まってギャヴィンはむっとする。まだ若いが、一人前の男であることを証明したがっているのだ。

「殴られて気を失ったと知ったら、ブキャナンは喜ばないでしょうね」ドナンが気を失っている男に注意を戻して、まじめな顔で言った。

「そうね」エヴィーナはため息交じりに同意した。気を失っている男のまだ水に浸かっている下半身に目を向けかけたが、はっと思いとどまって、顔に戻した。こんなはずじゃなかった。穏やかに話をして、いっしょに来てくれるよう説得するつもりだったのに。殴って気絶させ、無理やり連れて帰るのは、断られたときの最終手段にすぎなかった。とはいえ、物事が計画どおりにいくことはめったにないと、経験上わかっていた。

エヴィーナはやれやれとかぶりを振ると、ふたたび用心深くあたりを見まわし、ブキャナンの馬を引いてくるいとこに目を向けた。

「ありがとうございます」ドナンが言って、ギャヴィンから手綱を受け取った。「わたしがブキャナンを馬に乗せますから、わたしたちの馬を連れてきてください」

ギャヴィンはうなずき、馬をつないでいる場所に走っていった。

エヴィーナが見守るなか、ドナンはブキャナンの手首と足首を縛り、眉間にしわを寄せながら縛った両手を引っ張って、座った姿勢にさせた。

「ひとりでだいじょうぶ？　わたしも手伝ったほうが……」エヴィーナは最後まで言わずに口をつぐんだ。ドナンはすでにブキャナンを肩に担いで馬まで運んでいた。エヴィーナが黙って見守るなか、ブキャナンを馬の背にうつ伏せに乗せると、旅のあいだ転がり落ちないように、腹の下で手と足を手際よくロープでつないだ。

ドナンがやすやすとやってのけたことは何も驚くことではないとエヴィーナは思った。だからこそ彼をこの旅に連れてきたのだ。ドナンは体が大きく力も強い。首まわりは彼女の太ももほどもあるし、二の腕の筋肉は盛りあがっていて、肩幅はふつうの男の二倍近くある。その必要があれば、ブキャナンだけでなく、わたしとギャヴィンも運べただろう。エヴィーナはそう考えながら、ドナンがブキャナンのプレードを彼の背中に掛け、落ちないように首と膝のところで結ぶのを見守った。

「これでだいじょうぶでしょう」ドナンは言って、自分が成しとげた仕事からあとずさった。

「そうね」エヴィーナは同意した。そこへギャヴィンが馬にまたがり、ドナンの馬を引いて戻ってきた。ドナンが馬に乗り、ブキャナンの馬の手綱を取るのを待って、エヴィーナは馬の向きを変え、先頭に立って出発した。思いはすでに帰路に移り、いちばん早く帰る方法を考えていた。ふつうなら二日はかかるが、一日近く短縮したい。食事休憩を取らず、夜も寝ずに進もう。来たときと同じように馬上で食事をとり、休まず進むのだ。お父さまの命はわたしたちに懸かっている。まだ亡くなっていなければの話だけれど。

エヴィーナは唇をきつく引き結び、馬に拍車をかけて駆け足にさせた。お父さまが死ぬはずない。絶対に。わたしの家族は、この世でお父さまとギャヴィンだけなのだから。

コンランは激しい痛みに意識を取り戻し、うなり声をあげた。痛みは一カ所からではなく、ほぼ全身から一丸となって襲ってくる。両腕も両脚も左右の足首も手首もおなかもいまいましい頭も、ずきずき、ひりひり、がんがんするが、どうしてなのかわからない。どうにか目は開けられたが、自分が見ているものがなんであるのか理解できなかった。初めはすべてがぼやけていたが、はっきり見えるようになっても、目のまえのものがなんなのかわからなかった。

何か濃い茶色のものが視界のほとんどを占めていたが、片側に細く、青い布が見えた。茶色いものがなんであるのかまったくわからなかったので、青い布のほうがまだわかるかと、首を少しめぐらせて、そちらのほうを向いた。すると青い布の向こうに、どうやら自分が乗せられているらしい馬の尻尾の先端が見え、そのまた向こうに、あとをついてきている、上下逆さまの、馬に乗った男が見えた。

いや、逆さまになっているのは自分のほうだ。コンランははっと気づいて、大柄な男とその背後の遠ざかっていく景色を見つめた。彼はうつ伏せの姿勢で馬に乗せられていた。腹の下には鞍があり、脚は馬体の片方に、肩と腕はもう一方の側に垂れていた。

おなかが痛むのも無理はない。ずっと馬の背に揺られ、おなかを鞍に打ちつけていたのだろう。いま思い出したが、頭が痛むのは川で殴られたせいだろうし、足首と手首が痛むのはきつく縛られているせいだ。縛られている手首にはロープが結ばれていて、その先は彼が乗せられている馬の腹の下に消えていた。

ロープの先がどうなっているのか初めはわからなかったが、両手を引いてみると足首が引っ張られたので、その答えがわかった。両手と足首は馬の腹の下でしっかりつながれている。もし彼が鞍からすべり落ちたら、猟で仕留められ、槍に縛りつけられて持ち帰られる猪のように、馬の腹にぶら下がることになる。そうなれば馬に頭を蹴られてしまうかもしれない。最高だ。

ふたたび首をめぐらせて、顔のそばの青い布を見つめた。この馬にはほかにも誰か乗っているらしい。おそらく彼がすべり落ちないようにしているのだろう。片方のお尻が押さえつけられているのを感じた。彼が鞍から落ち、馬の腹の下にすべり込まないように、誰かが押さえているのだ。

滝で水浴びをしている最中に襲ってきた裸の男だろうか。コンランはそう思いながら、ふたたび顔のそばの布に目をやった。プレードでもブレー（中世ヨーロッパで男性が着用した長ズボン）でもない。垂れ下がっている青い布はドレスのように見えた。着ている人間が馬にまたがっているのでぴんと張られてはいるものの、まちがいなくドレスだ。布を目で追っていくと、途切れたところから、細く、茶色い布がのぞいていた。きっとドレスの下に穿（は）いているブレーのへりだろう。そこから白いふくらはぎが数センチのぞき、茶色い革のブーツへと消えていた。

コンランは少しのあいだそのままの恰好で、そのほんの少しだけのぞいている肌をじっと見つめていたが、やがて頭を持ちあげて、彼のお尻を慣れた手つきで押さえている馬上の人間を見ようとした。すると頭痛がいっそうひどくなったので、すぐに見るのをあきらめた。激しい痛みがふたたび鈍いうずきにまで治まるのを待ってから、コンランは馬上の人間に呼びかけた。いや、少なくとも、呼びかけたつもりだったが、口から出た弱々しい声は、鳴り響く馬のひづめの音にかき消されて彼自身にさえ聞こえなかった。もっと大きな声を出そうにも、いまの体勢ではあまり息を吸い込めなかったし、口のなかものども、からからにかわいていた。

馬上の人間の注意を引くのに失敗すると、コンランはどうにか気持ちを落ち着かせようとしたが、とにかく体勢がつらく、そのつらさは増すばかりだった。なんとしても馬に乗っている人間の注意を引かなければならない。少しのあいだ考えてから、首をめぐらせて革ブーツの上のふくらはぎを噛むという単純な方法をとった。

どうやらまちがいだったらしいとすぐにわかった。馬に乗る女は、彼が起きたと気づいて馬を止めようとする代わりに、驚いて彼のお尻をぎゅっとつかみ、鋭いつめを食い込ませてきたのだ。コンランはそう思った。しかも、もう片方の手で手綱をぐいと引いたらしい。馬がふいに苦しそうにいななき、うしろ足で立ったからだ。

コンランは悪態をつき、世界がぐるりとまわるなか、目を閉じて身構えた。

「エヴィーナ！」

エヴィーナはうめきながら、ぐるりと仰向けになって目を開けた。思ったとおり、ギャヴィンが横にいて、心配そうに彼女を見下ろしていた。

「だいじょうぶ？」ギャヴィンは言って、エヴィーナの全身に目を走らせた。

「ええ、平気よ」エヴィーナはため息をつき、彼の助けを借りて起きあがった。あたりを見まわすと、すぐ近くに、おとなしくなった馬のそばに横たわっているブキャナンが見えた。そのかたわらにドナンが膝をついていた。

「ブキャナンはだいじょうぶ？」エヴィーナは心配して尋ねた。襲ってくる痛みを無視して、ギャヴィンに支えられながらどうにか立ちあがると、ドナンのもとに行って、その肩越しに身を乗り出し、ブキャナンの顔をのぞき込んだ。「また気を失ったのね」閉じた目と青白い顔が目に入り、エヴィーナはがっかりしてため息をついた。

「またですって？」ドナンが驚いて振り返り、彼女の顔を見た。

エヴィーナはうなずいた。「さっきは目を覚ましてたのよ」

「たしかですか？」ドナンは尋ねた。

「ええ」彼女は顔をしかめて答えた。「脚を嚙まれたんだから」

「脚を嚙まれただって？」ギャヴィンが信じられないというように笑いながら訊いた。

エヴィーナはまたうなずいた。「それでびっくりして手綱を引いちゃって、馬がうしろ足で立ったの」

「気は失ってますけどちゃんと息をしてるし、またこぶができた以外はなんともないようです」ドナンが立ちあがりながら言った。「地面に落ちたときにできたんでしょう」

エヴィーナはいくらかほっとした。馬がうしろ足で立ったとき、ふたりとも馬から落ちた。彼女はうしろに転がり落ち、そのすぐあとにブキャナンが馬の背からすべり落ちてきた。足首と手首を縛られ、足と手をロープでつながれたままで。彼が頭を打っただけで、馬に踏まれたり引きずられたりしなかったのは運がよかったとエヴィーナは思った。

「マクレーンまであと一時間です」ドナンが静かに言った。「ブキャナンがまた目を覚ますまえに連れて帰ったほうがいいかもしれません」

「そうね」エヴィーナは肘をさすりながら同意した。馬から落ちたときに打ったのだ。さわると痛いし、ひどい痣にもなりそうだ。腰も打っている。けれども、骨はどこも折れていないし、気も失っていない。つまり、ブキャナンより運がよかったのだ。

「ここからはギャヴィンさまの馬に乗せましょう」ドナンがブキャナンを抱き起こし

ながら言った。

エヴィーナは反対しなかった。ブキャナンが鞍からすべり落ちたのはこれが初めてではない。草地をあとにしてすぐにも落ちていた。頭からすべり落ちて、足首と手首を縛られ、足と手をロープでつながれたまま、馬の腹の下を見る恰好で吊り下げられた。いや、気を失っていなければ見ていたはずの恰好で。実際には気を失っていたので、頭はがくりとうしろに垂れ、長い髪が地面についていた。

もちろん、エヴィーナたちはいったん馬を止めて、ブキャナンをふたたび鞍に乗せた。そして三人のうちの誰かがいっしょに乗って、また落ちないようにすることにした。エヴィーナがいちばん体重が軽かったので、その役目を任された。彼女ならいっしょに乗っても馬にそれほど負担をかけず、走る速度が極端に遅くなることもないだろうと考えたのだ。けれどもマクレーンまで、もうわずかだ。ギャヴィンの馬ならふたりを乗せて残りの道を速度を落とすことなく進めるにちがいない。エヴィーナの父親からいま乗っている馬を贈られるまで、ドナンが乗っていた馬だ。大男を乗せるのには慣れている。それにギャヴィンとブキャナンの体重を足しても、ドナンより軽いだろう。ドナンはそれほど体の大きな男だった。

「先に馬に乗ってください、ギャヴィンさま。わたしがこの男を鞍に乗せますから」

ドナンがブキャナンを抱えてエヴィーナのかたわらを通り過ぎながら言った。

「一度ロープをほどいて、おれの馬に乗せてから、また腹の下で結ぶのか？」ギャヴィンがそう訊きながら自分の馬のほうに向かった。

「いいえ。あと少しなんで、そこまでする必要はないでしょう。向こうに着くまでに落ちないように、背中を押さえておいてください」ドナンが指示した。

ギャヴィンはわかったとかなんとかつぶやいて馬にまたがると、身を乗り出して手を伸ばし、ブキャナンを彼のまえに乗せるのを手伝おうとした。けれども、手首と足首をつなぐロープのせいで、ギャヴィンとドナンはすぐに行きづまった。

「ちょっと待って」男たちが困っているのを見ると、エヴィーナはそう言って短剣を抜き、ふたりのほうに急いだ。ふたりがギャヴィンの体を抱えているあいだに、手首と足首をつなぐロープをすばやく切り、じゃまにならないようにうしろに下がった。頬が真っ赤になっているのが自分でもわかったが、どうしようもなかった。ロープを切るあいだ、ブキャナンの大事なところが顔のすぐそばにぶら下がっていたのだ。見ないようにしようとしたものの、ついつい二度ばかり目をやってしまっていた。

エヴィーナは首を振って、いま見たものを頭から追い出そうとしながら、ブキャナンをふたりに任せてその場を離れ、自分の馬に乗った。

「先頭を行ってください、お嬢さま」みなが馬に乗ると、ドナンが低い声で言った。

その言葉を聞いてエヴィーナは馬の向きを変え、拍車をかけて走らせた。ギャヴィンの馬がちゃんとついてこられればいいのだけれど。一刻も早くマクレーンに帰って、お父さまの無事を確かめたい。いえ、せめてまだ生きていることを。お父さまを助けられるかもしれないブキャナンを連れて帰ろうとしているあいだに、お父さまが死んでしまっていたら――

エヴィーナはその考えを頭から追いやり、マクレーンに着くまでの一時間、ローリー・ブキャナンが噂どおり腕がよくて、お父さまの命を救えますようにと祈りつづけた。

2

「まあ、お戻りになったんですね、お嬢さま。もしかしたら手遅れになるかもしれないと思いはじめていたんですよ」

エヴィーナは馬から降りて振り返り、侍女のティルディが城の正面の階段を駆けおりてくるのを見た。年老いた侍女は両手を固く握りしめ、心配そうに顔をゆがめていた。

「じゃあ、お父さまはまだ生きてるのね？」エヴィーナは険しい声で訊きながら階段に向かい、下までおりてきた侍女と向かい合った。

「ええ」侍女はすかさず言って、エヴィーナが差し出した手を安心させるようにぎゅっと握った。「でも、かろうじて、です。このまま何もせずにいたら、いつまでもつかわかりません。お父さまの命の火はいまにも燃え尽きようとしています」

「そうはさせないわ」エヴィーナは請け合うと、気を失ったままのブキャナンをギャヴィンの馬から降ろそうとしているドナンのほうを向いた。ブキャナンの裸の下半身があらわになると、ティルディがかたわらではっと息をのむのが聞こえた。ドナンはブキャナンを肩に担いで、エヴィーナのほうに歩いてきた。

「お父さまのお部屋に運びますか?」エヴィーナに近づきながらドナンが訊いた。

「ええ」エヴィーナはさっと向きを変え、ドナンの先に立って歩きはじめた。

「あの方がヒーラーだという、ブキャナンの領主殿の弟君ですか?」ティルディがエヴィーナについて階段をのぼりながら、息を切らして尋ねた。

「ええ」エヴィーナは答えた。

「思ってたより体が大きいですね」ティルディは言って、続けて訊いた。「いったいどうされたんです? どうして気を失われてるんですか? どうして裸で縛られてるんです?」

「その——」エヴィーナは口もとをゆがめ、頭のなかで言葉を探してから言った。

「——成り行き上そうなって」

「どんな成り行きで?」ティルディは語気を強め、険しい顔で尋ねた。

「そんなことはどうでもいいじゃない、ティルディ」エヴィーナは怒ったように言うと、ティルディを押しのけて城に入り、大広間を横切りはじめた。「大事なのは、あの男がここにいるということよ」

「気を失われてますけどね」ティルディは指摘した。「気を失われたままで、どうやってお父さまを助けられるんです？」

「気づかせるわ」エヴィーナは請け合った。

「どうやって？」ティルディがすかさず訊いた。

それを聞いてエヴィーナは向きを変えた。彼女たちが着いたのはちょうど夕食どきで、マクレーンの人々がテーブルにつき、飲んだり食べたりしていた。それぞれのテーブルにはエールが入った水差しがいくつも置かれていたが、エヴィーナはそのなかでいちばん手近にあるものをつかむと、ブキャナンを担いで階段をのぼり終えたドナンのもとに急いだ。

「お嬢さま？」ティルディがあとを追ってきた。「どうするつもり――」

「何もかもうまくいくわ、ティルディ」エヴィーナは侍女の言葉をさえぎって、きっぱりと言った。侍女の顔に目をやり、眉をひそめて続ける。「ひどく疲れてるみたいね。わたしたちが留守にしてたあいだ、ろくに寝てなかったんでしょ？」

「お嬢さまはどうなんです？」ティルディは眉を吊りあげて訊き返し、エヴィーナが階段の上に目を向けて、答えずにすまそうとするのを見て言った。「きっと寝ていらっしゃらないんでしょうね。一刻も早く行って帰ってこられるために、昼も夜も休まず馬を走らせたにちがいありませんから」

エヴィーナは否定せず、いらだった顔でうなるにとどめた。階段をのぼりきると、ドナンを追い越し、先に立って父親の部屋に向かった。

いまは真夏で、ときには城のなかでさえ不快なほど暑くなることがあったが、エヴィーナたちが入ったとき、父親の部屋はまさに息苦しくなるほど暑かった。何かが腐っているようなにおいもして、一瞬、エヴィーナは父親が死んでしまったのではないかと思ったが、ベッドに積まれた毛皮のなかからうめき声が聞こえたので、そうではないとわかった。ほっと息をついて枕もとに急ぎ、父親の赤くなった顔を見て眉をひそめると、ベッドサイドテーブルにエールが入った水差しを置いた。父親の頬にふれようと手を伸ばしたが、肌から発する熱で、ふれるまえから手が熱くなったので、心配になった。

「すごい熱だわ。どうしてこの部屋はこんなに暑いの?」エヴィーナはうろたえながら尋ねた。

「お父さまが寒い寒いとおっしゃられて。暖炉に火を入れるよう言われたもので」

ティルディが静かに言った。

エヴィーナは不安な気持ちのまま暖炉で燃え盛る炎に目をやると、振り返って、ドナンがブキャナンを担いで部屋に入ってくるのを見守った。

「ここに座らせて」エヴィーナは父親の具合が悪くなったときに、彼女がベッドのかたわらに動かした椅子を示して言った。ドナンは言われたとおりにすると、気を失っている男の手首と足首を縛っていたロープを切ってはずしてから、うしろに下がった。

エヴィーナはブキャナンを見つめた。顎を裸の胸につけ、両足を開いて、椅子にぐったりと座っている。脚のあいだには大事なものがまるで――

「まあなんてこと！」

エヴィーナが目をしばたたいて振り返ると、ティルディがベッドから毛皮を一枚剥いでいた。それを持ってブキャナンのもとに急ぎ、膝にかけて大事な部分をおおうと、かぶりを振りながらうしろに下がり、エヴィーナのほうを向いて片方の眉を吊りあげた。

「いったいどういう成り行きで、男が裸で気を失うんです？」そう尋ねて、唇をきつく引き結ぶ。

エヴィーナは無意識に口を開けて答えようとした。何よりも習慣によるものだった。ティルディは彼女の子守りをしていた。エヴィーナは生まれたときからティルディの質問に答えていたのだ。けれども、エヴィーナが答える間もなくティルディが続けた。

「それになんだってブレードをちゃんと身につけずにケープみたいにしてるんです？　おかしな恰好ですね」

「もともとは首と膝のところで結んでたの」エヴィーナはそう言いながらまえに出て、首もとの結び目をほどきにかかった。膝の結び目はブキャナンが二度目に馬から落ちたときにほどけてしまっていた。「旅のあいだ落ちてしまわないようにね。馬の背にうつ伏せに乗せてたから」

「気を失われてたからですね」ティルディが状況を理解したように言った。

「ええ。気を失ってる男の身にブレードをまとわせるのは大変だもの」エヴィーナは結び目をほどくと、首をめぐらせてドナンを見た。何も言う必要はなかった。ドナンはすでにまえに進み出ていたのだ。ドナンがブキャナンを抱えあげているあいだに、エヴィーナは毛皮をずらさないよう気をつけながら、体の下からブレードを引き抜いた。そしてドナンがブキャナンをもとどおりに座らせると、厚みのあるブレードを毛皮の上から毛布のように掛けて、彼の体をくるんだ。

「それで、どうして気を失われたんです？」エヴィーナがブキャナンの体をブレードでくるみ終え、うしろに下がると、ティルディが尋ねた。

エヴィーナは一瞬ためらったが、結局は白状した。「わたしが剣の柄で頭を殴ったから」

「お嬢さま――！」

「ギャヴィンを溺れさせようとしてたんだもの」エヴィーナは弁解するように言った。

「それで殴って気絶させたんですか？　そのあとは？　まさか、さらってこられたんじゃないでしょうね」ティルディは不安そうに訊いた。

「まさか！」エヴィーナはぶっきらぼうに答えたが、すぐにうしろめたくなり、顔をしかめて認めた。「まあ、そう言えなくもないけど」

「さらったと言えなくもないですって？」ティルディは信じられないというように訊き返した。「さらったと言えなくもないなんてことはありません。さらったか、さらってないかです」

エヴィーナが何も言わずに、顔をしかめたまま、気を失っている男に目を向けると、ティルディが重ねて訊いた。「この方はいっしょに来ると言われたんですか？」

「いいえ」エヴィーナはしぶしぶ答えたが、すかさずつけ加えた。「でも、来ないとも言わなかったわ」

「まあ、エヴィーナお嬢さま」ティルディはため息交じりに言った。「そんなふうにお育てしたつもりはありませんよ。裸の殿方をさらって連れて帰ってこられるなんて。そんなことをなさってはいけません。いくら相手がハンサムで背も高く、体格もよくて立派なものをお持ちでも」

「ティルディ！」エヴィーナは侍女をにらみつけた。「この人の容姿やどんなものを持ってるかなんて、なんの関係もないわ。わたしがこの人を連れてきたのは、お父さまを診てもらうためなんだから」

「あら、こんなふうに気を失われてて、どうやってお父さまを診られるんでしょうね」ティルディはうんざりした顔で指摘した。

エヴィーナは小声で悪態をつきながら、先ほどベッドサイドテーブルに置いた水差しをつかんで、その中身をブキャナンの頭からかけた。わざわざエールの入った水差しを持ってきたのはこのためだった。こうすれば気づかせられるかもしれないと思ったのだ。どうやらうまくいったらしく、ブキャナンは悪態らしき言葉をわめきながら目を覚ました。

コンランが青い目をした赤毛の美しい娘とたわむれている夢を見ていると、何かの液体を頭からかけられた。抱き合っているところを引き離され、むっとしたコンランは、大声で悪態をつきながらぱっと飛び起きたが、目のまえに引き離されたばかりの赤毛の美しい娘と瓜二つの娘がいるのを見て、口をつぐんだ。

いや、瓜二つというわけではない、とコンランは思い直しながら、目のまえの娘をまじまじと見た。夢のなかの娘と同じように、妄想をかき立てる、ふっくらとした官能的な唇をしている。明るい青い目も同じだ。だが、濃い赤毛をゆるやかに垂らし、豊かな胸と腰のラインを際立たせる薄手の美しいドレスを着ている代わりに、ひっつめた髪をうしろでまげにして、体に合っていない地味なドレスを身につけている。ドレスは汚れていて、暗い青色をしており、そのせいで目の下のくまが強調されているように見えた。

娘の動きを目で追うと、ちょうど手にした水差しをベッドサイドテーブルに置くところだった。コンランは顔をしかめ、頭から顔にしたたり落ちる液体をぬぐった。エールだ。においと味で、そうわかった。それも、悪くないエールだ。唇についたものをなめて、そう認めたものの、こんな起こし方をするなんてひどすぎると思った。

「ここはどこだ?」質問が口をついて出る。コンランは顔をしかめたまま、自分のまわりに立つ人々に目を向けた——夢に出てきた娘の偽者に年老いた女の召使い、そして兵士がふたり。だが、ふたりの兵士にはたいして注意を払わず、代わりに室内をすばやく見まわした。寝室のようだったが、初めて見る部屋だった。

「マクレーン領よ」娘が言った。「あなたはお客さまとしてここにいるの」

「客だって？」いぶかしげな声で訊き返す。コンランが最後に覚えているのは、水浴びをしていて裸の男に襲われたことだった。いや、ちがう、とコンランは気づき、険しい目でふたたび赤毛の娘を見た。この女のことも覚えている。襲ってきた男と川で取っ組み合っていたとき、馬に乗ってやってきて、あろうことかおれの頭を剣の柄で殴った女だ。コンランは娘をにらみつけた。「おれを殴って気絶させたな」

「うちのギャヴィンを溺れさせようとしてたから」娘はぶっきらぼうに応じたものの、コンランのほうを見ようともせず、首をめぐらせて、ベッドに心配そうな目を向けた。

コンランは娘の視線を追ったが、見えたのはベッドに山と積まれた毛皮だけだった。娘がうわの空でいることにいらだち、口もとをこわばらせると、怒りもあらわに言った。「おたくのギャヴィンというのが、おれが水浴びしてる最中に襲ってきた男なら、当然の報いだ」

ようやく娘が自分に注意を向けてくれたのがわかったが、コンランはすでに同じ部屋にいるふたりの兵士のほうを向いていた。ふたりのうちのどちらかが小さく悪態をつくのが聞こえたのだ。コンランは小柄なほうの男をにらみつけた。どこか見覚えがあったが、乾いた髪と服のせいで、自分を襲ってきた男だと気づくのに少しかかった。だが、気づくやいなや怒鳴った。「おまえだな」

男は気まずそうに身じろぎした。「滝から連れ出すよう言われたから。襲われたと誤解させたのならごめんなさい」

「武器を置き、裸になって、ひとりで水浴びしてるときに、ふいに裸の男が現われて、つかみかかってきたんだぞ」コンランは苦々しげに指摘した。「当然、襲われたと思ったよ。誰だって思うさ」

「そうだったの？」娘が尋ねた。コンランが見守るなか、体の大きな兵士が娘のほうを向いてうなずいた。顔を見なくても怒っているとわかる声で、娘が訊いた。「どうしてその場で言ってくれなかったの？」

「そんな余裕はありませんでしたから」大男は低く響く声で、思い出させるように言った。「一刻も早く帰らなきゃならなくて、その方が水浴びを終えるのを待っていられませんでした」

「そうね。そんな余裕はなかったわ」娘は言って、ふたたびベッドに目を向けた。

ブキャナンは娘の視線を追い、どうしてそんなに毛皮が気になるのだろうと思った。

「それに」大男が続けた。「ブキャナンさまが暴力に訴えられるまえに、ギャヴィンさまが危害を加えるつもりはないと伝えられるかと思ったもので」

「そんなに早くしゃべれる人間はいない」コンランは素っ気なく言った。「それにどちらにしろ滝の音にかき消されて聞こえなかっただろう」大男が認めるように小さくうなずくのを見て、娘に視線を戻し、ぶっきらぼうに尋ねる。「それで、どうしておれをさらったんだ？」

「さらってなんかいないわ」娘はぎょっとしたようにすばやく振り向くと、こわばった笑みを浮かべて続けた。「あなたに危害を加えるつもりはさらさらないのよ。わたしたちは敵ではないわ。それどころか、あなたのヒーラーとしての能力を高く買ってるの」

コンランは鼻を鳴らし、怒った声で言った。「おれは殴られて気を失い、縛られたまま馬の背に乗せられて、ブキャナンからマクレーンまで無理やり連れてこられたんだぞ。娘（ラス）さん、そういうのを〝さらう〟っていうんだ」

「この方はレディであってラスではありません」大男が険しい声で言った。「しかるべき敬意を払って、レディ・エヴィーナとお呼びください」

コンランは信じられない思いで片方の眉を吊りあげた。目のまえの娘はレディにはほど遠い姿をしている。汚れた青いドレスを身にまとったその姿は、住む家のない子どものようだ。眉をひそめて見ていると、嚙んだ脚の持ち主が青いドレスを身につけていたことを思い出した。すると、娘が少しまえに言ったことが、ここにきて頭に入ってきた。

「ヒーラーとしての能力だって？」鋭く訊く。

「ええ、あなたが優れたヒーラーであることは広く知れわたってるのよ、ブキャナン卿。わたしたちはその能力を切に必要としてるの。わたしの父であるファーガス・マクレーンがひどく具合が悪いのよ。どうか診てもらえないかしら」

必要とされているのがローリーだとわかり、コンランはかぶりを振った。どうやら弟とまちがえられて連れてこられたらしい。そう気づいたが、弟が自分と同じように乱暴な扱いを受けるかもしれないと思うと、口にするのがためらわれた。

どうするべきか決めかねてその場に立ち尽くしていると、娘に手をつかまれ、ベッドのほうに連れていかれそうになった。娘はせっぱつまった声で頼んできた。「お願いだから診てちょうだい。きっと何か手を打てるはずよ」

「いや」コンランはつかまれている手を引いた。自分はヒーラーではないのだ。

「お願いよ」

コンランは顔をしかめた。「きみたちはおれをさらってきたんだぞ。そんな乱暴な扱いを受けたのに、どうして助けなきゃならないんだ?」

娘の顔にいくつかの表情がよぎった——失望や怒りや追い込まれているような表情が。レディ・エヴィーナは深く息を吸って、ゆっくり吐き出すと、肩をそびやかして静かに言った。「どうかお願いします。ギャヴィンの滝でのふるまいのせいで、怖い思いをさせたのなら謝るわ。そんなつもりはなかったの」

コンランはそう聞いて、また顔をしかめた。怖い思いをしたと思われるのは心外だった。

「実際、そのあとのあいにくな出来事も、どれも思ってもみなかったことだったの」彼女は続けた。「本当はブキャナンまで行ってあなたに会い、父の命を救うために力を貸してくれるようお願いするつもりだったのよ。でも、あなたがギャヴィンに暴力を振るったことで、すべてがおかしな方向に向かっちゃって」

すばらしい、今度は、注意を引こうとしただけの相手に暴力を振るう悪者にされた。コンランはそう思い、彼女が巧みに形勢を逆転させたことに驚いて、危うく感心している素振りを見せそうになった。

「そしてあなたが気を失うと、裸で無防備なあなたをあの場に残しておくことはできなくなった。あんな状態で悪い人に見つかったら、どんな目にあわされるかわからないもの」

うまい言い分だな、とコンランは認めた。いまや彼は悪者であるばかりか、彼女にさらわれたことによって危ない目にあわずにすんだというわけだ。

「でも、わたしが帰るまえに父が亡くなってしまうかもしれないと思うと、そう長く父をひとりにしておくこともできなくて」彼女は続けた。「だから、あの場に残って、あなたが目を覚ますまで見張ってることもできなかった。それで、あなたの身を守るために、いっしょに連れて帰ることにしたの……あなたが目を覚ましたら、力を貸してくれるよう説得できるんじゃないかと思って」頭を下げて言う。「父を診てくれさえすれば、わたしにできることならなんでもして、あなたの望みをかなえるわ。父はわたしのすべてなの。失うわけにはいかないのよ」

くそっ、なんだよ。コンランは腹が立った。なんて頭がいい女なんだ。プライドを捨ててかわいらしく頼んできたばかりか、すべてをねじ曲げて、彼をさらったのは親切心からだということにしてしまった。それに何よりも、彼女が心から父親を愛し、心配していることを明らかにした。もしここで父親を診ることを断ったら、最低な男になったように感じるにちがいない。

コンランはため息をつきながら、長い髪に手を走らせたが、何かが手にふれたので眉をひそめた。髪から取って見てみると、とげだらけの小枝だった。

「診てくれるでしょう？」

コンランはレディ・エヴィーナに視線を移した。彼女の目は光っていたが、涙のせいなのか怒りのせいなのかわからなかった。だが、おそらく涙のせいだろうと思い、いま自分にできるのは父親を診ることだけだと思い直した。そうすれば、そのあとどうするべきか決められるだろう。

「わかった」コンランは言った。「お父上のところに連れていってくれ」

「そのまえに服を着られたほうがいいかもしれませんね」年老いた侍女が乾いた口調で言った。

コンランは眉を吊りあげ、侍女の視線を追って、目を下に向けた。足もとにプレードと毛皮が落ちている。彼は何も身につけていなかった。

「あなたが目を覚まして立ちあがったときに落ちたの」エヴィーナが彼の顔を見据え、首から下に目をやらないようにして言った。彼がずっとプレードを身につけていたかのような口振りだが、コンランは裸で馬に乗せられていたことを思い出した。プレードは彼の体に掛けられていて、立ちあがったときに落ちたのだろう。

コンランは首を振りながら、身をかがめてプレードを拾うと、ベッドの反対側の広い場所に足を運んで膝をつき、床の上でプレードにひだを寄せはじめた。彼の動きは無駄のないものだったが、けっしてあわててはいなかった。コンランはそれが自分であれ、ほかの誰かであれ、裸でいることで気まずくなったりしない。生まれてからの二十数年間は、週に二、三度兄弟たちと裸で泳いでいたし、いまでもたまにそうしている。それにローリーの仕事を手伝って病人やけが人の手当てをするときには、服を着ていない場合も含めて、さまざまな恰好の人々を相手にしなければならない。人間の裸を恥ずかしく思うことはなかった。

だが、レディ・エヴィーナもまた彼が裸でいても少しも気まずそうに見えなかったので、コンランは興味を抱いた。たいていの女性は、彼が服を身につけるまで部屋を出ていなかったとしても、彼と話すあいだ、顔を赤らめて口ごもり、おそらく背を向けてさえいただろう。だが、彼女はまるで彼がちゃんと服を身につけているかのように、すぐそばに立っていた。彼の首から下に目をやろうとはしなかったが。コンランは手を動かしながら、この何分かのことに思いを馳(は)せた。なかなか興味深い女性のようだ。確信はないが。つかみどころのない女性だ。次にどうなるのかわかっているつもりでいると驚かされる……じつに興味をそそられる。

ひだを寄せ終えようとしていたとき、目のまえに白いシャツが現われた。コンランは手を止めて、踵の上にお尻を落として座り、シャツを差し出している男を見た。滝で襲ってきた男だ。ふたりの兵士のうちの小柄なほうの。いや、小柄というのは語弊がある。男はまったく小さくなどないのだから。実際、コンランと同じような体格をしていたが、山のように大きいもうひとりの兵士と比べると、ものすごく小さく見えた。

「あなたのシャツです」兵士は静かに言った。「おれの鞍袋に入れて持ってきました」

「ありがとう」コンランはしぶしぶ言って、シャツを受け取った。シャツをすばやく身につけ、プレードをまとってから、ベッドの反対側で辛抱強く待っている人々のほうを向くと、眉を吊りあげて言った。「さて……お父上のところに連れていってくれたら、おれにできることがあるかみてみるよ」

コンランはエヴィーナに部屋の外に連れていかれるものと思っていた。だが、彼女はベッドに足を運び、積み重ねられている毛皮を見下ろした。「お父さま？ローリー・ブキャナン卿が来てくれたわ。お父さまを助けられる人がいるとしたら、それは彼よ。起きてる、お父さま？」

コンランはベッドに近づき、目を丸くした。毛皮の山のなかにしわの寄った老人の顔が見えたのだ。紅潮した頬や、目を開けた老人のうつろな目を見て、コンランは顔をしかめ、ファーガス・マクレーンの額に手の甲をあてた。

「大変だ。ひどい熱じゃないか」うろたえながら言って、額から手を離す。火がなくても料理ができるぐらい老人の額は熱かった。

コンランは眉をひそめて身を起こした。この老人はまさにローリーによる手当てを必要としている。それもいますぐに。だが、ここはマクレーンだ。ブキャナンまで馬を走らせてローリーを連れてくるには、少なくとも二日、ことによると三日かかるだろう。もっともローリーが来てくれるとすればだが。ローリーは宿屋の娘のことをひどく心配していた。娘は小柄だが、娘の夫は雄牛のような大男だ。ローリーは娘が出産で命を落とすのではないかと案じている。出産が無事終わるまで、娘のそばを離れたがらないだろう。そうするとファーガス・マクレーンをローリーのもとに連れていくしかないが、いまの状態では旅に耐えられそうにない。

困った状況に置かれたコンランは小さく悪態をついた。自分がファーガス・マクレーンのためにできることをしなければならない。熱を下げるのだ。熱を下げられさえすれば、彼をブキャナンまで運び、ローリーに診せられるかもしれない。幸い、何度もローリーの手伝いをしているおかげで、熱の下げ方は知っていた。コンランはすぐさまベッドの上の毛皮を剝いで、床に投げはじめた。

「何してるの？」エヴィーナが心配そうに訊き、彼を止めようとした。

「お父上は熱がある」コンランは指摘して、彼女を無視して毛皮を剝がしつづけた。まったく、こんなにたくさんの毛皮をいったいどこから調達してきたんだ？

「ええ、でも寒い寒いと言いつづけてたそうよ」エヴィーナは抗議して、彼が床に投げた毛皮を拾いあげた。

「熱があるからだ」コンランは応じ、剝がした毛皮をエヴィーナが戻そうとすると、手を止めて身を起こし、彼女をにらみつけた。口を開いたが、エヴィーナの顔を見て、その口を閉じた。彼女は死人のように真っ青な顔をしていた。目の下には極度の疲労からくる大きなくまができている。睡眠が必要だが、父親はだいじょうぶだと確信するまで寝ようとしないだろう……あるいは、誰かにそう確信させてもらえるまで。

「おれの力を借りたいんだろう？　ちがうのか？」結局、そう言った。

エヴィーナは疑うように目を見開いた。「もちろんそうだけど——」

「じゃあ、出ていってくれ」コンランは彼女の言葉をさえぎり、険しい声で言った。

「なんですって？」エヴィーナは息をのみ、驚いた声で言った。

「暖炉の火を消し、窓の鎧戸を開けて、水を張った浴槽を持ってこさせて、きみには出ていってもらいたい」きっぱりと言って続ける。「そして戻ってこないこと。もし戻ってきたら、おれは出ていく」

「でも……」エヴィーナが途方に暮れた顔で父親を見下ろすのを見て、コンランの決意はゆらぎ、危うく前言を撤回しそうになったが、彼女の両手が震えているのに気づいて思いとどまった。エヴィーナは疲れ切っている。ブキャナンに向けて馬を走らせるまで、きっと一睡もせずに父親の看病をしていたのだろう。そして彼を連れてここに帰るまでの二日か三日のあいだも寝ていないにちがいない。すぐに休まなければ、彼女自身が倒れて、病気になってしまう。

「きみは汚い恰好をして悪臭を振りまいてるし、足もともふらついてる」やさしく言っても通じないだろうと思い、きつい口調で言った。「病人がいる部屋にはいてもらいたくない。ここを出て、お風呂に入り、ベッドに行くんだ。そして、おれがいいと言うまで戻ってくるな」

「まあ――よくもそんな――」エヴィーナは口ごもった。驚きと怒りに頬を染めている。コンランは少しやりすぎたかもしれないと思いはじめた。

唇を引き結び、唯一持っている武器を使うことにした。父親の身を案じる彼女の気持ちを利用するのだ。コンランは顎を上げ、怒った声で言った。「それで？　出ていくのはきみか？　それともおれ？」

「エヴィーナお嬢さま」年老いた侍女がやさしく言って、彼女の腕にふれた。

レディ・エヴィーナは唇をきつく引き結び、こわばった顔でうなずくと、向きを変えてつかつかと部屋を出ていき、背後で勢いよく扉を閉めた。

「レディ・エヴィーナが何か食べて寝るよう取り計らってくれ」コンランは侍女に命じた。「ちゃんと食べて寝なかったらおれは出ていくと、彼女に伝えてくれ。父親だけでなく娘まで診るつもりはないから」

侍女はうなずき、主人のあとを追って扉に急いだ。

「それから、忘れずに、領主殿のために水を張った浴槽を持ってこさせてくれ」コンランは廊下に消える侍女の背に怒鳴った。

侍女の背後で扉が閉まると、まだ部屋にいたふたりの兵士のほうを向いて、ふたたび言った。「窓の鎧戸を開けて、暖炉の火を消すんだ。体を冷やさないと、脳が煮えてしまう」

ふたりの男はすぐに指示に従って動きだした。コンランはまた毛皮を剥ぎはじめた。頭のなかではすでにローリーが患者の熱を下げるためにしていたことを思い出していた。

「横柄な男ね」エヴィーナは大きな足音を立てて階段をおりながら、怒りもあらわに言った。うしろにティルディがいるのはわかっていた。背後で扉が開いて閉まる音が聞こえたので振り返ると、侍女が追ってくるのが見えたのだ。「わたしに部屋を出ていくよう命じるなんて。わたしは娘なのよ。そばにいるべきなのに」

「ええ、そうですね。でも、こうするのがいちばんいいのかもしれませんよ」ティルディが少し息を切らして言い、彼女についてにぎやかな大広間に足を踏み入れた。

「お父さまから娘のわたしを引き離すのが、どうしていちばんいいことなの？　お父さまは病気で、わたしを必要としてるのよ」エヴィーナは悲しく思いながら言った。

「いま、お父さまに必要なのは、お嬢さまではなくブキャナンさまです」ティルディはまじめな顔で言った。

エヴィーナは低くうなって応じると、侍女を連れて大広間を横切りはじめた。いまなお大勢の人々がテーブルにつき、食事を楽しんでいた。

「食事をとって、お休みにならないと」架台式テーブルの横を歩きながら、ティルディが続けた。「おかけになったらどうです？　浴槽の準備をするよう命じて、料理人に何か用意してもらいますから。食事をとられてから、お部屋に行かれて、少しお休みになってください」

「おなかは空いてないし、疲れてもいないわ」エヴィーナは怒った声で応じたが、本当のことを言っているわけではなかった。空腹ではなかったが、少し疲れていたのだ。けれども、ようやく城に帰ってきたときよりは疲れていなかった。頭に血がのぼっていて、怒りによって疲れが消えていたのだ。

「でも、お嬢さまがちゃんと食べて寝ないと、自分はここを出ていくと、ブキャナンさまはおっしゃってましたよ」ティルディはきっぱりと言った。

エヴィーナはうろたえて言った。「本気で言ったんじゃないわよね？」

侍女はまじめな顔で首を振った。「本気で言われたんだと思いますよ。お父さまだけでなく、好き好んで病気になったお嬢さままで診るつもりはないともおっしゃってました。わたしがお嬢さまがちゃんと食べて寝るよう取り計らなかったら、ここを出ていかれるとも」

「わたしに命令できるとでも思ってるみたいね！」エヴィーナは激しい怒りに駆られ、噛みつくように言った。

「言われたとおりにするしかありません」ティルディはまたしてもきっぱりと言った。

「ブキャナンさまがお父さまを診ずに、ここを出ていかれてもいいんですか？」

エヴィーナは体のわきでこぶしを握りしめ、小さくうなると、向きを変えて、ハイテーブル（上座の一段高い場所にあるテーブル）に向かって歩きはじめた。

「それでこそお嬢さまですよ」ティルディは見るからにほっとして言った。「座って休んでいらしてください。お父さまのところに浴槽をお持ちするよう指示して、お嬢さまには何か食べるものをお出しするよう言ってきます」

エヴィーナはぶつぶつと文句を言いながら、ハイテーブルのまえのベンチにすとんと座った。機嫌（きげん）のいいときでさえ、ああしろこうしろと言われるのは好きではないが、ブキャナンの命令に従わなければならないと思うと、じつに腹が立った。彼に関する話はたくさん聞いたが、横暴な男だとは誰ひとりとして言っていなかった。ローリー・ブキャナンは驚くほど優れた能力を持っていて、病人やけが人をまるで奇跡のように死の淵から救い、回復させるという話ばかりだった。エヴィーナが実際に話を聞いた人々は、彼を聖人扱いしていた。だが、ローリー・ブキャナンは聖人などではない。無礼で意地が悪く、思いやりがなくて、自分には彼女に命令する権利があると思うほどうぬぼれが強い。彼女を強迫して、自分の言うとおりにさせる権利があるといわんばかりに。

「お嬢さま」

エヴィーナははっと顔を上げ、目をしばたたいた。侍女が食べ物と飲み物を置こうとして、彼女が身を起こすのを待っていたのだ。そのとき初めて、自分がテーブルに両肘をつき、顎を手に乗せていたことに気づいた。ため息をついて背筋を伸ばし、物憂げに微笑むと、侍女は彼女のまえに牛肉と焼き野菜がのった木の皿とリンゴ酒を置いた。

「心配はいりませんよ、お嬢さま」侍女は励ますように言った。「ブキャナンさまがいらしたんですから、領主さまはすぐによくなられます。すぐに起きて歩きまわられるようになりますよ。いまにわかりますから」

「そうね」エヴィーナは無理に笑みを浮かべて言った。「きっとそうなるわ」

侍女はにっこり微笑んでうなずくと、急ぎ足でその場を離れた。

エヴィーナは侍女を見送ってから、あたりを見まわし、マクレーンの領民たちが、彼女や、領主が病の床につく部屋に続く階段のほうに、ちらちらと目を向けていることに気づいた。けれども、誰ひとりとして近づいてこようとせず、エヴィーナはありがたく思った。いまはいっしょにいて楽しい相手にはなれそうにない。そう思っていると、目のまえに置かれた食べ物のにおいが鼻をくすぐった。牛肉はとてもいいにおいがして、すばらしくおいしそうだった。二日以上も、馬上でオートケーキとリンゴしか食べていなかったのだから、なおさらそう感じるにちがいない。

エヴィーナは背筋を伸ばし、短剣を手にすると、皿を引き寄せて食べはじめた。

3

コンランは身を乗り出して、ふたたび患者の額に手をふれ、まだ熱はあるものの だいぶ低くなったことを確認して、いくらか誇らしい気持ちになった。平熱より少し高いぐらいで、顔色もよくなり、頰も最初に見たときのように紅潮しているのではなく、ピンク色になっている。どちらもいい兆候で、これは用意させた水風呂に入れたときに見つけた傷を適切に洗浄でき、感染した部分をすべて取りのぞけたあかしであることを願った。

コンランはドナンとギャヴィンを残らせ、患者を水風呂に入れるのを手伝わせた。寝間着を脱がせたとき、領主のお尻に炎症を起こしている大きな傷があることに気づいた。感染して炎症を起こし、かさぶたの下から膿が出ている傷がどうしてできたのかはわからなかった。ふたりの兵士に訊いても、いつ、どうやって領主がその傷を負ったのか、どちらも知らないようだった。

その問題はいったんあとまわしにして、領主を水風呂に入れることに専念した。当然ながら、熱を持った体が冷たい水に包まれたとたん、領主は悲鳴をあげてもがき、水から出ようとした。

病床についているときはすっかり弱っているように見えたのに、ファーガス・マクレーンを水から出さないようにするには三人がかりで押さえなければならなかった。だが、それだけのことはあった。領主の体は比較的早く冷えたのだ。そのあとコンランはドナンとギャヴィンに手伝わせて領主を浴槽から出し、その体を拭いて、ベッドにうつ伏せに寝かせた。そしてふたりに患者が動かないようしっかり押さえていてもらって、お尻の傷を洗浄した。幸い、人々を治療しにいくローリーに何度もつきあっていたので、傷のせいで熱が出ることがあり、再度の感染を防ぐため、感染した部分をきれいに取りのぞかなければならないと知っていた。

結局、感染した部分を取りのぞくために、お尻のかなりの部分を切除しなければならなかった。そのあとローリーがしていたように傷に清潔な麻布をつめ、包帯を巻いてから、領主に上掛けを掛けて休ませた。それから数時間経っていたが、コンランはそのほとんどのあいだひとりで老人のそばについていた。ドナンとギャヴィンがあくびをするのを一度ならず目にしたあと、夕食をとって休むようふたりに言い、部屋を出ていかせた。自分は気を失い、馬の背に乗せられてブキャナンからここまで来たが、ふたりは行きも帰りも馬を走らせていた。きっと主人と同じように疲れ切っているにちがいないと気づいたのだ。

もうすぐ夜が明ける。少なくともコンランはそう思った。鎧戸が開けられた窓の外に灰色の空が見えたからだ。気づくとあくびをしていて、疲労がたまっているのがわかった。おなかも空いている。コンランは顔をゆがめてそう認め、食べ物を運んできてくれないのなら、せめて食べ物があるところに連れていってくれる人間が来てくれないかと、扉に目をやった。

ファーガス・マクレーンに目を戻し、ふたたび身を乗り出して、額にふれた。最後に確認したときと、ほとんど変わっていない。もぞもぞと体を動かし、立ちあがって扉に向かった。年老いた侍女が部屋を出ていくまえに何か食べるものを持ってきましょうかと言ってくれたが、そのときはおなかが空いていなかった。いまはおなかが空いていた。

部屋の扉を開けて、廊下に目を凝らし、はっと立ち止まった。扉のまえに敷かれたわら布団で、女が寝ていたのだ。レディ・エヴィーナだった。彼に命じられたとおり寝ていたが、自分の部屋ではなく、父親の部屋に入らずにもっとも近くにいられる場所を選んで寝ていたのだ。

コンランは頬をゆるめ、少しのあいだ、静かに彼女を観察した。こんなに小柄な女性だったとは。剣の柄で殴られたときの衝撃からすると、体に合ったドレスからうかがい知れるほっそりした体ではなく、もっと大きな体をした女性であってもおかしくない。だが、本当に小柄な女性だ。コンランはエヴィーナの全身に目をやって、そう思った。

彼女は父親とよく似ていた。父親の目の色と髪の色を受け継いでいる。ファーガス・マクレーンを診たときに、白髪に交じって赤い毛があることに、コンランは気づいていた。そしてこれはいま気づいたのだが、エヴィーナは父親の力強い顎も受け継いでいた。だが、少しとがった鼻は母親から受け継いだにちがいない。ファーガスの鼻はもっと大きなかぎ鼻だった。そしてエヴィーナがゆるやかに曲線を描く卵型の顔をして、高い頬骨を持つ一方で、父親の、いまは数日分の無精ひげをたくわえている顔は、長く骨ばっていた。

だが、本当に美しい女性だ、とコンランは認め、ふたたびエヴィーナの顔や髪に目をやった。どうやらお風呂に入ったらしく、顔も手もきれいになっている。身にまとっている淡い黄緑色のドレスも汚れておらず、先ほどはきつくひっつめてまげにされていた髪は、彼が夢で見た娘と同じように、ゆるやかに波打ちながら顔のまわりに垂れていた。

いささか色っぽい内容だった夢を思い出して体が反応するのを感じると、コンランは顔をしかめ、すばやく視線をエヴィーナから階段に移して、手すり越しに、階下の大広間のようすをうかがった。驚いたことに、大広間は活気に満ちていた。人々の半分はすでに起きていて、静かにではあるが忙しなく動きまわっている。もう半分はちょうど起きたところのようだった。

どうやら思っていたほど早い時間ではないようだ。鎧戸が開けられた窓の外に見えた空が灰色だったのは、夜明けまえだからではなく、雨が降りそうだからにちがいない。明るい面を見れば、料理人もすでに起きていて、彼が食べられるものも何かあるはずだった。

ふたたびエヴィーナに目を向け、どうするべきか考えた。起こしたくはなかったが、硬くて小さなわら布団の上にこのまま寝かせておきたくもなかった。

コンランは振り返って領主の部屋に目をやり、大きなベッドを見つめた。父親の睡眠を妨げずにエヴィーナが眠れるだけの余裕は充分にある。硬い床の上で寝るより、はるかに快適だろう。

コンランは決断し、身をかがめて、エヴィーナをそっと抱えあげた。驚いたことに、彼女を起こさずに抱えあげられた。ほっと安堵のため息をつくと、エヴィーナを胸に抱えたまま身を起こし、ベッドに向かって歩きはじめた。

彼女を父親の隣に寝かせるためにベッドの反対側へまわったところまでは、すべてがうまくいっていた。ベッドの横を半分ほど歩いたところで、床に落とされたままになっていた毛皮らしきものにつまずき、何歩かまえによろめいた。コンランは驚き、エヴィーナを胸にしっかり抱いたまま、どうにか体勢を立て直そうとした。

奮闘むなしくコンランは自分を救えず、最後の瞬間に、ベッドに向かって飛び込むことしかできなかった。せめて自分とエヴィーナの受ける衝撃が、床に倒れるよりも軽いものですむことを願って。

脚と肩に何かがきつく巻きつくのを感じて、エヴィーナは眠りから覚めた。目をしばたたいて開けると、顔の上にブキャナンの顔があった。その顔に恐怖の表情が浮かんでいるのに気づいた瞬間、ブキャナンが彼女を抱えたまま、まえに転んだ。どうして彼に抱えられているのかわからなかったが、いまはそんなことはどうでもよかった。エヴィーナは両腕をブキャナンの肩に巻きつけ、彼とともに床に向かって倒れながら、悲鳴をあげた。

自分が先に倒れて、衝撃をもろに受けると思っていたので、背中や肩が硬い木の床に打ちつけられる代わりに、何か柔らかいものの上に落ちたときにはかなり驚いた。柔らかい何かは彼女の重みで沈んだが、次いで上からブキャナンが倒れてきたので、その体の重みを受けて、エヴィーナの体はいっそう深く沈み込んだ。

「だいじょうぶかい?」

そう訊かれて、エヴィーナは知らないあいだに閉じていた目を開け、困惑しながらまばたきしてブキャナンを見た。彼はわずかに身を起こしていたが、なおも彼女の上に乗っていて、その顔は口のまわりの無精ひげを数えられるほど近くにあった。無精ひげはふっくらした唇を縁取っている。エヴィーナはすっかり心を奪われ、その唇をじっと見つめた。硬そうな無精ひげと比べて、いかにも柔らかそうに見える。とはいえ、エヴィーナはその唇が柔らかいことを実際に知っていた。彼を川から引きあげたあとで、口から息を吹き込んだときにふれていたから。

ブキャナンの唇と、頭のなかをめぐる思いに夢中になっていたので、彼の口が近づいてきていることに気づかなかった。彼の唇が彼女の唇をかすめると、エヴィーナははっと身をこわばらせ、彼の肩にまわしていた両手を胸に移した。押しやろうとしてそうしたのだが、彼女の手が彼を押すことはなく、驚いたことにブレードをつかんでいた。するとブキャナンの唇が唇に押しあてられて、体じゅうの感覚が呼び覚まされ、興奮が募った。

彼はリンゴ酒の味がする。彼の舌が彼女の唇を割って押し入り、口のなかを探りはじめたとき、エヴィーナはそう思った。まともに考えられたのは、それが最後だった。実際、そう表現できるだけの知性が残っていたら、その瞬間、突然、体のなかで沸き起こった興奮と欲望に脳が圧倒されて、機能を止めたと言っていただろう。エヴィーナは自分の手がもどかしげにブレードを引っ張りはじめたことにも、口から甘くせがむような声がもれていることにも気づかずに、彼と競うようにキスを返しはじめた。

ドレスの上から片方の乳房をつかまれ、全身を火が貫いた。エヴィーナは彼の口のなかにあえぎ声をもらし、本能的に背をそらして、胸を彼の手に押しつけた。ブキャナンは無言の誘いに応じて、硬くなった乳首を探り出し、ドレス越しに軽くつまんだ。エヴィーナが彼の口のなかに叫び声をあげると、ブキャナンは硬くなったつぼみを親指で何度もこすった。やさしくなでているつもりだったのかもしれないが、エヴィーナは全身を震わせて、身をよじった。

エヴィーナがそうしたためにふたりの下半身がこすり合わされた。ブキャナンはうめき声をあげ、いっそう体を押しつけてきて、キスも激しさを増してきた。エヴィーナも情熱的なキスで応じ、腰を持ちあげて彼に押しつけた。いつのまにか、彼の空いているほうの手がドレスの下にもぐり込み、太ももの外側を這いあがってきていた。その手は太ももの内側にすべり込み、気づいたときには、脚と脚のあいだを手のひらで押されていた。

そのとき扉を叩く音がした。エヴィーナは小さくあえいでキスをやめ、扉のほうをにらんだ。ブキャナンが低く悪態をつくのが聞こえ、彼の体の重みを感じなくなった。こうべをめぐらせると、彼がベッドのかたわらの床に降り立つのが見えた。次の瞬間、手をつかまれ、ベッドから引き起こされた。急に起きあがったので少しめまいがしたが、すかさず向きを変えて、せかせかと部屋に入ってきたティルディを、目を丸くして見つめた。

「あら」侍女はそう言って足を止め、驚いた顔でふたりを見た。その目がしだいに険しくなり、体がこわばるのがわかった。

「階下（した）に何か食べるものを探しにいこうとして、レディ・マクレーンが扉の外の床で寝ているのを見つけたんだ」ブキャナンが冷静な口調で説明した。「部屋のなかに運んで寝かせようと思って。そのほうがもっと快適だろうから。抱えあげたときは起こさずにすんだけど、部屋のなかに運んだあとで毛皮につまずいて、彼女を抱えたままベッドに倒れてしまった」自嘲気味に顔をしかめ、肩をすくめる。「家族のなかでいちばん身のこなしが軽やかだとは、必ずしも言えないようだ」

「あらまあ」ティルディは体から力を抜き、口もとにかすかな笑みを浮かべた。「それなら、お嬢さまがあわてたごようすでだらしない恰好をされてるのも説明がつきますね」おもしろがっているように言うと、扉を閉めて、ベッドに近づいてきた。「でも、たいしたことじゃありません。倒れた先が床ではなくベッドだったのは運がよかったですね」

「まあ……そうだな」ブキャナンはゆがんだ笑みを浮かべて言った。

「何か食べるものをお持ちしましょうか？　それとも、少しのあいだこの部屋を離れて、階下のテーブルでお食べになりますか？」ティルディはそう尋ね、枕もとで足を止めた。エヴィーナの父親のようすを確かめてから、目を上げてブキャナンを見つめて続ける。「そのために来たんですよ。そろそろおなかがお空きになるころじゃないかと思って」

「少しぐらいならここを離れてもよさそうだ」ブキャナンは扉に向かいながら言った。

「ありがとう」

エヴィーナはその場に立ったまま、お預(あず)けを食らったような気持ちでブキャナンを見送った。彼にされたことによってなおも体がうずき、もっとしてほしいとせがんでいた。

「あら！」

エヴィーナはすでに閉められている部屋の扉から視線を引き剝がし、不安な気持ちでティルディを見た。「どうしたの？」

「いえね」ティルディは先ほどより落ち着いた口振りで言うと、手を胸にあてて首を振った。「一瞬、お父さまが目を開けて、起きていらっしゃるように見えたもので。でも、光の具合でそう見えただけのようです。あいかわらず、ぐっすり寝ていらっしゃいます」

エヴィーナは父親の顔を見下ろした。穏やかな顔で目を閉じている。身をかがめて父親の頬に手をあて、すっかり熱が下がっているのに気づいてほっとした。ああ、ローリー・ブキャナンは本当に奇跡の担い手だ。ゆうべここに来たばかりなのに、お父さまはすでに回復に向かっている。そう思っていると、父親がうめき声をあげて、彼女が手をあてているほうに顔を向けてきた。「お父さま？」

父親は目をしばたたきながらゆっくり開けて、エヴィーナを見た。「エヴィーナか？」

　エヴィーナは父親の声がしわがれていることに気づいて顔をゆがめながらもうなずいた。「ええ」

「お父さまにハチミツ酒をお持ちします」ティルディが小声で言い、急ぎ足で扉に向かった。

「気分はどう？」エヴィーナは尋ねながら、ベッドの端に腰かけて、心配と安心がないまぜになった気持ちで父親を見つめた。父親は目を覚ましている。まだ全快したわけではなく、病の床についてはいるが、ここまで回復した姿を見られるとは思っていなかった。

「昨日よりいい」父親はうなるように言うと、片方の手を弱々しく持ちあげ、すぐにまたベッドに落とした。

　エヴィーナは父親の手をとって、そっと握った。

　父親はもぞもぞと体を動かし、顔をしかめて尋ねた。「わたしを風呂で溺れさせようとした男は誰だ？」

　エヴィーナはその質問に困惑し、心配になって眉をひそめたが、すぐに状況を理解して、穏やかな顔で答えた。「ローリー・ブキャナンよ。お父さまを溺れさせようとしてたんじゃないわ。お父さまの体を冷やそうとしてたの」

「とてつもなく冷たい水だったぞ」父親が訴えた。

「ええ。ドナンから聞いたんだけど、ブキャナンはお父さまの体温を下げなければならないと言ってたそうよ」なだめるように言う。「それに効果はあったわ。こうしてだいぶよくなったんだから」

エヴィーナの言葉に父親はうなり声で応じて尋ねた。「どうやってここに来たんだ?」

「誰が?」エヴィーナはわかっていながら訊いた。

「ブキャナンだよ」父親はいらだたしげに言った。「誰だと思ったんだ?」

「ああ、ええ」エヴィーナはつぶやくように言うと、無理に笑みを浮かべて認めた。「その、わたしがドナンとギャヴィンを連れて彼のもとに行って、連れて帰ってきたの」

「それでブキャナンは快く来てくれたのか?」父親はブキャナンがここまで来た経緯(けいい)について何か知っているかのように、眉をひそめて尋ねた。

エヴィーナはためらった。真実も含めて、いくつかの返答が頭に浮かんだが、結局、こう言うにとどめた。「彼は快くお父さまを診てくれてるわ。彼が来てくれて、わたしたちは本当に運がよかったのよ。ティルディといっしょに思いつくことは全部したけど、お父さまの熱を下げることはできなかった。それなのに、彼は一晩で下げたんだから」

「ふむ」父親は言って、またもぞもぞと体を動かしてから訊いた。「それでブキャナンはいまどこにいるんだ？」

「階下で朝食をとってるわ」エヴィーナはすかさず答えた。

「ひとりで？」

エヴィーナは父親がそう訊いてきたことに驚き、目をしばたたいた。「ええ、そうよ。彼が朝食をとっているあいだ、わたしがお父さまのそばについていようと思って」

「ふむ」父親はうなるように言うと、ふたたび眉をひそめて尋ねた。「どんな男だ？」

エヴィーナはふいをつかれ、わずかに身を引いた。「とても……腕のいいヒーラーだと思うわ」結局、そう言った。実際のところ、彼とそれほど長いあいだいっしょに過ごしたわけではなかったから。少なくとも、気を失っていない彼とは、それほど長いあいだいっしょにいたわけではない。意識のある状態の彼について彼女が知っていることといえば、けっして父親に言うわけにはいかない、驚くほどキスが上手だということをのぞけば、見たところ立派なものを持っているということぐらいだが、それもまた父親に言うわけにはいかなかった。

「それから？」父親が促した。

「それからって？」エヴィーナは困惑して訊いた。

「腕のいいヒーラーだという以外に、もっと何かあるだろう」父親はいらだたしげに言った。

「ああ、そうね……ちょっと横柄だわ」エヴィーナは答えた。彼が自分にはまるでその権利があるというかのように、父親の部屋から出ていくよう命令してきたことを思い出し、腹立たしくなってきた。彼に噛まれたことや、ギャヴィンが溺れさせられそうになったことも話そうかと思ったが、そうすると彼がここに来た経緯について話さなければならなくなるのでやめておいた。とはいうものの、いったん思い出すと怒りが収まらなくなった。

「ふむ」

その声を聞いて視線を戻すと、父親は彼女をじっと見つめていた。

「まあそうだな」父親はようやく言った。「たとえそうだとしても、ひとりで食事をさせていいということにはならない。あの男は客としてここにいるんだ。おまえが行って、相手をしなさい。ここにはティルディにいてもらえばいい」エヴィーナが抗議する間もなくつけ加える。その名前を口にすることが侍女を呼ぶ魔法の合図ででもあったかのように、部屋の扉が開き、ティルディが取りにいった飲み物を手にせかせかと入ってきた。

「行きなさい」父親はエヴィーナの手から自分の手を引いて言った。「ブキャナンの相手をするんだ。さもないと、自分は歓迎されていないと思って、治療を終えるまえにここを出ていってしまうかもしれないぞ」

エヴィーナは父親から侍女へと目を移し、また父親に戻してから、ため息をついて立ちあがった。彼女たちが暮らす厳しい環境の北スコットランドでは、もてなしの心が大事だと父親から教えられていた。それに彼女を出ていかせるためにティルディにいてもらうのも厭わないというのなら、父親は本気なのだろう。いつもはティルディを避けているのだから。

「あとでまた来るわね」エヴィーナはそう言って、扉に向かった。

「階下にいるあいだに、お父さまが起きられたので何か食べるものを差しあげてもいいかブキャナンさまにお訊きになってください」ティルディが言った。「わたしがお訊きすればよかったんですけど、いままで思いつかなくて」

「わかったわ」エヴィーナはそう応じて部屋を出ると、扉を静かに閉めて、階段に向かった。階段の上に立ち、片方の手を手すりに置いて、にぎやかな大広間を見下ろすと、ローリー・ブキャナンがひとりでハイテーブルについているのが見えた。きっと侍女がそこに案内したのだろうとエヴィーナは思った。

ブキャナンを静かに見つめながら、心のなかで葛藤した。階下に行って彼に抱きつき、先ほど堪能（たんのう）したキスをまた味わいたいという気持ちがある反面、そもそもキスさせたことにショックを受けている自分もいた。まったく、あの男のことなど好きでもないのに。あの男はギャヴィンを溺れさせようとして、そのあとわたしを噛んだ。まあ、どちらにも、もっともな理由があったのかもしれないけれど——そう、少なくともギャヴィンを溺れさせようとしたことには。エヴィーナはそう思ったものの、彼が自分を噛んだ理由はさっぱりわからなかった。とはいえ、どちらにしろ、そんなことはどうでもいい。ゆうべ、彼が彼女を父親の部屋から追い出したことに、正当な理由などあるはずないからだ。そのとき彼が失礼な態度をとったことにも。よりによってわたしの家で！　しかも、わたしがお父さまのことを本気で心配していることを、わかっていたはずなのに。

そうよ、ローリー・ブキャナンには二度と近づきたくない。あいにく、お父さまに彼の相手をしろと言われたばかりだけれど。そのとき、ドナンがブキャナンに近づくのが見えた。ドナンは彼がひとりでいるのでそうしているのだと、エヴィーナは気づいた。彼女がいないあいだ、代わりにもてなし役を務めようとしているのだ。エヴィーナは自分が恥ずかしくなって、階段をおりはじめた。

「領主殿のお加減は？」

コンランは自分の隣に腰をおろした大男に目をやった。ドナンだ。マクレーンの第一従者の。しだいにわかってきたが、彼は体が大きいうえに頭もいい。まれな組み合わせだ。彼のように大きな体をした男は、ふつうその腕力に匹敵する知力を持ち合わせていない。だが、ゆうべ、いっしょにファーガスの体を冷やしていたときの言動から、ドナンは例外なのではないかと思うようになっていた。

「よくなってる」兵士がなおも答えを待っているのに気づいてコンランは言った。

「まだ油断はできないが、熱はだいぶ下がった」

「何よりです」ドナンは少し安心したように言うと、あたりを見まわして、そばを通りかかった召使いに合図を送った。そして女の召使いが笑顔でうなずき、足早に立ち去ると、コンランに視線を戻した。「頭の具合は？」

「ああ」コンランは片方の手を上げて、エヴィーナに剣の柄で殴られてできた額の横のこぶにふれ、次いで馬から落ちてできたとおぼしき後頭部のこぶにふれた。どちらもゆうべここで目覚めたときより少し小さくなっているようだ。ありがたいことに、痛みは目覚めてすぐになくなっていた。

「だいじょうぶだ」コンランは言った。「傷の治りは早いほうなんだ」

ドナンはうなずくと、ふいに言った。「ギャヴィンさまが溺れさせられそうになってると思わなければ、レディ・エヴィーナは殴らなかったはずです」

「あのギャヴィンという男はレディ・エヴィーナにとって大切な存在のようだね？」コンランは特に気にしていないような口振りで尋ねたが、自分が少しばかり嫉妬していることに気づいていた。その資格もないのに。彼女のことはよく知らないのだから。

「マクレーンの人々はみな、レディ・エヴィーナにとって大切な存在です」ドナンは重々しく言った。

「それはそうだろうね」コンランは言って、ほっと体の力を抜いたが、それもドランがこう続けるまでのことだった。

「でも、ギャヴィンさまはほかの人々よりも大切な存在のようです。少なくとも、お嬢さまは彼に目をかけています」

「そうなのか？」険しい声で訊く。

「ええ。でも、それにはもっともな理由があるんです」

「そうだろうな」コンランはそっけなく言った。

「ギャヴィンさまはお嬢さまのいとこで、ご両親を亡くされたあと、お嬢さまに育てられたんですから」ドナンは続けた。

コンランは驚いて、ドナンを見た。「どうやってレディ・エヴィーナが彼を育てられるんだ？　彼のほうが年上だろう？　そう見えるが」

ドナンはにこりとして、首を振った。「ギャヴィンさまは年のわりには体が大きく、ふるまいも大人びていて、すでにひげも生えてますけど、まだ十六なんです」

「そうなのか？」コンランは心から驚いて言った。少なくとも二十五には見える。

「いくつのとき両親を亡くしたんだ？」

「二歳です」ドナンは答えた。

「そのときレディ・エヴィーナは……？」

「十歳だったわ」

その答えはコンランの左の肩越しに聞こえ、しかも女の声だった。コンランはゆっくり振り返った。うしろにエヴィーナが立っているのを見ても驚かなかった。挨拶代わりにうなずいて、彼女の全身に目を走らせた。頬がかすかに赤くなっている。ベッドでもつれ合ったからだろうか？　コンランはそうだと思いたかった。髪が乱れ、ドレスにしわが寄っているのは、まちがいなくそのせいだ。エヴィーナはいままさにベッドから転がり出てきたかのように見えた。あるいは、つい先ほどまでベッドの上で転がっていたかのように。コンランは心のなかでにやりとした。じゃまが入らなければよかったのに。いや、じゃまされてよかったと思うべきなのかもしれない。エヴィーナはレディだ。ここの領主の娘なのだ。軽く扱っていい相手ではない。

「ギャヴィンがうちに来たとき、わたしは十歳だったわ」エヴィーナが静かに言った。

コンランは彼女をじろじろ見ていたことに気づき、無理に礼儀正しい笑みを浮かべて言った。「母親代わりになるには若すぎるな」

エヴィーナは少し表情をやわらげ、肩をすくめた。「わたしの母はその数週間まえに亡くなってたから。ほかに誰もその役目をする人がいなかったの」

コンランはそう聞かされて眉が吊りあがるのを感じながら、心のなかで計算した。ギャヴィンが二歳でここに来たとき、彼女は十歳だった。彼はいま十六歳だから、エヴィーナは二十四歳か……それでまだ結婚していない。どうしてだ？

「ああ、来ましたよ」

ドナンの言葉にあたりを見まわすと、先ほど彼が合図を送った召使いが、大きな皿を持って彼らのまえに立っていた。皿にはペストリーとチーズと果物がのっている。そこへ別の女の召使いが、マグをふたつとリンゴ酒が入っているとおぼしき水差しを手に現われた。

「どうもありがとう。でも、レディ・エヴィーナのためにもうひとつマグを持ってきてもらえないか？」召使いたちが運んできたものをテーブルに置いて身を起こすと、ドナンが笑顔で言った。

「マグはいらないわ」エヴィーナがコンランの隣に腰をおろしながら言った。「代わりにハチミツ酒を持ってきてちょうだい、サリー」

「はい、お嬢さま」リンゴ酒を持ってきた召使いが膝を折ってお辞儀をし、もうひとりの召使いとともに足早にその場を去った。

「なあ、レディ・マクレーン、どうして結婚してないんだ？」コンランは召使いたちがいなくなるのを待って尋ねた。

彼がそう尋ねたとき、エヴィーナはベンチから腰を上げて皿の上のペストリーに手を伸ばしていた。一瞬、その動きが止まったことにコンランは気づき、興味を抱いた。

エヴィーナはペストリーを取り、ベンチに腰をおろして答えた。「結婚してるわ。正式にはレディ・マクファーソンよ」

その簡潔な答えを聞いて、コンランは目をしばたたいた。全身に衝撃が走る。人妻なのか。なんてことだ。そうとも知らずにキスしてしまった。エヴィーナもキスを返してきたじゃないか。

「お父さまはよくなられてると、ブキャナンさまから聞きました」ドナンがその場に降りた沈黙を破って言った。

「ええ。熱もだいぶ下がったわ」エヴィーナは、たったいまコンランの世界を大混乱に陥らせたのが嘘であるかのように平然と言って、続けた。「それに目も覚ましたのよ。じつをいうと、何か食べさせてもいいか訊きたかったの。どうかしら？」

コンランは黙ってエヴィーナを見つめた。頭のなかは騒然としていたが、彼女の父親のことはいっさい考えていなかった。彼女のにおいや感触や味で、頭のなかはいっぱいだった。興奮したあえぎ声や甘くせがむような声がいまでも耳に鳴り響いていた。舌には彼女の味が残っている……それなのに人妻だったなんて。

「スープぐらいならかまわないかしら？」エヴィーナが尋ねる。コンランを見つめ返すその目には、いまでは好奇心が宿っていた。

コンランは彼女の質問に無理に注意を向けながら深く息を吸い込むと、皿のほうを向いてペストリーをふたつつかんだ。

「スープぐらいならいいだろう」ペストリーを手にして立ちあがりながら、うなるように言う。「きみから料理人に頼んで持ってこさせてくれたらありがたい。目を覚ましたのなら容体を確かめないと」

コンランは返事を待たずに足早に階段に向かった。心のなかでこう叫びながら……人妻だった！

そんなことはどうでもいい、と自分にきつく言い聞かせる。彼女のことはよく知らないのだから。おれを殴って気絶させ、さらってきた女だ。裸のまま縛って、ここまで連れてきた女だ……そして天使のようにキスをする女だ。いや、あばずれのようにというべきだろう。彼女はためらいもしなければ自分を抑えようともしなかった。まるで花が開くようにおれに向かって脚を開き、経験豊かな尻軽女のように腕のなかで身もだえした……実際、経験豊かなのだとコンランは思った。結婚しているうえに、誰にでも簡単に体を許すようだから。

まったく、夫はどこにいるんだ？　彼女はマクレーンを訪れるすべての男に身を任すのか？　文句を言うべきではないのかもしれない。彼女が差し出すものを受け取り、ベッドをともにして、自分のなかに募った欲望を満たすべきなのかもしれなかった。

結婚している女性が体を差し出してきたのはこれが初めてではなかったが、これまで一度も受け入れたことはなかった。結婚は神聖なものだと思っていたからだ。だが、今回ばかりは心が惹かれた。エヴィーナは魅惑的な女性だし、情熱に満ちている。あの情熱をむさぼり、欲望に満ちた体に身を沈めたい。

そう考えただけで硬くなるのを感じながら、コンランは階段をのぼった。エヴィーナのドレスを脱がして、先ほどドレス越しにふれた豊かで柔らかな胸を見たかった。その胸を愛撫し、先端を口に含んで吸い立てたい。太もものあいだに顔をうずめ、甘い蜜を味わいたい。両脚が腰をきつく締めあげてくるのを感じながら彼女を攻め立て、そのあとうしろ向きにさせて、髪を引っ張りながら、激しく奪いたい。ああ！　女を抱くすべての方法でエヴィーナを奪いたい。

彼のまえにひざまずいて彼のものを口に含むエヴィーナの姿が目に浮かぶ。コンランは階段の上で足を止め、いますぐ向きを変えて階段を駆けおりたくなる衝動と戦った。エヴィーナの手をつかみ、そうしたことをすべてできる場所に連れていきたかった。だが、少ししてコンランは首を振り、無理にまた足をまえに進めた。エヴィーナは結婚している女だ。彼女の夫は、妻がほかの男とその手のことにふけるのをすんなりと受け入れるはずがない。少なくとも自分が夫なら、彼女がほかの男と寝るのを受け入れたりはしない。いったい夫はどこにいるんだ？

おそらく城を出て国王に仕えているのだろう。あるいは、愛人とどこかで楽しくやっているのかもしれない。だからエヴィーナはあんなふうに身を任せてきたのだろう。彼女の結婚生活は悲惨なものなのかもしれない。たぶん夫に放っておかれているのだろう。

コンランは小さく首を振った。自分には関係ないことだ。彼女は人妻なのだから。ここにいるあいだ、彼女には近づかないほうがいいだろう。喜んで欲求を満たしてくれる未婚の娘がいくらでもいるのに人妻と関係を持つのは良心が許さなかった。いまこの瞬間から、レディ・エヴィーナ・マクファーソンとは距離を置くんだ、と自分にきつく言い聞かせ……そうできることを願った。

4

「いったいきみとうちの娘はどうなってるんだ？」

コンランがベッドのかたわらに運んできておいた物入れに手を伸ばし、麻布をつかんだとき、マクレーンの領主がそう訊いた。コンランはその質問に驚いて、麻布を床に落とした。悪態をついて身をかがめ、麻布を拾ったが、床に敷かれているイグサやごみがついていて、もはや清潔とはいえなかった。コンランはうんざりして汚れた布をわきに放り、新たに清潔な麻布を取った。

「どうなんだ？」ファーガス・マクレーンはいらだたしげに尋ねた。

「どうなってるとは？」コンランは慎重に訊き返した。自分とエヴィーナはどうなってもいない。少なくとも、彼女が人妻だとわかってからの四日間は、ふたりのあいだには何も起きていなかった。彼はずっと彼女を避けていた。幸い、エヴィーナのほうもそうしているようで、彼女がいることでもたらされる誘惑をたやすく避けることができていた。

「ふたりがいっしょにいるところを、とんと見ないが」領主はまたいらだたしげに言った。「エヴィーナはきみが食事をしているあいだここにいて、戻ってくるやいなくなる。まるで互いに避けてるみたいだ。あの子がきみをさらってここに連れてきたことを、まだ怒ってるのか？」

コンランは身を起こしてファーガスの顔を見ようとしたが、領主はうつ伏せに寝ていたので、その表情はわからなかった。コンランは眉をひそめて尋ねた。「ご存じだったんですか？」

「きみが初めてここに連れてこられたとき、わたしは起きてたんだ」領主は言った。「全部、聞いていたんだよ。まあ」苦笑いしているような声で続ける。「ほとんどの部分はね。あのときは少しばかり頭がぼうっとしてた。熱にうなされてたからね。でも、きみが自らの意思でここに来たのではないということはわかった」

コンランは少しのあいだ何も言わずに傷の手当てに専念していたが、やがて言った。「そのことを怒ってはいません。お嬢さんが最初からわたしをさらうつもりだったとは思っていませんから」そう、まちがいなくエヴィーナはおれをさらうつもりじゃなかった、とコンランは思った。おれはローリーではないのだから。だが、エヴィーナがローリーをさらうつもりだったとも思っていなかった。「あいにく、わたしを殴って気を失わせるはめになって、同意を得ずに連れてくるしかなかったんですよ」

「ふむ」ファーガスはそう言うと、続けて訊いた。「それなら、どうして互いに避けてるんだね？」

「お嬢さんのご主人はどこにいるんです？」コンランは質問に答える代わりに尋ねた。

「あの子のなんだって？」領主は両腕を支えにして上体を起こすと、首をめぐらせて、驚いた顔でコンランを見た。

「ご主人ですよ」コンランはいぶかしげに目を細めて言った。「お嬢さんに、どうして結婚してないのか訊いたら、してると言われました」

「ああ。そうか」

領主の顔に深い悲しみの表情がよぎるのが見えたが、そのあとすぐ領主はため息をついて、ふたたびベッドに身を伏せた。だが、少しして、コンランの質問に答えた。

「あの子の夫は亡くなったんだ」

領主の言葉はぶっきらぼうで、その声はうつろだった。ファーガス・マクレーンが娘の夫の死にひどく心を痛めていることがうかがわれた。コンランは老人の後頭部を見つめた。頭のなかはひどく混乱していた。エヴィーナは夫と死別しているから、このベッドで自分とキスしたときも、気の毒な夫の知らないところで、夫以外の男といちゃついていたというわけではなかった。そうわかって〝よし!〟と叫びたい自分がいる一方で、エヴィーナの夫が義理の父親から深く愛されていたらしいと心に留めている自分もいた。きっとエヴィーナからも深く愛されていたのだろう。彼女はまだ喪に服しているのだろうか。夫はいつ亡くなったのだろう?

「数年まえに溺れてね」まるでコンランがその質問を口に出してしたかのように、ファーガスが続けた。「もうかなりまえのことだから、ときにはあの子が結婚していたことを忘れてしまう日もある。だが、その一方で、あの日にあったこと以外、何も考えられない日もあるんだ。まさに悲劇だった」

コンランは老人の傷の手当てを進めたが、頭のなかはエヴィーナのことでいっぱいだった。彼女は人妻ではなかった。夫をすでに亡くしていた。ああ、これですべてが変わる。夫を亡くしているほうが、一度も結婚していないよりはるかにいい。純潔ではないということだから。エヴィーナは寝室での経験を積んでいて、もしそう望むなら男と関係を持つこともできる。彼女と関係を持ったとしても、ふたりがひけらかさないかぎり、誰にも気づかれないだろう。もう彼女を避ける必要はない。それどころか口説いてもいいのだ。

大きなため息が彼の注意を患者に引き戻した。コンランは領主を見つめた。エヴィーナの夫の死について考えたせいで、明らかに意気消沈している。彼女が夫を亡くしていることを喜んでいる自分が最低の男に思えた。領主の気をそらそうとして言った。「どうして傷ができたのか、教えてもらえませんか？」

「どの傷だ？」領主は首をめぐらせ、戸惑っているような目でコンランを見た。

「わたしがいま、手当てしてる傷ですよ。あなたのお尻の左側の」コンランは冷静に言って、老人のお尻に開いた大きな穴に最後の麻布をつめた。

領主はふんと鼻を鳴らして、顔をまた下に向けた。「傷などできてない。わたしのお尻にあるのは、もう何年もできてはなくなってたできものだけだ」

「何年も？」コンランは信じられない気持ちで訊き返した。「どうしてちゃんと治療しなかったんです？」

「自分では見ることもできないんだぞ。どうやって治療しろというんだ？」

「ティルディに切ってもらうとか――」

「そんな、とんでもない！」ファーガス・マクレーンはコンランの言葉をさえぎり、大声で言った。「あの女はもう十年以上ものあいだ、わたしのお尻を見ようとしてるんだぞ。愛する妻が亡くなるまえからだ。わたしのこんもりしたお尻を見たりなでたりする口実を与えるなんてとんでもない」あざけるように言って、つけ加える。「それにさわると痛いのが煩わしいぐらいで、それ以外はどうってことなかった」

「どうってことなかっただなんて」コンランはうんざりしてつぶやくと、きつい口調で言った。「そのできもののせいで危うく死ぬところだったんですよ」

「なんだって?」領主は驚いた顔でコンランを見たが、すぐに首を振った。「ばか言わないでくれ。わたしは熱のせいで死にかけたんだ。できもののせいじゃない」

「できもののせいで熱が出たんです」コンランは我慢できずに怒った声で言った。

「わたしがここに来たとき、あなたのお尻の左側は感染して腐ってたんですよ。かなりの部分を切除しなきゃならなかった。感染してたせいで熱が出たんです。死なずにすんで運がよかったんですよ」

「そんなばかな!」領主はまた両腕を支えにして上体を起こし、呆然としてコンランを見つめた。「たかができもののせいで、こんなことになったというのか?」

「ええ」コンランは短く答えた。

「まったく、なんてことだ」ファーガス・マクレーンはつぶやくように言って、ふたたびベッドに身を伏せると、ため息をついて続けた。「じゃあ、きみに切除してもらえてよかったんだな」

コンランはやれやれとかぶりを振って手当てを進めたが、やがて言った。「ブキャナンに人をやって、わたしの無事と居場所を知らせたほうがいいと思います。きっと心配してるでしょうから」

「そうだな」その口調から、領主が顔をしかめているのがわかった。「ご家族を心配させたままにしておくわけにはいかない。すぐに手紙を書いてくれ。うちの者にブキャナンまで届けさせよう」

コンランはほっとした。囚人のように扱われているわけではないが、ここに連れてこられた経緯を考えると、ブキャナンに手紙を届けてもらえないかもしれないと思っていたのだ。本気でそう思っていたわけではないが、つねに万一ということがある。だが、領主は彼の手紙を届けさせることを快く承知してくれた。なんの問題もなかった。

とはいえ、もっと早くそうするべきだった、とコンランは認めた。兄弟たちはきっとひどく心配しているにちがいない。口もとをゆがめて、そう考え、いまこそ領主に明かすべきなのではないかと思った。自分は五番目の息子のコンラン・ブキャナンであって、七番目の息子でヒーラーのローリーではないと。

どうやってその話題を切り出そうかと考えながら、コンランは手当てを終えて立ちあがり、ベッドサイドテーブルに置いておいた鞍袋のもとに足を運んだ。領主のために新たに薬を調合しようと思っていた。ローリーの指示のもとで何度か調合したことのある薬を。患者の血をつくり、眠りをもたらす薬だと、弟は言っていた。どちらもファーガス・マクレーンを回復させるには必要だ、とコンランは自分に言い聞かせた。領主を午後のあいだ眠らせておいて、自由に娘を誘惑しようとしているわけではない。本当に。だが、コンランがベッドサイドテーブルのまえに立ち、鞍袋を手に取ると、その中身は空だった。

「どうなってるんだ?」そうつぶやいて袋の口を大きく開き、なかをのぞき込む。

「ああ、そうだ、話すのを忘れてた」ファーガスが背後で言った。「今朝、きみが朝食をとってるときに、ティルディに言われて侍女がシーツや枕カバーを替えにきたんだが、そのうちのひとりが誤って、きみの袋を床に落としてしまってね。なかに入ってた薬草がいっしょくたになって、イグサも交じってしまったから、侍女が掃き集めて、火にくべた。犬が体に悪いものを食べて病気にならないように」

「どこの犬です?」コンランは驚いて尋ねた。ここに来てから一匹も犬を見ていなかったから。

「わたしの犬だよ」領主はそんなことは言うまでもないというように答えた。

「ここに来てから一匹も犬を見ていないもので」コンランは知らずにいた理由を説明した。

「わたしの具合が悪くなってからは城の中庭に出されてる。だが、普段はここで寝てるんだ」眉をひそめてつけ加える。「わたしがいないあいだはエヴィーナについてまわってるはずだ。つまり、あの子がここに来ていないときは」

コンランはうなずいて空の鞍袋をベッドサイドテーブルに置くと、親指と人差し指で鼻梁をこすりながら、ローリーの薬草をすべて失ったいま、どうするべきか考えをめぐらせた。同じものを手に入れなければならない。それも早く。領主は快方に向かっているし、薬草がなくてもだいじょうぶだろう。だが、ローリーにはあの薬草が必要なはずだ。城に薬草を持ち帰るという約束を果たさずに自分がいなくなったことを、弟は怒っているかもしれない。つまり、なんの問題もないわけではなかったのだ。知らないうちにここに連れてこられたことで、困った事態になっていたのだ。

「心配することはない」領主は言った。「薬草のことは、すでに考えてある」

コンランは鼻から手を離し、領主のほうを向いていぶかしげに言った。「ということ？」

領主は口を開いたが、扉を叩く音を聞いていったん話すのをやめ、笑みを浮かべた。

「どうやらその答えが来たようだ」

コンランは興味を引かれて扉のほうを向き、扉が開くと眉を吊りあげた。エヴィーナがお盆を持って入ってきたのだ。そのうしろにはギャヴィンの姿があった。

「ありがとう」エヴィーナは扉を開けて押さえておいてくれたギャヴィンにそう言うと、何歩か室内に進み、ブキャナンがまだ父親といっしょにいるのに気づいて歩く速度をゆるめた。いつもなら、彼はいまごろはすでにここにはおらず、階下のテーブルについていて、彼女が誰にもじゃまされずに父親と昼食をとれるようにしてくれている。ベッドの上でのことがあってからの四日間、彼はそうしていた。エヴィーナは今日もそうだろうと思い、お盆を持って大広間を横切りながら彼がまだテーブルについていないことに気づいたときも、用を足してでもいるのだろうと思った。そうではなかったのだ。

エヴィーナは顎を上げて歩きつづけ、無理に笑みを浮かべて、明るい口調で言った。

「そろそろお昼だから、お父さまの昼食を持ってきたわ」視線を父親に据えて続ける。

「わたしとふたりで食事をして、そのあいだブキャナン卿には休憩を取ってもらって、階下で食事をしてもらいましょう。いつもどおり」

つい口をついて出た最後の言葉に、エヴィーナはたじろいだ。自分で聞いても失礼きわまりなく、非難めいて聞こえた。彼がまだここにいることが気に入らないと言っているかのように。

「ありがとう。だが、今日は予定変更だ」マクレーンの領主が妙にほがらかな声で言った。エヴィーナは表情が見られたらいいのにと思った。父親がお尻を圧迫しないように、つねにうつ伏せに寝ていることで、もっとも不便に思うことのひとつがそれだ。話しているときに父親の表情を見られないのだ。そして、ここ二、三日、父親とはたくさん話をしていた。そのほとんどはブキャナンのことだ。父親はしょっちゅうブキャナンの話をしてきたり、彼について訊いてきたりする。もしかするとブキャナンがそのことに関係しているのではないかとエヴィーナは疑うようになっていて、いまもそう思っていた。

「どう変更するの?」エヴィーナはお盆を持ったままベッドのかたわらで立ち止まり、警戒して訊いた。

「われらがヒーラーがもっと薬草が必要だと言ってる」父親は言った。「おまえが採れる場所に案内しなさい」

「なんですって?」エヴィーナは驚いて言った。「でも、鞍袋いっぱいに薬草を持ってたじゃない。あれだけあれば――」

「今朝、侍女のひとりがシーツやら何やらを替えてるときに鞍袋を誤って落としてしまって、全部だめにしてしまったんだ」父親は上体を起こし、彼女のほうを向いて言った。「あいにく薬草はイグサといっしょくたになってしまい、処分するしかなかった」

「でも……」エヴィーナは呆然として父親を見つめた。「侍女たちがシーツや枕カバーを替えてるとき、わたしもここにいたわ。そんなことはなかったと思うけ――」

「おまえが部屋を出たあとに、薬草が散らばってることに気づいたんだ」父親はこともなげに言った。「中身を空にしてきれいにした便器を持って戻ってきた侍女に掃除させた。おまえはもういなかった」肩をすくめて言うと、ふたたび顔をベッドに伏せた。「いずれにしても、薬草がなければ治療できないそうだ。だから、おまえが薬草を採れる場所に案内して、採るのも手伝いなさい」

エヴィーナは顔をしかめ、もぞもぞと体を動かした。少ししてから、ブキャナンのほうを見ないようにして言った。「わかったわ。それならギャヴィンに案内してもらうわ。きっと――」

「だめだ」父親はすかさず彼女の言葉をさえぎった。「ギャヴィンは薬草のことなど何も知らない。どこで採れるかなんてわかるはずもない。それにギャヴィンにはほかにしてもらいたいことがある」

「でも……」エヴィーナは必死に断る理由を考え、お盆を掲げた。「昼食はどうするの？　わたしがお父さまといっしょに食べることになってたんだし、お父さまをひとりにしておくわけには――」

「ティルディに来てもらえばいい」父親はふたたび彼女の言葉をさえぎった。

「ティルディに？」エヴィーナは驚いて言った。普段、父親はどんな場合でも二分以上ティルディとふたりきりにならないようにしている。もう何年ものあいだティルディに慕われているが、その愛情を病気のもとのように見なして避けているのだ。それなのに、自らティルディをそばにいさせようとしている。これで二度目だ。

「ああ、ティルディに」マクレーンの領主はきっぱりと言った。「そうすれば、おまえはなんの心配もなく薬草を探しにいけるだろう」話は終わりだと思っているらしく、顔を持ちあげて、エヴィーナのいとこに目を向けた。「ギャヴィン、階下に行って、料理人におまえのいとことブキャナン卿のために昼食をつめるよう頼んでくれ。薬草探しに持っていって、あいまに食べられるように」

「わかったよ、伯父さん」ギャヴィンはエヴィーナに謝るような目を向けながら、足早に部屋を出ていった。ことの成り行きを彼女が喜んでいないことをわかっているようだった。

「ブキャナン卿、ドナンのもとに行って、厩番頭にきみとエヴィーナの馬に鞍をつけさせるよう言いなさい」父親は続けて言った。「わたしはこの子と少し話があるから」

「わかりました」ブキャナンは空の鞍袋をつかんで向きを変え、扉に向かった。

エヴィーナは眉をひそめて、その姿を見送った。ブキャナンは笑みを浮かべていた。彼が笑顔でいるのを見るのは……いや、五日まえに滝で初めて彼を見たときからいままで、彼が笑顔でいるところを見たことは一度もない。少なくとも、この四日間は、わたしのまえではいつも硬くよそよそしい表情を浮かべている……わたしがこの部屋でふしだらな女のように彼とキスしてからだわ。エヴィーナはそう思い、ため息をついた。

「エヴィーナ」

まばたきしてその思いを頭から追い出し、いぶかしげな目を父親に向けた。

「こっちに来なさい。盆はテーブルに置くんだ」父親は重々しく命じた。

エヴィーナは唇を引き結び、父親の指示に従った。もともとベッドサイドテーブルの上にあったものをお盆でそっと押しやって場所をつくり、そのまま手を離した。

「さあ、少し座りなさい」エヴィーナがお盆を置くと、父親が言った。

ふたたび言われたとおりにして、父親に警戒の目を向けた。何か考えがあるようだったが、それがなんなのかさっぱりわからなかった。

「今日の午後はおまえに努めて行儀よくふるまってもらいたい」父親は静かに言った。

エヴィーナは身をこわばらせた。「どういう意味？　わたしはいつだってお行儀よくしてるわ」父親はキスのことを知っているのだろうかと思いながら答える。

「ドレスの下にブレーを穿いてるのか？」

思いがけない質問だった。「ええ。どうして？」

「レディはブレーを穿いたり、馬にまたがって乗ったり、剣を持ち歩いたりしないからだ」父親は険しい声で答えた。「脱ぎなさい」

「なんですって？」エヴィーナは驚いて訊き返した。

「聞こえただろう。ブレーを脱ぐんだ。いますぐに」父親は断固として言った。エヴィーナが黙って父親を見つめていると、わずかに上体を起こして首をめぐらせ、彼女をにらみつけた。「目を閉じて数えるから。わたしが十数えて目を開けるまでにブレーを脱いでベッドに置きなさい」そう言うと、実際に目を閉じて、数を数えはじめた。

エヴィーナは呆然として父親を見つめていたが、父親が三まで数えたところでぱっと立ちあがり、ドレスの裾をたくしあげてブレーをつかむと、すばやく引きおろして脱いだ。

「脱いだわ」父親が八と口にすると同時に嚙みつくように言い、ドレスは自然にもとに戻るに任せて、ブレーをベッドに放り投げた。

父親は目を開けた。わずかに体を動かして首をめぐらせ、ベッドの端にブレーがのっているのを確認すると、笑みを浮かべた。「それでいい。次は剣だ」

「剣ですって？」エヴィーナは訊き返して、かぶりを振った。「わたしは――」

「レディは剣を持ち歩いたりしない」父親は頑(かたく)なに言った。「はずしてブレーの上に置くんだ。戻ってきたらまた身につければいい」

「そんなのなんの意味もないじゃない」エヴィーナはふたたび嚙みつくように言った。「彼を連れて馬でお城の外に出ろというなら、剣を持たせてもらわないと。いつ盗賊に襲われるかわからないし――」

「何が起こってもローリーが守ってくれるにちがいない」父親は平然として言った。

「ローリーはヒーラーよ。戦士じゃないわ」エヴィーナは高慢な口振りで言った。

「そしておまえはレディであって、若い男じゃない」父親はきつく言い返すと、断固とした口調でゆっくり言った。「レディは剣を持ち歩いたりしない。愛らしくやさしいものだ。笑みを浮かべて、やさしい声で話し、かわいらしく頼み事をして、男を褒めるものだ。剣の柄で男の頭を殴ったり、裸のままわたしの城に連れてきたりしない！」

「彼から聞いたのね」エヴィーナは愕然として、ささやいた。

「剣を置くんだ」父親はベッドの上のブレーのほうを示しながら、うなるように言った。

エヴィーナは唇を噛んで剣をはずし、そっとベッドの上に置いた。

「あの男から聞いたんじゃない」父親は言った。「おまえたちが戻ってきてこの部屋で言い争っていたとき、わたしは起きていて全部聞いてたんだ」

「まあ」エヴィーナはそうつぶやくと、口いっぱいに息を吸って、弁解するように言った。「お父さまはとても具合が悪かった。死んでしまうんじゃないかと思ったわ。お父さまを助けるために彼をここに連れて帰ってこようと必死だったの」

「なんのために？」父親は皮肉っぽく尋ねた。「あの男の兄や弟が兄弟をさらわれた仕返しに、わたしたちみんなを殺しにきたときに健康でいるためにか？」

エヴィーナは目を丸くした。「彼は兄弟を呼んだりしないわ。喜んでお父さまを治療してるように見えるもの。ここに帰ってくるときに恐れてたように、そうさせるために剣を首に突きつけたりする必要はなかったわ。彼は――」

「もちろん、あの男は喜んでそうしてるふりをしてるんだ」父親はきつい口調で言った。「見知らぬ城にただひとり、見知らぬ人々に囲まれて、まわりはみな武器を持ってるのに自分は持ってない。おまえはあの男がわたしを治療するのを断るとでも思ってたのか？　治療させられたことを兄弟たちに言いつけると、おまえに言うとでも？　そんなことをするのは愚か者だけだ。おまえはあの男を殺してここに埋め、彼の身に起こったことを誰にも知られずにすむようにするかもしれないんだから」

「そんなことしないわ！」エヴィーナは驚いて、あえぐように言った。

「わかってる」父親は疲れた声で言った。「でも、あの男は違う。ブキャナンはおまえのことをよく知らない。わたしたちのことをよく知らないんだ。ここにいさせられていることを、どう思ってると思う？」

「それは……」エヴィーナは困惑して、かぶりを振った。彼がどう思っているかなんて、たいして考えたことはなかった。自分たちは彼に見張りをつけるなどして囚人のように扱っているわけではない。自分は囚われの身ではなく客としてここにいるのだと理解してくれているものと思っていた。だからといって、父親を治療することを彼に断られていたら、囚人扱いしていたというわけではないが。断られたら剣を突きつけてでも治療させようと思っていた。けれども彼は断らなかった。父親の具合がひどく悪いことを知った瞬間、治療に取りかかったのだ。

「ブキャナン一族はここのところ勢力を増している」父親は重々しく言った。「兄弟たちは領主の娘と結婚して自らが領主となり、それぞれが兵を持っている。兄弟のひとりを敵にまわしたら、兄弟やその兵士たち全員と戦うことになる。つまりブキャナンとドラモンドとカーマイケルとマクダネルを相手にすることになるんだ。彼らの友人のシンクレアもまちがいなく加勢するだろう。それだけの兵に一度にかかってこられたらマクレーンはひとたまりもない……そしてつい先ほど、家族に手紙を届けるようローリーに頼まれた」父親は憂うつそうに言って続けた。「家族になんて言うつもりなのか不安だが、手紙を届けるのを断るわけにもいかない。彼は囚人ではないのだから」

父親の口から言葉が発せられるごとに、エヴィーナの目はいっそう大きく見開かれていった。彼女はいまやあんぐりと口を開け、恐怖に満ちた表情で父親を見つめていた。ブキャナン家の兄弟たちが結婚して領主となり兵を持っていることも、いかなる戦いでもまちがいなくブキャナンに加勢するだろうことも、まったく考えていなかったのだ。

「彼の剣はどこにある？」父親が訊いた。

「えっ？」エヴィーナは困惑し、目をしばたたいて父親を見た。脳裏にはなおも、五本の旗を掲げた大勢の兵がマクレーンに向かってきている光景が浮かんでいた。

「おまえがブキャナンを見つけたとき、剣を持っていただろう？」父親は険しい声で言った。

「ええ、そうね。持っていたと思うわ」はっきり覚えていなかったので、そう言った。

「持っていたとしたら、いまはドナンが管理してるはずよ」

父親はうなずいた。「じゃあ、城を出るまえにドナンから受け取って、ブキャナンに返すんだ」

エヴィーナはうなずいたが、落ち着かなく体を動かして尋ねた。「馬と剣を返したとたんに、ここを出ていかれたら？」

「それはない」父親が確信をもって言ったので、エヴィーナは戸惑った。父親はブキャナンが自分は囚われの身だと考えて、いまではほかの氏族(クラン)の長となっている者も含めた家族全員を呼び寄せ、マクレーンに仕返しをするかもしれないと言っている。

それなのに、どうして彼にそうする絶好の機会を与えようとするのだろう?

「でも、彼が自分は囚われの身だと思ってるなら——」エヴィーナはそのことを指摘しようとした。

「囚われの身ではないように扱うんだ」父親は彼女の言葉をさえぎって、きっぱりと言った。「悪くとられないように言って剣を返せ。いままで返すのを忘れてただけだとか」

そう提案されて、エヴィーナは苦笑いした。実際、そうだったから。

「それから、わたしを治療して回復させてくれたことに、感じよく礼を言うんだ。心から感謝してると」

それも本当のことだわ、とエヴィーナは思った。

「そして、ひとつふたつ褒めるんだ。笑顔も忘れるな」眉をひそめ、娘の全身に視線を走らせて、つけ加える。「それから髪はおろすんだ。さあ、そのいつものまげをほどきなさい」

「どうしておろさなきゃならないの?」エヴィーナは手を上げて髪からピンを抜きながら、困惑して尋ねた。

「おろしたほうがきれいだからだ。ずっと女らしくなる」

エヴィーナはピンを半分抜いたところだったが、いったん手を止め、あんぐりと口を開けて父親を見た。「そんなことがなんの関係があるの?」

「酢よりハチミツを使うほうがたくさんのハエをつかまえられるだろう。ブキャナンにおまえを好きになってもらわないとならないからな」

「なんですって? どうしてなの?」エヴィーナはあっけにとられて尋ねた。

「そうすれば呼び寄せないだろう。ブキャナンもカーマイケルもドラモンドも——」

「そうね、わかったわ」エヴィーナは我慢できずに父親の言葉をさえぎると、ふたたびピンをはずしはじめた。もしローリーがここに連れてこられたことに不満を抱いていて家族に復讐してもらうつもりでいるなら、彼女が髪をまげにしていようがおろしていようが関係ない。そう確信していたが、いまは父親を動揺させないほうがいいとも思っていた。死をも覚悟せざるをえないような状態からようやく回復したばかりなのだから。それに、実際のところ、父親の脳の機能について心配になりはじめていた。熱を下げなければ脳が煮えてしまうとローリーは言っていた。いや、プディングになってしまうと言ったのかもしれない。確信はもてなかった。その場にいたのではなく、彼がここに来た晩に、階下におりてきたギャヴィンから聞いたのだから。おまけにそのとき彼女は疲れ切っていた。たぶん、どちらも言ったのだろう。どちらにしても、エヴィーナは高熱によって父親の脳が損傷を受けたのではないかと思いはじめていた。

エヴィーナの父親はこれまでマクレーンで起こっていることをまったく気にかけなかった。そうしたことは娘に任せて、狩りをしたり釣りをしたり友人を訪ねたりしていた。それがいまはマクレーンのことを気にかけている。それはエヴィーナがもう長いあいだ願っていたことだった。けれども、あいにく父親が言うことは筋がとおっていない。ローリーが囚われの身のように感じていて復讐しようとするかもしれないと言う一方で、馬と剣を取り戻したら出ていくかもしれないとは思っていない。しかも、彼女が少し親しげにすれば、ローリーは自分たちへの復讐をやめると思っているらしい。とはいえ、父親は彼女が他人のご機嫌をとるのが苦手なことを知っている。彼によくするよう彼女に言うことは、次に会ったときに、うっかり彼を侮辱してしまうように仕向けているも同然なのだ。

エヴィーナは父親のことがひどく心配になってきた。

「そのほうがずっといい」

父親がそう褒めるのを聞いて苦々しく思いながら髪をほどき終え、顔にかかる髪をすばやく手でかきあげた。

「初めて会ったときのおまえの母親と同じぐらいきれいだ」

父親の声に悲しみがにじんでいるのに気づき、エヴィーナは顔をゆがめた。すると扉を叩く音がしたので、そちらに目を向けた。なかにいる人間の返事を待たずに扉が開き、ふたりが見守るなか、ギャヴィンが片方の手に袋を、もう片方の手に筒状に巻かれた毛皮を持って入ってきた。

「料理人がおいしそうな昼食を用意してくれたよ。階下の暖炉のまえに敷いてあった毛皮も持ってきた。食べるときに下に敷けるように」ギャヴィンはベッドに近づいてきながら言った。

「気が利くな。エヴィーナに渡してやれ。そうすればもう出かけられる。いまごろはもう、馬に鞍がつけられてるだろうし、ブキャナンも待ってるだろう」

エヴィーナは袋と巻かれた毛皮を受け取ると、眉をひそめて父親を見た。

「さあ、行くんだ」父親はそう促し、エヴィーナが向きを変えて扉に向かうと、つけ加えた。「わたしが言ったことを忘れないようにな。おまえを好きにさせるんだぞ」

「わたしを好きにさせるのね」エヴィーナはそうつぶやいて扉を閉めた。

「誰にお嬢さまを好きにさせるんです?」

声がしたほうにすばやく目を向け、顔をしかめる。ティルディが廊下を近づいてきていた。

「ブキャナンよ」疲れた声で言って、階段に向かう。「ローリーといっしょに薬草を探しにいくようお父さまに言われたの。彼によくして、わたしを好きにさせるよう言われたわ。そうすれば、彼をここに連れてきたわたしたちを罰するために、兄弟たちを呼び寄せることはないだろうからって」

「まあ、あの方はそんなことはしませんよ。絶対に」ティルディはすかさず言って、彼女と並んで歩きはじめた。「お嬢さまを好きにさせるのはむずかしくないでしょう。すでにお嬢さまのことが大好きなように見えますから」

「ブキャナンが？」エヴィーナが驚いて言うと、ティルディはうなずいた。エヴィーナは首を振った。「わたしのまえではいつも冷たく険しい顔をしてるのに」

「それが男というものなんですよ。自分の感情を隠すものなんです。でも、ブキャナンさまはお嬢さまに見られてないとき、いつもお嬢さまを見てますよ」こともなげに告げる。

「そうなの？」「まちがいなく好きな証拠です」エヴィーナが興味を引かれて尋ねると同時に、ふたりは階段をおり終えて、大広間を歩きはじめた。

「ええ、でもお嬢さまもブキャナンさまに見られてないとき、同じことをされてますよ」ティルディは言った。

エヴィーナは恥ずかしさに顔を赤くしたが、何も言わなかった。いったい何が言えるだろう？　ブキャナンが自分のほうを見ていないとき、確かに彼を見ているのだ。見ずにはいられなかった。とてもハンサムなのだから。彼にキスされ、ふれられたことをつねに思い出してしまう……そういうときは、彼をじっと見つめてしまう。たぶん、ばかみたいに物欲しげな顔をして、もう一度、キスしてほしいと思いながら。どうしてなのか自分でも説明できなかった。好きどころか、よく知りもしない男にどうして欲望を抱けるのか、さっぱりわからなかった。

「お嬢さまがブキャナンさまと薬草を採りにいかれるなら、お父さまには誰がついてるんです？」

「あなたよ」エヴィーナは顔をしかめて言った。

「本当に？」ティルディが悲鳴に近い声をあげ、エヴィーナはおかしくなって微笑んだ。父親がまた彼女にいてもらいたいと本気で言っていると思い、ティルディは見るからに喜んでいた。とはいえ、父親は本当はティルディについていてもらう気はないのではないかとエヴィーナは思っていた。自分が薬草を採りに出かけても、父親がティルディを呼ぶことはないのではないかと。とはいうものの、もう呼ぶ必要はない。

彼女が代わりに伝えてあげたのだから。

「ええ、お父さまはそう言ってたわ」エヴィーナは言った。「お父さまとわたしの昼食を持っていったら、あなたと食べるから、ブキャナンといっしょに薬草を採りにいくよう言われたの」

「まあ、なんてこと」ティルディは頬を赤く染めて、あえぐように言った。「じゃあ、早く行ってさしあげなきゃ」

「そうね」エヴィーナはこともなげに言った。

「薬草探し、楽しんでいらしてくださいね」ティルディは興奮した口調で言うと、くるりと向きを変えて、足早にその場を離れた。

ティルディがいっしょに昼食をとろうとして現われたら、父親はさぞかしびっくりするだろうとエヴィーナは思い、愉快になって微笑んだ。けれども、城の正面の扉に着くと、その笑みを引っ込めて、ふさがっている両手を見下ろした。毛皮と袋を片方の手に持ち直そうとしたちょうどそのとき、扉が開いて、ドナンが入ってこようとした。

「あ、お嬢さま」ドナンはエヴィーナにぶつかる寸前に足を止め、彼女が両手に持っているものに目を向けると、自分が持とうと手を伸ばした。「わたしが持ちますから、お嬢さま」

「ありがとう、ドナン。でも、そのまえに訊きたいことがあるの」エヴィーナはそう言いながらうしろに下がり、彼の手の届かないところで足を止めた。「ブキャナンを見つけたとき、彼は剣を持ってた？」

ドナンはその質問に驚いて、眉を吊りあげた。「ええ。馬にくくりつけてありました」

エヴィーナはほっとした。「いまどこにあるの？」

「お父さまのお部屋です」ドナンは答えた。

エヴィーナは頭にきて、ため息をついた。「もう、お父さまったら。わたしに剣をブキャナンに返させたいなら、どうして直接渡してくれなかったのかしら。あなたに頼むよう言うんじゃなくて」

「ご自分のお部屋にあることをご存じないんですよ」ドナンが肩をすくめて言う。「わたしたちがブキャナンさまを連れて戻った晩、わたしがお父さまのお部屋の炉棚の上に置いたんです」城のなかに足を踏み入れ、扉を閉めて言った。「すぐに取ってきます」

「ありがとう」エヴィーナは言って、出入りする者のじゃまにならないよう、わきにどいた。

ドナンは彼女の横をとおって足早に階段に向かった。彼は歩くのがとても速かった。階段の上からいなくなったと思ったらすぐに戻ってきて、階段をおりてきた。

「わたしが持っていきます」エヴィーナのもとに来ると、そう申し出て、彼女がすでに持っているものに目を向けた。「毛皮もお持ちしますから」

エヴィーナは逆らわずに毛皮を渡した。先ほど断ったのは、彼に剣を取ってきてもらいたかったからにすぎないし、食べ物が入った袋はとてつもなく重かった。重さから判断すると、料理人は兵士数人分の昼食としても充分なほど入れてくれたようだ。

剣と毛皮をドナンに任せたエヴィーナは向きを変え、彼のために扉を開けて押さえた。そして、ドナンが城から出ながら悔しそうに「ありがとうございます」と言うのを聞いて、微笑んだ。

「厩に行きますか?」エヴィーナとともに城の正面の階段をおりながらドナンが訊いた。

「ええ。馬に鞍をつけさせた?」エヴィーナはドナンとともに厩のほうに歩きながら尋ねた。

ドナンはうなずいた。「お嬢さまとブキャナンさまが薬草を採りにいけるよう、お父さまがそうしろとおっしゃったと、ブキャナンさまから聞きました。わたしは厩番頭にそうするよう頼んで、ブキャナンさまを厩に残したまま、お父さまと話をするために城に戻りました」

「お父さまが本当にそう言ったか確かめるために？」エヴィーナは言った。ドナンが確認しにいったと聞いても驚かなかった。たぶん、厩番頭と門を守る兵にも、ブキャナンがそうすることを許されているとわかるまで、城壁の外に出さないよう指示したにちがいなかった。

「ええ」ドナンはそう認めて尋ねた。「城壁の外に出られるんですか？」

彼女たちが薬草を採りにいくことにドナンが不安を抱いているのが、エヴィーナにはわかった。彼女自身、少し不安に思いながら言った。「ええ。だめになった薬草と同じものが採れる場所に案内するようお父さまに言われたから」

「ふむ」ドナンはつぶやいた。

「なんなの？」エヴィーナはすかさず尋ねた。いまの〝ふむ〟は、ほかの人々が知らないかもしれないことを自分は知っていると思っているときにドナンが口にするものだと、気づいたのだ。

「熱が下がってから、お父さまにいろいろ訊かれたんです」ドナンは静かに言った。

「何を訊かれたの？」エヴィーナは顔をしかめて訊いた。

「お嬢さまと……ブキャナンさまのことについて」ドナンは答えた。

「どんなことを訊かれたの？」エヴィーナは尋ね、歩く速度をゆるめて返事を待った。

「お父さまの部屋の外では、おふたりは話してるのかとか、そういうことを」

エヴィーナは眉をひそめて尋ねた。「なんて答えたの？」

「わたしが知るかぎり、お父さまの部屋の外でいっしょにいることはないと。どちらかがつねにお父さまのそばにいて、もうひとりはそこにいませんから。いっしょの場にいるのは、お父さまのそばについている役割を交替するときだけだと」

エヴィーナはうなずいた。ドナンが言っていることは本当だった。父親の部屋の外でブキャナンといっしょにいることはない。一方が入り、もう一方が出るときに、すれちがうだけだ。少なくとも、最初の朝に、ベッドに倒れ込み、キスしてからはそうだった。父親がどうしてそんなことを訊いたのか、さっぱりわからなかった。

「着きましたよ」

エヴィーナは顔を上げた。すぐそこにブキャナンと厩番頭の姿が見えた。ふたりは厩のまえに立っていた。彼女とブキャナンの馬が、それぞれ鞍をつけられて、いつでも出発できるようにしてあった。

「お持ちします、お嬢さま」厩番頭が急いで近づいてきて、彼女が持っていた食べ物が入った袋を受け取った。

「ありがとう」エヴィーナはそう言うと、ブキャナンがまえに進み出て、ドナンから剣ではなく毛皮を受け取るのを興味深く見守った。自分の剣だとわからないのだろうかと思いながら、ドナンから剣を受け取り、ここまで持ってきてくれた礼を言った。ドナンがうなずいて立ち去ると、向きを変えて、ブキャナンが袋と毛皮を鞍につけるのを眺めた。少なくとも、どちらかひとつは自分の馬にのせようと思っていたが、彼が自分の馬にのせたいというなら、それでかまわなかった。

もちろん、馬と剣を取り戻したいま、ここを出ていこうと思っているなら、食べ物があるに越したことはない。まだ剣は取り戻していないけれど。エヴィーナはそう気づき、袋と毛皮を鞍にくくりつけて彼女のほうを向いた彼に剣を差し出した。

「これを忘れてるわよ」

ブキャナンは剣に目をやったが、すぐにいぶかしげに片方の眉を吊りあげて彼女を見た。

エヴィーナは落ち着きなく足を踏みかえて説明した。「あなたがここに来てからずっと父の部屋の炉棚の上に置いてあったの」

「そこにあったのは知ってる」彼は言った。「ええ、その、持って出るのを忘れたみたいだから、わたしから渡せるよう、ドナンに取りにいってもらったわ」明るく言う。

エヴィーナの言葉を聞いて、ブキャナンはもう片方の眉を吊りあげた。「持っていったほうがいいかな？」

いくつかの答えが頭に浮かんだ。このままブキャナンに帰ろうと思ってるなら持っていったほうがいいわ、とか、それはあなたがこれからどうしようと思ってるかによるわ、とか。けれども、こう言うにとどめた。「安全な城を離れるときには、いくら用心してもし足りないわ」

ブキャナンはまじめな顔でうなずき、剣を受け取って、腰に巻いたベルトに差すと、顔を上げて尋ねた。「それなら、どうしてきみは今日にかぎって剣を持ってないんだ？」

「いい質問ね。父に訊いてちょうだい」エヴィーナはそう言うと、くるりと向きを変えて自分の馬に向かった。鞍頭をつかみ、鐙(あぶみ)に足を置いて乗りかけたところで、はっと動きを止めた。

「どうなさったんです？　お手伝いしましょうか？」厩番頭が驚いた顔で言い、あわてて彼女の横に来た。エヴィーナは子どものころから馬に乗るのを手伝ってもらったことはなかった。何事においても人の手を借りるのは嫌いなので、ひとりでできるよう練習し、すぐに乗れるようになったのだ。

「そうね、横乗り用の鞍を持ってきて」結局、ため息交じりに言って、鐙から足をおろした。ブレーを穿いていないのに、馬にまたがれるはずがない。

「横乗り用の鞍ですか？」厩番頭は困惑して言った。「たぶん、ないと思いますけど」

「お母さまは横乗りしてたんじゃないの？」エヴィーナは眉をひそめて尋ねた。

「ああ、そうでした！」厩番頭の顔が明るくなった。「すぐに取ってきます」

「いつもはまたがって乗るんだろう？」厩番頭が走り去ると、ブキャナンが言った。

エヴィーナは彼のほうを向いた。すでに馬に乗っているのを見ても驚かなかった。彼女が馬に乗ろうとしたときに、彼も乗っていたのだ。「ええ」

「それなのに、どうして今日は横乗りするんだ？」興味を引かれたように訊く。

「父にそうするよう言われたから」エヴィーナは答えた。

「どうして？」ブキャナンは驚いて尋ねた。

エヴィーナはかぶりを振って、訊き返した。「熱のせいで脳に損傷を負った可能性はあるかしら？　熱が上がりすぎるとそうなることもあるとあなたが言ったと、ギャヴィンから聞いたけど」

ブキャナンは眉を吊りあげ、一瞬、考え込んでいるような顔をして、うなずいた。

「その可能性はあるにはあるが、おれが見たところ、その兆候はない」

「あなたは父をよく知らないじゃない。すぐには気づかないかもしれないわ」エヴィーナは指摘した。

「それはそうだな」ブキャナンはかすかに微笑んで言った。

「さあどうぞ。ちょっと埃をかぶってますけど——おっと！」

エヴィーナが視線を横に向けたちょうどそのとき、厩番頭が片方の手でつかんでいた鐙革がちぎれた。厩番頭はもう片方の手で鞍をつかみかけたが、結局つかみ損ねて地面に落とした。

「もう長いあいだ使われてなかったから、革が劣化してるんでしょう」厩番頭はそう言って身をかがめ、鐙革がちぎれた鞍を拾った。

「だいじょうぶ。レディ・エヴィーナはおれの馬に乗せるから」ブキャナンが告げた。

「いえ、わたしは——」エヴィーナは断ろうとしたが、突然、うしろから腕が伸びてきて彼女の腰に巻きついたので、はっと息をのんだ。そのまま抱えあげられ、彼のまえに乗せられた。

「しっかりつかまってるんだ」ブキャナンは言うと、すばやく馬の向きを変え、マクレーン城の外に出る橋に向かって走らせた……かなりの速さで。飛ぶように走る馬に乗って城をあとにしながら、ここまではまったく計画どおりにいってないわね、とエヴィーナは思った。

5

「もうこれぐらいでいいだろう。ここはいい場所だな。このへんでやめて、お昼を食べないか？」

エヴィーナはニガハッカを摘む手を止めて、ゆっくり身を起こした。腰をさすりながら、ブキャナンが持つ膨らんだ鞍袋から、ふたりの目のまえに広がる草地に目を移す。

「ええ」と、ため息交じりに言った。疲れ切っていて、食事をするしないは別にして、いますぐ休みたかった。彼に抱えあげられ、馬の背に乗せられて、城を駆け出すという刺激的な始まりを見せたこの遠出も、いまでは少しも心躍らないものになっていた。城を出てすぐ彼は馬の速度をゆるめ、どこに行けばいいか訊いてきた。彼女の案内で馬を進めたあと、ふたりは馬を降りて、薬草や野生のハーブを採りはじめた。

ふたりが採った植物のなかには、マクレーンの庭園に生えているものもあった。エヴィーナはそのことをブキャナンに告げ、庭園から好きなだけ採ってかまわないと言ったが、こう返された。「こうして野生のものがあるのに、どうして庭園からもらわなきゃならないんだ？　庭園に生えているものはあとで必要になるかもしれないし、野生のものは放っておけば使われないまま枯れてしまう」

エヴィーナは肩をすくめて、彼が必要としているものを採りつづけた。いまや鞍袋は以前と同じようにはち切れそうになっていて、彼女は疲れ果てていた。せいぜい二時間しか経っていないのに、まる一日、森や草地を歩きまわって、薬草やハーブを採っていたように感じた。

「疲れた？」ブキャナンが馬の背に鞍袋をぶら下げながら、同情するように尋ねた。

「ええ」エヴィーナは短く答えた。彼は馬の手綱をつかみ、彼女のほうに近づいてきた。彼女は何時間ものあいだ訓練場で男たちと剣を交えることができる。けれども、植物を採るのは、体が慣れていない骨の折れる仕事だった。戦うときとはまったく別の筋肉を使うのだ。昼食をまだとっていないことも、くたくたになっている原因のひとつかもしれないと、エヴィーナは思った。

「草地のまんなかが食事をするのによさそうだ」ブキャナンが彼女の横で足を止め、あたりを見まわして言った。

エヴィーナは何も言わずにうなずいた。座れさえすればどこでもいい。「さあ」彼女が受けた警告はその言葉だけだった。しかも警告としての役割をたいして果たしていない。ブキャナンにふいに腰を抱かれ、馬にひょいと乗せられて、エヴィーナはそう結論を下した。ずり落ちないように鞍頭をつかみながら、目を丸くして見つめると、彼はにっこり笑った。「ひどく疲れてるみたいだね。馬の背で休むがいい。おれが草地のまんなかまで連れていくから」

エヴィーナは努めて体の力を抜き、鞍の上で楽な体勢になって、彼が馬を引くのに任せた。最初に思ったよりはるかに距離があり、目的の場所に着くころにはブキャナンの気遣いをありがたく思うようになっていた。

「このあたりでいいだろう」彼はほがらかに言って、馬から彼女を降ろした。

「ありがとう」エヴィーナはぼそりと言って向きを変え、食べ物が入った袋を鞍からはずした。そのあいだにブキャナンは毛皮を手にし、すばやく地面に広げたようで、彼女が振り返ると、ちょうど彼が腰の剣を抜き、毛皮の上に置くところだった。ふたりは毛皮の上にどさりと腰をおろした。エヴィーナは袋をまえに置いて、あたりを見まわした。そうして座っていると、背の高い草のせいで首を伸ばさないと何も見えないことに気づき、昔を思い出して笑みを浮かべた。

「どうして笑ってるんだい？」ブキャナンが興味を引かれたように訊いてきた。

エヴィーナは肩をすくめて、袋を開けることに注意を向けた。「兄のダニエルのことを思い出したの。こういう場所で遊ぶのが好きだったのよ。お互いに背の高い草のなかに隠れて、こっそり相手に忍び寄り、突然飛び出して脅かしっこするの。いつも本当の戦いみたいに真剣にやってたわ」そう説明した。

「お兄さんがいるのか？」ブキャナンは驚いて尋ねた。「お父上はそんなこと言ってなかったが」

「父が兄の話をすることはないと思うわ。ダニエルはわたしが八つのときに死んだの」エヴィーナは静かに言った。「父はまだ兄の死を乗り越えられてないんだと思う」

「気の毒に」ブキャナンは小声で言って、続けた。「どうして亡くなったんだい？」

エヴィーナは肩をすくめて、料理人がつめてくれた食べ物を袋から出しはじめた。焼いた豚の脚、パン、チーズ、ゆで卵、ゆでたじゃがいも、カスタード、さくらんぼ、そして革袋に入ったワインとマグがふたつ。空になった袋の口を締めてわきに置き、ようやく言った。「よくわからないの。まだ小さかったから。兄は具合が悪くなって、ヒーラーが何人も呼ばれたわ。母はずっとひざまずいて祈ってて、しまいには膝から血が出たほどだった。でも……」ふたたび肩をすくめる。「亡くなったの」

「じゃあ、きみは八歳のときにお兄さんを亡くして十歳のときにお母さんを……」ブキャナンは少したためらってから言った。「そして、ギャヴィンを二歳のときから育てたんだな」

「ええ」エヴィーナはいとこに思いを馳せて、頬をゆるめた。ギャヴィンはとてもかわいい男の子だった。ばら色の頬をして、よく笑う子どもだった。不幸に見舞われ、何週間ものあいだ深い悲しみの闇に包まれていたマクレーンに、ふたたび光と幸せをもたらしてくれた。そのことだけでも、彼を愛さずにはいられない。エヴィーナはため息をつき、ブキャナンが短剣で豚肉の脚を切り分けるのを見守りながら尋ねた。

「あなたは？　父の話では兄弟がいるみたいだけど」

「ああ。いまは六人いる」ブキャナンはそう言うと、短剣の先に刺した肉をエヴィーナに渡してよこした。

「いまはって？」エヴィーナは短剣に刺された肉をひと口食べて、静かに尋ねた。

「もともとはおれも含めて男だけで八人いたんだ」ブキャナンは静かな声で説明した。「でも、いちばん上の兄、オーレイの双子の弟のユーアンが、数年まえに亡くなってね。戦いで」

「お気の毒に」エヴィーナはつぶやいた。

ブキャナンはうなずいて続けた。「妹もいる。サイっていうんだ」

そう言うと、話すのをやめて肉にかぶりついた。ふたりはしばらくのあいだ何も言わずに食べるのに専念した。薬草を採るのはこれぐらいにしようと言われたとき、エヴィーナはそれほど食事に興味はなかったが、いざ座って、食べ物を目のまえにすると、ひどくおなかが空いていることに気づいた。ふたりは料理人が用意してくれたものをひとつ残らず平らげる勢いで食べつづけ、最後にカスタードとさくらんぼに注意を移した。するとブキャナンが言った。「それで、どうしてお父上は今日にかぎってきみにブレーを穿かせず、馬にまたがって乗るなと言ったんだい？」

エヴィーナはふたたび食事から会話に注意を戻し、もっともな理由を考えようとしたが、結局、本当のことを言うことにした。つねに本当のことを言うほうが簡単だ。嘘をつかなければ、嘘をついたことを覚えている必要もない。

「もっと感じよく、レディらしくしたほうが、あなたに好かれると思ってるからよ」エヴィーナは言った。ブキャナンが身をこわばらせ、目を見開いてからいぶかしげに細めるのを見ても、たいして驚かなかった。

「どうしておれにきみを好きにさせたいんだ？」

「あなたが家族に届けてもらいたがっている手紙の内容を心配してるからよ」エ

ヴィーナは言った。「わたしたちのことを好きになってくれれば、さらわれたことを兄弟に言わず、兄弟がマクレーンを取り囲んで、報復しようとすることもないんじゃないかと思ってるの」素っ気ない口調で言う。

その瞬間、ブキャナンが大声で笑いだしたので、エヴィーナは少し驚いたが、その顔を見ているうちに、自然と口もとがゆるんだ。とても楽しそうに笑っていたし、そうしているときの彼の顔は文字どおり輝いていたからだ。

「でも、おれはさらわれてきたわけじゃない」笑いが収まると彼は言い、こう続けて、エヴィーナが口にした言葉を本人に思い出せた。「きみは、おれみたいにハンサムな男を裸で気を失ったままひとりで川のほとりに残すのは危険だと思って連れてきただけなんだから」

「わたしはハンサムだなんてひと言も言ってないわ」エヴィーナは顔が赤くなるのを感じながら、すかさず言った。

「じゃあ、きみはおれがハンサムだと思わないんだね?」ブキャナンは傷ついた顔で訊いた。

「そんなことはないわ。でも——」エヴィーナは困惑して否定したが、彼の顔から傷ついた表情が消えて代わりに笑みが浮かぶのを見て、そう認めるよう仕向けられたことに気づき、言葉を切ってブキャナンをにらみつけた。

「でも?」ブキャナンはわざとらしい笑みを浮かべて促した。

「でも、あなたは横柄で気むずかしくて古いブーツみたいに扱いにくいわ」エヴィーナは顔をしかめてそう締めくくった。

「それは古いブーツは気むずかしいという意味か?」彼はおもしろがっているような顔で尋ねた。

エヴィーナはブキャナンをにらみつけ、さくらんぼに手を伸ばしたが、彼はさくらんぼが入れられている器代わりの穴が開いたパンをつかんで、彼女の手が届かないところに置いた。そして驚いているエヴィーナに笑顔を向け、さくらんぼの柄をつまんで、彼女のほうに掲げた。

「そうじゃない」エヴィーナが手を伸ばすと、彼は言った。「口を開けるんだ」

エヴィーナは眉をひそめて彼を見たが、その目はさくらんぼに引きつけられた。目のまえに掲げられている、黒に見えるほど濃い赤い色をしているさくらんぼは、とてもみずみずしく、おいしそうに見えた。エヴィーナは少しためらってから、身を乗り出して口を開けた。彼がさくらんぼを彼女の唇のあいだにおろすと、口を閉じてぐいと引き、柄だけを彼の手に残した。

ブキャナンは笑みを浮かべて彼女を見ていたが、やがて自分の口にぽんとさくらんぼを放り込んで静かに言った。「家族に届けてもらう手紙に、ここに来た経緯やきみたちへの不満を書くつもりはない」

「そうなの？」エヴィーナは尋ねたが、疑っているのがすぐにわかる口調だと自分でも思った。

「ああ」ブキャナンは安心させるように言った。「運悪くああいうことになったんだし、マクレーンに来てからは、おれは自ら望んでここにいる。誰かにそうさせられてるわけじゃないし、囚われているわけでもない。だから、なんの不満もない。家族に自分の居場所と無事でいることを知らせたいだけだ」

「まあ」エヴィーナは眉をひそめた。彼の家族はさぞかし心配しているにちがいない。彼は突然、家族のまえから姿を消したのだから。

「だから、きみはおれに特に感じよくしたり、気に入られようとしたりする必要はないんだ」ブキャナンは愉快そうに言った。

「よかったわ」エヴィーナはほっとして言い、体の力を抜いた。

「おれに感じよくするのはさぞかし大変だったろうな」ブキャナンは好奇心もあらわに尋ねた。

「そうね」そう認めてから、その言葉がどう聞こえるか気づいて説明した。「その手のことは得意じゃないから。感じよくしろと言われると、どういうわけか逆のことをしてしまうの」

「どういうわけか、だって？」ブキャナンは興味を引かれた顔で訊き、エヴィーナがうなずくと、眉を吊りあげた。「どうしてそうなるんだい？」

「わからないわ」ため息交じりに言う。「緊張して、うまく話せなくなって、気づくと相手は侮辱されたと思ってるの」

「じゃあ、誰かに感じ悪くするようお父上に言われたら、その逆になるのかい？　感じよくしないではいられなくなるのか？」ブキャナンはまたしても、おもしろがっているような顔で訊いた。

エヴィーナはかすかに笑みを浮かべて肩をすくめた。「わからないわ。誰かに感じ悪くするよう、父に言われたことはないから」

「なるほど」ブキャナンはそう言って口をつぐんだが、少しして尋ねた。「おれにどうよくしてくれるつもりだったんだい？」

エヴィーナはブキャナンが彼女に向けている悪気のない顔を疑いの目で見て言った。

「ただ感じよくしろと言われただけで、それ以上の意味はないわ。わたしは父の娘であって、誰彼かまわず相手する女じゃないのよ。その手のことをさせたかったのなら、父はベッツィをあなたの部屋に行かせてたわ」

「おれは部屋をもらっていない」ブキャナンは指摘した。「お父上がおれを必要としたときにそばにいられるように、お父上の部屋にわら布団を敷いて寝てる」

「ああ、そうだったわね」エヴィーナはかすかに眉をひそめて請け合った。「戻ったら、あなたの部屋を用意させるわ。父はもうだいぶよくなったから、もうあなたが父の部屋で寝る必要はないはずよ」

「ありがとう」ブキャナンはそう言うと、にっこり笑って続けた。「でも、ベッツィをおれのもとに送り込もうなんて思うなよ。おれは赤毛の怒りっぽい美人のほうが好みなんだ。大柄で大きな……胸をしたブロンド女よりも」言葉を選ぶようにして締めくくる。

エヴィーナは褒められたのがわかって顔を赤くしたが、すぐに目をしばたたいて、ブキャナンに突き刺すような視線を向けた。「ベッツィが大柄なブロンド女だとどうしてわかったの？」

ブキャナンは肩をすくめて、笑みを浮かべた。「すでに身を差し出されたから」

「そんな、嘘でしょ！」エヴィーナは驚いて言った。

「いや、本当のことだ」ブキャナンは言った。「最初の晩に階下に夕食をとりにいったとき、食事のあとのデザートにわたしをどうぞと言われた」

「そんな、嘘でしょ!」エヴィーナはあえぎながら同じ言葉を繰り返した。

「本当だ」ブキャナンは言った。「でも、いま言ったとおり、おれは赤毛の美人のほうが好きだと気づいてたから、彼女の親切な申し出を断った」

エヴィーナはどう反応すればいいかわからず、ブキャナンを見つめた。自分は赤毛だが、美人だとは思っていなかったし、父親の部屋でキスしてから、ブキャナンは彼女のまえではいつもよそよそしく冷たい態度をとっていた。その彼がどうして突然、彼女のまえで、くつろいだ、のんびりした姿を見せているのか、さっぱりわからなかった。

「きみは結婚してるものとばかり思ってた」

その声はとても小さかったので、エヴィーナは危うく聞き逃すところだった。彼が何を言おうとしているのかわからず、首をかしげて言った。「結婚してるわ。そう言ったでしょ」

「ああ。でも、ご主人を亡くしてるとは知らなかったんだ」ブキャナンはまじめな顔で説明した。「きみは人妻だと思ってた。夫がある身でありながら、おれとキスしたんだと」

「わたしはそんなことしないわ！」エヴィーナは憤慨して言い、背筋を伸ばした。「それにわたしからキスしたんじゃなくて、あなたからしてきたのよ」すばやくつけ加える。彼とのキスを思い出し、恥ずかしさとなんであるのかわからない感情で顔が熱くなるのを感じながら。

「ああ、そうだ。でも、きみも積極的に応じてきた」ブキャナンが言い、エヴィーナは彼の息が自分の頬と唇にかかるのを感じて、目をしばたたいた。いつのまに近くに来たのだろう？　いまや彼はほんの数センチしか離れていないところにいた。すぐそばに――

次の瞬間、うなじに手をまわされ、髪に指を差し入れられて、頭のうしろを押さえられたので、エヴィーナは驚いて身をこわばらせた。それだけで充分だった。彼は彼女の頭を押さえたまま、目を見つめて続けた。「でもいまは、きみは夫を亡くしているから不貞を働いてることにはならないとわかってる。きみとまたキスしたい」

「してちょうだい」その言葉がどこから発せられたのか、エヴィーナにはわからなかった。脳が発したものではない。まるで体にもうひとつ脳があるかのようだった。少なくとも唇にはあるらしい。唇がその言葉をささやいたのだから。とはいえ、そんなことはどうでもいい。自分がそう言ったのだ。それがすべてだ。頭を引き寄せられ、彼の顔が近づいてきて、ついに！　唇が重なった。このまえと同じようにすばらしかった。

エヴィーナは体じゅうを悦びと欲望が駆け抜けるのを感じながら彼を迎え、差し入れられた舌に残るさくらんぼの味を堪能した。情熱が燃えあがり、まるで何年も眠っていてふたたび命を吹き返したかのように、体が反応して柔らかくなり、彼に押しつけられた。

初めのうちブキャナンはキスしかせず、顔を左右に傾けながら、彼女の唇と舌を相手に自分の唇と舌を踊らせていた。エヴィーナはうめき声をあげ、彼の肩に腕をまわして、体をいっそう押しつけた。

彼に膝の上にのせられたのか、自分からのったのか、エヴィーナにはわからなかった。わかっているのは、突然、彼にもっと近づかずにはいられなくなったことだけだ。毛皮の上で彼にまたがり、両手を髪に差し入れて、必死にキスに応じる。ドレス越しにお尻をつかまれ、引き寄せられて、硬くなったものが、それをいちばん欲しがっているところに押しあてられると、彼の口のなかにあえぎ声をもらした。

ブキャナンは片方の手でエヴィーナを抱きながら、もう一方の手でふいに乳房をつかんだ。エヴィーナは悦びの声をあげ、身をそらして彼の手に強く胸を押しつけた。すると下半身がいっそう引き寄せられ、硬くなったものに押しつけられた。

「ああ」ブキャナンは唇を離してうなるように言うと、エヴィーナの頬から首筋に何度もキスをした。エヴィーナはあえぎ、首をうしろに傾けた。ドレスの襟(えり)ぐりが引っ張られるのを感じ、次の瞬間にはドレスが肩から落ちて、片方の乳房がむき出しになっていた。動揺している自分もいたものの、温かな乳房を冷たい手でつかまれて、抑えられずに悦びの声をあげた。


ブキャナンはエヴィーナの首筋を軽く嚙んで応じると、彼女に少し体を離すよう促した。エヴィーナは目を下に向け、彼にむき出しにされたユリのように白い乳房を彼の日に焼けた浅黒い手がつかんでいるのを見て、唇を嚙んだ。するとドレスの上身ごろが引き下げられ、もう片方の乳房があらわにされた。本能的に身をそらし、下半身を押しつけると、新たにあらわにされた乳房をもう片方の手でつかまれた。

「なんてきれいなんだ」ブキャナンはうなるように言って、乳房をもみしだいた。乳首が硬くとがるのを見て、片方の乳首を口に含み、舌で転がす。エヴィーナは彼の膝の上で身もだえした。

「お願い」彼の肩に爪を立ててあえぐように言う。自分が何をお願いしているのかわからなかったが、やがて彼の手が下におり、ドレスの下にもぐり込んできた。その手が太ももに伸びてくるのをぼんやりと意識したが、あまりにも多くのことが同時に起こっていたので、彼の手が彼女の潤った部分をなでるまで、彼が何をしようとしているのかわからなかった。

エヴィーナは驚いて叫び、身をこわばらせたが、やがて彼の指が円を描いたり前後に動いたりして、彼女のまだ誰にもふれられていない部分を愛撫しはじめた。エヴィーナが驚いているにもかかわらず、彼女の体は激しく震え、腰が勝手に動きはじめた。彼女の体は彼の手の動きに合わせて動き、興奮が募ってきた。

自分が叫び声をあげ、わけのわからないことをつぶやいているのをぼんやりと意識しながら、彼の肩をつかんで、よくわかっていないものを追い求めた。すると乳首を軽く嚙まれ、何かが彼女のなかに押し入ってきた。エヴィーナは悲鳴をあげて身を震わせた。彼女の体は激しく震えながら、入ってきた指を強く締めつけた。ブキャナンは指を抜き、両手で彼女のお尻をつかんで少し上に持ちあげてから、また下におろした。指よりはるかに大きなものが押し入ってきて、彼女を真っ二つにした。

悦びにわれを忘れていたエヴィーナは苦痛に満ちた悲鳴をあげた。目を開けると、何が起こったのかわかった。彼が彼女のなかに入っている。処女のあかしが破られたのだ。どうしてこうなったのだろう？　こんなにすばやく簡単に？　キスされ、ふれられただけで。わたしはドレスを着たままだし、彼もブレードを身につけている。こんなに簡単に奪われてしまうなんて。

ひどく動揺し、混乱していたので、身をこわばらせているのは自分だけではないことにエヴィーナが気づくまで少しかかった。ブキャナンもまた凍りついていたが、やがてわずかに身を引いて、上体をうしろに傾けた。彼にじっと見つめられているのを感じて、エヴィーナはふたたび閉じていた目を仕方なく開け、視線を合わせた。

「でも、きみは結婚していたじゃないか」ブキャナンが呆然として言った。

エヴィーナはすぐには何も説明できず、ただ彼を見つめた。たったいま、純潔を失い、まだ彼のものの上に座っている。つい先ほど追い求め、ほんの少しのあいだ堪能した悦びはもはや消え去り、代わりに混乱と恐怖と後悔が生じていた。もっとも不愉快な脚のあいだの鋭い痛みとともに。

「震えてるね」ふいにブキャナンが心配そうに言った。「泣かないで。だいじょうぶだから」

エヴィーナはそのとき初めて目から涙が流れていることに気づき、目をしばたたいた。そして実際、震えてもいた。ああ、わたしはけっして泣いたりしないのに。ばかみたいに泣いてる場合じゃないわ、そう自分にきつく言い聞かせる。たったいま、純潔を失った。とはいえ、誰かのために守っていたわけではない。エヴィーナはまた自分に言い聞かせた。すでに一度結婚していて、夫を亡くしている身だ。このまま再婚せずにマクレーンを治め、死期が近づいたらギャヴィンに引き継がせればいいと、父親は言ってくれている。エヴィーナもそうするつもりだった。

これでよかったのよ、と自分に断言する。初めての床入りを経験し、自分に欠けているものはないことがわかった。夫がいないことで損をしていることはたいしてないと知りながら、残りの日々を過ごすことができる。夫婦の営みは女がイヴの過ちの代償として受けなければならない試練だと、神父はつねに言っている。まさに試練だとエヴィーナは思った。ほんの少しのあいだ味わった悦びは、いま感じている痛みに値しない。まったく、彼は自分のものを使わないで、剣を入れてきたのかしら?

「もしかすると……」ブキャナンが確信のない口振りで言いかけたが、途中で言葉を切り、わずかに体を動かして、エヴィーナの背後に目をやった。

「なんなの?」エヴィーナは肩越しに振り返って尋ねた。彼の上に座っているので目線が高くなり、草の向こうまで見えたが、何も変わったものはなかった。

「さっきあそこに――」ブキャナンはふいに言葉を切って、悪態をついた。それと同時にエヴィーナは背中に強い衝撃を受けた。

突然、息がうまくできなくなり、呆然としてブキャナンに向き直った。彼の恐怖に満ちた目が下に向けられるのを見て、その視線の先を追うと、驚いたことに自分の胸から血のついた矢の先が突き出しているのが見えた。次の瞬間、ブキャナンが彼女を抱いて地面に横向きに倒れた。

エヴィーナは横向きに倒れ、うめき声をあげた。息を整えようとしたが、途中であきらめ、顔をしかめながら目を開けた。ブキャナンの姿が消えている。困惑してあたりを見まわすと、彼の足が見えた。足は動いていて、そのそばにもうひと組の足が見えた。すると金属と金属があたる音がした。音がするほうに目を向けると、彼が剣で誰かと戦っているのが見えた。

なかなかのものね。彼の戦いぶりを見てエヴィーナはそう思ったが、視界に別の男が入ってきて、彼が一度にふたりと戦っていることがわかったので、かなりの腕前だと思い直した。ただのヒーラーじゃない、と認めたものの、気づくとまぶたが閉じてきていた。

エヴィーナは目をしばたたいて開けた。すぐに開けたと思っていたが、どうやらそうではないらしく、ブキャナンが戦っていたふたりの男は、いまでは彼女のそばに動かずに横たわっていて、ブキャナンは別の男と戦っていた。そのかたわらで別のふたりの男が戦っているのが見えた。そのうちのひとりは――

「ギャヴィン！」いとこが腕を剣の先で突かれたのを見て、エヴィーナは叫んだ。いや、叫んだつもりだったが、そうできるだけの空気が肺になかった。その声はふつうに話すときぐらいの大きさでしかなかったが、ふたりに一瞬、戦いをやめさせ、彼女のほうを見させるには充分だった。エヴィーナはギャヴィンの驚きと苦痛に満ちた顔を見て、かぶりを振った。あの子がこんなところにいるはずない。きっと夢を見てるんだわ。そう思うと同時に、ふたたびまぶたが閉じてきた。

次に目を開けたときには、世界は凄まじい速さで流れ、大きな蹄の音が響いていた。ブキャナンが彼女をしっかり胸に抱いて言った。「頑張れ、エヴィ。もうすぐ着く」

エヴィーナはもうすぐどこに着くのか尋ねたかった。自分が見たのが本当にギャヴィンだったのかも、もしそうなら彼はだいじょうぶなのかも尋ねたかったが、そう口に出す間もなく、またまぶたが閉じてきた。

6

「娘の具合は？」

そう訊かれて、コンランは眠っているエヴィーナから目を上げ、ファーガス・マクレーンが足を引きずって部屋に入ってくるのを見守った。自分の足で歩いてはいるものの、見るからにつらそうだ。もっとも、お尻の半分を失い、その傷がまだ完全には癒えていないのだ。当分のあいだは足を引きずって歩くことになるだろう。コンランはそうぼんやりと思ったが、すぐに領主が心配そうな顔で返事を待っていることに気づいた。

コンランはふたたび険しい目でエヴィーナを見た。以前、ローリーが似たような傷を洗浄するのを手伝ったことがあるものの、いまここに彼がいたらどんなにいいかと思わずにはいられなかった。まちがった処置をして、かえって悪くしてしまったらと思うと気が気ではなかった。だが、彼になら任せられると誰もが思っていたし、自分は優れたヒーラーであるローリー・ブキャナンではないと明かせる状況ではなかったので、できるかぎりのことをした。処置には時間がかかり、彼は疲れ切っていた。「矢を抜き、傷を洗浄して閉じました」ため息交じりに疲れた声で言い、驚嘆の念を込めて首を振りながら続けた。「矢が刺さった場所がよかったのかもしれませんが、思ったより血を失ってませんでした。もう心配ないと思います」

「よかった」領主はつぶやくと、ベッドまで来て、お尻の無傷のほうの側で座った。娘の顔にかかった髪の毛を払いながら、ぼそりと言う。「剣を置いていかせるんじゃなかった」

「剣を持っていたとしても使えなかったし、矢を防げもしなかったでしょう。お嬢さんが射られるまで、おかしなことは何もなかったんですから」コンランは静かに言った。

「ああ、そうだな」領主は暗い顔で言った。

「ギャヴィンはどうしてます？」コンランは椅子の上で身を起こして尋ねた。

「腕をけがしてるが、どうってことはない。休むよう言っておいた」領主は言った。

「きみがエヴィーナにかかりきりになっているあいだに、ティルディがあの子の傷を洗浄して縫った。ティルディは傷の手当てが得意なんだ」そうつけ加える。「でも念のため、あの子が目を覚ましたら、なんの問題もないか診てやってほしい」

コンランはゆがんだ笑みを浮かべ、ティルディのほうが自分よりたくさん傷の手当てをしているだろうと思ったが、そう言えるはずもなかったので、うなずいて言った。

「もちろんです」

「ありがとう」領主は静かに言った。「今日のことも感謝してる」

「今日のこと?」コンランはどういう意味なのかわからず尋ねた。エヴィーナの傷の手当てをしたことには、すでに礼を言われていた。

「薬草採りに入った先でのことだよ」領主は説明した。「きみの剣の腕前は相当なもので、ギャヴィンが加勢するまえに、ふたりの男をひとりでやっつけたと聞いた」

「ええ、まあ」コンランはそう言ったあと、眉をひそめて尋ねた。「ギャヴィンはあそこで何をしてたんです?」ギャヴィンがどこからともなく現われて、襲ってきた男たちと戦っている彼に加勢したとき、コンランはとても驚いた。

領主は黙ってかぶりを振ると、エヴィーナの頰をなでた。「ギャヴィンとエヴィーナはわたしにとってこの世でいちばん大切な存在だ。そのふたりを、今日、危うく失いかけた」

少しのあいだ、ふたりは何も言わずにいたが、やがて領主がコンランを見て言った。

「何か食べて休んだらどうだ？　わたしについていてくれたせいで、ちゃんと寝られてないんだろう。娘にはわたしがついている。きみには睡眠が必要だ」

コンランはためらった。このままここにいてエヴィーナについていたいが、実際、疲れているし、何か口に入れたほうがよさそうだ。でも――

「お嬢さんはマクファーソンという男と結婚してたんですよね？」ふいに言ったが、どう話を続けたらいいのかわからず、口をつぐんだ。結婚していたのに、どうして一度も床入りをしたことがないのか知りたかった。どうして処女のあかしが破られていなかったのか。だが、彼女の処女のあかしが破られていないことがわかった経緯や、草地で襲われるまえに彼がそれを破ったことを話さずに、訊けるはずもなかった。

「それがどうしたんだね？」領主は訊いた。「話しただろう？　結婚していたが、夫は亡くなったと」

「ええ」コンランは顔をしかめた。

「マクファーソンか」領主はつぶやいて、かぶりを振った。「娘は十歳で結婚したときにその姓に変わったが、そのこともつい忘れてしまう。いまだにわたしと同じマクレーンだと思ってしまう」唇をゆがめて続ける。「わたしにとって、あの子はずっとエヴィーナ・マクレーンなんだ」

コンランは領主に鋭い目を向け、信じられない気持ちで尋ねた。「十歳ですって？お嬢さんは十歳で結婚したんですか？」

「結婚といっても名ばかりのものだよ」領主はコンランの怒りをなだめるように手を振って言った。

コンランは眉を吊りあげた。

「その二年まえに息子が亡くなってね」領主は説明した。「わたしのあとを継ぐ者はエヴィーナだけになった。つまり、わたしが死んだら、あの子の夫がマクレーンを治めることになったんだ。あの子は生まれたときからマクファーソンの次男のコリンと婚約してた。だから、コリンが教育を受けるために外に出される歳になると、わたしはマクレーンで受けさせたいと思った。ここの人々のことや、ここではどう物事がおこなわれているかを知ることができると思ったからだ。そうすれば、いざここを治めることになったとき、領民にとっていい領主になれるだろうからね」

「賢いやり方ですね」領主が少しのあいだ間を置くと、コンランは言った。

「当時はわたしもそう思った。でも、そのすばらしい思いつきはわたしに何ももたらさず、結局高くついたんだ」領主は物憂げに言って、片方の手でしわの寄った顔をこすった。「マクファーソンもその考えに同意してくれたが、彼は病にかかっていて、その年の終わりまでもちそうになかった。生きているうちにコリンが結婚するのを見たいと言われてね。コリンをマクレーンに来させる代わりに、そのまえにふたりを結婚させることになった。マクファーソンで」

「でも、エヴィーナがまだ十歳だったのなら……」コンランは眉をひそめて指摘した。「女性が結婚できるのは十二歳からだと法で決まってるじゃないですか」

「ああ」領主はうなずいた。「国王と教会から特別な許可をもらわなければならなかった。結婚を完全なものにするのはエヴィーナが十二歳になってからにするという条件つきで」

「でも、コリンはそれまで生きていなかったんですね」コンランは言った。思い違いではなかった。おれは実際にエヴィーナの純潔を奪ったのだ。ああ、なんてことだ。しかも、早急に。知っていたら、もっと時間をかけて、彼女の準備が充分に整うのを待ってから——いや、いったい何を考えているんだ？　彼女が清らかな身だと知っていたら、手は出さなかっただろう。なんてことだ！　おれは彼女の純潔を奪ったのだ！

「結婚を完全なものにするまえにコリンが亡くなったと、どうしてわかったんだね？」領主は片方の眉を吊りあげて尋ねた。

コンランは一瞬、身をこわばらせ、力なく首を振った。進んで口にしたい返答もなければ、その場で嘘を思いつける機知も持ち合わせていなかった。

幸い、領主はそれ以上追及せずに言った。「ああ、コリンは結婚式の二日後に溺れて亡くなった。マクレーンに来る途中の出来事だった。わたしが彼に治めてほしいと願っていた土地を、一度も見ることはなかったんだ」

「じゃあ、彼はお嬢さんと結婚したあとここに来る途中で亡くなったんですね……お嬢さんが十歳のときに」コンランは眉間にしわを寄せて言った。

「ああ」領主はつぶやいた。

「でも……エヴィーナの母親も彼女が十歳のときに亡くなったんですよね？」コンランはそう尋ねたあと、自ら質問に答えた。「ええ、彼女の母親が亡くなって数週間後にギャヴィンがここに来たとき、エヴィーナは十歳だったと聞きました」

「ああ、わたしの愛する妻はコリンを助けようとして亡くなったんだ」領主は重々しく言って説明した。「わたしたちは結婚式と宴の次の日にマクファーソンを発った。一日目は何も起きなかったが、二日目の晩、わたしたちは流れの速い川のそばで寝ることにした。

危険な川で知られていたが、誰も川の水に浸かる気はなかったから、危険はないと思った。それが運悪く、コリンが水を汲もうとして足をすべらせ、川に落ちてしまった。たちまち流れに巻き込まれ、水中に引き込まれた。わたしたちが止める間もなく妻のマイリが彼を助けようとして飛び込み、当時、第一従者だったラハランがそのあとに続いたが、三人とも水中に姿を消した。次の日、少し離れたところで三人の遺体が見つかった。まさに悲劇だった」

コンランはかぶりを振って、ため息をついた。まさにこれ以上ないほどの悲劇だ。領主は妻を亡くし、エヴィーナは母親と夫を同時に亡くした。とはいえ、夫を亡くしたことはそれほどショックではなかったのではないだろうかと思った。おそらく結婚式のときに初めて会ったのだろうし、知り合ってから三日しか経っていなかったのだから。

「結婚が解消されなかったのが不思議ですね」コンランはその場に降りた沈黙を破って言った。「完全なものにはならなかったんですから」

領主は顔をゆがめてうなずいた。「ああ。無理もないがマクファーソンは息子が亡くなったことに激怒して、わたしたちを責めた。結婚を無効にし、結婚の贈り物として贈った金を返させるよう申し立てた。だが、国王がそれを却下した。両家ともその事故で愛する者を失ったのだし、結婚が完全なものにならなかったのは、その意志がなかったからではなく悲劇のせいだからと言ってね。結婚は有効とされ、贈り物は夫を亡くした妻のもとに残された」

「じゃあ、エヴィーナは夫を亡くしているが、本当の意味では結婚していないんですね」コンランは静かに言って、首を振った。彼女が夫を亡くしていると聞いたとき、そんな事情があったとは思ってもみなかった。頭にあったのは……そう、頭のなかは、そのために自分が自由にできるようになったことでいっぱいだった。そしてそれを最初の機会で実行に移した。草地で彼女を誘惑し、粗野でやさしさのかけらもない方法で純潔を奪った。くそっ、ドレスを脱がせもせずに愛撫し、彼女が初めて悦びを知ったとたんに貫いた。まるでパドックに入ってきた愚か者を角で突き刺す雄牛のように。エヴィーナは何が起こっているのか、その瞬間までわかってもいなかったにちがいない、とコンランは思った。彼女があげた苦痛と驚きに満ちた悲鳴がいまも耳に響き、身を引いたときに見た呆然とした顔が目に焼きついていた。

「どうかしたのか?」領主がふいに尋ねた。「少し顔色が悪いようだが」

「あ……いえ」コンランはつぶやいて、ぱっと立ちあがった。「ちょっと考え事を。いえ、眠くなって」すばやく訂正して、扉に向かう。「お嬢さんが起きたり、わたしが必要になったりしたら呼んでください」

領主の返事を待たずに廊下に出たものの、どこに行けばいいのかわからず足を止めた。自分の部屋はあてがわれていない。城に戻ったら用意するとエヴィーナが言ってくれていたが……ひとりになって考えられる場所はなかった。

「お部屋が必要ですよね」

その言葉にコンランがあたりを見まわすと、ティルディが急ぎ足でやってくるのが見えた。

「ああ、頼む」コンランは言った。

「あなた方が薬草を採りにいってらっしゃるあいだに、あなたさまのお部屋を用意するよう、領主さまに言われていたんです」侍女は彼のまえを通り過ぎながら言った。「ついてらしてください」

コンランは向きを変え、ティルディのあとをついて歩きはじめた。エヴィーナの部屋の隣の部屋まで来ると、閉じた扉のまえでティルディが言った。「ここはギャヴィンさまのお部屋です。あとでようすを見にいらしてください」

コンランは扉に目をやっただけで、歩く速度をゆるめなかった。あとでようすを見にくるつもりだった。もっとも、傷がきちんと洗浄されているか確かめるだけだ。感染する危険があるかどうかはわからないだろう。実際に感染の症状が出るまで、感染が起きていることもわからないにちがいない。ローリーとちがって、充分な経験を積んでいないのだから。

「この部屋をお使いください」

コンランがふたたび注意をまえに向けると、ティルディが隣の部屋の扉のまえで立ち止まっていた。彼女についてなかに入り、好奇心を抱いて室内を見まわす。大きなベッドが一台。窓辺の小さなテーブルには水差しと洗面用の広口の水差しが置かれている。暖炉には火が入っていなかった。

「剣と鞍袋は、あなたさまがレディ・エヴィーナを診ておられるあいだに、ドナンがこちらに運んでおきました。それから、替えのシャツとプレードを何着かご用意するよう、領主さまが指示を出されています。いままで気がつかなくて申しわけなかったとのことです」ティルディは厳粛な面持ちで言った。「食事と浴槽をお持ちするよう言ってあります。よろしければお風呂にお入りになるのを、ベッツィに手伝わせますけど？」

「いや」コンランはすかさず言った。「ひとりで入れる。お気遣い、ありがとう」

ティルディはにっこり微笑んだ。彼がベッツィの手伝いを断ったことを喜んでいるらしい。実際、彼がなんでも疑ってかかる人間だったら、ベッツィと楽しむ気があるのかどうか試されたと思っていただろう。

「あら、お風呂の用意ができたようですよ」背後で扉を叩く音がするのを聞いて、ティルディが言った。振り返って扉を開けると、わきに寄って、大きな浴槽をひとつと、湯が入った手桶（ておけ）をいくつか運んできた召使いたちを部屋に通した。最後にベッツィが入ってくると、ティルディはそのまえに立ちはだかった。「手伝いは必要ないそうよ」

「そんな、まさか」ベッツィは言って、コンランを見つめながらティルディの横をすり抜けようとしたが、ふたたび行く手をさえぎられた。「そんなことおっしゃらないで。あなたのようにハンサムで体格のいい方がお風呂に入るのをお手伝いするのが大好きなんです。それにお手伝いするのがとても上手なんですよ。隅から隅まできれいにしてさしあげますわ。ほかの者が嫌がるところも」

コンランは黙って首を振り、彼女に背を向けて、召使いたちが浴槽に湯を注ぐのを見守った。失礼なことはしたくなかったが、すでに一度断っているので、ベッツィをあきらめさせるのがむずかしいことを知っていた。簡単には引き下がらない女なのだ。

「いいかげんにしなさい、ベッツィ」ティルディがきっぱりと言った。「早く出ていきなさい。あなたの手伝いは必要ないの」

「でも、あんなにハンサムなのに」ティルディに部屋から出るよう促されながらベッツィが言った。「それに若いし。ああいう人なら、わたしは喜んで……」

ティルディはベッツィが言い終えるまえに扉を閉めると、ふたたびコンランの横に来て、浴槽が満たされていくのを見守った。そのあと召使いたちを部屋から出ていかせて言った。「少し経ってからお食事をお持ちするよう料理人に言っておきます。お風呂に入ってらっしゃるあいだに、料理が冷めてしまわないように」

「ありがとう」コンランは言って、扉が閉まると同時にプレードのピンをはずした。重いプレードが床に落ちるに任せ、身をくねらせてシャツを脱ぎながら、ふと下を見て動きを止める。エヴィーナが純潔だったことに疑問の余地があったとしても、彼のものにこびりついた乾いた血がそれに答えていた。彼はまちがいなく彼女の処女のあかしを破ったのだ。

「くそっ」コンランはつぶやくと、浴槽に入って湯に身を沈め、証拠の血を洗い落とした。

エヴィーナが夫を亡くしているとわかったときに思ったほど単純な話ではなかった。単純には程遠かった。

エヴィーナが最初に気づいたのは痛みだった。胸の上のほうがずきずき痛む。すぐには消えそうにない痛みだ。どうして痛むのか確かめようと、うめき声を噛み殺して目を開けたが、自分のベッドを囲む明るい青色の天蓋(てんがい)を見ていることに気づいて、目をしばたたいた。ここは自分の部屋だとわかったが、どういうわけか、そのことに驚いていた。最後に覚えているのは……そう、ブキャナンに、もうすぐ着くからしっかりつかまっていろと言われたことだ。ここに着くということだったのねと思いながら、胸に視線を落とす。矢はもうそこにはなかった。少なくとも掛けられている毛皮の胸の部分は平らだった。

「エヴィ！」

あえぐようにして発せられたその声のほうを見て、ふたたび目をしばたたいた。ベッドのかたわらに置かれた椅子にぐったりと座っていたブキャナンが、腰を浮かせるのが見えたのだ。彼が椅子に浅く座り直し、身を乗り出すと、ほっとした顔をしているることがわかった。

「すまない、本当にすまなかった」彼が心から悔やんでいるように言ったので、エヴィーナは眉を吊りあげた。

「なんのこと？」戸惑いながら尋ねる。その声はしわがれ、乾いていた。話すとのどが痛んだが、かまわずに続けた。「矢を射ったのはあなたじゃないわ」

「いや、そのことじゃない」彼はため息交じりに言った。「そのまえにあったことだ」

「ああ」エヴィーナは彼が言っている出来事を思い出し、顔が赤くなるのを感じながら、弱々しく言った。情熱と悦びで始まったと思ったらすぐに苦痛と後悔で終わった、ほんのわずかなあいだの出来事を。

「きみは夫を亡くした身だから、きっと経験豊かで、情事も楽しむはずだと思ったんだ」申しわけなさそうに説明する。「まだ純潔なままだとは思ってもみなかった」

エヴィーナは呆然と彼を見つめた。情事を楽しむはずだと思った？　どういう意味？　その答えははっきりしていた。ここにいるあいだに、一度か二度、彼女と寝ることにしか興味がなく、そのあとブキャナンに帰るか、情事を楽しめる別の夫を亡くした女のもとにでも行くつもりだったのだ。彼女は彼にとってベッツィと同じ……ベッドをともにして置き去りにする相手だったのだ。

驚くことではないのだろうとエヴィーナは思った。お互いをよく知らないし、彼女のふるまいをもって敬意を払ってほしいというのは無理がある。キスすらさせるべきではなかったのに、胸をさわらせたり吸わせたりするなんてもってのほかだ。ドレスの下に手が伸びてきた瞬間、平手打ちを食らわせるべきだった。そうする代わりに、彼が与えてくれるものを経験したくて、うめき声をあげたり、せがんだりして、その気にさせた。

そう、わたしは経験したのよ、とエヴィーナは苦々しい気持ちで認めた。とんでもなく期待はずれだったけれど。悦びを得られなかったわけではないが、一瞬のことだったし、そのあとの痛みや、いま感じている自己嫌悪や後悔に見合うものではなかった。

「エヴィ？」

彼が彼女の手をつかむのを見て、エヴィーナはその手をぐいと引いた。嘘の謝罪に耳を傾けるつもりはなかった。彼は自分がしたことを悪いと思っているわけでもなければ、彼が思っていたのとは異なり、彼女が経験豊かではなかったことを悪いと思っているわけでもない。自分の名誉を守るために、彼女が何かを、おそらくは結婚を要求することを恐れているにすぎないのだ。とはいえ、エヴィーナは彼と結婚することに興味はなかった……さらにいえば、誰とも結婚する気はない。ただ彼にここを出ていってほしかった。そうすれば、今回のおぞましい経験を、きれいさっぱり忘れられるだろうから。

「エヴィーナ？」ブキャナンが心配そうな声で言った。

「かまわないのよ」エヴィーナは彼を見ることさえできないまま、かすれた声で言った。「いい教訓になったわ。わたしはだいじょうぶ。ちょっと疲れてるだけ。いまはとにかく眠りたいの」

驚きに満ちた沈黙が降りたが、エヴィーナはそのまま彼を見ずにいた。部屋を出ていってほしかったが、あいにく彼はそうするつもりはないようだった。

「ふたりでちゃんと話さなきゃならないと思う」静かに言う。「おれはきみの純潔を奪った」

エヴィーナはいらいらと体を動かした。「知ってるわ。当事者だもの。でも、だいじょうぶよ。もともと再婚するつもりはなかったんだし、夫婦の営みがどれだけ不快なことかわかったいま、なおさらする気がなくなったから」

彼がはっと身を起こしたのでそちらに視線を持っていかれ、その表情を目の当たりにした。彼女に平手打ちされたとしても、ここまで傷ついた顔はしなかっただろう。エヴィーナの言葉に自尊心を大きく傷つけられたようだ。彼女にとってうれしい経験になると思っていたらしい。どうしてなのかわからなかった。初めての床入りで悦びを得るのは男だけだと誰もが知っているのに。

「エヴィーナ」ブキャナンは顔をゆがめて言いかけたが、そのとき扉が開いたので、そこで言葉を切って扉に目をやった。

「あら、ブキャナン卿、こちらにいらしたんですね」ティルディが驚いて言った。

「領主さまは、あなたさまはこちらにいらっしゃるだろうと言われたんですけど、わたしはご自分のお部屋にいらっしゃるものと思ってました。でも、いらっしゃらなかったので――」

「何か用があって来たのよね、ティルディ?」エヴィーナはティルディの言葉をさえぎって静かに言った。侍女がブキャナンを連れ去り、この屈辱的な会話を終わらせてくれることを願って。全部忘れてしまいたかった。どうして彼は出ていかないのだろう。どうして忘れさせてくれないの? そう思ったとき、室内に漂う沈黙に気づき、侍女に目を向けた。ティルディはあんぐりと口を開けて彼女を見ていた。喜びと驚きがないまぜになった表情を浮かべて。そして、エヴィーナと目が合った瞬間、駆け寄ってきた。

「まあ、お嬢さま! 目を覚まされたんですね! ああ、本当によかった!」

「ああ、そうだ」ブキャナンがため息交じりに言うと同時に、ティルディは枕もとに来て身をかがめ、エヴィーナを抱きしめた。「じつのところ、たったいま、目を覚ましたんだ。何か飲ませたほうがいいかもしれない。よかったらハチミツ酒を持ってきてもらえないかな」

「わかりました」ティルディは身を起こしながら言うと、くるりと向きを変えて扉に向かったが、二歩歩いたところで立ち止まり、すばやく振り返った。「そうだ！　あなたさまをお連れするよう領主さまに言われたんでしたわ、ブキャナン卿。いますぐお会いしたいそうです」

「わかった」ブキャナンは険しい声で言った。

侍女がその場を動かずに待っていると、彼は彼女のほうを向いてにらみつけた。

「伝言はちゃんと聞いたから、いますぐハチミツ酒を取りにいくんだ」

ティルディは少しためらってから尋ねた。「でも、領主さまにはなんて言えばいいんです？　お連れしろとのことでしたのに」

「いま、お嬢さんと話してるから、もう少ししたらうかがうと伝えてくれ」

「いいでしょう」ティルディはため息交じりに言うと、扉のほうを向きながらつけ加えた。「でも、わたしがあなたさまなら、なるべく早く行きますね。あなたさまのご兄弟は辛抱強いほうではなさそうですから」

「おれの兄弟だって？」ブキャナンは鋭く言って、立ちあがった。

ティルディは扉のまえで足を止め、振り返った。「ええ。夜明けまえにお着きになって、それからずっと領主さまと言い争ってらっしゃいます。いまはとにかくあなたさまに会わせろとおっしゃってるそうです」扉に向き直って続ける。「でも、ご兄弟にはわたしから——」

「行くよ！」ブキャナンはティルディの言葉をさえぎって、急ぎ足でベッドのまわりをまわった。

「あなたさまをお連れしたと申しあげましょう」ティルディは満足げに言い終え、扉を押さえてブキャナンを通した。そして彼が廊下に姿を消すと、ふたたびエヴィーナのほうを向いて微笑んだ。「すぐにハチミツ酒をお持ちします」

「ちょっと待って！」ティルディが扉を閉めかけたと同時にエヴィーナは叫び、侍女がいったん手を止めて扉を押し戻し、片方の眉を吊りあげると、手招きした。ティルディは一瞬ためらってから室内に戻り、扉を閉めた。

「どうされたんです？」ベッドに近づきながらやさしい声で尋ねる。「おなかも空いてらっしゃるんですか？　もちろん、そうでしょうね。食べ物も持ってまいりますよ。スープがいいかもしれませんね。ベッドの上で起きあがられるよう、背中にあてる枕も持ってまいりましょうか？」

「いいえ、けっこうよ。でも、ありがとう」エヴィーナはどうにか感謝の笑みを浮かべて言った。「ブキャナンからご兄弟がいらしてて、こちらに着かれてからずっとお父さまと言い争ってらっしゃるって言ってたわね？」

「ええ」ティルディは冷ややかに言った。「とても騒々しい方々なんですよ。ぐっすり眠ってたのに、日が昇るまえに起こされました。わたしはそれからずっと走りまわってるんです」

「何を言い争ってるの？」侍女が口を閉じるやいなや、エヴィーナは訊いた。

ティルディは眉間にしわを寄せた。「よく聞こえませんでした。聞こうとしたんですけど、お父さまがギャヴィンさまを廊下に立たせて、誰も近くに来させないようにされてるもので」

「ギャヴィンを？」エヴィーナは草地でギャヴィンを見た気がしたことを思い出しながら、静かに言った。

「ええ、おかわいそうに。ブキャナンさまといっしょに盗賊を撃退されたときに負った腕の傷も癒えてないのに。休んで腕の傷が治るのを待つよう言ったんですよ。わたしが代わりに廊下に立つともね。でも、聞き入れていただけませんでした」ティルディは不機嫌そうに言った。

「本当に草地にいたのね」エヴィーナは眉をひそめてつぶやいた。

「ええ。ギャヴィンさまがちょうどいいときにあなた方がいる場所をお通りになって、盗賊と戦ってらしたブキャナンさまに加勢できたのは、運がよかったですね」

「ギャヴィンはどうしてあそこにいたの？」エヴィーナはギャヴィンにはほかにしてもらいたいことがあると父親が言っていたことを思い出しながら尋ねた。ギャヴィンが彼女の代わりにブキャナンが必要としている野草がある場所に彼を案内できないのは、そのためだったはずだけれど。

「さあ、わたしにはわかりません」ティルディは言った。「あの日、わたしがお父さまについているためにお部屋にうかがったら、ちょうどギャヴィンさまが飛び出してこられたんです」

エヴィーナは浮かない気持ちで目を伏せた。頭のなかはひどく混乱していた。

「ギャヴィンさまが出ていらしたとき、お父さまが〝絶対に見失わないようにして、見たことを一部始終報告するんだ〟とおっしゃるのが聞こえました」

それを聞いて、エヴィーナははっと目を上げた。「誰を見失わないようにって言ってたの？」

「わかりません」ティルディは肩をすくめて答えた。

エヴィーナは顔をしかめた。父親がギャヴィンに見張らせたのは彼女とローリーで、ティルディも本当はそのことを知っているのではないかと思った。父親はいったいどういうつもりなのだろう。彼を案内するよう彼女に言ったのは自分なのに。それなのにどうしてギャヴィンにあとをつけさせたのだろう。エヴィーナはかぶりを振りながら言った。「ブキャナンからご兄弟がいらしてるのよね？」

「ええ、みなさんとてもいい体格をしてらして」ティルディは畏れ敬うように言った。「同じ部屋にいると、まるで森のなかで高い木々に囲まれてるようです」

「ローリーはまだ手紙を届けさせていないものだとばかり思ってたけど」エヴィーナはつぶやいた。「そうじゃなかったみたいね。結局、ここに来た経緯を兄弟たちに知らせたんだわ」

「いいえ、ブキャナンさまはまだ手紙を届けさせていらっしゃいませんよ。お父さまがそう約束なさったのは知ってますけど、あいにく手紙を書く暇はなかったんです。お嬢さまが盗賊に襲われてから、ずっとそばについてらしたんですから。ご家族に届けさせる手紙を書く暇はなかったんですよ」

そう聞いて、エヴィーナは目を大きく見開いた。「それならご兄弟はどうしていらしたの？」

「お父さまが手紙を書いて、お呼びになったんだと思います」ティルディは答えた。

「なんですって?」エヴィーナは驚いて尋ねた。「どうして?」

「わかりません。でも、わたしがギャヴィンさまの傷の手当てをしたあと、お父さまはわたしに出ていくようおっしゃって、ふたりだけで話されてました。ギャヴィンさまのお部屋に一時間ほどいらして出てくると、封印を持ってくるようおっしゃられたんです。使いの者がお父さまが書かれた手紙を持って夕食まえに出発しました。それでいま、ご兄弟がこちらにいらしています。だから、お父さまがお呼びになったんだと思ったんです」

「ゆうべ、使いの者が出発したのに、もういらしてるの?」エヴィーナは驚いて尋ねた。使いの者はまだブキャナンに着いてもいないはずだ。たぶん兄弟はローリーがここにいることをどうにかして知り、こちらに向かっている途中で使いの者に会ったのだろう。あるいは、使いの者とはすれ違いになったのかもしれない。

「いいえ、使いの者が出発したのは四日まえです」ティルディがやさしくエヴィーナの思い違いを正した。「お嬢さまは四日まえから眠ってらしたんですよ」

「そうなの?」エヴィーナは愕然として言った。

「ええ」侍女はまじめな顔で答えた。「もう目を覚まされないんじゃないかと思いはじめてたもんで、こちらにうかがって、目を開けられてるのを見たときは、うれしくてたまりませんでした」

エヴィーナはかすかに微笑んだが、すぐに眉をひそめて、父親はどういうつもりなのだろうと思った。彼女にローリーとともに薬草採りに行かせて、ギャヴィンにそのあとをつけさせたのだとしたら……ふたりがするべきではないことをしているところを押さえようとしていたのだろうか。もしそうなら、ギャヴィンが父親に話せることは山ほどある。エヴィーナは不安になった。そして、父親がブキャナンから兄弟たちを呼び寄せたのなら……

「大変だわ」エヴィーナはつぶやいて、掛けられている毛皮をはねのけた。

「何をなさってるんです？　けがされてるんですよ！　起きちゃいけません」ティルディは叫び、エヴィーナを起きあがらせまいとするかのように身を乗り出したが、彼女にふれる手まえで動きを止めた。

「こうしてはいられないわ」食いしばった歯のあいだから言葉を押し出すようにして言って起きあがろうとすると、痛みが胸を貫いた。それに気づかないふりをして、あえぐように言う。「手を貸してちょうだい。お父さまを止めないと」

「どういうことです？」ティルディはエヴィーナの腕を取って起きあがらせながら、心配そうに尋ねた。

エヴィーナは答えなかった。気を失わないようにしながらベッドから降りるのに忙しく、話せなかったのだ。胸が痛い。息をするだけで焼けつくような痛みが走る。荒く息をしているいまは、繰り返し殴られているかのようだった。ベッドに倒れ込み、できれば気を失いたいと思わずにはいられなかったが、あいにくそうするわけにはいかなかった。父親が彼女が思っているとおりのことをしようとしているのなら、なんとしても止めなければならなかった。

7

コンランはマクレーンの領主の部屋の扉を押し開けると、その場で足を止めて、室内にいる四人の男を見つめた。エヴィーナの父親とともに、彼のいちばん上の兄のオーレイと弟のローリーとアリックがいた。横になっているべきのところを、そうせずに炉棚のわきに立っている老人に、険しい顔をしてみせてから、扉を閉めて、オーレイに注意を向けた。「ここで何をしてるんだ？　そもそも、おれがここにいることが、どうしてわかったんだ？」

「わたしが手紙を書いたんだ」ファーガス・マクレーンが厳めしい声で言った。

「ああ」オーレイがうなるように言った。「一昨日の夕食のあと、マクレーンからの使いの者が着いた」

「ああ、そうか」コンランはいくらかほっとして、にやりと笑った。「おれの無事を知らせる手紙が届くまで、心配でたまらなかっただろうね」

「じつのところ、おれたちはおまえが行方不明になってるとは思っていなかった」オーレイは苦笑いして言った。

「なんだって？」そう聞いてコンランは目をしばたたかせると、ローリーに視線を移して、眉をひそめた。「でも、おれが約束どおり薬草を置きに帰ってないのがわかったら、何かあったと気づいたはずだ」

ローリーは顔をしかめた。「あいにく宿屋に何日かいることになってね。宿屋の主人の娘さんのお産が始まったんだ。長くかかって、大変なお産だったけど、母子ともに無事だったよ。ようやく城に戻れたのは、手紙が届く前日だった。兄貴が薬草を置きに帰ってないとわかっても、単にそうするのを忘れて、持ったまま出発したと思ったんだ」

「ああ」アリックが愉快そうに言った。「手紙が届いて、本当にあったことがわかるまで、さんざん文句を聞かされたよ」

そう言われてコンランは渋い顔をした。その手のことを自分が忘れると弟に思われたことが心外だった。だが、そう口にする代わりに、マクレーンの領主のほうを向いた。「どうして手紙を書かれたんです？」

「謝ってこられたんだ」オーレイが老人に代わって答えた。「お嬢さんがロ、ロ、ローリーをさらってマクレーンに連れて帰ってきたことを謝罪し、すべては自分の命を救うための必死のおこないだったと説明してこられたんだよ」いちばん上の兄は唇をすぼめて、片方の眉を吊りあげた。「おれたちがどれだけ驚いたかわかるだろう。手紙を読むおれの目のまえに当のローリーが座ってたんだから」

「ああ」コンランは渋い顔のまま兄から領主へと視線を移し、ふたたび兄に戻した。ふたりとも、コンランが床に粗相をしたかのような目で彼を見つめていた。「いや、その」ぼそりと言う。「ちょっと誤解があるようだ」

「そうなのか？　言ってみろ」オーレイが皮肉っぽく言った。

コンランは兄をにらみつけてから、きっぱりと言った。「まず、エヴィーナはおれをさらったわけじゃない」領主に向き直り、そんなふうに娘を裏切った彼をきつくにらみつけて声を張りあげる。「そんなことを書いて知らせるなんて、いったい何を考えていたんです？」

領主が答える間もなく、オーレイが興味を引かれたように尋ねた。「じゃあ、その娘はおまえをここマクレーンに連れてきたわけじゃないんだな？　気を失ったまま、馬に乗せて」

「しかも裸のままで」アリックがにやりと笑ってつけ加える。頭のなかでその光景を思い描き、おもしろがっているようだ。

コンランはいちばん下の弟に険しい目を向けた。「おれがここにどうやって来たかは重要じゃない」

「そうなのか？」オーレイが穏やかに尋ねた。

「ああ、そうだ」コンランはそう言って続けた。「最初は少しばかり行き違いがあったが、いったんここに来てからは、おれは自分の意思でいつづけたんだ」

「行き違いって、兄貴をおれだと思うような？」ローリーが片方の眉を吊りあげて訊く。

「ああ」コンランは顔をしかめて認めた。「おまえを連れてくるつもりが、まちがっておれを連れてきたんだ」

「どうしてそう言わなかったんだね……？」ファーガス・マクレーンがようやく口を開いて尋ねた。

「弟もさらわれたらいけないと思ったからですよ」コンランは怒った口調で言った。

彼が思うに、領主に文句を言われる筋合いはなかった。命を救ってやったのだから。領主がお尻の炎症を見せていれば、娘やティルディにも簡単にできたことだ。そうできなかったのは、領主が炎症のことをふたりに知らせなかったからにすぎない。ふたりはやみくもに闘っていた。お尻のできものが炎症を起こしていることを知らず、領主は珍しい病気にかかったと思っていたのだ。

「おまえはさらわれたんじゃないと思ってたが」オーレイが指摘した。

コンランは兄に鋭い目を向けると、悪態をついて、首を振った。「わかったよ。おれは気を失ったまま、ここに連れてこられた。でも、必ずしもさらわれたんじゃない。裸で気を失ってるおれを、川のそばに置き去りにするわけにはいかなかっただけなんだ。そんなことできるはずがないだろう?」エヴィーナの言い分を拝借して、そう指摘してから断言する。「それにさっきも言ったように、いったんここに来てからは、おれがここにいることを選択したんだ」

「どうして?」オーレイがすかさず尋ねた。

「ああ、どうしてなんだ?」領主も興味深そうに訊いてきた。

「あなたの具合がひどく悪かったからですよ」コンランはぶっきらぼうに答えると、兄に向き直って説明した。「熱がとんでもなく高くて、ローリーを連れて戻るまでもたないとわかってたし、ローリーならどうするかもわかってた。だから、そのとおりにしたんだ。そして、その効果はあった」そう指摘して、ふたたび領主のほうを向く。

「ご自分の姿を見てください! 熱も下がり、足を引きずってではあるものの、歩きまわれるようになったじゃないですか」いったん言葉を切り、眉をひそめて心配そうにつけ加える。「でも、本当は歩きまわらないほうがいいんですよ。縫ったところが裂けて、また血が出てくるかもしれないんですから」

「縫ったところだって？」ローリーがそう訊くのを聞いて、コンランは彼に視線を移した。「熱が出てただけだと聞いてたけど。兄貴が熱を下げてくれて、いまではすっかり回復したと」

「お尻にあったできもののせいで熱が出てたんだ。炎症を起こしてたから、感染してる部分を全部取りのぞくために、お尻を半分近く切除しなきゃならなかった」コンランは険しい表情で言った。

ローリーは眉を吊りあげたが、いらだたしげな表情を浮かべて気まずそうにしている領主をまじまじと見て、結局、こう口にした。「兄貴のとった処置がよかったんだね。こうして起きて歩きまわられてるし、もう熱もなさそうだ」

コンランは肩をすくめた。「できるかぎりのことはした。でも、せっかくここにいるんだから、おまえにも診てもらいたい」

「あとでな」オーレイがいらだたしげに言った。「いまはほかに話さなきゃならないことがある」

「話さなきゃならないこと？」コンランは警戒して尋ねた。

「ああ、領主殿は、お嬢さんの〝ローリーをさらって父親の命を救おうとした必死のおこない〟の代償として、お嬢さんを結婚させると書いてこられたんだ」オーレイは冷静な口調で言った。

コンランは身をこわばらせて言った。「でも、兄貴はもう結婚してるじゃないか」

「おれと結婚させると書いてこられたんじゃない」オーレイは憤慨して言った。「おまえと結婚させると書いてこられたんだ。おれに向けて書いてこられたのは、おれが長男で、氏族の長だからにすぎない」

「そして、兄貴を取り戻すためにマクレーンを包囲するとしたら、その命令を下す男だから」ローリーが皮肉っぽく言うと、眉間にしわを寄せて続けた。「領主殿がおれだと思ってる男と結婚させると書いてこられたと言った方がいいかな……じつのところ、領主殿はおれと結婚させると書いてこられたんだ。ローリー・ブキャナンと」

「なんだって？」コンランは大声をあげた。

「そうなんだ」アリックがにやりとして言った。「ローリーを自分の跡継ぎにするとも書かれていた。領主殿が亡くなったら、ここの領主にすると」

「ああ、確かにローリー・ブキャナンと書かれていた」オーレイが眉を吊りあげながら同意した。「さて、困ったな」

「何も困ることはない！」コンランは噛みつくように言った。「ローリーは彼女と結婚できない」

「どうして？」オーレイが興味を引かれたように訊いた。

コンランは顔をしかめただけで何も答えなかった。心のなかにはさまざまな感情が渦巻いていた。エヴィーナと寝たいとは強く思っていたが、結婚しようと思ったことは一度もない。そんなことは考えもしなかった。自分は五男で相続したものも少ないし、さまざまな分野で活躍する兄弟たちの手伝いをして貯めた金があるだけで、妻を住まわせる城も持っていない。マクレーンの領主の娘に結婚を申し込めるような立場ではないのだ。マクレーンの領主のような男のほとんどは、娘の相手として、もっと見込みのある男を望むだろう。

「もちろん」アリックが言って、コンランを物思いから引き戻した。「領主殿がそう書いてこられたのは、兄貴が領主殿のお嬢さんと寝たと知るまえのことで——痛いじゃないか！」アリックは文句を言って、後頭部に手をやった。オーレイが叩いたのだ。

「黙るんだ」オーレイはうなるように言うと、声を落として続けた。「扉の外で誰が聞いてるかわからないじゃないか。コンランが領主の娘を傷ものにしたとマクレーンじゅうに知らせる必要はない」

「悪かったよ」アリックは頭をさすりながらつぶやいた。「そこまで考えてなかった」

「おまえはいつも考えなしだからな」オーレイは険しい顔で言うと、コンランに向き直って静かに言った。「だが、アリックの言うとおりだ。無理もないことだが、おれたちがここに着いたとき、領主殿はひどく怒っていらした。ローリーとアリックを紹介する間もなく、状況が変わったと聞かされた。盗賊に襲われるまえに、ローリーが草地でお嬢さんと寝たと。結婚はもはや申し出ではなく要求になった。お嬢さんの名誉を守るためにローリーは結婚しなければならないと」

「そのあと、きみの兄上に、そちらのふたりを紹介された」領主はアリックとローリーを身振りで示した。「容易に想像がつくだろうが、きみが思っていた男ではないとわかり、それはもう驚いた」

オーレイはうなずくと、問いかけるように眉を吊りあげた。「それで？　領主殿のお嬢さんが傷ものにされたというのは事実なのか？」

コンランは愕然として、その場に凍りついた。草地であったことを誰かに知られているとは思ってもみなかった……盗賊たちは別として。だが、そのときギャヴィンが草地に突然現われたことを思い出した。エヴィーナが矢で射られ、盗賊たちが森から飛び出してきて、襲いかかってきたときに、突然ギャヴィンが現われた。そのときは、助けを必要としているときにエヴィーナのいとこが偶然通りかかったのは運がよかったと思った。だがいまは、ギャヴィンはあそこで何をしていたのだろうと思った。ふたりのあとをつけるよう言われていたのだろうか。一部始終を見ていたのだろうか。彼がエヴィーナにキスし、その体を愛撫して、純潔を奪うところを。

コンランは領主の満足げな表情に気づき、はっとした。エヴィーナの相手として自分がふさわしいかどうかについて思い違いをしていたのがわかったのだ。ファーガス・マクレーンは彼が義理の息子としてふさわしくないとは思っていない。どうやらそうなることを望んでいるようだ。そのためのお膳立てをするほどに。少なくとも彼をローリーだと思っていたあいだは義理の息子にしたいと思っていたらしい。彼とエヴィーナを城から出させ、ふたりきりにさせるために、わざと薬草を処分し、ふたりのあいだに何か起こることを期待したのだ……そして、それを見届けさせるためにギャヴィンにあとをつけさせたのだ。

だが、エヴィーナもひと役買っていたのだろうか。コンランは誘惑したのが自分ではなかった可能性について考えたが、すぐに首を振った。いや、それはない。始めたのは自分だ。自分が初めに彼女にキスし、その体を愛撫して、ことを進めた。そして彼女を自分のものの上におろし、純潔を奪った。エヴィーナは、ほとんどのあいだ、しがみついて反応していただけだ。その反応が彼女の経験のなさを物語っていた。実際、自分のものを一刻も早くエヴィーナに突き入れたいと思っていなければ、純潔を奪うまえに、彼女が彼が思っていたような経験豊かな女性ではないことに気づいていたはずだ、とコンランは認めた。

それに、純潔を奪われたときにエヴィーナがひどくショックを受けていたことはまちがいなかった。実際、心に消えない傷を負ったような表情さえ見せていた。さらに、彼女がつい先ほど自分の部屋で口にした言葉もある。残念なことに、彼とのことをまったく楽しめなかったようだ。少なくとも、そのあとの痛みに見合うものだとは思っていない。もう二度としたくないと、はっきりさせていた。

そう、誘惑したのはエヴィーナではなかった。彼女はそうするだけの技術を持ち合わせていない。とはいえ、少なくとも餌として差し出されてはいた。彼はその餌に食いついたのだ。そしていま、父親が彼女を結婚させようとしている……よりによってローリーと。コンランは暗い気持ちで考えをめぐらせたが、そのとき部屋の扉が勢いよく開いたので、そちらに目を向けた。

あたりに沈黙が降りるなか、エヴィーナがよろめきながら入ってきた。ブレードを肩から掛けてはいるものの、その下にシュミーズしか着ていないことがわかる姿で、ティルディに寄りかかっている。

「エヴィーナ！」領主が叫んで炉棚を押しやり、足を引きずりながらも精いっぱい速く歩いて娘のもとに向かった。「目を覚ましたんだな！」見るからにほっとした顔で娘を抱きしめると、身を引いて、眉をひそめて彼女を見た。「ひどい傷を負ったんだぞ。寝てなきゃだめじゃないか。どうして起きてきたんだ？」

「お父さまこそ、どういうつもりなの？」エヴィーナは荒く息をつきながら言い返した。「どうしてギャヴィンが草地にいたの？　どうしてブキャナンからご兄弟がいらしてるの？　いったい何をしたの？」

「まあ落ち着くんだ」領主はなだめるように言って、空いているほうの腕を取り、ティルディとともに、エヴィーナを暖炉のそばのテーブルのまえの椅子に座らせた。「おまえの未来を切り拓こうとしているだけだよ」

「わたしの未来ですって？」エヴィーナは驚いた顔であえぐように言った。「わたしの未来はマクレーンにあるわ」

「ああ、でも家族は？」彼女の父親は険しい顔で尋ねた。「夫や子どもは？」

「結婚する必要はないって言ったじゃない」エヴィーナは父親に思い出させるように言った。「これからもずっと、ここにいていいって。マクレーンを治めて、引退するか死ぬかしたらギャヴィンに継がせればいいって言ったじゃない」

「ああ、確かにそう言った」領主は認めたが、後悔しているような口振りで続けた。

「でも、状況が変わったんだ」

「どう変わったの？」エヴィーナは鋭く訊き返した。

「今回、わたしは神のもとに召されかけた」領主はうなるように言って、ひと息つくと、首を振りながら続けた。「自分はもう長くないと思って、死ぬ覚悟をした。おまえの母親にまた会えると思い、そうなったらどんなにうれしいか考えた……そして、おまえが再婚して子どもを持つようにしてやらなかったことを、どれだけ責められるか考えたんだ」

「お母さまはそんなことで怒ったりしないわ」エヴィーナはすかさず言った。「わたしが結婚したくないと思っていることをわかってくれるはずよ」

「ああ、でも子どもはどうなんだ？」父親は問いかけた。「赤ん坊には興味がないなんて嘘をついても無駄だぞ。おまえがギャヴィンの世話をするのを見てたんだから。小さい母親として本当によくやってた。まだ十歳だったのに。おまえが子どもを欲しがってることはわかってるんだ」

「子どもを持つことを考えたことはあったわ」エヴィーナは認めたが、コンランをにらみつけて続けた。「でも、子どもを持つためには床入りをしなきゃならないでしょ。床入りにはまったく興味がないの。痛いだけで、ちっともよくないもの。最悪だわ」不愉快そうに言い終える。

その言葉を聞いて、領主は目をしばたたかせ、コンランをきつくにらみつけた。

「いったい娘に何をしたんだ?」

「何もしてませんよ」コンランはぶっきらぼうに言ったが、しぶしぶ続けた。「いや、もちろん、することはしましたけど……」いったん言葉を切り、深呼吸して気持ちを落ち着かせてから、言葉を選んで言う。「夫を亡くした、経験豊かな女性だとばかり思ってたので、少しばかり急ぎ過ぎたかもしれません。もっとやさしく丁寧にするべきでした」

「ふむ」領主はぞんざいに言うと、エヴィーナに向き直って、その肩を軽く叩きながら言った。「最後に矢で射られたことはなんの助けにもならなかったんだな」

エヴィーナはふんと鼻を鳴らして、嚙みつくように言った。「あの痛みに比べたら、矢で射られるなんてなんでもないわ」

「おい、待ってくれよ」コンランは言った。エヴィーナは大げさに言っているのだ。

「そう思わない？」エヴィーナはこばかにするように尋ねた。「どちらで貫かれたい？　この大きさの矢？」親指と人差し指を三センチほど離して、矢の先端のいちばん幅の広い部分を示す。「それとも、これぐらい太いもの？」今度は、両手の親指と人差し指同士を合わせて円を作る。

コンランは驚き、気づくと笑い声をあげていた。みなが彼のほうを見ると、笑いを噛み殺して言った。「褒め言葉と受け取っておくよ。そう言ってくれてうれしいが、そんなに太いものを持つ男はいない」

「あなたのはこれぐらいだったわ」エヴィーナは彼に請け合った。「破城槌（はじょうつい）ぐらい太かった。少なくとも、わたしはそう感じたわ」

コンランはにっこりした。「そんなふうに言われると、男なら誰でもきみを好きになるぞ」

エヴィーナは顔をしかめて、父親に向き直った。「わたしはあの人と結婚しないわ。好きでもないんだもの」

「死の床につくわたしの上でもつれ合ってたときは、あの男をとても好きなように見えたがな」領主は鋭く言った。

「死の床だなんて言わないで」エヴィーナはきつく言い返すと、ぞっとしたように目を見開いた。「起きてたの？」

「おまえたちふたりに倒れ込まれて押しつぶされ、あんなふうにうめき声をあげられたり、転げまわられたりしても、死人なら目を覚まさなかっただろうな」領主はうなるように言うと、ひと息ついて、少し落ち着いた声で続けた。「おまえはこれまで、どんな男にもあれほど興味を示したことはなかった。何年ものあいだ、一度もだ。だから、思ったんだ。おまえはあの男のことが好きみたいだから、結婚するべきだとな。わたしはただ見守って、おまえたちふたりがその結論に達するのを待てばいいと思ってた。だが、おまえたちは愚かにも、互いを避けていた。相手が自分を見ていないとき以外は見ようともしなかった……」口もとをゆがめて認める。「それで、わたしがなんとかしなくてはと思ったんだ」

エヴィーナは眉を寄せて、うなるように言った。「それで、わたしたちが、いけないことをするのを期待して、ふたりで城の外に出させ、ギャヴィンにあとを追わせて、現場を押さえさせようとしたの？」

「そのとおりになったじゃないか」父親はそう指摘して、勝ち誇ったように言った。

「おまえがあの男を好きなことのあかしだ！」

「好きじゃないわ！」エヴィーナはきつく言い返した。「彼とは結婚しないから。そうするぐらいなら、腕と脚を切り落とされたほうがましよ」

「ここにいる弟と結婚するというのはどうかな？」オーレイがふいに尋ね、ローリーを身振りで示した。

「オーレイ！」コンランは怒鳴った。

「お父上がきみを結婚させると書かれてきたのは、この男だ」オーレイは肩をすくめて言った。

「なんですって？」エヴィーナは言い、戸惑った顔で兄から弟へと視線を移した。

「どうやらおまえは別の男をさらってきたらしい」領主が静かに説明した。「あの男がローリー・ブキャナンだ。おまえはコンラン、コンラン・ブキャナンを連れて帰ってきたんだ。だが、コンランをローリーだと思ってたから、わたしはおまえをローリーと結婚させると手紙に書いた」

「なんですって？」エヴィーナは繰り返した。先ほどよりか細い声になっている。さらに悪いことに、いまはコンランに向けられている目には、戸惑い、傷ついているような表情が浮かんでいた。

その表情を見て、コンランは思わず言った。「もちろんエヴィーナはローリーとは結婚しません。できないんです。わたしの子どもを身ごもってるかもしれないんですから」

エヴィーナがはっと自分のおなかに目を向け、ためらいがちにそっと手をあてるようすは、彼女の純真さを物語っていた。コンランは精を放つところまでいけなかったのだが、エヴィーナはどうやらそれを知らないらしく、彼の子どもを身ごもっているかもしれないと本気で思っているようだ。

「そうだな、彼女が兄貴の子どもを身ごもってるなら、おれは結婚しないほうがよさそうだ」ローリーは肩をすくめて言うと、領主に向かって言った。「改めてコンランにお嬢さんと結婚するよう言われたほうがいいですよ。子どもの父親なんですから」

「そのとおりです」コンランは険しい顔でうなずいて言った。エヴィーナと結婚する者がいるとしたら、それは自分だ。ほかの誰かに自分の息子を育てさせるわけにはいかない……いや、息子を身ごもっているはずはないが。コンランは自分が混乱していることに気づき、顔をしかめた。

「そんなことは絶対にさせないわ」エヴィーナが嚙みつくように言った。

「きみたち」あたりに降りた沈黙を破って、領主が言った。「ここにいるティルディに部屋まで案内させよう。どうやら娘とふたりだけで話す必要があるようだ」

オーレイがうなずき、コンランに鋭い目を向けた。コンランはため息をつくと、兄弟たちとともにティルディについて部屋の外に出た。こうするのがいちばんいいんだと自分に言い聞かせる。エヴィーナと結婚したいとは思っていないが、彼とは結婚したくないと言われるたびに、彼女の気持ちを変えたくなった。しかも自分以外の誰かがエヴィーナと結婚すると考えただけで、手当たりしだいに何かを壊したくなる。いまは彼女と離れ、ひとりでよく考えたほうがよさそうだ。そうすれば、傷ついた自尊心や、彼女によってかき立てられた何かのせいではない、正しい決断を下すことができるだろう。

「あなた方のうち、おふたりにはいっしょのお部屋を使っていただかなければなりません」ティルディが先に立って廊下を歩きながら、静かに言った。「三つあるお客さま用のお部屋のうち、ふたつしか空いていないんです。こちらの二部屋が、そのお部屋です」コンランの部屋のまえを通り過ぎ、その先にあるふたつの扉に向かいながら、そう続ける。

コンランは自分の部屋に入ろうかとも思ったが、オーレイが彼を問いつめたいと思っているのがわかっていた。だから、ティルディがふたつの扉のうちのひとつを開け、問いかけるように振り返ると、こう言った。「ありがとう、ティルディ。誰がどの部屋を使うか、自分たちで決めるよ」

　ティルディはコンランをじっと見つめたが、やがて扉からあとずさった。「わかりました」にこりともせずに言うと、オーレイに視線を移し、表情をやわらげて言った。「何かお飲み物を持ってこさせましょうか？　よろしければ、お食事も」

「ああ、頼むよ」オーレイは答えた。「ここまで長い道のりだったし、夜通し馬を走らせてきたからね。何かおなかに入れてから休めるとありがたい」

　年老いた侍女はうなずきながら向きを変え、早足で階段に向かった。

四人は黙ってティルディを見送ったが、やがてオーレイが口を開いた。「ローリー、アリックとこの部屋を使え。おれは隣の部屋を使わせてもらう」

　ふたりの男はうなずき、室内のようすを見に、部屋に入っていった。

「来るんだ」オーレイはそう言ってコンランの肩に手を置き、先に進むよう促した。最後の扉のまえで足を止めて扉を開けたが、そのまま部屋に入らずに振り返って廊下に目をやり、唇をすぼめた。そしてようやく部屋に入ると言った。「結婚したら、遺産を使えばいい。ここに客用の部屋をいくつか増やせるだろう。三つじゃ、うちの家族が来たとき足りないし、そもそもおまえに子どもができたら、その三つも客用じゃなくなるかもしれないからな」

「結婚するかどうかわからないけど」コンランはオーレイについて部屋に入りながらつぶやいた。

「なんだって？」オーレイは訊くと、ベッドの足もとで足を止め、室内を見まわした。

「ほら、領主殿が彼女を結婚させると言ってきたのはローリーじゃないか。おれじゃなくて」そう指摘して、つけ加える。「それに、草地での数分の対価が一生だなんて高過ぎる」

「数分で人生が変わるときもある」オーレイは冷ややかに言って、コンランに目を向けた。「それに、ことの真相を知り、ローリーにも辞退されたいま、領主殿が改めておまえに結婚を申し出てくると、おまえもわかってるはずだぞ」コンランが何も言わずにいるのを見て続ける。「おまえがあの娘はおまえの子を身ごもってるかもしれないと言ったとき、結婚するつもりでいるように聞こえたが、おれの勘違いだったのか？」

コンランは気まずくなり、もぞもぞと体を動かした。兄の言うとおりだ。

「でも」オーレイは続けた。「白状するが、最初はおれも、おまえは結婚したくないんだと思った」問いかけるように眉を吊りあげる。「で、どっちなんだ？　あの娘と結婚するのか？　しないのか？　どちらに決めても、おれは力になるぞ」まじめな顔でつけ加える。

「本当に？」コンランは驚いて尋ねた。エヴィーナとの結婚を強要されるものとばかり思っていたのだ。彼女の純潔を奪ったのだから。

「ああ、当然だ。おれたちは家族なんだから」重々しい口調で言う。「それで？　結婚するのか？　しないのか？」

コンランは顔をそむけて、その問題について考えたが、実際、選択の余地はないように思えた。精を放ちはしなかったものの、エヴィーナを傷ものにしたのは事実だ。すでに消えているが、彼女が純潔だった証拠が彼のものについていた。このまま黙って立ち去って、何もなかったふりをすることはできない。その一方で、エヴィーナは彼と結婚したがっていない……そのことが、かえって彼に、エヴィーナと結婚して、床入りは悦びであることや、彼は夫として彼女を幸せにできることを証明したいと思わせた。コンランはエヴィーナを幸せにする自信があったし、彼女といっしょになれば自分も幸せになれるのではないかと思っていた。

そう思うのは、エヴィーナが情熱に満ちているからというだけではない。コンランはここに来てからずっと彼女を見てきた。通りすがりに見るだけでなく、彼女が城内を動きまわり、さまざまな出来事に対処したり、男たちと中庭で剣の腕を磨いたりするのを、父親の部屋の窓からよく見てきたのだ。エヴィーナは自信たっぷりに大股で歩く。そんなふうに歩く女性は、妹のサイ以外に知らなかった。まるで生まれながらに手にしていたかのように剣を扱い、男たちと対等に渡り合う。男たちはまちがいなく彼女を尊敬していて、文句も言わずに、すぐにその命令に従っている。

だが、それだけではない。ふたりで城の外に薬草を採りにいって、ほかのこともわかっていた。コンランは空腹で疲れているときの彼女を見ようと、わざと昼食まえに薬草を採ったのだが、エヴィーナは一度も文句を言わなかったし、いらだったり怒りっぽくなったりもしなかった。やや口数が少なくなり、辛辣な見方を披露するようになっただけだ。あの日、彼女が見せた屈折したユーモアや正直さを、コンランは好ましく思った。エヴィーナは、彼によくするよう言われたことや、その手のことが苦手なことを明かした。相手にどう思われるか気にすることなく、自らの欠点を認めたのだ。まるで、それがありのままの自分であり、受け入れるかどうかは彼の自由だとでもいうように。コンランは受け入れたいと思っている自分に気づいた。

「結婚したほうがいいと思う」コンランはようやく言った。

「よかった、それでいい」オーレイは彼の背中を叩くと、扉のほうに促した。「おまえを叩きのめすのは避けたかったんだ」

コンランは廊下に出たところで足を止め、オーレイに鋭い目を向けた。「どちらに決めても力になると言ってくれたと思ってたけど？」

「確かに言った」オーレイは認めた。「その言葉に嘘はない。おまえの兄貴として、おまえが何をするにも力になる。それには、おまえがいま置かれている状況で自分の義務がなんであるのかわかるまで叩きのめすことも含まれてるんだ」そう断言する。

「好きにしてくれ」コンランは険しい顔で言って向きを変え、自分の部屋に向かおうとした。

「コンラン？」

「なんだよ？」むっとした顔で振り返る。

「初めてのときはすんなりいかないものだが」オーレイは言った。「エヴィーナにとっては特に大変だったみたいだな」

「ああ」コンランはため息交じりに答えた。「経験豊かだとばかり思ってたから急ぎ過ぎたんだ。そうじゃないとわかってたら、あんなふうにしなかった」

オーレイはうなずいた。「それならその気にさせて、夫婦の営みは悦びを得られるものだとわからせるんだ」

そう提案されてコンランが眉を吊りあげると、オーレイは肩をすくめた。

「これはおまえにとっていい話なんだぞ。自分の領地と領民を持てるんだから」そう指摘したあと、かすかに微笑んでつけ加えた。「それに、おれはエヴィーナが好きだ。あの娘はおまえのいい妻になる」

「彼女を好きだって？」コンランは驚いて訊き返した。「よく知りもしないのに」

「あの娘が何をしていて、何をしたのかは知ってるし、勇気があるのもわかってる」オーレイは肩をすくめて言うと、続けて訊いた。「知ってたか？　ここで男たちを鍛(きた)えて命令を下してるのはエヴィーナだ」

「ああ」コンランは認めた。「知ってた」

「それに、あの娘は父親のために、自ら男ふたりを率いて、おまえを連れにきた」オーレイは指摘した。「自分の代わりに別の者を送ったりしなかった。しかも、いとこを救うためにおまえを殴って、気を失わせたんだろう？」コンランがうなずくと、オーレイは微笑んだ。「まるでサイみたいじゃないか。サイみたいな女は、これからの人生、おおいにおまえを助けてくれるはずだ。エヴィーナを妻にしたら、おまえがいつものように兄弟の誰かを手伝うために駆けつけなきゃならなくなっても、城のことを心配しなくていい」

コンランは驚いて目をしばたたかせた。オーレイの言うとおりだ。

「だが」オーレイは言った。「エヴィーナには、今回彼女が正しいおこないをするようにさせてくれる兄弟はいない。それに、おれが思うに、あの父親は娘に言うことを聞かせられない。命令できるかもしれないが、エヴィーナなら、おまえと結婚せずに逃げかねない」

兄の言葉を聞いて、コンランは身をこわばらせた。

「その気にさせて何度も床入りし、いいものだとわからせるのが、彼女を神父のまえに連れていく唯一の方法だ。わかったか？」

「ああ」コンランは言った。実際、わかってもいた。初めてのときの記憶を、度重なるいい記憶で消し去らなければならない。それほどむずかしくはなさそうだった。初めてのときは失望させてしまったかもしれないが、そもそも特殊な状況だったのだ。次のときは、自分も悦びに達しよう。だが、そのまえにエヴィーナを何度か悦びに導かなければならない。簡単ではないかもしれないが、考えれば考えるほど、楽しみでもあった。突き入れたとき、きつく締めつけてきた温かな体の感触を、彼はいまでも覚えていた。彼女はとんでもなくよかった。一瞬感じた抵抗がなんであるのか、すぐにはわからなかったほどに。エヴィーナの苦痛に満ちた悲鳴で、なんであるのか気づき、状況は一変したが、彼のものを包む、温かく潤った体の感触は、またぜひ味わってみたいものだった。

「おれが思うに、猶予は二週間だ」オーレイが言って、コンランの注意をふたたび彼に向けさせた。

「二週間だって？」コンランは驚いて訊き返した。

「サイとグリアと、兄弟たちとその妻が結婚式のためにここに来るまで、それぐらいかかると考えていいだろう」オーレイは説明した。「エディスとミュアラインは子守りを見つけなきゃならないだろうな。彼女たちの子どもは連れてくるには小さすぎるから」

「そうだな」コンランは考えをめぐらせながらつぶやいたが、やがてこう指摘した。「でも、床についてるエヴィーナをその気にさせるのは簡単ではなさそうだ。重い傷を負ってて、起きて動きまわれないんだから」

「それならベッドで楽しませるんだな」オーレイは愉快そうに言った。「ストリップ・チェスがいいと思う」

コンランは目をしばたたいた。「ストリップ・チェスだって？」

「ああ、うちのジェッタが大好きなんだ。エヴィーナの駒をひとつ取るたびに、服も一枚脱がせる。そして彼女にも同じようにさせるんだ」

その説明を聞いて、コンランは眉を大きく吊りあげた。オーレイの妻のジェッタがそのようなゲームをしているところを想像するのはむずかしかった。

「ほかの方法が知りたければ、いつでも訊きにこい。たくさん知ってるから」オーレイはにやりと笑って言うと「幸運を祈るよ」と続けて、扉を閉めた。

コンランはため息をついて向きを変え、自分の部屋に向かったが、途中で行き先を変えた。

8

ブキャナン兄弟が部屋から出ていき、扉が閉められたあと、エヴィーナは黙っていた。なんて言えばいいのかわからなかった。頭のなかには、さまざまな心配事や恐怖が渦巻いていた。

「また子どもが廊下を走りまわるのを見られるかと思うとわくわくするな」

エヴィーナは父親の言葉に目を上げ、唇を噛んだ。「本当に身ごもってるかもしれないの？」

「わたしよりおまえのほうがよくわかってるだろう？　あの男に純潔を奪われたのか？」

「ええ」エヴィーナはため息交じりに答えた。

「それなら、充分にあり得ることだ」父親は重々しく言って、指摘した。「その子を婚外子にするわけにはいかないぞ。父親がここにいて、おまえと結婚したがってるんだから」

　エヴィーナは一瞬目を閉じてから、ふたたび開けて、思わず口にした。「いいえ、彼がわたしと結婚したがるはずないわ、お父さま。わたしは彼にとってベッツィと同じなんだもの」

「あの男がそう言ったのか？」父親はひどく驚いて尋ねた。

「ええ」エヴィーナは答えたが、険しい表情で言い直した。「ベッツィと同じというところは違うわ。わたしが自分でそう思ったの。でも、彼はわたしに謝って、悪かったと言ったのよ。わたしは夫を亡くした経験豊かな女だから、情事を楽しむにちがいないと思ってたって」

「ふむ」父親はつぶやいた。「いや、驚くにはあたらない。あの男は先の見通しが立たない五男だ。求婚しても考えてももらえないと思ったんだろう。たいていの領主がそうするように、わたしもおまえの相手には城や領地や財産のある長男を望むだろうと」

「どうして？」エヴィーナは驚いて尋ねた。「お父さまの跡取りはわたしだけだし、一度にひとつのお城にしか住めないわ。ふたつ持っていても、ひとつはほったらかしにするしかないのよ？」

「わたしもまさにそう思う」父親は苦々しげに言った。「だが、いくらあっても足りない者もいる。さらなる富を求める者が」

エヴィーナは顔をゆがめ、ふたたびおなかに視線を落として考えた。コンランの種は根づいているのだろうか。わたしは夫を持つことに耐えられるの？

「おまえはあの男と結婚しなければならない」父親は厳粛な面持ちで繰り返した。

「あの男にチャンスを与えて、それでも好きになれないか試してみたらどうだ？　わたしにはいい男のように見えるが」

「いい男ですって？」エヴィーナは信じられずに訊き返した。「自分が誰なのかについて嘘をついてたのよ？」

「あの男が嘘をついていたのか？　それとも、おまえにローリーだと思われて、それを訂正しなかったのか？」父親は穏やかに尋ねた。

エヴィーナは口もとをこわばらせた。「訂正しないことによって嘘をついていたのよ」

「あの男はわたしの命も救ってくれた」父親は指摘した。「それに、わたしがあの男の兄弟たちに、おまえが彼をさらってきたと伝えたとわかると、おまえを弁護して、あくまでも自分の意思でここにいると言った」

「そうなの?」エヴィーナは驚いて訊いた。

「ああ。実際、あの男はとても理解がある。おまえがあの男をここに連れてきたやり方にさえ、理解を示してくれてるんだ。もしわたしがどこかの見知らぬ女に殴られ、気を失わされて、裸のまま縛られ、馬の背に乗せられて、国の反対側まで連れてこられていたら、とうていそんなふうにものわかりがよくはなれなかっただろう。それもあの男はおまえのいい夫になると思う理由のひとつだ。あの男は明らかに冷静で忍耐強い。おまえのように厄介な女には、そういう男が必要だ」

エヴィーナが眉をひそめてにらみつけると、父親は肩をすくめた。「本当のことだ。おまえの母親が亡くなってから、わたしはずっといい父親じゃなかったんじゃないかと思う。なんでもおまえの好きなようにさせてきた。いまではおまえは自分の思いどおりにすることにすっかり慣れてしまってる」

エヴィーナがその言葉に対する意見を言うことさえ拒んで、いっそうきつくにらみつけると、父親はまた肩をすくめた。「とにかく、子どもを身ごもってる可能性があるなら、なるべく早く結婚しなければならない。つまり、コンラン・ブキャナンと結婚するか、マクマリーのいちばん最近の申し出を受けて結婚の契約を結ぶかだ」

「いやよ!」エヴィーナは愕然としてあえぐように言った。隣の領の領主であるマクマリーは、もう何年ものあいだ彼女に結婚を申し込んできている。けれども、彼は神経質に笑うもったいぶった小男で、召使いたちにつらくあたる傾向があった。結婚を承諾し、彼の支配下に置かれれば、自分もまたつらくあたられるとエヴィーナはよくわかっていた。父親もまたわかっていたから、何度結婚を申し込まれても断っていたのだ。父親がいまになってその縁組を考えていることが信じられなかった。子どもを身ごもっているかもしれないいま、父親がどれだけ彼女を結婚させたがっているかがうかがわれた。

なんということだろう！　すべては次の瞬間には後悔した草地でのほんの何分かの出来事のせいなのだ。

「それなら、コンラン・ブキャナンとの結婚を真剣に考えるんだな」父親は静かに言った。「でないと、ほかの相手を探さなければならなくなる。マクマリーが黙っていないだろうが」

エヴィーナは眉をひそめ、下を向いて考えをめぐらせた。頭のなかには、さまざまな思いが渦巻いていた。父親の言うとおりだ。彼をさらってきたことについてコンランは理解を示してくれた。草地で昼食をとりながら、さらわれたことを兄弟に書いて知らせるつもりはないと言い、そのとおり知らせなかった。知らせたのは父親だ。それに、彼女は夫を亡くした経験豊かな女だと思っていた彼を非難できない。結婚していたことを告げたのは自分なのだから。

しかも、彼にしてみれば嵌められたのだ。じつのところ、彼女も嵌められたのだけれど。父親が口実をつくってふたりだけで城の外に行かせ、ギャヴィンにあとをつけさせて証人に仕立てあげて、結婚しないわけにはいかなくさせた。そんなふうに嵌められて、本来なら、コンランは怒って足を踏み鳴らし、叫んだりわめいたりしてもいいはずだ。それなのに、彼女と結婚しようとしてくれている。

「おまえはブキャナンと結婚するのがいいと思う」父親は言った。「あの男となら幸せになれるはずだ。だが、もしうまくいかなくて、幸せになれなかったら……」

「殺せばいいわ」エヴィーナは提案した。

父親はエヴィーナを冷ややかな目で見て、かぶりを振った。「わたしがおまえをよく知っていて幸いだった。冗談だとわかるからな」

エヴィーナは何も言わずに顔をしかめてみせた。確かに冗談だった……完全にそうだとは言い切れないが。

「いや、もしうまくいかなかったら、いっしょに暮さなくていい」

エヴィーナは驚いて、はっと顔を上げた。「なんですって?」

「思いやりがないとわかったり、いっしょにいるのが耐えられなくなったりしたら、いつでも城から追い出して、マクレーン領のはずれにある狩猟小屋に住まわせればいい」

「でも、彼はお父さまの跡取りになって、お父さまが亡くなったらマクレーンを治められると思ってるわ」エヴィーナは指摘した。

「わたしがそう申し出たのはローリー・ブキャナンであってコンランではないし、まだ契約を書面にしてもいない。いくらでも変更できる」父親は肩をすくめて言った。「おまえが二週間かけてあの男を見極めるまで、結婚の契約を書面にするのは延期しよう」

「二週間ですって?」エヴィーナは疑わしげに訊き返した。そんなに長いあいだ、どうやってブキャナン兄弟を待たせておくつもりなのだろう。

「弟妹やその伴侶たちがここに来るまで、それぐらいはかかるだろうと、オーレイ・ブキャナンに言われたんだ」父親は説明した。「結婚式は全員がそろってからにしたいらしい」

「まあ」エヴィーナは少しほっとして言った。すぐに決めなくていいのだ。将来の計画を立てるのに二週間ある。それだけでもありがたかった。

「ドナンを呼んでくるから、部屋まで連れていってもらいなさい」父親は言って、扉のほうに歩きはじめた。

エヴィーナは、わざわざ呼びにいかなくていい、ひとりでなんとかするから、と言いかけたが、考え直した。ティルディの助けを借りてここまで来るのは大変だったし、まだ全快していない父親に助けてもらうわけにもいかない。それに認めたくはないが、ひとりでは部屋まで戻れそうになかった。

「おや！　ブキャナンじゃないか」

エヴィーナが父親の驚いた声に視線をめぐらすと、コンラン・ブキャナンが扉の枠の向こうに立っているのが見えた。

コンランは重々しくうなずいて言った。「お話が終わったら、エヴィーナが部屋に戻るのに助けが必要なんじゃないかと思って、ここで待つことにしたんです」

「ああ、そうか」父親は振り返って、エヴィーナに問いかけるような視線を向けた。

エヴィーナはため息をついたものの、うなずいた。わずか二週間で彼のことを知らなければならないのだ。いますぐ始めたほうがいいだろう。

父親はふたたびまえを向いて、扉を大きく開けた。「さあ、入りなさい。話はすんだ。娘はひどく疲れてるようだ」

コンランはうなずいて室内に入り、エヴィーナが座っているところまで歩いてきた。エヴィーナは立とうとしたが、ふたたび痛みに襲われて動きを止め、大きくあえいだ。するとコンランに抱えあげられたので、ふたたびあえいだ。

「まだ歩いちゃいけない」コンランはエヴィーナを胸に抱いて向きを変え、扉に向かいながら、静かに言った。「ひどい傷を負ったんだから、まずはそれを治さなきゃ。そんなふうに走りまわってたら縫ったところが開いてしまう」

「走ってなんかないわ」エヴィーナは彼の腕のなかでできるだけ身をこわばらせながら指摘した。

「ああ、そうだな」コンランは認めると、父親にうなずきかけて、そのかたわらを通り過ぎた。

エヴィーナは返事をせずに黙っていた。コンランも黙ったままエヴィーナを抱えて廊下を進み、彼女の部屋に向かった。けれども部屋のまえに来ると、エヴィーナはコンランの腕のなかでいっそう身をこわばらせ、眉をひそめて彼を見た。「扉が開いてるわ」

「ああ、お父上の部屋の外できみを待ちにいくまえに、おれが開けておいたんだ。きみを抱えたまま開けたり、きみに開けてもらって縫ったところが開く危険を冒すよりいいと思ってね」コンランは説明した。

「まあ」エヴィーナはつぶやき、思いやりがあるばかりか先見の明もあると思った。コンランの胸のまえで少し緊張をほどき、好奇心を抱いて彼の顔を見あげた。「扉の外でどれぐらい待ってたの？」

「それほど長いあいだじゃない」コンランは肩をすくめて言うと、胸のまえでエヴィーナを抱え直して部屋のなかに進んだ。

エヴィーナは黙ってコンランの顔を見あげ、静かに言った。「ありがとう」

「どういたしまして」コンランはまじめな顔で応じると、足を止めて、エヴィーナをベッドにおろした。

そのあと身を起こし、ためらう素振りを見せた。迷っているような表情が、その顔によぎった。「傷の状態を診る必要がある」

エヴィーナは身をこわばらせた。全身に動揺が走る。いままで傷の手当てをしてくれていたのはコンランだとわかっていたし、すでに胸も見られている。それでも、こうして起きていて、彼の腕のなかで興奮にあえいでもいないときに、彼の手で胸をむき出しにされると思うと気まずくてならなかった。

「でも、診るのはおれじゃない」コンランは続けた。

エヴィーナはほっとため息をついて言った。「ティルディに頼めばいいわ」

驚いたことにコンランは首を振った。「弟に診させたい」

「弟さんのローリーね……ヒーラーの」エヴィーナは憤(いきどお)りを声に出してつけ加えた。この男は本当の名前を告げずにわたしの純潔を奪ったのだ。

　コンランはため息をついてベッドの端に腰かけ、まじめな顔でエヴィーナを見た。

「嘘をつくつもりはなかったんだ。ローリーの薬草採りを手伝ったあと、滝で水浴びをしてる最中に見知らぬ男と取っ組み合いになって、次の瞬間には美しい赤毛の娘に殴られて気を失った」

　彼をローリー・ブキャナンだと思う理由になった薬草が鞍袋に入っていたのはそういうわけだったのね。エヴィーナは暗い気持ちでそう考えていたので、褒められていることに気づくのに少しかかった。彼にはまえにも同じことを言われた。赤毛の美人と……いや、そんなものは男が何かを得ようとして口にする耳障(みみざわ)りのいい褒め言葉にすぎない。彼が何を得ようとしているのかはわからないが。誰から見ても自分は彼と結婚しなければならない。改めて口説く必要はないのだ。

「そして目が覚めたらここにいた」コンランは続けた。「最初に自分が誰なのか言わなかったのは……そう、率直に言うと、ローリーをおれと同じ目にあわせたくなかったからだ。でも、そのあとお父上の容体がひどく悪く、急を要することがわかった。そして、ローリーに診てもらう必要があることも。でも、ここまであいつを連れてくる時間がないこともわかってた。だから、おれにできることをしたんだ」

「そして、わたしたちにあなたはローリーだと思わせつづけたのね」エヴィーナは声を落として言った。

コンランは申しわけなさそうにうなずいた。

「わたしにキスしたりふれたりしてたときも」エヴィーナは怒りがわいてくるのを感じながら続けた。まったくなんということだろう。純潔を与えた男の本当の名前も知らなかったなんて。少なくともベッツィは自分が誰に奉仕しているのか知っている。

「それはおれが悪かった」コンランは静かに認めた。「でも、正直に言って、そのときは自分の名前のことなんて考えてなかった。実際、最初にきみたちにローリーだと思われたままにしてからは、そのことをあまり考えなかったんだ。きみたちにはたいてい〝ブキャナン〟と呼ばれてたし、お父上にも名前では呼ばれなかった。じつのところ、きみたちの誰かに面と向かってローリーと呼ばれた記憶はない」

「でも、わたしはあなたをローリーだと思ってたのよ」エヴィーナも静かに言った。

「あなたはローリーだと思ったたし、頭のなかでもあなたはローリーだった。それなのにいまになってあなたは……」

「コンランだ」彼は落ち着いた声で言った。

「コンラン」エヴィーナはその名前を試すかのように繰り返した。その名前が好きなのかどうかもわからなかった。彼をローリーだと考えることに慣れていたので、コンランという名前は頭のなかで奇妙に響いた。

ふたりは少しのあいだ何も言わずにいたが、やがてコンランが居心地悪そうに身動きして言った。「ローリーを呼んできて傷を診てもらおうか？」

「いいえ」エヴィーナは静かに言った。「これからはティルディに診てもらうわ」

彼は心配そうな表情を浮かべた。「ローリーはとても腕のいいヒーラーなんだよ、エヴィーナ。それにきみの傷は重い。ローリーに診させるか、せめておれがしたことにまちがいはないか確認させたほうがいい」

エヴィーナは視線を落とした。頭のなかではふたつの考えがせめぎ合っていた。裸の胸をコンランの弟に見せるのはまったく気が進まず、ティルディに診てもらいたいと思う一方で、スコットランド一のヒーラーとの評判を早くも得つつあるローリー・ブキャナンなら、痛みはもちろん息苦しさもやわらげる薬を持っているかもしれないとも思った。どちらにも決められずにいると、扉を叩く音がした。

コンランがすかさず立ちあがり、扉に向かった。

エヴィーナは身をこわばらせて彼を見守った。彼女の傷を診にきたローリーが扉の向こうに立っているものとなかば思いながら。けれどもそこにいたのはティルディだった。皿とマグがのったお盆を手にしている。どうやらコンランがいることを喜んでいないようだ。実際、コンランのかたわらを通り過ぎながら彼に向けた辛辣なまなざしを見るかぎり、まったく喜んでいないことがうかがわれた。もっともティルディはエヴィーナの父親の部屋でなされた会話を聞いている。彼が自分はコンランなのにローリーだと思わせていたことや、草地でエヴィーナを抱いたことを知っているのだ。

「スープとハチミツ酒ならお飲みになれるんじゃないかと思って」ティルディが言い、表情をやわらげながらベッドに近づいてきた。「襲われてから何もおなかに入れてらっしゃらないんですから。傷を治すには体力をつけないと」

「そうね。ありがとう、ティルディ」エヴィーナがつぶやくと同時に、侍女はお盆をベッドサイドテーブルに置いた。

「お手伝いしましょうか?」ティルディはためらうような視線をエヴィーナに向けて尋ねた。

エヴィーナは侍女の表情を見てかすかに微笑んだ。彼女が何においても人の手を借りることをひどく嫌っているのをティルディは知っている。例外はないのだ。申し出を断ろうと口を開けたが、コンランに先を越された。

「おれが手伝うよ、ティルディ。ありがとう」コンランはきっぱりと言った。

侍女はふたたび彼に辛辣な視線を向けた。「わたしはお嬢さまにお尋ねしたんであって、そちらに尋ねたんじゃありませんよ」

ティルディが彼を侮辱するようにそちらと呼んだことにエヴィーナは驚き、目を見開いた。コンランが怒って侍女を叱りつけるかもしれないと思い、急いで言った。

「だいじょうぶよ、ティルディ。ブキャナンからいらしてるご兄弟のことやら何やらで忙しいでしょ。ここにいる必要はないわ」

「そうですか？」ティルディは心配そうな目をエヴィーナに向けて尋ねた。

「ええ。お盆を置いて、自分の仕事をしにいってちょうだい。わたしならだいじょうぶだから」エヴィーナはまじめな顔で安心させるように言った。

「そうですか」ティルディはコンランに険しい目を向けたが、顔をしかめたままうなずいて向きを変え、足早に部屋を出ていった。

「ティルディにすっかり嫌われたみたいだ」コンランがスープとハチミツ酒を調べに向かいながら皮肉っぽく言った。

「ティルディはもともとわたしの子守りをしてて、わたしが結婚したらわたし付きの侍女になったの。ずっとわたしの世話をしてくれてるのよ」エヴィーナは静かに言った。

「おれが目を覚ましたあとも弟のローリーだと思わせておいたばかりか、きみの純潔を奪ったことが気に入らないんだな」コンランは言った。

エヴィーナは恥ずかしさで顔が赤くなるのを感じ、そうさせた彼をにらみつけた。

「二度とそのことを口にしないでくれるとありがたいんだけど」

「わかったよ」コンランはハチミツ酒の入ったマグを手に枕もとに座りながら、落ち着いた声で言った。「ふたりともそのことは忘れて新たに始めることに同意してくれるなら」

「新たに始めるですって?」エヴィーナはハチミツ酒に熱い視線を向けて訊き返した。ひどくのどが渇いていた。無理もない。何も口にせずに長いあいだ寝ていたのだから。

「ああ」コンランは真顔で応じると、空いているほうの手を差し出して言った。「はじめまして、レディ・エヴィーナ。おれの名前はコンラン・ブキャナンだ。どうぞよろしく」

エヴィーナは少しためらったあと、仕方なく彼の手を取ってささやいた。「はじめまして」

コンランは微笑みながら彼女の手を握りしめると、手を引いて、ハチミツ酒を掲げた。「起きるのを手伝おうか？　枕を背中にあてれば自分で飲めるだろう？」

「ええ」エヴィーナは小声で言った。まるで彼女が子どもか病人ででもあるかのように、マグを口まで持っていくと言われなかったことにほっとしていた。

コンランはうなずくと、ハチミツ酒をじゃまにならないところに置いて立ちあがり、エヴィーナが起きあがるのを助けた。それから枕の位置を変え、毛皮を丸めて彼女のうしろに置いて、もたれて座れるようにした。「どうだい？」

「だいじょうぶそうよ」エヴィーナはわずかに息を切らしながら言うと、少し考えてつけ加えた。「ありがとう」

「自分で持てるかい？」コンランはマグを手にして尋ねた。

「ええ」エヴィーナは答えたが、いざマグを渡されると落としそうになった。コンランは彼女の手の上からマグを押さえて中身がこぼれるのを防ぎ、何も言わずに飲むよう促した。

エヴィーナはコンランが大げさに騒ぎ立てなかったことをありがたく思った。そして彼がハチミツ酒をお盆に戻して代わりにスープを手にするのを見守りながら尋ねた。

「あなたとギャヴィンは盗賊を全員捕まえたの？」

「いや」コンランはスープを手に彼女に向き直った。「三人はその場で殺して、負傷したひとりを捕えた。その男はそのあとここで死んだよ。もうひとりいたんだが、その男には逃げられた」

「まあ」エヴィーナがつぶやくと、コンランはスプーンでスープをすくって口のところまで持ってきた。彼女は口を開けてスプーンを迎え入れ、目を閉じて薄味のスープを飲んだ。牛肉を煮出した風味豊かなスープだ。これまで飲んだなかでいちばんおいしい……自分がどれだけおなかが空いていたのかよくわかった。普段は牛肉はそれほど好きではなく鶏肉や豚肉のほうが好きなのだ。

「じつのところ、きみがあのときさギャヴィンの名前を呼ばなかったら、彼は逃げた男に殺されていただろう」コンランはふたたびスープをすくって彼女の口に運びながら言った。「男はすでにギャヴィンの利き腕を傷つけてて、とどめを刺そうと剣を振りあげていた。そのときさきみがギャヴィンの名前を呼んで、みんなをびっくりさせたんだ」

「まあ」エヴィーナは眉をひそめてつぶやくと、スープを飲んだ。男がとどめを刺そうと剣を振りあげていたことにはまったく気づいていなかった。いとこが傷つけられたのを見ただけで。

「そのあと」コンランはまたスプーンでスープをすくいながら続けた。「ギャヴィンは相手より早くわれに返り、とどめを刺されるまえに剣を上げて防いだ。すると男は向きを変えて逃げていった」まじめな顔で言う。「あれから毎日ドナンが森に兵士たちをやって逃げた男の行方を追わせてるが、いまのところ見つかっていない。さらにいえば、ほかの盗賊の姿もないそうだ」スープを飲ませることに集中しながら、小声でつけ加える。

「ギャヴィンのけががはひどいの？」エヴィーナはスープを飲むあいまに尋ねた。

「いや、彼は運がよかった。軽いけがを負ったにすぎない」コンランは真顔で安心させるように言った。「もう訓練場で兵士たちと剣の腕を磨いてるよ」

「もう？」エヴィーナは驚いて訊き返した。

コンランはうなずいた。「無理をさせないようドナンが気をつけてる」

「そう、よかったわ」エヴィーナはつぶやき、コンランにまたスープを口に運ばれると、首を振った。「もう、おなかいっぱいよ」

コンランは残りのスープに目をやると、かすかに微笑んで、スプーンを皿に戻した。

「たくさん飲んだね。もう、少ししか残っていない。いい兆候だよ」

エヴィーナはコンランが皿をお盆に戻すのを見守り、彼がハチミツ酒の入ったマグを軽く叩いて問いかけるように片方の眉を吊りあげると、首を振った。

「いまはいいわ。ありがとう」小声で言う。

コンランはうなずくと、マグをそのままにして立ちあがり、室内を歩きはじめた。

「すまない」

空腹が満たされたいま、エヴィーナは疲れていることに気づいた。まぶたが自然と閉じていく。そのとき彼の言葉が聞こえ、ぱっと目を見開いた。「何が?」

「その……何もかも」コンランは少したためらったあと顔をしかめて言った。

エヴィーナは少しのあいだ何も言わずに彼が室内を歩きまわるのを見守った。彼は約束どおり草地での出来事を口にしなかったが、そのことを含めて謝っているのは確かだし、改めて謝らなければいけないと思うほど罪悪感を抱いているのは当然だと思った。けれどもそのとき、彼がさらわれてきたことを初めとしていろいろなことに理解を示してくれているという父親の言葉を思い出し、ため息をついて言った。「わたしも謝らなければいけないわ」

コンランが歩くのをやめて驚いた目で彼女を見ると、エヴィーナは言った。「そもそもわたしがあなたをさらってここに連れてきたんだから」

「おれはさらわれてきたんじゃない」コンランはゆがんだ笑みを浮かべて指摘した。

エヴィーナは思わず頬がゆるむのを感じながら首を振った。「いいえ、わたしはあなたをさらったのよ。少なくとも、あなたが気を失っていなくて、父を診るためにここに来るのを拒んでいたらそうしてたわ。そのぐらい必死に父を回復させたいと思ってたの」

コンランはよくわかっているというように表情をやわらげ、肩をすくめた。「でも、おれは気を失ってた。きみは裸で気を失ってる無防備なおれを川のほとりに残して立ち去れなかっただけだ。つまり……おれの命を救ってくれたんだ。礼を言うよ」

「わたしはあなたを殴って気を失わせたのよ?」エヴィーナは愉快になって言い、彼が黙って肩をすくめるのを見て続けた。「それに父のこともあるわ」

「うん、そうだな。お父上は面倒な患者だ」コンランは言った。「怒りっぽいし、少し具合がよくなったいまは、まだもとのように元気に動きまわれないことにいらだってる。でも、それはきみのせいじゃない」

「父がわたしたちをあんなふうに嵌めたことを言ってるの」エヴィーナは憤慨して言った。

コンランは何も言わずにふたたび室内を歩きはじめたが、少ししてまじめな顔で彼女を見た。「城を出たとき、お父上が何をしようとしているのか知ってたのか？」

「いいえ」エヴィーナは静かに答えた。「ティルディがあなたを呼びにきて、ご兄弟がいらしてると言い、手紙を届けさせたのは父だとしか考えられないとわたしに言ったときに初めて、父が何をしたのかわかったの」コンランの視線を受け止めてつけ加える。「あの日、城を出るまえに父が何をしようとしているのか気づいてたら、その片棒を担ぐようなことはしなかったわ」

「おれとは結婚したくないからか？」コンランは真顔で尋ねた。

「誰とも結婚したくなかったからよ」エヴィーナが彼の思い違いを正すと、コンランは枕もとに戻ってベッドに腰をおろし、興味を引かれた目で彼女の顔を見つめた。

「どうして？」

エヴィーナは不愉快になりながら肩をすくめた。「一度結婚してて、もうこりごりだから」

「エヴィ、きみは十歳のときにほんの三日間、形だけの結婚をしていただけだ」コンランはいらだちもあらわに指摘した。「いったい何がそんなに気に入らなかったんだい？」

エヴィーナはコンランが掛けてくれた毛皮に視線を落とし、その毛をむしりはじめた。「ここに帰ってくるために向こうを出発した日に、夫から、妻としてなんでも彼の言うとおりにしなきゃならないと言われたの」静かに言う。「そのあと彼がポケットに入れていたイモ虫を見せられて、食べろと言われたわ」

「ひどいやつだな」コンランはあきれたように言った。「きみはどうしたんだ？」

「顔にげんこつをお見舞いしてやったわ」エヴィーナは答えた。

コンランはにやりとした。「さぞかし、すっきりしたろうな」

「そうでもないの」エヴィーナは言った。「そのせいで罰を受けたんだから。父に鞭で打たれたの。そしてこう言われたわ。妻は夫の言うとおりにしなければならない。でも、わたしは十二歳になって結婚が完全なものになるまで当然ながらイモ虫を食べることを拒んでいいし、そのことで夫から罰を受けることもないと」

「ふむ」コンランは眉間にしわを寄せた。

「コリンは、あ、夫の名前よ」彼が夫の名前を知っているかわからず説明する。「コリンは結婚が完全なものになるまでわたしに罰を与えることはできないと知らなかったようで、旅の二日目にわたしがイモ虫がついたリンゴを食べることを断ると殴ってきたの」

「どうしてそんなにイモ虫にこだわっていたんだ？」コンランは嫌悪もあらわに尋ね

た。

エヴィーナは肩をすくめた。彼女にわかるはずもない。そんなこだわりなど持っていないのだから。「イモ虫だけではすまなかったの。コリンが溺れたのは、わたしに生のまま食べさせるために魚を捕まえようとしたからなのよ」

「お父上は水を汲もうとしてたとおっしゃってたが」コンランは驚いて言った。

エヴィーナは首を振った。「父はみんなにそう言って聞かせてるけど、本当は、コリンは丸太の上に立って、桶で魚を獲ろうとしてたの」

コンランはうんざりした顔でうなるように言った。「たぶん、甘やかされて育ったんだろうな」

「そうね」エヴィーナはつぶやいた。

「でも、彼はまだ少年だったんだ、エヴィーナ」コンランは静かに言った。「おれはそうじゃない」

「叔父も少年じゃなかったわ」エヴィーナは重々しく言った。

コンランは一瞬黙り込み、戸惑いの表情を浮かべて尋ねた。「きみの叔父上かい？」

「ギャヴィンの父親のギャリック・マクラウドよ」静かな声で説明する。「何か気に入らないことがあったとかで、叔母のグレナを殴って死なせたの」

コンランは呆然として身を引いた。「それでギャヴィンがここに来たのか？」

「ドナンもね」エヴィーナは言った。「彼はギャリック叔父さまの第一従者だったの。その役目を引き受けるときに叔父に忠誠を誓い、そのあと叔父と結婚した叔母にも忠誠を誓ったんだけど、結局どちらかひとりを選ばなければならなくなった」

「そして叔母上を選んだんだね」コンランは言った。

エヴィーナは肩をすくめた。「ドナンの父親も酔うと手を上げる人だった。それもあって、ドナンは女や子どもに暴力を振るう男を何よりも憎んでるの。叔父のことも何年も怪しいと思ってたんだけど、ついに叔母に手を上げているところを目の当たりにして見限った。叔母に忠誠を誓うことに決めたの。それで叔母とギャヴィンを連れてマクレーンに来たのよ。父が叔父から守ってくれることを期待して。叔母はここに着いて一時間もしないうちに亡くなったけど、そのまえに父に一部始終を話して、ギャヴィンを父親には渡さずここで面倒を見てくれるよう頼んだの」

エヴィーナはため息をついた。「叔母は体のなかに治せない傷を負ってるとティルディは言ってたわ。体のなかで出血してると。でも、実際、目に見える傷だけでも亡くなってたでしょうね。いまのいままで、グレナ叔母さまほどひどく殴られ、傷だらけになった人間を見たことはないわ。両腕と片方の脚と肋骨が何本か折れてた。ここまで来るのはさぞかし大変だったにちがいないわ」静かに続ける。「ドナンは叔母の傷が治ってから向こうを発つつもりだったんだけど、叔母は自分はもう助からないとわかってて、一刻も早くギャヴィンを父親から遠ざけたいと言って聞かなかったそうよ」

「叔父さんは罰を受けたんだろうね？」コンランは顔をしかめて言った。「妻の過ちを正すのは許されているが、殴って死なせるのは許されていない」

「いいえ」エヴィーナはため息交じりに答えると、口もとをゆがめて言った。「でも、神に罰せられたわ」

「神に？」コンランはいぶかしげに尋ねた。

エヴィーナはうなずいた。「父が叔母の死に正義を求める請願を国王にしようと準備していたとき、叔父の弟のティアラッハがマクレーンに来たの。どうやら叔父はドナンが叔母とギャヴィンを連れて逃げたことに気づき、連れ戻そうとして馬で追いかけたみたい。でもまだ酔ってたから、馬から転げ落ちて首の骨を折ったの」

「そうか」コンランはうなずいた。「それで、どうして弟が来たんだい？　使いの者をよこすんじゃなくて」

「わたしたちに口を閉ざさせるためよ」エヴィーナは険しい顔で言った。「彼は称号と城を受け継いでいた。ギャヴィンには興味がなかったけど、この件についてわたしたちが何も言わずにいることを求めたの。兄のおこないでマクラウドの名前を汚したくなかったのね。黙っている代償として高価な宝石や多額のお金を差し出してきたわ。窃盗罪の罰金だと言ってね」

「窃盗罪の罰金だなんて」コンランは眉をひそめて言った。

エヴィーナは肩をすくめた。「殺人は命を盗むことだと言えなくもないわ」

「お父上は受け取られたのか？」コンランはひどく怒っているような声で尋ねた。

「初めは受け取らなかったわ」エヴィーナは重々しく言った。「でも、これはあとになって説明してくれたんだけど、すぐに気づいたんですって。叔父も叔母も死んだけど、ギャヴィンはまだ生きてる。彼の名前も汚されることになるし、人殺しの息子として生きなければならなくなる。申し出を受ければ、少なくとも遺産を受け取れると。だから窃盗罪の罰金を受け取り、保管しておいて、ギャヴィンが十八になったら渡すことにしたの」

コンランは少しのあいだ何も言わずにいた。エヴィーナがこの話をしてきたことに感銘を受けていた。これもまた彼女が正直であることのあかしだ。たいていの人間はこのような家族の暗い秘密を秘密のままにしておくだろう。そうしたことが起こったという事実が自分たちの印象を悪くするとでもいうように。だが、エヴィーナは彼がどう受け取るかも気にせず、ありのままに話してくれた。それでなくても悲劇的な出来事がエヴィーナが十歳のときに起こったことで、より悲劇的なものになったのだとコンランは思った。感受性豊かな年ごろだし、彼女にイモ虫を食べさせようとして拒まれると殴るような子どもっぽい少年を夫としてあてがわれたあとに、そんなことがあったのなら、男は、いや、少なくとも夫というものは悪魔だと思ったにちがいない。

「エヴィーナ」コンランはようやく言った。「叔母上がそんなことになってお気の毒に思うよ。でも、おれはけっしてきみに手を上げないと約束できる」

その言葉がエヴィーナの気持ちを落ち着かせなかったことがコンランにはすぐにわかった。エヴィーナがこう訊いてきたからだ。「でも、あなたがわたしにしたくないことをさせようとしたら？」

ふたたび身を引いて、まじめな顔でエヴィーナを見る。「自分も叔母上のようになるんじゃないかと心配してるのかもしれないが――」

「ええ、してるわ」エヴィーナは彼の言葉をさえぎって認めた。「それに、命令に従わなかったり、したくないことをするのを断ったりしたせいで殴られたくもないの」

暗い声で言う。「わたしはきっとそうするから」

コンランが眉を吊りあげると、エヴィーナは真顔でうなずいた。「本当よ。わたしはしたくないことをしろと言われてするのが苦手なの」静かに言う。「父が言うところのわたしの〝反抗的なばかげた態度〟に父は我慢してくれてるわ。でも、あなたが我慢できるかわからないでしょ？　それに結婚したら、あなたにはわたしを殴る権利があるわ」

「おれはこれまで一度も女に手を上げたことがない」コンランはきっぱりと言った。

「妹のサイでさえ殴ったことがないんだ。殴られても仕方ない人間がいるとしたら、それはサイだったが、取っ組み合ったり、戦ごっこをしたりしてるときでも、おれもほかの兄弟たちもみんなサイを傷つけないように気をつけてた。おれは絶対にきみを殴らないと約束できる」

エヴィーナはうなずいたが、彼が昼も夜もきみを殴ると認めるわけがないと思っていた。そんなことをしたら、彼女はけっして彼と結婚しないから。

「おれの言ってることは本当だと信じるのはむずかしいと思う」少ししてコンランがエヴィーナの表情をうかがいながら言った。そして彼女が答えずにいると、こう提案した。「結婚の契約書に記すこともできる」

「あなたはわたしを殴ってはいけないって？」エヴィーナは疑わしげに尋ねた。

「ああ。もし殴ったら……」コンランは言葉を切った。どうやらふさわしい罰が思い浮かばないらしい。けれどもエヴィーナにはいい案があった。

「もし殴ったら、あなたはマクレーンのはずれにある狩猟小屋に住んで、わたしはここで平和に暮らす」落ち着いた口調で言う。

そう提案されてコンランは眉を吊りあげたものの、うなずいた。「いいだろう。そう結婚の契約書に記すとしよう」

「わかったわ」エヴィーナはいくらかほっとして同意したが、コンランは本当にそうするだろうかと思った。そうしてくれたら結婚するのもいいかもしれない。彼がそうすると認めたことで、エヴィーナは気分がよくなり、彼を知ることにも、もっと気楽に取り組める気がしてきた。

9

「じゃあ、お母上が亡くなるまえは、お父上はマクレーンを治めることにもっと関わってらしたんだね」コンランはチェス盤に目をやり、戦局を見極めようとしながら言った。

「ええ」エヴィーナは言った。「でも母が亡くなってしばらくのあいだは、ほとんど関心を持たなくなってた。じつをいうと、わたしもだけど」口もとをゆがめて認める。「ふたりとも球をなくした曲芸師のようにふさぎ込んでたの。当然、それは領内の人々にも伝染したわ。誰もが女主人の死を嘆き悲しんでいた。母は領民からそれはもう愛されていたから」

コンランはよくわかるというように、小さくうなった。

「でも、そこにギャヴィンが来てくれた」エヴィーナが微笑んでいるのがわかる声で言った。

「それで?」エヴィーナが黙り込んだので、コンランは興味を引かれて目を上げ、先を促した。エヴィーナが目を覚ましてからいままで五日間かけて、彼は彼女に勝とうとしていた。ふたりはたわいもないことをしゃべりながら、チェスやナインメンズモリス(世界最古のボードゲームのひとつ)や、そのほかのさまざまなゲームをしてきたが、エヴィーナがふたたび過去やいまの彼女を形づくったものについて話すのはこれが初めてだった。

彼女が彼のそばで緊張をとき、彼を信用しはじめていることを示す最初の兆候だった。

結婚によって草地でのやや期待はずれの経験より多くのものを得られることをエヴィーナにわからせるための時間が刻々と過ぎていることは重々承知していたが、ことを急ぐのはやめようと決めていた。そう決断してよかったと思った。話すようになると、それが日々のたわいもないことでも、エヴィーナが知性とユーモアのセンスを持ち合わせていることがわかった。実際にエヴィーナを好きになってきていて、目のまえに迫りつつある結婚が、義務や、ましてや試練などではないように思えてきた。それどころか、自分たちは似合いのふたりなのではないかと思いはじめていた。

「そうね、最初のうちはちょっと大変だったわ」エヴィーナは楽しそうに認めた。「子どもを育てたことなんてなかったし、ギャヴィンはまだ二歳でわたしは十歳だったんだから。でもティルディが助けてくれたし、しだいに慣れてきて、それほど大変ではなくなった。それに、元気に遊んでる子どものまえでふさぎ込むのはむずかしかった」かすかに笑みを浮かべて続ける。「ギャヴィンはいつも笑ってて、あちこち走りまわってたわ。マクレーンに活気を取り戻してくれた。父でさえ、まわりで起きてることにいくらか興味を持つようになって、少し元気になってきたの」

コンランは微笑んだ。「ああ、そういう意味では子どもはまさに天の恵みだ。姪っ子たちも妹をいらだたせることもあるが、その小さな手で妹とその夫をしっかり握ってる。おれたち兄弟のことも。あの子たちのためならできないことは何もない」顔をしかめて認める。

「じゃあ、子どもは大歓迎なのね?」エヴィーナは尋ねた。

「ああ、たくさん欲しい」コンランはすかさず答えた。彼の注意はゲームと会話に同じぐらい向けられていた……自分の返事がもたらした沈黙に気づくまで。はっと目を上げ、エヴィーナの表情を見て、彼女が子どもをつくることに前向きではないかもしれないことを思い出した。まだ、子どもをつくる際に得られる悦びを教えられていないのだから。

「エヴィ」コンランは静かに言った。「きみの初体験がちっともよくなかったのはわかってる。でも女性にとって初めてのときがうまくいかないのはよくあることなんだ。

それにおれはもっとゆっくり慎重にするべきだった。きみが経験がないと知ってたら、そうしてたよ。次はそうすると約束する」

エヴィーナは顔を真っ赤にし、彼の言葉をしりぞけるように手を振ると、下を向いてチェス盤を見つめた。その話をするのを明らかに嫌がっている。彼女がその話題をしりぞけるのはこれが初めてではない。ここ何日で何回かあった。床入りや夫婦の営みを少しでも連想させるような言葉が出ると、まるで馬が鞭を持つ暴力的な飼い主を見てあとずさるように、その話題から逃げようとする。その姿はコンランを暗い気持ちにさせた。エヴィーナは弱い女性ではない。その彼女がそんなふうに反応するなんて、純潔を奪われる際によほど痛い思いをしたのだろう。なんとしてもその経験を乗り越えさせなければならなかった。

「エヴィ」コンランはふたたび静かな声で言い、彼女がしぶしぶ目を上げて彼を見ると、こう続けた。「おれの言葉が嘘じゃないことを証明したい」

その言葉を聞いてエヴィーナは目をしばたたいたが、やがてその意味に気づいたらしく目を大きく見開いて首を横に振ろうとした。

「きみがやめろと言ったらすぐにやめると約束する。でも、おれにキスされるのは嫌じゃなかっただろう？」

エヴィーナは動きを止めた。迷っているような表情に変わっている。

「手始めにキスだけさせてくれないか？」コンランは真剣な顔で言った。

「キスだけ？」エヴィーナは疑うように目を細めて訊いた。

彼女が心惹かれているのがコンランにはわかり、おおいにほっとした。少なくともエヴィーナは彼のキスを楽しんだのだ。そうだろうとは思っていたが、そのあと純潔を奪う際に大失態を演じたせいで自信がなくなっていた。

「キスだけだ。約束する」コンランは請け合った。「きみの体を支えるため以外には手もふれない」

エヴィーナはコンランの申し出に心惹かれながら、険しい目で彼を見つめた。まだ起きて動きまわることも許されていなかったので、ベッドの上で起きあがり、彼が置いてくれた毛皮や長枕に背中を預けていた。コンランはチェス盤を彼女の膝の上にのせてから、片方の足を床に置いてベッドの端に彼女と向き合って座り、もう片方の脚を曲げて太ももの下に敷いた。エヴィーナが彼の視線から逃れるには膝の上のチェス盤に目を向けるしかなく、彼女はそうして彼の申し出を検討した。彼のキスを楽しんだのは事実だが、その先に起こったことが激しい痛みにつながった。そう自分に思い出させたが、すぐに彼はキスだけだと約束してくれているし、きっとすばらしいにちがいないと、もうひとりの自分が反論してきた。

エヴィーナは唇を噛み、心のなかで葛藤したが、少ししてわずかにうなずいた。それで充分だった。コンランは安堵のため息をもらすと、チェス盤の上に身を乗り出し、彼女の唇に唇をそっと押しあてた。

初めのうちエヴィーナはじっとしたまま唇をかすめる彼の唇の感触を楽しんでいたが、やがて唇が強く押しあてられ、舌が差し出された。目を閉じて口を開け、彼が舌を差し入れてくると、ため息をついた。記憶にあるとおり、すばらしかった。彼の舌に探られて、下腹部に炎が燃えあがる。エヴィーナはうめき声をあげ、もっと近づこうと身を乗り出した。

彼の肩に腕をまわしながら、チェス盤や駒が膝の上からすべり落ち、床に落ちるのがわかったが、気にも留めなかった。彼女の意識はコンランだけに向けられていた。つまりコンランの唇と、彼が彼女の口の上で口を左右に傾けながら、唇でしていることに。

彼の口が離れると、エヴィーナは目を開け、わずかに身をこわばらせたが、コンランは今度は頰にキスしてきた。はっと息をのみ、体を動かすと同時に、コンランの唇が耳に達し、体じゅうを興奮の渦が駆け抜けた。次いでコンランはうなじに唇を這わせ、感じやすい肌を噛んだり、歯でこすったりしてきた。

エヴィーナはうめき声をあげて頭をうしろに倒し、両手で彼の頭をつかんだ。コンランは彼女のシュミーズに唇を這わせ、舌で生地をなぞりはじめた。エヴィーナは身を震わせた。気づくとあえぎ声をあげ、脚を落ち着きなく動かしていた。するとまた彼の口が離れた。エヴィーナは目を開けて、彼がふたたび唇にキスしてくれることを期待し、強く望みさえして顔を上げたが、彼は無傷なほうの乳房に口をおろしてシュミーズ越しに乳首を探りあて、布地を湿らせながら強く吸いはじめた。

「ああ！」エヴィーナは彼の頭をつかんであえいだ。

コンランはすかさず顔を上げて彼女を見ると、やさしい声で安心させるように言った。「だいじょうぶ、手は使わないから。キスするだけだ」

「ええ、キスよね」エヴィーナはささやいたが、彼が口を使ってシュミーズのゆったりした襟ぐりを引きおろし、片方の肩をむき出しにすると、唇を噛んだ。シュミーズが肩から落ち、彼が布地越しにキスしていた乳房があらわになると、コンランは今度は湿った生地越しではなくじかに乳首を口に含んだ。

「ああっ」エヴィーナは思わず声をあげ、背をそらして彼の口に胸を押しあてた。コンランは乳房のほとんどを口に含んでから、ゆっくり離し、その途中で敏感な乳首を歯で軽くこすった。その瞬間、全身をこらえきれないほどの悦びが駆けめぐり、エヴィーナは激しく首を振った。けれどもコンランはふたたび乳首を口に含もうとはせず、おなかの上から下のほうへとキスしはじめた。

エヴィーナは戸惑い、興奮してあえぎながら視線を下に向けた。どういうわけか、もう片方の肩からもシュミーズがずり落ちている。シュミーズはいまや腰まで落ちていて、おへそから上があらわになっていた。エヴィーナがそのことに気づくと同時に、コンランが顔を上げ、また唇にキスしてきた。先ほどとは違って彼の口は多くを求め、そのキスは欲望に満ちていて乱暴でさえあった。エヴィーナは彼の肩に腕をきつく巻きつけ、同じ激しさで応じた。するとコンランは彼女が背中にあてていた枕と毛皮を抜き取り、彼女を押し倒した。

エヴィーナが仰向けになった瞬間、コンランは彼女の唇から唇を離し、体の上から下のほうへとキスしはじめた。その途中で乳房に念入りにキスしたあと、おなかの下のほうへキスしつづけた。キスしたり、軽く嚙んだりしながらシュミーズと毛皮におおわれているところまで来ると、毛皮を剝いだ。

エヴィーナは身をこわばらせて顔を上げたが、コンランはふたたびおなかの下のほうにキスしはじめ、シュミーズがおおう部分のすぐ上の肌にシュミーズに沿って舌を走らせた。エヴィーナははっと息をのんだ。彼の舌に反応して筋肉が躍動し、彼の下でびくりと体が動く。コンランがそのまま動きを止めず、彼女の脚のあいだにたまっている布地に口を押しあてると、エヴィーナは身をこわばらせて目を開け、彼から離れたくなる衝動と戦った。するとコンランが息を吹きかけ、彼が湿らせた布地とその下のほてった肌を温めた。

エヴィーナはのどをごくりとさせ、シュミーズの下の手を体の両わきで握りしめながら待った。するとシュミーズから出ている膝にキスされたので、はっと息をのんだ。コンランは唇でシュミーズを押しあげながら、太ももの上のほうへとキスしてきた。エヴィーナは叫び声をあげて両脚を動かした。気づくと全身が震えだしていた。コンランの唇が興奮の中心に達するころには、体をぴんと伸ばして両手でシーツをきつくつかんでいた。けれども彼がそこに口をとどめ、濃密なキスをしてくると、叫び声をあげ、両手を彼の頭に伸ばしてベッドから起きあがった。

コンランは彼女を止めようとしなかったが、していることをやめようともしなかった。頭をつかんで引き離そうとする手を無視して顔をさらに押しあて、ひだのあいだを口でなぞって、舌を敏感な部分に打ちつけた。

エヴィーナは叫び声をあげて背中をばたんとベッドに戻し、ふたたび仰向けになった。目を大きく見開いて頭上の天蓋に向けたが、実際には何も見えていなかった。コンランがキスしたり、なめたり、じらしたりして彼女の欲求を高め、せっぱつまった状態に追い込む。エヴィーナの体は彼の愛撫に反応して激しく震え、自分でも気づかないうちに、彼の両わきで膝を立て、足をベッドに踏ん張って腰を持ちあげて、新たな悦びを迎えにいっていた。体が勝手に反応して、敏感な部分をこする舌や、挟んだり激しく吸ったりする唇を求める。コンランがいったん舌を抜いて、口にキスしているときのようにふたたび入れてくると、エヴィーナは叫び声をあげた。彼女の体はシーツの上で大きく跳ね、前回はほんの一瞬しか味わわなかった悦びに震えた。

今回は一瞬ではなく、そのあとに痛みも続かなかった。エヴィーナはなおも吸ったり、嚙んだり、舌を打ちつけたりしているコンランに、何度も限界を超えさせられ、やがて放心状態になった。文字どおりの意味で。コンランがそれらの行為をやめたときには、エヴィーナはベッドの上で震えるただの塊になっていて、自分の体が絶頂の余韻に震えていることしかわからなくなっていた。

気づくとコンランの胸で丸くなっていた。彼は服を着たままで、彼女のシュミーズは腰のところで丸まり、それ以外の部分はむき出しになっていた。片方の乳房をおおう麻布以外には。傷をおおう麻布は、胸にぐるりと巻かれた細い麻布で留められていた。エヴィーナはけがしていないほうの側を下にして横になり、片方の脚をコンランの脚の上に投げ出していた。コンランはエヴィーナを胸に抱き、傷を圧迫しないよう気をつけながら、背中をそっとさすっていた。

最初のうちエヴィーナはコンランの腕のなかでじっとしていた。なんて言えばいいのかわからなかった。たったいま経験したことは……そう、とてつもなくすばらしかった。けれどもいま、エヴィーナは少なからず当惑していた。この先どうすればいいのだろう。彼も……自分も……

ああ、草地で一瞬味わった悦びはこれに比べたらなんでもなかった。あれが頬への軽いキスだとしたら、今回のは手で愛撫したり体を押しつけ合ったりしながらする本格的なキスだ。床入りがこんなふうにすばらしいものになり得るとはエヴィーナは思ってもみなかった。ほかにどんな悦びを得られるのだろうと思った。

「少し休んだほうがいい」

そうやさしく言われてエヴィーナは身をこわばらせた。どう返事をすればいいのかわからなかった。返事を思いつくまえにコンランは彼女の体にまわしていた腕を抜き、そっと体を離してベッドからおりた。

「また来るよ。きみが充分に休めたころに」コンランは早くも扉に向かいながら言った。

エヴィーナは何も言わずに彼を見送った。その目は大きく見開かれ、盛りあがっているブレードのまえの部分に向けられていた。どうやら興奮したのは彼女ひとりではないらしい。そして彼女だけがその興奮を解き放ったのだ。

エヴィーナの部屋から自分の部屋に戻るまでコンランは誰にも出くわさず、そのことをありがたく思った。彼女の体をむさぼるのは楽しかった。彼女が興奮や悦びにあえいだり、うめいたり、すすり泣くような声を出したりするのを聞くと、同じように興奮し、欲望をかき立てられた。彼に奉仕されて身をくねらせたり震わせたりする姿を見ていると、頭がおかしくなりそうになり、さっさと彼女を押さえつけて、彼が味わってきた潤った部分に身を沈めろと体が迫ってきた。だが、コンランはどうにかそうした欲求を無視して約束を守った。かろうじて。いま、彼のものはブレードの下で剣のように硬くなり、募りに募った興奮を解き放ちたいとうずいている。自分の部屋に戻りしだいどうにかしなければならない。いや、少なくともそのつもりだった、とコンランは認めた。扉を開けると、オーレイが彼のベッドで組んだ手を枕にして横になっていたのだ。

「ああ! 戻ってきたか」コンランが扉を開けたまま部屋の入口に立ち尽くしていると、オーレイはそう言って起きあがり、片方の足を床におろした。「エヴィーナの叫び声が聞こえたから、そろそろ戻ってくるんじゃないかと思ってた。あの娘はなかなか大きな声を出す。どうやらおまえはおれが提案したとおり、床入りのすばらしさを教えたみたいだな。苦痛や怒りからくる叫び声には聞こえなかった」

コンランは目を閉じてため息をついた。どうやらすぐにはうずくものをどうにかできそうにない。

「でも、その顔を見るかぎり、おまえは結ばれる悦びを教えずに、あくまでも彼女を悦ばせることに専念したんだな」

コンランはぱっと目を開けた。驚くことではなかったが、兄が彼の下半身をおもしろがりながらも同情するような目で見ていた。

「そうだろう?」兄は尋ねた。

「ああ」コンランはうなるように言うと、ふたたび歩きはじめて背後で扉を閉めた。

「何か用か、オーレイ?」

「おまえがエヴィーナを相手に忙しくしてるあいだにサイとグリアが到着したと警告

しにきたんだ」兄はまじめな顔で言った。「あのふたりが到着するのは最後だと思ってたんだが。おれが当初思ってたように、二週間の猶予はないかもしれない」

「なんだって?」コンランは驚いて訊き返した。

オーレイは申しわけなさそうに肩をすくめて立ちあがった。「ドゥーガルとニルスが妻を連れて到着するのも、そう先のことじゃないだろう。だからできるだけ早く、ことを進めるんだ」

「くそっ」長兄が部屋を出ていくと、コンランはつぶやいた。あと九日あると思っていたのに。だが、サイとグリアがすでに到着しているのなら、いまの状況を変える時間はせいぜい二日しかなさそうだ。本気でエヴィーナとのことを進めなければならない。

今夜、夕食後に次の段階に移るとしよう、とコンランは固く決心した。キスから手を使った愛撫に進むのだ。だが、そのまえに自分をどうにかしなければならない。さもないと、段階を踏まずにことを進めてしまいそうだった。

「レディ・マクダネルはなかなか興味深い女性のようですよ。コンランさまの妹さんのサイさまのことです。グリア・マクダネルさまとご結婚されてるんですよ」エヴィーナが戸惑いの表情を浮かべると、ティルディはそう説明して続けた。「お嬢さまによく似てらっしゃるんです。たいていの貴婦人と違って華奢でもなければ神経質でもないんですよ。お嬢さまと同じように剣を持ち歩いてらっしゃいますし、椅子に座られたときにドレスの下からのぞいてたのは、まちがいなくブレーの裾です。お嬢さまに会いにこられたいとおっしゃるので、目を覚ましてらっしゃるか見てくると申しあげたんです。それで……」ティルディはいったん言葉を切って、眉を吊りあげた。

「もうすぐ義理の妹になる方とお会いになれそうですか?」

エヴィーナは口を開けたが、何も言わずにそのまま閉じ、ため息をついて、起きあがろうとした。

「お手伝いします」ティルディがすかさず駆け寄ってきたが、エヴィーナは手を振ってしりぞけた。

「ひとりで起きられるわ、ティルディ。ありがとう」そう言うと、枕と毛皮を背中のうしろに置いて身を預けた。傷は最初のころほど痛くないし、呼吸もかなり楽になっている。実際、一日じゅうベッドから出られないことにいらだちを覚えはじめるほど元気になっていて、明日は階下に行こうかと考えていた。いや、今日の夕食から階下で食べようか? 客が来ているのなら、女主人として適切にもてなさなければならない。

「なんだか調子がよさそうですね」ふいにティルディが言い、エヴィーナが驚いて彼女のほうに目を向けると、こう続けた。「頬に赤味がさしてるし……そうですね……いい意味で力が抜けているというか」

そう言われてエヴィーナは頬が熱くなるのを感じた。頬に赤味をもたらし、力が抜けた状態にしたのはコンランの〝キス〟だとわかっていたからだ。ああ、彼は……そう、キスの達人だ。彼女の体はなおも悦びとその余韻に小さく震え、手足にも力が入らなかった。コンランが部屋を出ていってから十五分は経っているのに。

「おふたりのためにハチミツ酒と、料理人に訊いて、もしあるようでしたらペストリーをお持ちしましょうか？」ティルディはそう申し出て、エヴィーナが毛皮を動かして侍女がやってくる直前に着直したシュミーズをおおうのを見守った。

「ええ、お願い」エヴィーナはそう言うと、顔をしかめた。自分がひどく緊張してきたことに気づいたのだ。どうして突然緊張してきたのかさっぱりわからなかった。人と会う際に内気な娘のようになったことはこれまで一度もない。とはいえ相手はコンランの妹だ。このままいけば義理の妹になるかもしれない相手なのだ。コンランの〝キス〟のおかげで、夫婦の営みは草地での経験のあとに彼女が思っていたように試練でも嫌な仕事でもないのかもしれないと、わずかに思いはじめていた。正直のところ、まだ完全にそう思っているわけではないが、もしかするとそうなのかもしれないと思うようになっていた。

「お嬢さまは起きられていて喜んでお会いになられるとお伝えしてきます」エヴィーナが体勢を整えると、ティルディは言った。

「ありがとう」エヴィーナはどうにか笑顔をつくって侍女が出ていくのを見守り、不安な気持ちで扉を見つめた。長く待つ必要はなかった。どうやらコンランの妹は廊下で待っていたようで、ティルディが背後で扉を閉めたとたん、ふたたび扉が開き、黒髪の美しい女性が颯爽(さっそう)と入ってきた。そう表現するしかなさそうだった。サイ・ブキャナン・マクダネルはたいての貴婦人のように気取って小股で歩くのではなく、腰を揺らして大股に歩いて部屋に入ってきた。腰に差された剣も腰といっしょに揺れていた。

「あなたがコンランのエヴィーナね！」というのが彼女の挨拶の言葉で、それには大きな笑みもともなっていた。「兄の秘密を全部教えにきたの。必要があれば、あなたがそれをもとに兄を脅せるように」

その言葉にエヴィーナは目を丸くし、コンランの妹が枕もとで足を止め、身をかがめて彼女を抱きしめてくると、弱々しく手を伸ばしてその背中をそっと叩いた。

「わたしたちの家族にようこそ、お義姉さん」

「どうも」彼女が背を伸ばすと、エヴィーナは無理に笑みを浮かべてうなずいた。まだコンランと結婚すると決めたわけではないと告げるときではなさそうだ。そもそも最初から話すつもりはないけれど。コンランと結婚しないと決めたとしても、それを誰かに話すつもりはない。身のまわりの品を袋につめ、馬に乗ってここを去るつもりだった。行くあてはなかったが、心の準備ができておらず、相手が自分を虐待しないと確信が持てないまま結婚するつもりはなかった。その必要があれば、髪を切り、胸に布を巻いて男の恰好をして、傭兵として働こう。マクレーンにいるどの男にも負けないぐらい剣の扱いがうまいのだから。

もちろん、妊娠していたら困ったことになるが、それについてはあとで考えよう。いまはコンランの妹の訪問を乗り切らなければならない。

「あなたがまだコンランと結婚すると決めたわけではなくて、夫婦の営みの悦びも知らないのは知ってるわ。でも、最初は痛くても、そのあとはずっとよくなると約束する」

エヴィーナは身をこわばらせ、驚きの目でサイの顔を見つめた。

「お城では何も秘密にできないのよ、エヴィ」彼女はやさしく言ってから訊いた。「エヴィと呼んでもいいかしら？」

「ええ」エヴィーナは言って、サイはコンランが彼女をエヴィと呼ぶのを聞いたのだろうかと思った。彼女をそう呼ぶのは彼だけだ。

「よかった」サイはにっこり笑い、ベッドのかたわらに置かれた椅子にすとんと腰をおろして続けた。「あなたが夫の妻を殴る権利について心配してることもわかってる。でもわたしが保証するわ。コンランはけっして女を殴ったりしない。うちの男たちは誰ひとりとして女を殴ったりしないわ。自信をもって言える。もし彼らが女を殴る性質（たち）なら、わたしはとっくに殴られてるもの。何度もね」

「コンランも同じことを言ってたわ」エヴィーナは愉快になって言った。

「そう。それなら本当だってわかるでしょ」サイは言った。「わたしがどんなに強く殴ったり蹴ったりしようが、どんなにひどく傷つけようが、誰ひとりとして仕返ししたり、わたしを傷つけたりしなかった」

エヴィーナは疑うように眉を吊りあげた。「お兄さんたちを殴ったり蹴ったりしたの？」

「もっとひどいこともしたわ」サイは言った。「そろいもそろってばかなんだから、誰かがちゃんとさせなきゃならないでしょ」

エヴィーナは黙ってサイを見つめ、わたしはこの人のことがかなり好きかもしれないと思った。

「うちの男どもの誰かが妻やほかの女を傷つけたと聞いたら、わたしが放っておかないわ」サイは請け合った。「約束する。もしコンランがばかな真似をしたら言って。わたしが目を覚まさせるから」

「それか、わたしが彼の目を覚まさせるのを手伝ってちょうだい」エヴィーナは静かに言った。やり返しもしないで虐待されるままになっている女ではないのだ。

サイはにっこりした。「あなたのことが好きになりそうよ、エヴィ」

エヴィーナも微笑んだ。サイが彼女の部屋に来て以来、初めて見せる心からの笑みだった。腰の剣に目をやり、それが彼女のものと同様に持ち主の体格に合った本格的なものであることに気づいて尋ねた。「本当にドレスの下にブレーを穿いてるの?」

「ええ」サイはその質問に少し驚いた顔をして認めた。

「腰をおろしたときにドレスの裾からブレーがのぞいてるのが見えたとティルディが言ってたの」エヴィーナはそう説明して認めた。「わたしも穿くのよ。そのほうが馬にまたがるときに楽だから」

「ええ、そうよね」サイは熱っぽく同意した。「それに、またがって乗るほうが横乗りするよりずっといいわ」

「同感よ」エヴィーナは言った。「それから、ブレーを穿いてないと、庭で剣の練習をするのに加われないの。わたしはいつも――」

「ドレスの裾を腰の上で結んでじゃまにならないようにしてるんでしょ？」サイはエヴィーナの言葉を引き取って言い、彼女がうなずくとにっこりした。そして首を振りながらささやくように言った。「まあ、エヴィ……あなたとはいいお友だちになれそうよ」

エヴィーナも笑みを浮かべてうなずいた。「ええ、わたしもそう思うわ」

ふたりがなおも微笑み合っていると、扉を叩く音がした。

「どうぞ」エヴィーナは応じ、サイとともに扉に目を向けた。コンランが入ってくるのを見てもそれほど驚かなかった。彼の背後には侍女がふたりいた。ひとりは食べ物がのったお盆を持ち、もうひとりが持つお盆には水差しとマグがふたつのっている。草地で襲われて以来、コンランは毎晩エヴィーナと夕食をとっていて、もう日課のひとつになっていた。

「サイ」コンランはサイがいるのを見ても驚いた顔をせず、侍女のために扉を押さえながら妹に微笑みかけた。「階下で夕食がふるまわれているぞ。おまえが食べ損ねるんじゃないかと夫が気をもんでる」

サイはあきれたように目を上に動かすと、エヴィーナに向き直って助言した。「覚悟しなさい。子どもができたら最後、夫は〝心配性の困ったちゃん〟になるから。少なくとも、うちのグリアはそうよ。暇さえあればもっと食べろだの、ちゃんと寝ろだの、馬にはあまり乗るなだの、訓練場には行くなだの、うるさく言ってくるの。うっとうしいったらないわ」

エヴィーナは目をしばたたいた。気づくとおなかに手をあてていた。

幸い、コンランがすかさずこう言って、サイの注意を引いていた。「〝心配性の困ったちゃん〟だって？　グリアをそう呼んでやるのが待ち切れないよ」目をしばたたき、あわてたようすで尋ねる。「また子どもができたんじゃないよな？」

「いいかげんにして」サイは不機嫌そうに言って、立ちあがった。コンランのわきを通って扉に向かいながら告げる。「エヴィのことが好きになったわ。せいぜい彼女によくしてあげることね。さもないとマクレーンに言って、お尻を蹴ってやるから」

コンランはいらだったように首を振って言った。「さっさと夕食をとりにいけ」

「本気だからね」サイはコンランに告げると、侍女たちに先立って、颯爽と部屋を出ていった。

コンランは顔をしかめ、妹たちが出ていって扉が閉まるとすぐに向きを変えて、エヴィーナに申しわけなさそうな笑みを向けた。「すまない。止めようとしたんだが、サイがどうしても会いたいと言って聞かなかったんだ」

「かまわないのよ。わたしも彼女が好きになったわ」エヴィーナは心から言った。「そうなると思ってたよ」コンランは渋い顔をして言いながら、侍女がお盆を置いた暖炉のそばのテーブルに向かった。そして水差しとマグがのったお盆のまえで足を止めると、ふたつのマグに金色の液体を注いだ。水差しをもとに戻して向きを変え、ベッドにマグを運ぼうとしたが、エヴィーナは首を振って、掛けていた毛皮を押しやった。「今夜はテーブルで食べない？」

コンランは足を止めた。その顔に迷っているような表情がよぎった。「だいじょうぶなのか？」

「ええ」エヴィーナはティルディがベッドサイドテーブルに置いておいてくれたプレードにくるまりながら請け合った。「ベッドにいるのはいいかげんうんざりなの。階下には行けないにしてもテーブルで食べたいわ」

「待って。そういうことなら手を貸すよ」コンランは言うと、急いでマグをお盆に戻してベッドに戻り、ちょうど床におりたエヴィーナの腕を取った。「ゆっくり歩くんだ」コンランは言った。「止まって休みたくなったら言ってくれ」

エヴィーナはふんと鼻を鳴らした。「テーブルは同じ部屋にあるのよ？　庭の反対側にあるんじゃないわ。それぐらい歩けるわよ」

「ひどいけがをして、まだ完全には治ってないんだぞ」まじめな顔で言う。「いまは自分で思ってるより弱ってる」

エヴィーナは答えなかった。コンランといっしょに何歩か歩いただけで、話すのに必要な空気が肺からなくなっていたからだ。しかも脚が震えはじめている。なんということだろう。わたしは子猫のように弱くなっている。エヴィーナは呆然とした。

「だいじょうぶかい？」コンランが心配そうに尋ねた。

エヴィーナは唇をきつく結んでうなずいた。なんとしてもテーブルまで行くつもりだった。長いあいだ寝ていたせいですっかり弱ってしまっている。けがをしたのは胸であって脚ではないのに。

ほっとしたことにテーブルまでは行けたが、そのころにはコンランの腕にしっかりしがみついて体重をかけていた。それでもやり遂げたことは確かだ。大事なのはそこだ。エヴィーナが自分にそう言い聞かせていると、コンランが椅子を引いて彼女を座らせた。

「おなかは空いてるかい？」コンランがもうひとつの椅子に座りながら尋ねた。

エヴィーナはうなずいた。まだ震えが止まらず息も切れていたので話せなかったのだ。幸いコンランはすっかり弱くなっている彼女を見ても騒ぎ立てることなく、お盆から料理ののった木の皿を取ると、一枚を彼女のまえに、もう一枚を自分のまえにそれぞれ置いて、食べはじめた。エヴィーナの息が整い、これなら食べられそうだと思えるまで数分かかった。まだ手が少し震えていたが、どうにかチーズをひとかけら、落とさずに口に運べたので、勝利と見なすことにした。チーズを噛んで飲み込んでから尋ねた。「たくさんの兄弟と妹といっしょに育ってどういう感じ？」

コンランはそう訊かれて驚いたようで、食べるのをやめて考えてから答えた。

「騒々しい」

「騒々しい？」エヴィーナはおもしろがって尋ねた。

「ああ。騒々しくて、めちゃくちゃで、楽しくて……ときにはとんでもなくいらいらする。でも、ほとんどのときはすばらしい」コンランは笑みを浮かべて認めると、その理由を説明した。「みんな遊び相手には困らなかったし、つねに頼れる相手がいた」

そう聞いてエヴィーナは少しうらやましく思った。亡くなった兄とはひとつしか年が違わなかった。彼女は兄のダニエルが大好きで、ふたりはとても仲が良かった。父親が城にいるときは仕事をする父親のあとを、ふたりして一日じゅうついてまわった。自分は女の子だから兄の遊び相手にはなれないと思わされたことはいっさいなかった。母親には心配されたが、ふたりで庭を駆けまわり、木の剣で戦って、エヴィーナの言うところの〝野蛮人〟のように地面や草の上で取っ組み合った。けれどもそんな兄が亡くなり、エヴィーナはひとりぼっちになった。母親はそれを機に彼女に言うことを聞かせることもできたはずだが、そうしようとはしなかった。少なくとも兄が亡くなって一年間は。エヴィーナが兄の死をどれだけ悲しんでいるのかわかっていて、彼女が以前と同じように一日じゅう父親のあとをついてまわるのを黙って見ていた。だが、エヴィーナの許婚を教育のためにマクレーンに連れてくるという話が浮上し、そのまえに結婚式を挙げることになると、母親はあわてふためいた。

男たちが合意に達し、国王と教会から結婚の許可を得るのに一年かかった。母親はそのあいだにエヴィーナを正真正銘のレディに変えようとした。マイリ・マクレーンはやさしくて思いやりもあったが一度決めたことは頑としてゆずらず、エヴィーナは母親の別の一面を知ることになった。それ以前は、母親は父親より弱いと思っていたが、実際にはとても賢く、何事にも骨身を惜しまない人間であることがわかった。その一年のあいだにふたりはとても親密な関係になり、母親は少なくとも表面上はエヴィーナをよりレディらしくすることに成功した。けれどもやがてその母親も亡くなり、エヴィーナは心にぽっかり穴が開いたように感じた。

もし兄のほかにきょうだいがいたとしたら、何かが変わっていただろうかとエヴィーナは考えた。ダニエルと母親を失った悲しみがやわらいだとは思えなかった。けれどもふたりの死を乗り越える助けにはなったかもしれない。少なくとも心の支えにはなってもらえただろうから。

いずれにしてもたいした問題ではない、とエヴィーナは思いながらハチミツ酒を口に含んだ。愛する者を失った悲しみを乗り越える支えになってくれるきょうだいがいないだけだ。ほどよい甘さのハチミツ酒を飲み、マグをテーブルに戻して言った。

「ご兄弟と妹さんのことを話してちょうだい」

コンランは少しのあいだ考えてから言った。「まず、オーレイはいちばん上の兄貴だ。ブキャナンとそこに住む人々を治めてる」

エヴィーナはうなずいて尋ねた。「顔の傷痕は? 子どものときに負った傷なの?」

「いや、大人になってからだ。何年かまえの戦いで」静かに言って、つけ加える。

「その戦いで、おれたちは兄弟のユーアンを失った。オーレイの数分後に生まれた双子の弟だ」

「自分も傷を負って、双子の弟さんを亡くすなんて、さぞかしつらかったでしょうね」エヴィーナは小さな声で言った。

「ああ」コンランは重々しくうなずくと、咳払いして続けた。「その次の兄はドゥーガル。オーレイと同じような気性で厳しいところがあり、あまりしゃべらない。でも、馬の扱いがうまくて、奥さんのミュアラインと出会うまえには繁殖させて育ててた。いまでもカーマイケルの領主としての務めを果たすかたわらそうしてる」

「彼が育てた馬のことは聞いたことがあるわ。スコットランドで最高の馬だと言われてる」

「ああ、どれもすばらしい馬だ」コンランは請け合って続けた。「その次はニルス。エディス・ドラモンドと出会って結婚するまで、羊とウールに全神経を注いでいた」

「そしてエディスと結婚したにもかかわらず、いまでも羊を飼育してウールをつくってるの?」エヴィーナは尋ねて、鶏肉を少し口に入れた。

「ドラモンドの人々のためだけにね」コンランは微笑んで言った。「飼育してる羊を全部向こうに連れていって、年に二回、ドラモンドの全住民に新しいプレードを贈ってる」

エヴィーナは口のなかの鶏肉を飲み込んで、称賛した。「なんてやさしいのかしら」

「ああ。その分のウールをほかに売れば得られるはずのお金を考えると、とりわけそう思うよ」コンランは真顔で言った。

エヴィーナはかすかに微笑んで尋ねた。「次に年齢が高いのは?」

「おれだ」コンランは口もとをゆがめて認めた。「それに訊かれるまえに言うが、おれは特別に得意なことは何もない。馬や羊や何かの動物の扱いに長けてるわけじゃない」

「でも、ヒーラーとして優れた腕を持ってるわ」エヴィーナは指摘した。父親を治療し、彼女の傷の手当てをしたのは彼なのだ。どちらも見事な手際だった。

「いや、ヒーラーはローリーだ。あいつを手伝っているうちに、少しばかり知識を身につけたにすぎない。ドゥーガルを手伝って馬の知識を身につけ、ニルスを手伝って羊の知識を身につけたように」コンランは肩をすくめた。「おれはいろんなことについて少しずつ知ってるだけなんだ」

「そのほうがいい領主になれるかもしれない」エヴィーナは考えをめぐらせて言った。「幅広い知識と技術を身につけている領主のほうが、城を治める方法しか知らない領主よりはるかにいい。

「そうかもな」コンランはまた肩をすくめて言ってから訊いた。「もっと食べるかい？　まだおなかが空いてるのか？」

エヴィーナは視線を落とし、皿の上に何もなくなっているのを見て驚いた。テーブルまでの短い距離を歩いたおかげで食欲が増したようだ。これを機に体力も戻ってくることを期待しながら、首を振って言った。「いいえ、もういいわ。ありがとう」

コンランはうなずくと、彼女の皿を手にして、自分の皿とともにお盆に戻した。そのあとお盆を持って扉に向かい、侍女が自分たちをじゃますることなく片づけられるよう廊下に出してから尋ねた。「テーブルでゲームをしようか？　それとももうベッドに戻る？」

エヴィーナはためらった。食事をすませて少し疲れていたが、ベッドに戻るのは気が進まなかったので、結局こう言った。「ここがいいわ」するとコンランがテーブルに戻ってきた。

コンランは何も言わずにうなずいて自分の椅子に座ったものの、あたりを見まわして提案した。「暖炉のまえの毛皮に座るのはどうかな。なんなら小さく火をつけてもいい。今夜は冷える。どうやら北から嵐がやってきてるようだ」

「いいわね」エヴィーナは暖炉に目をやって言った。なんだか寒いとは思っていたが、そう感じているのは自分だけで、まだ傷が治っていないからだと思っていた。

コンランはすかさず立ちあがり、小さな火を熾しに暖炉に向かった。本当に小さな火を熾そうとしているらしく、薪を二本と木の葉数枚しか使っていない。彼が火を熾しているあいだに、エヴィーナは立ちあがって数メートル先の毛皮に向かい、到着すると、少し息が切れただけで無事に来られたことにほっとした。

「さあ」

エヴィーナはいつのまにか横に来ていたコンランに驚きの目を向け、彼の手を借りて毛皮に腰をおろした。

「ありがとう」そう言うと、プレードをケープのように肩から掛けて、きちんと体をおおうようにした。

「今夜はなんのゲームにする？」コンランが立ったまま尋ねた。

「あなたがしたいものでいいわ」エヴィーナは答えた。いずれにしろ、どのゲームでもかまわなかった。

「チェスがまだ途中だったよな。改めて最初からやろうか？」コンランが訊く。

エヴィーナは頬がかっと熱くなるのを感じて目を閉じた。チェスを途中でやめた理由と彼にされたことを思い出したのだ。先ほどコンランが部屋を出ていったあと、エヴィーナはふたたび彼に会うのが心配だった。ふたりがしたことや、彼が戻ってきたときの自分の反応のせいで気まずい思いをするのではないかと思ったのだ。けれどもサイが部屋に来ていたので、そのことをすっかり忘れていた。いまのいままで。

「あなたがそうしたいなら」のどを絞められたような声が出た。

「エヴィ？」

その声からコンランが心配しているのがわかったが、顔も上げず、目も開けなかった。「なに？」

「なあ」

突然、頬にふれられてエヴィーナは驚き、はっと顔を上げて、目を大きくしばたたいた。

「怒ってるのか？」コンランが心配そうに尋ねた。

「いいえ」

「恥ずかしがっているんだね」エヴィーナの気持ちに気づいて言うと、かぶりを振った。「おれを相手に恥ずかしがることはない」

「恥ずかしがってなんかいないわ」

「本当に？」コンランは美しい唇に笑みを浮かべて訊くと、人差し指で彼女の唇をそっとなぞって尋ねた。「今日の午後のキスは楽しんだかい?」

いまや顔に火がついたようになりながらも、エヴィーナは顎を上げて正直に言った。

「ええ」

「おれもだ」彼は認めた。「またしてほしいか?」

エヴィーナは体をこわばらせた。そう言われただけで体が反応したことに驚いていたのだ。乳房が張って乳首が硬くとがり、まるですでにキスを受けているかのように下半身が熱く潤ってくるのがわかった。のどをごくりとさせながら顎をさらに高く上げ、うなずいた。「ええ」

「おれもだ」コンランは言った。かすれた声になっている。「今度は手も使っていいか?」

エヴィーナは目をしばたたいた。手を使うですって? 父親の部屋でも草地でも、彼に手でふれられたり愛撫されたりするのを楽しんだ。楽しめなかったのは純潔を奪われたときだけだ。だから、ふたたびうなずいた。彼がしてくれるかもしれないことを考えると、体がうずいた。

「ありがとう」コンランは身を乗り出して、ささやいた。彼の息が唇をかすめる。エヴィーナはキスを期待して目を閉じたが、片方の乳房に彼の手がふれるのを感じて、はっと目を開けた。すると彼の唇に唇をおおわれた。

エヴィーナはため息をついてコンランに身を預け、請われるまえから口を開けた。コンランは誘いに応じて舌を彼女の口に差し入れながら、手で乳房をつかんで愛撫しはじめた。

ふたりでそうしたのか、彼にそうさせられたのかわからなかったが、気づくとエヴィーナは毛皮に仰向けになり、コンランの首に腕を巻きつけていて、彼は彼女におおいかぶさり、キスと愛撫を繰り返していた。今回、彼女の体を行き来しているのは口ではなく手で、ある意味では、エヴィーナはこのほうがもっと楽しめた。つまり彼はキスをやめないということだからだ。コンランがシュミーズを引っ張って片方の乳房をあらわにしようとしているのに気づいても拒むことなく、彼の口のなかにため息をついて背中をそらし、乳房を突き出して誘った。彼はその誘いにすぐに応じてたくましい手で乳房をつかみ、硬くとがった乳首をもてあそびはじめた。

けれどもやがてコンランが唇を離して身を引くのがわかったので、エヴィーナは目を開け、彼女を見下ろしている彼をうっとりと見つめた。彼の顔には陰になっている部分と、炎が発するゆらめく光に照らされている部分があり、その美しさにエヴィーナは息をのんだ。それと同時にコンランが「なんてきれいなんだ」とかすれた声でささやいた。

その言葉に視線を落として自分に向けると、開いた鎧戸から差し込むほのかな明かりが彼女の体に彼の体の影を落とし、炎が彼の顔にあるのと同じゆらめく光で彼女の体を彩っていた。

するとコンランがわずかに身を低くして、エヴィーナの硬くなった乳首を唇でとらえた。乳首を吸い立てられて、エヴィーナは頭を毛皮におろしてうめき声をあげた。コンランの手が脚におりてくると彼女は身をこわばらせたが、彼がすかさず乳首から口を離して安心させるようにささやいた。「ふれるだけだから」

エヴィーナは唇を嚙んだものの、努めて緊張をとくようにし、コンランはそれにキスで報いた。唇のあいだに舌を差し入れて彼女の注意をすべて奪い、一瞬そがれた情熱をふたたび燃えあがらせた。彼の手が太ももの外側を上へと動きはじめても、エヴィーナはふれるだけという約束に守られて、ただその感触を楽しんだ。

草地でもコンランの愛撫を楽しんだが、今回に比べたらなんでもなかった。彼の手は太ももの外側を上へと動いてうしろにまわり、お尻をつかむと、そのまま上に動いてから今度はまえにまわり、以前彼女に〝キス〟したときと同じように、シュミーズ越しに下腹部を押した。エヴィーナは彼の手の動きに合わせて、ため息をついたり、うめいたりし、その手が下に伸びて脚のあいだで止まると、彼の口のなかに叫び声をあげた。

コンランはその叫び声をとらえ、いっそう濃厚にキスしながら、彼女の脚のあいだを愛撫しはじめた。潤った部分を指で巧みになぞられて、気づくとエヴィーナは膝を立てて腰を持ちあげ、彼の指に押しつけていた。指が差し込まれると、エヴィーナは身をこわばらせて覚悟したが、痛みはやってこなかった。それでもそのままじっとして、彼の愛撫を楽しんだ。コンランは人差し指を彼女のなかに入れたまま、親指で興奮の中心を愛撫しつづけ、やがてエヴィーナがそれ以上耐えられなくなって腰を動かし、彼の指を押し戻そうとした瞬間、彼女の炎をかき立てた。

悦びに襲われてエヴィーナはコンランの口のなかに叫び声をあげたが、以前と同じように彼はやめようとしなかった。彼の愛撫でふたたび絶頂に導かれ、エヴィーナは解放の悦びに体を震わせながら、また叫び声をあげた。そのあとも二度、絶頂に導かれ、しまいには悦びにむせび泣きながら、まるで彼が荒れ狂う海に投げられた命綱であるかのように、コンランにしがみついていた。

10

「お風呂ですか？」ティルディは驚いて訊き返した。「お風呂に入られる必要なんてありませんよ」

「わたしは週に一度はお風呂に入ってるのよ、ティルディ。ちょうどいま、入りたいの。お願いだから、お風呂の用意をするよう指示してちょうだい」

「でも、おけがされてからずっと寝てらして、ほかに何もなさってないんですよ？汚れるはずありません」

エヴィーナはティルディをにらみつけた。「髪がべたべたですっかりもつれちゃってるから、洗ってきれいにしたいの」

「そうですね、少しもつれてみっともないことになってますね」ティルディは認めて、大きなため息をついた。「わかりました。お風呂の用意をさせましょう……でも、ローリー・ブキャナンさまがいいとおっしゃったらですよ」

エヴィーナは部屋を出ていく侍女の背中を渋い顔で見送った。命令にすぐ従わせることに慣れていて、異議を唱えられたり、ほかの誰かの考えに従うよう言われたりすることには慣れていなかった。それにローリー・ブキャナンは彼女の傷を診てさえいない。エヴィーナは弟に傷を診てもらおうとコンランが繰り返し言うのを断り、ティルディに傷の消毒や当て布の交換を任せていた。お風呂に入ることをティルディに承知させるにはローリーに傷を診てもらうしかないのかもしれない。もっとも、入ってはいけないと言われるかもしれないけれど。そうなったら、のどが嗄れるまで大声で命令しても、お風呂に入れないかもしれなかった。どうしても入りたいのに。

ティルディはまちがっていた。エヴィーナはただ寝ていたわけではないのだ。この部屋でコンランに夫婦の営みで得られる悦びを教えられながら、身をよじり、うめき声をあげて、たっぷり汗をかいてきた。とりわけ昨夜は暖炉の火と体のなかにかき立てられた炎のせいで、コンランがようやく彼女を抱えあげてベッドに寝かせ、上掛けを掛けてそっと部屋を出ていくころには、エヴィーナは汗まみれになっていた。

コンランは何も言わずに部屋を出ていったが、エヴィーナは彼が彼女のためにしてくれたことで疲れ切っていたので、そのことに文句を言うどころか口もきけなかった。いま、彼女は少し自信がなくなっていた。彼がいささか唐突に部屋を出ていったように思えたのだ。実際、コンランは一刻も早く彼女のもとを去りたいと思っているように見え、エヴィーナはどうしてなのだろうと思い悩んでいた。何か気に障ることをしたのだろうか。積極的に反応しすぎたのだろうか、キスされたりふれられたりするのを拒むべきだったのだろうか。あまりにも積極的だったから嫌気がさしたのだろうか。キスや手を使っての愛撫はコンランが言いだしたことだが、彼女がまた許すかどうかを試す試験だったのかもしれない。彼女はその試験に合格しなかったのだ。午前の遅い時間にコンランがいつもどおりやってくるまで待つつもりはなかった。それより早く彼に会いたかった。朝食をとりに階下に行こうと思っていたが、そのときは清潔で、できるだけきれいな姿でいたかった。純粋に自尊心を守るためよ、とエヴィーナは自分に言い聞かせた。ほかにどんな理由があるの？

「どこに行くつもりだ？」

ローリーがティルディについていくのをやめ、くるりと向きを変えて訊いてくると、コンランは足を止め、目をしばたたいて弟を見た。眉をひそめ、廊下の先でエヴィーナの部屋に入っていくティルディを見ながら答える。「おまえと同じだよ」

「だめだ」

「だめだって？」コンランは驚き、視線を弟に戻して訊き返した。

「ああ、だめだ」ローリーは頑なに繰り返した。廊下の先で別の扉が開く音がしたので、一瞬首をめぐらせてそちらに視線を向けたが、オーレイが自分の部屋から出てくるのを見ると、コンランに向き直って続けた。「階下で待っててくれ」

「いやだね」コンランはすかさず言った。「おれは彼女と結婚するんだぞ」

「ああ、だから来てほしくないんだ」ローリーはきっぱりと言った。「エヴィーナはおれに傷を診せることを何度も断ってる。おれに診られるのが気まずいんだ。兄貴がいたら、ますますそう感じるだろう。階下で待っててくれ」

コンランは断ろうとして口を開いたが、オーレイに腕を引っ張られたので驚いてうなり声をあげ、兄のほうを向いた。

「来るんだ、コンラン」オーレイは彼の腕を引いて廊下を歩きながら言った。「ローリーに誰よりも得意なことをさせるんだ」

「でもエヴィーナは――」

「心配ない」オーレイはコンランの言葉をさえぎって言った。「ローリーは優れたヒーラーだ。彼に診させるんだ」

コンランは顔をしかめたが、それ以上反論しなかった。オーレイは彼の腕をしっかり握っていて、とうてい放してくれそうにない。好むと好まざるとにかかわらず階下で待つしかなさそうだった。ときには兄弟がいるのがうっとうしくてならないときがある。コンランはうんざりした。

「あら、誰かさんは今朝は機嫌が悪そうね」少しして、なおも顔をしかめているコンランがオーレイに腕をつかまれてテーブルに連れてこられたのを見て、サイがおもしろがっているような口調で言った。

「ローリーがエヴィーナの傷を診るのに同席したがったんだ」オーレイが冷静に言って架台式のテーブルにつき、コンランの腕を引いて自分の横に座らせた。

「あら、だめよ。そんなことしたら」すかさずサイが言った。

「どうして？」コンランは驚いて尋ねた。

「兄さんは彼女と結婚するからよ」妹は簡単に言った。それですべての説明がつくというように。

だが、コンランには通じなかったので、ふたたび顔をしかめた。「だから、おれも同席するべきなんだ」

「いいえ、だから同席しないほうがいいの」ジェッタが断言し、その言葉を聞いたコンランはオーレイの妻である小柄な女性に目を向けた。彼女と彼の弟のジョーディーはサイとグリアとともに昨日到着していた。ジョーディーと兵士たちはジェッタを護衛してマクダネルまで行き、そこでサイとグリアも合流したのだ。

「でも、どうしてなんだ？」コンランはいらだって尋ねた。

「傷は胸にあるからよ」サイが肩をすくめて言った。

「だから、おれも同席するべきなんだ」コンランはいっそういらだって声を荒らげた。

「コンラン」ジェッタがやさしく言った。「ローリーは傷を診るとき、それがどこにあろうと傷しか見ないの。あなたはエヴィーナの傷ついた体と捉えるでしょうけど。ローリーは彼のいないところでエヴィーナの胸を見るべきではない。わたしの言ってることわかるかしら？」

「いや」コンランはすかさず言った。「わからない」

「つまり、兄さんはエヴィーナの傷ついた胸を見るけど、ローリーはたまたまエヴィーナの胸にできた傷を見るのよ」サイがぶっきらぼうに言った。

コンランがなおもわからないという顔でふたりを見ると、ジェッタが渋い顔で言った。「あなたは男として彼女を見て、ローリーはヒーラーとして彼女を見るってこと。そんなふたりといっしょにいたら、エヴィーナは気まずい思いをするわ」

「でも、どうしてなんだ？」コンランは繰り返した。ふたりが何を言おうとしているのかさっぱりわからなかった。

「まったく、兄さんったら」サイが噛みつくように言った。「ローリーに傷を診てもらってるときに、兄さんにいやらしい目で胸を見られたら、エヴィーナは落ち着かないのよ」

「おれはいやらしい目で見たりしない」コンランは憤慨して反論した。

家族の顔に浮かぶ表情は、誰ひとりとしてその言葉を信じていないことを物語っていた。コンランはいくら言っても無駄だと思い、口もとをゆがめてペストリーをひとつ取って、かぶりついた。ローリーがいまこの瞬間にもエヴィーナの胸の当て布を取り、乳房を、少なくとも傷があるほうの乳房をあらわにしているところを想像しないよう努めた。傷がないほうの乳房は当て布におおわれておらず、エヴィーナがシュミーズを肩からおろした瞬間あらわになる。ローリーに当て布を取らせるためにはそうしなければならないのだ。ローリーはいままさにエヴィーナの乳房を見ていて、傷のある乳房にふれ――

「ちゃんと手当てしてあったよ、兄貴。感心した」

その言葉にコンランははっと顔を上げ、ローリーが彼とジョーディーのあいだの空いている席に腰をおろすのを見て目をしばたたくと、驚きもあらわに尋ねた。「もう終わったのか？」

「ああ、ティルディがおれより先に行ってて、エヴィーナを手伝って当て布をはずし、ブレードで体をくるんで、傷しか見えないようにしてたんだ。診てみたが、傷は順調に治ってきてる。感染してる兆候もないし、兄貴の縫い目はおれの縫い目よりきれいだった。母さんが縫い物をしてたときの縫い目と同じぐらいきれいだったよ。傷痕は最小限ですむと思う。傷を濡らさなければお風呂に入ってもいいとエヴィーナに言って、お風呂のあとで新しい当て布に替えるまえに塗るようティルディに軟膏を渡してきた」ローリーは肩をすくめた。「たった二分しか、かからなかったよ」

「そうか」コンランは階段のほうに目を向けた。

「ティルディがおれといっしょに階下に来て、召使いにお風呂の用意をさせにいった」ローリーはまじめな顔で言った。「エヴィーナはお風呂に入ってるところを兄貴に見られたくないそうだ」

「わかったよ」そう言いはしたものの、階上に行けば、背中を洗おうかと申し出て、また夫婦の営みのすばらしさを教えられるかもしれないと思わずにはいられなかった。そう思った次の瞬間、ティルディが急ぎ足で大広間を横切り、階段に向かうのが見えた。うしろには大きな浴槽や手桶を運ぶ召使いたちが続いている。手桶のいくつかからは湯気がのぼっていた。

「ティルディはエヴィーナの傷を診るようおれに頼みにくるまえに、お湯を沸かすよう指示してたようだな」ローリーがテーブルにつく家族とともに階段をのぼる人々を見ながら言った。

「ああ。おまえが階下に来るまで、ティルディは長いあいだおまえを探してた」コンランはローリーに告げると、眉を吊りあげた。「今朝はずいぶん遅くまで寝てたみたいだな」

「ああ、いや、ゆうべきれいなブロンドの娘にちょっと見てほしいものがあると言われて、寝るのがだいぶ遅くなったんだ」ローリーは肩をすくめて言った。

「その娘の名前はベッツィか？」コンランは尋ねた。

ローリーは驚いて身をこわばらせた。「どうしてわかったんだ？」

「たまたま当たっただけだよ」コンランはおもしろがって言うと、ローリーから階段へと視線を移し、召使いたちが戻ってくるのを待った。召使いたちがぞろぞろと階段をおりてくるまでそう長くはかからなかった。つまりお風呂の準備が整ったということだ。エヴィーナはいままさに裸になり、湯気がのぼる浴槽に足を踏み入れているにちがいない。コンランは思った。彼女は長風呂だろうか、それとも早くすませるほうだろうか、階上に行けるようになるまでどれぐらいかかるだろうか、と。

「いいですか、傷を濡らさないようになさってくださいね」

「気をつけるわ」エヴィーナはティルディに約束すると、浴槽の縁をまたいでそのなかに腰をおろした。温かいお湯に包まれると、唇から小さなため息がもれた。体がほぐれていくのを感じながら目を閉じる。ティルディがやってきてローリー・ブキャナンが傷を診にくると知らされたときから、エヴィーナは緊張していた。けれども思っていたほど気まずくはなかった。ティルディのおかげだ。ローリーが来るまえに、ティルディはすばやく胸の傷をおおう麻布を取り、エヴィーナにプレードをはおらせて、けがした側の背中と傷がある胸だけが見えるようにした。やってきたローリーは傷をまじまじと見たり押したりしながら、こうされると痛むかどうか穏やかな口調で訊いてきたあと、うなずいて、だいぶよくなっているのでお風呂に入っていいと言い、二、三注意することを告げてから軟膏をくれて部屋を出ていった。そんなふうに簡単に終わり、全部で二分ほどしかかからなかった。ローリーに診てもらうのをいままで拒んでいた自分が少し愚かに思えたほどだ。

「はい、これで胸の傷を押さえておいてください。まず髪をお洗いします」

エヴィーナは閉じたばかりの目をしばたたきながら開き、侍女が差し出している布切れを見つめた。

「顔からお湯が胸にしたたり落ちるかもしれませんから」ティルディが説明した。「ローリーさまのご指示です」

エヴィーナはうなずきながら布切れを受け取り、胸にあてて押さえた。

「わたしが髪を濡らせるよう、頭をうしろに倒してください」

エヴィーナは空いているほうの手で浴槽の縁をつかみ、お湯に浸かったままそろそろとまえに出た。曲げた膝を浴槽に押しつけて、できるだけ広くうしろを空けると、浴槽の縁をしっかりつかみ、背中から倒れないように気をつけながら、傷のある上半身をお湯につけないようにして、うしろにそり返った。

「いいですよ」ティルディが言った。「つらくなってきて、少し休みたくなったら、すぐにおっしゃってください」

エヴィーナが何も言わずにうなずいて目を閉じると、ティルディは彼女の髪に手桶でお湯をかけた。手早く慎重な手つきで長い髪を濡らして石鹸(せっけん)で洗う。胸はもちろん肩にさえお湯や泡が落ちることはなかった。だが、ティルディが髪を石鹸で洗い終え、すすぎの段階に入ろうとするころには、エヴィーナの浴槽をつかんでいるほうの腕はぷるぷる震えていた。エヴィーノは何も言わずにそのまま髪をすいでもらおうとしたが、ティルディが気づいて少し休むように言った。エヴィーナはその言葉を何も言わずに受け入れた。自分の弱さを認めるのは癪だが、いまのように目に見えて明らかなときには隠しても仕方がない。だから、ほっとして頭を起こし、ふつうに座っている体勢に戻った。

「さあ、これで……」ティルディは最後まで言わずにエヴィーナの泡のついた髪を清潔な麻布でくるみながら説明した。「こうしておけば、体を起こして座っていても胸や背中にお湯や泡が落ちることはありませんよ」

「ありがとう」エヴィーナは言って、まだ乾いている布切れを傷からはずした。

「体を洗うのもお手伝いしましょうか？」ティルディが心配して尋ねた。

「いいえ。ひとりでできるわ。傷を濡らさないようにするから」エヴィーナはティルディがふたたび注意する間もなくつけ加えた。

侍女はいくらかほっとしたようすでうなずいた。「じゃあ、シーツや枕カバーを交換して、きれいに整えておきます」

「ありがとう」エヴィーナはふたたび言うと、体を石鹼できれいに洗うことに注意を向けた。侍女は部屋のなかを忙しく動きまわり、シーツを洗濯してあるのものに交換したり、あちこちを片づけたりしていた。エヴィーナはティルディが仕事を終えるまえに体を洗い終わったが、何も言わずに、侍女がやりたいことをし終えて浴槽に戻ってくるのを辛抱強く待った。

「さて、髪をおすすぎしましょうか？」

「ええ、お願い」エヴィーナはふたたび浴槽のまえのほうに移動すると、ゆっくりうしろに倒れ、侍女が髪をすすげるように頭をうしろに倒した。

「こちらをどうぞ」

何か軽いものが傷のある胸に置かれたので、驚いて目を下に向けた。髪を洗っているあいだに傷を押さえるのに使っていた布切れだ。エヴィーナは布切れの端をそっと押さえて動かないようにし、もう片方の手で浴槽の縁をきつくつかんで目を閉じた。

ティルディは洗い残しがないように手早く髪をすすぎ、あっというまに髪の水気を絞って、乾いた麻布でくるんだ。

「あらまあ」髪に麻布を巻いたエヴィーナに手を貸して浴槽のなかで身を起こさせながら、ふいにティルディがつぶやいた。

「どうしたの？」エヴィーナは振り返り、侍女の困った表情を見て、片方の眉を問いかけるように吊りあげた。

「いえね、持ってきた麻布を二枚とも使ってしまったんですよ」ティルディは言った。「体を拭くものがなくなってしまいました」

エヴィーナは傷が濡れないようにとティルディが泡のついた髪に巻いてくれた麻布に視線を移した。ぐっしょりと濡れて泡だらけになり、床に敷かれたイグサの上に置かれている。

「棚にシーツがあるわ」エヴィーナは指摘した。

ティルディはいらいらと舌打ちした。「いいえ、上質なシーツを体を拭くのに使いたくありません。新たに布を一枚持ってきます。すぐですから。お湯に浸かってゆっくりしてらしてください。髪をすすぎ終えるころには、お嬢さまの腕はまた震えてらっしゃいました。お風呂からあがるまえに、少しお休みならないと」

エヴィーナには同意も反対も何かほかの言葉も口にする暇がなかった。ティルディは扉に向かいながらそう口にして、言い終えると同時に扉を閉めたからだ。

エヴィーナは愉快になって首を振りながら浴槽に背中を預け、思わず顔をゆがめた。矢が刺さった傷が冷たい金属にふれたのだ。そのときになって初めて、髪をすすいでもらったときに傷が濡れたのではないかと心配になった。たぶん濡れてないだろうとは思ったが、あとでティルディに見てもらおうと決めた。

そのとき耳が、何かがかさこそと動きまわるような音をとらえた。エヴィーナはネズミにちがいないと思い、顔をしかめた。大麦にクリスマスローズを混ぜた毒餌を置くようティルディに言わなければならない。エヴィーナはネズミが大嫌いだった。ひどく怖がっているわけではないが、ネズミが一匹、すばやく床を走りまわっているのを見ただけで、ばかみたいに金切り声をあげて飛びのいてしまう。何よりもそれが嫌でたまらなかった。そうよ、ティルディが戻ってきたら毒餌のことを話そう、エヴィーナはそう思ったが、次の瞬間、驚いて身をこわばらせた。何かに頭を押され、下に押しつけられたのだ。

はっと目を開けて悲鳴をあげたが、そのままお湯に浸けられ、石鹼を含んだお湯が口に入ってきて、それ以上声を出せなくなった。

「ドゥーガルかニルスから何か聞いてるか？　いつごろこっちに着くと思う？」

ジョーディーが尋ねるのが聞こえ、コンランはその答えを心から知りたいと思った。それがわかれば、彼との初めての経験のせいでエヴィーナがそう思ったのとは違って、男と結ばれるのは悪夢ではないとわからせるための時間があとどれぐらいあるかはっきりする。だが、そのときティルディがエヴィーナの部屋から出てくるのが見えたので、全神経をそちらに向けた。

侍女が階段に近づくのを見守りながら、エヴィーナは入浴をすませたにちがいないと思った。だが、浴槽はまだ片づけられていないはずだ。ティルディが階下におりてこようとしているのは、召使いを連れてエヴィーナの部屋に戻り、浴槽を片づけさせるためだろう。そうしたら、やっと——

そこまで考えて眉をひそめた。階段をおりていたティルディがふいに足を止めて、来たほうを振り返ったのだ。腹立たしげに首を振りながら、重い足取りで階段をのぼりはじめる。何かにいらだっているようだ。きっと忘れてきたものを取りにいくのだろうとコンランは思った。

「聞いてたか、コニー?」

「うん?」コンランはそう訊くオーレイの声に気づいて言ったが、たいして注意を払わずに、ティルディがエヴィーナの部屋の扉を開けるのを見守った。次にオーレイが言ったことはまったく耳に入らなかった。全神経をティルディに向けていたからだ。侍女は扉を開けたとたん真っ青な顔になったように見えた。次いで恐怖に満ちた悲鳴をあげて部屋のなかに消えたときには、コンランはすでに立ちあがり、階段に向かって走っていた。

背後で、戸惑い、心配しているような声がいくつもあがるのが聞こえたが、走る速度をゆるめて説明しようとはしなかった。何が起こっているのか彼自身もわからなかった。ただ、何か非常によくないことが起こっているような気がするだけで。

兄弟たちがすかさずあとを追ってきたのがコンランにはわかった。エヴィーナの部屋に入ってすぐに足を止めると、そのうちのひとりが背中にぶつかってきたからだ。

室内ではティルディが裸で濡れたままのエヴィーナを浴槽から出そうとしていたが、そのこと自体が、コンランの足を止めさせたわけではなかった。エヴィーナの目が固く閉ざされ、顔が青白くなっていて、唇も青くなっているのを見たからだ。その姿はコンランをすくみあがらせた。

「手を貸してください！」

コンランはティルディの金切り声にわれに返り、浴槽に駆け寄ると、温かいお湯のなかからエヴィーナを抱えあげた。

「ベッドに寝かせろ」ローリーがすぐうしろにやってきて命じた。

その言葉に無意識に従って、ぐったりしたエヴィーナをベッドに運び、仰向けに寝かせた。

「うつ伏せだ！　うつ伏せにさせて、胸から上がベッドから出るようにするんだ」

コンランはその怒鳴り声の指示が発せられたほうに視線を向け、戸惑いの目でマクレーンの領主を見た。領主は階下のテーブルについていなかった。彼と同じようにティルディの悲鳴を聞いて、部屋から出てきたにちがいない。

「早くしろ！」領主は足を引きずりながらベッドに近づいてきて声を張りあげた。

コンランはローリーをちらりと見たものの、言われたとおりにした。

「背中を押すんだ」コンランがエヴィーナをうつ伏せにさせて胸から上がベッドの外に出るようにすると、領主が彼のかたわらに来て怒鳴った。エヴィーナは頭をだらりと床に垂らしていた。

「領主どの」ローリーがなだめるような口調で話しはじめると、コンランは彼に目を向けて指示を待った。ローリーはヒーラーだ。どうすればいいか知っているだろう。

だが、ローリーが言おうとしたことを口にするまえに、突然ドナンがコンランのかたわらに現われてエヴィーナの背中を押し、さらに二度押してから、すばやく仰向けにさせて彼女の唇にキスした。

「何してるんだ！」コンランは大声で言って、ドナンに手を伸ばしたが、領主に腕をつかまれて止められた。

「息を吹き込んでるんだ」マクレーンは怒鳴った。

コンランはドナンに視線を戻すと、もっとよく見えるようにわきに動いた。ドナンはキスしているのではなく、エヴィーナの鼻をつまんで口に息を吹き込んでいた。コンランが彼女の胸に注意を向けると、息が吹き込まれるたびにわずかに膨らんでいるのが見えた。のどをつまらせるような音に、彼がはっとエヴィーナの顔を見ると同時に、ドナンが身を起こし、エヴィーナは水を噴き出しながら咳き込みはじめた。

「驚いたな」ローリーがささやくように言った。「あんな方法はとうてい思いつかなかった」

「まだ小さかった息子が湖に落ちて水を飲んだときに、妻がああしたんだ。妻は必死だった。息子の背中を押して水を吐き出させてから、自分で息ができるようになるまで息を吹き込んだ」領主は静かに言った。「息子は息を吹き返したよ。妻でさえ息子の命を救えたことに驚いてた」

「あなたが川で気を失ったとき、エヴィーナさまがあなたを岸に引っ張りあげて同じことをされたんです。だからわたしはやり方を知ってたんですよ。それ以前は見たこともありませんでした」ドナンが言ってうしろに下がると同時に、ティルディがプレードを手にエヴィーナに駆け寄った。

「エヴィーナがそんなことを?」コンランは驚いて尋ねた。

「ええ。ドナンはエヴィーナがあなたにキスしてると思ったんです」ギャヴィンが言った。その言葉にコンランがあたりを見まわすと、室内は人でいっぱいだった。彼の兄弟に妹に、その伴侶たちに、ドナンにギャヴィンに領主にティルディ、そしてベッツィまでいる。ベッドに目を戻すと、ティルディがエヴィーナに手を貸して上体を起こさせ、プレードをまとわせていた。

「傷が濡れちゃったわ」エヴィーナが小さな声で、こともあろうに申しわけなさそうに言った。

「何があったんだ?」コンランはベッドに近づきながら尋ねた。エヴィーナを抱えあげ、抱きしめたくなる気持ちを必死にこらえながら。彼女の顔には赤みが戻っていて、コンランの頭のなかに、この部屋に入ったときに見た彼女の異様に青白い顔が浮かんだ。

エヴィーナが戸惑いの表情を浮かべて首を振ると、ティルディが言った。「階下にお嬢さまの体を拭く乾いた布を取りにいこうとしたんですよ。でも、階段を半分おりたところで、洗濯する汚れたシュミーズやらシーツやらを取ってくれば二度手間にならずにすむと気づいて、引き返したんです」

「それで？」コンランはいらいらして尋ねた。ティルディがエヴィーナの部屋を出てまた戻ったのは、この目で見て知っている。知りたいのは、エヴィーナの身に何が起こったのかだ。

「ここに戻ると、男が浴槽に身をかがめてお嬢さまをお湯のなかに押さえつけてたんです」ティルディが身を震わせて言う。その姿は侍女がその光景にひどく動揺したことを物語っていた。

「男というのは？」領主が噛みつくように言った。「そいつはどこに行ったんだ？」

ティルディは領主のほうを向き、当惑している顔で首を振った。「わかりません。気づくと……いなくなってたんです」哀れっぽく言う。

「なんだって？」コンランはとうてい信じられずに訊いた。

ティルディは頑なにうなずいた。「嘘じゃありません。わたしが悲鳴をあげると、男は振り返りもせずにお嬢さまを放して、暖炉のほうに走っていきました。わたしは浴槽に駆け寄って、お嬢さまをお湯から出そうとしました。そうしながら男を捜したんですけど、すでにいなくなってたんです。影も形もなくなってたんですよ。まるで幽霊のように」

「誰なのかわかったか？」領主が険しい声で尋ねた。

ティルディは残念そうに首を振った。「うしろ姿しか見てませんから」

領主は悪態をつき、それを聞いたコンランが彼に視線を向けようとすると怒鳴った。

「娘とその許婚以外は出ていきなさい」

コンランは驚いて領主を見つめた。彼がここに来てからずっと領主は病のせいで痩せ衰え、いかにも頼りなく見えていたが、いまは力強く、威厳に満ちていると認めざるを得ない。みながしぶしぶながら扉に向かいはじめても、コンランは少しも驚かなかった。

「オーレイ」そう静かに声をかけ、長兄が足を止めて振り向き、問いかけるような目を向けてくると、こう頼んだ。「弟たちと廊下で待っててくれないか？　兄貴たちが必要になるかもしれない。ローリーはまちがいなく必要になる」

オーレイはうなずくと、みなを促して外に出た。

コンランはベッドの端にエヴィーナと並んで腰をおろし、片方の腕を彼女にまわして自分の胸に引き寄せた。エヴィーナはぶるぶると身を震わせていたので、落ち着かせるように腕をさすりながら、彼女の父親に目を向けて、推測したことを口にした。

「秘密の通路があるんですね？」

「ああ」領主はうなるように言い、足を引きずりながら暖炉まで行くと、手を上に伸ばして暖炉の左側の壁に設けられているたいまつ受けをつかんでまわし、下向きにした。領主がうしろに下がると、壁の一部が静かに横にすべって開いた。「ティルディの話からすると、男はここから逃げたとしか考えられない」

コンランはうなずき、エヴィーナからそっと離れて立ちあがると、室内を横切って領主のもとに行き、城の壁のなかの通路の出入り口に立った。そして目を細めて暗闇をのぞき込みながら尋ねた。「この通路のことを知ってる人は？」

「エヴィーナとギャヴィンとわたしだ」領主はすぐに答えた。

「ほかには？」コンランは訊いた。

「それだけだ」領主は答えた。その表情がすべてを物語っていた。自分ではないし、エヴィーナは被害者だ。すると残るはギャヴィンしかいない。

「ギャヴィンじゃないわ」

エヴィーナがしわがれた声を張りあげたので、コンランはベッドに目を向けた。彼女はいまやまっすぐに背を伸ばして座っていた。体の震えも収まっている。どうやら激しい怒りがそうさせたようだ。エヴィーナは見るからに怒っていた。

「そんなこと、考えるのもどうかしてるわ、お父さま」エヴィーナは言った。その声はひどくしわがれていて、話すたびにかすれていった。「ギャヴィンはわたしを傷つけたりしない」

「わたしだってあいつがそんなことをするとは信じられない」彼女の父親は物憂げに言った。「でも隠し通路や、その出入り口の開け方を知っている人間がほかにいないことは事実だ」

「いいえ、いるのよ」エヴィーナは言い返した。「ギャヴィンのはずないもの」父親が表情を変えずにいるのを見て続ける。「わたしを襲った男は暖炉のほうに行ってからいなくなったとティルディは言ってたわ。でも、わたしが気がついたとき、ギャヴィンはお父さまたちといっしょにここにいたじゃない」

「通路を通って隣の部屋に出て、ここにいるわたしたちのもとに来られる」領主は重々しく指摘した。

「ええ、それはそうかもしれないけど、あの子がわたしにあんなことするはずないわ」エヴィーナはいらだちもあらわに反論した。

コンランは悪態をついて向きを変え、扉に向かった。

「何をするつもりだ?」彼が扉を開けるまえに領主が怒鳴った。

「通路を捜索するのにたいまつがいります」コンランは静かに言った。

マクレーンの領主は眉間にしわを寄せて言った。「捜索には人手が必要だ。通路は途中でふたてにわかれてるから、それぞれ別に調べなければならない」そこで言葉を切り、心のなかで葛藤しているのがうかがわれる表情になったあと、ため息をついて言った。「オーレイとローリーは信用できそうだ」

「うちの家族はみんな信用できます」コンランは請け合った。「妹の夫のグリアもです。でも、通路の捜索はわたしとオーレイとローリーでやります」

領主がうなずくと、コンランは扉を開けたが、そこで足を止めて、廊下にいる人々に視線を走らせた。廊下で待つよう頼んだのは兄弟だけだったので、ほかの人々は階下におりたものとばかり思っていた。だが、ひとりもそうしていなかった。それどころか、召使いや兵士たちまで加わっていて、その数は膨れあがっていた。

コンランは申しわけなさそうに微笑んで言った。「オーレイとローリーは部屋に入ってくれ。ジョーディーはここにいてこの扉から誰も出入りしないよう見張っててほしい」

「わたしも秘密の通路の捜索を手伝えるわ」すかさずサイが言って、まえに進み出た。

コンランは妹に驚きの目を向けた。「どうして――？」

「もう、兄さんったら」サイはうんざりしたように言った。「これまでに行ったお城のなかで秘密の通路がなかったところがある？　きっと国王が命令してるのよ。〝城を築く際には隠し通路を設けよ〟って」

「捜索はおれたち男でやって、サイとジェッタにはエヴィーナについていてもらおう」グリアが提案した。

サイはいらだたしげに夫をにらみつけた。「ローリーはヒーラーよ。エヴィーナについていたほうがいいわ。わたしは通路の捜索を手伝いたいの」

「だめだ。体のことを考えろ」グリアは声を荒らげた。

「どうして子どもができると体が不自由な人みたいに扱うの？」サイはむっとして言った。

「きみを愛してるからだ」グリアは嚙みつくように言った。

「喧嘩するなら階下でやってくれ。それか自分たちの部屋に行くか」妹がグリアの言葉を聞いて表情をやわらげ、夫のほうに体を傾けたのを見て、コンランはつけ加えた。兄弟たちに向き直って言う。「領主殿はオーレイとローリーに捜索してほしいとおっしゃってるし、ここは領主殿の城だ。それで、ふたりはやってくれるか？」

オーレイはうなずくと、身をかがめてジェッタの額にキスし、耳もとで何事かをささやいた。そのあと身を起こしてローリーの横に立った。

「ジェッタ、エヴィーナをきみの部屋に運んだら、捜索がすむまでいっしょにいてもらえるかい？」コンランは尋ねた。

「もちろんよ」ジェッタはすぐに言って、ナイトの爵位を授けられでもしたかのように背筋を伸ばした。

「グリアとわたしがふたりを守るわ」サイがやさしい声で申し出た。

コンランはグリアがむっとした顔をするのを見て苦笑いしたが、妹の言葉にうなずいて言った。「エヴィーナを連れてくる」

返事を待たずに急いで部屋に戻る。オーレイとローリーがあとからついてきた。

「今日以前に通路のことを知ってた人間は何人いるんだ？」オーレイが背後で扉を閉めて尋ねた。

兄弟が通路の出入り口に足を運び、暗闇をのぞき込むのを見ながら、コンランは答えた。「三人だ」

「そう、三人だ」領主が同意する。

エヴィーナが言った。「そうとはかぎらないわ」

オーレイは振り向いて眉を吊りあげた。

「わたしがこの通路のことを教えたのはエヴィーナとギャヴィンだけで、それよりまえにこの通路のことを知っていてなおも生きているのはわたしだけだ」領主は怒った声で言った。

「でも、わたしを襲ったのはお父さまでもギャヴィンでもないんだから、わたしたちが知らないだけで、ほかに通路のことを知ってる人間がいるのよ」エヴィーナは頑なに言い張った。

気づくとオーレイの眉間にしわが寄ってきていた。コンランはふと思い立ってベッドから離れ、足早に扉に向かった。扉を開けて、動きを止める。誰ひとりとしてその場を去っていないばかりか、兵士や召使いの数がさらに増え、料理人まで来ていたのだ。誰もがエヴィーナの身を案じているらしい。コンランはそう思いながら、人々のなかにティルディの姿を捜した。そして心配そうな顔をして人々のうしろを行ったり来たりしているティルディを見つけると、廊下に出て人混みをかきわけて彼女のもとに行った。

「まあ、ブキャナン卿」コンランがティルディのまえに立つと、彼女は不安に満ちた目で彼を見た。「お嬢さまはだいじょうぶですか？」

「ああ」コンランは安心させるように言った。「だいじょうぶだ。きみに訊きたいことがある。エヴィーナを溺れさせようとした男が誰なのか、わからなかったんだよな？」

「ええ」ティルディはすぐに答えた。

「つまり、きみの知ってる人じゃなかったんだね？」ほっとして尋ねる。

ティルディはうなずくと、眉をひそめて続けた。「まあ……なんとなく見覚えがあるような気はしましたけど。でも、よく見たわけじゃありませんから。わたしに背中を向けてたし」

「どんなふうに見覚えがあったんだい？」コンランは尋ね、ティルディが顔をしかめると頼んだ。「どんな男だったか説明してくれないか？」

「そうですね、大きな男でした。でもドナンほど大きくはなくて、ギャヴィンさまぐらいでした」ティルディはそう説明して続けた。「それからギャヴィンさまと同じように黒っぽい色の長い髪をしていて……」首を振って言う。「本当によく見てないんです」

「ギャヴィンだという可能性はあるかな？」コンランは静かに訊いた。

「おい！」ギャヴィンが驚いたように言い、人混みをかきわけてふたりのもとに来たが、コンランは彼を無視してティルディに注意を向けた。侍女は顔にげんこつを食らったかのようにたじろいでいた。

「そんな、まさか！」愕然として声を張りあげる。「ギャヴィンさまはお嬢さまを傷つけたりしません。ええそうです、お嬢さまはギャヴィンさまにとって母親でも姉でもあるような存在なんですから」

「ええ、そうです」ギャヴィンは険しい口調で言った。「エヴィーナを傷つけるぐらいなら死んだほうがましです。おれの家族は彼女と伯父さんだけなんだ。ふたりはまだ小さかったおれを引き取って育ててくれた。どうしておれがエヴィーナを襲ったと思うんです?」

「通路のことを知ってたのは、きみと領主殿とエヴィーナだけだからだ」コンランは悪びれずに言った。

ギャヴィンは口もとをゆがめたが、彼が何か言うまえにティルディが断固とした口調で言った。「それじゃあ、誰かほかに知ってる人がいたんですよ。あれはギャヴィンさまではなかったと断言できますから」

コンランはティルディに向き直ってにらみつけた。「いや、断言できないはずだ。ギャヴィンと同じような背格好で、髪の色も長さも同じだったと言ったじゃないか。顔は見なかったんだし」

「ええ、でもあの男の髪はべたっとした感じでもつれてたし、身につけているものも汚れてぼろぼろになってました」ティルディは反論してかぶりを振った。「ギャヴィンさまじゃありませんよ」

コンランはそれ以上言い返さなかった。ギャヴィンの髪はもつれていないし、プレードもシャツも清潔だ。エヴィーナを襲った男はギャヴィンではない。

「おれがエヴィーナを襲ったと本気で思ってたんじゃないよね、ファーガス伯父さん？」ギャヴィンがそう尋ねるのを聞いて振り返ると、領主が彼を追って廊下に出てきていて、そのあとにオーレイとローリーも続いていた。

「すまない、ギャヴィン」領主は心から後悔しているように言った。「おまえのはずはないとわかっていてよさそうなものだった。だが、わたしが知るかぎり、通路のことを知ってるのは、わたしとエヴィーナとおまえだけだったから。ほかの者が知ってるとは思ってもみなかった。いまでも信じられない。ほかの者に知られてはいけないのだ」

ギャヴィンはいくらかほっとしたようすで断言した。「おれは誰にも言ってない」

領主は顔をしかめたが、何も言わずにうなずくと、コンランに目を向けて言った。

「男を捕まえたら、どうやって通路のことを知ったのかわかるはずだ」

「ええ、早く捜しにいきましょう」コンランは険しい声で言うと、すぐ近くの壁に設けられているたいまつ受けから火のついたたいまつを取った。

領主はうなずいて、エヴィーノの部屋に戻った。ローリーとオーレイもそのあとに続いたが、オーレイは部屋に入るまえに扉の近くの壁からたいまつを取るのを忘れなかった。

コンランは部屋を横切って通路の出入り口に向かいながらエヴィーナに目を向けた。彼女はすでにベッドにはおらず、プレードを古代ローマの人々が身につけていたトーガのように体に巻きつけて、ベッドの足もとの衣装箱からドレスを引っ張りだしていた。なんて強情なのだろう。まだ胸の傷が治っておらず、しかも溺れかけたばかりだというのに、ドレスを着て通路の捜索に加わり、いとこの疑いを晴らそうとしているのだ。

彼女の肩を揺さぶって、人のことより自分を優先しろと言い聞かせるべきなのか、キスして、進んで愛する者を守ろうとする誠実で強い女性だと褒めるべきなのか、コンランにはわからなかった。そして、この先何度もいまと同じように悩むことになるのだろうと思った。

エヴィーナを見つめながら首を振ると、足を止めて、手にしたたいまつに視線を落とした。

「おれが持つよ」ローリーが静かに言って、コンランの手からたいまつを取った。

「ありがとう」コンランはそう言うと、足早にエヴィーナのもとに行って抱えあげた。

エヴィーナは驚いて悲鳴をあげ、衣装箱から出したばかりのドレスを落とした。片方の手をこぶしにしてうしろに引き、殴りかかろうとしたが、目のまえにあるのがコンランの顔だと気づいて手を止めた。

「あら」ため息交じりに言って、コンランをにらみつける。「何してたの？ わたしを溺れさせようとしたかどで、ギャヴィンを地下牢につないできたんじゃないわよね？」

「いや、ティルディにきみを襲った男のことを訊いてきただけだ」コンランはエヴィーナを抱えたまま向きを変え、扉に向かいながら言った。

「それで？」エヴィーナはぶっきらぼうに訊いた。

「きみの言うとおりだった。きみを襲ったのはギャヴィンじゃない」コンランは認めた。「おれたちが通路を捜索してるあいだ、ジェッタがきみといっしょにいてくれる。サイとグリアにきみたちの護衛を頼んだ」

「ジェッタって？」ローリーがふたりのために扉を開けると同時にエヴィーナが尋ねた。そう訊かれてコンランは気づいた。エヴィーナはまだ彼の義姉に紹介されていない。たぶん義姉が来ていることも知らないのだろう。

「わたしがジェッタよ」オーレイの妻が廊下で待つ人々のまえに進み出て言った。

「エヴィーナ、こちらはオーレイの奥さんのジェッタだ」コンランは言った。「サイとグリアとおれの弟のジョーディーといっしょに昨日着いたんだ」

「まあ」エヴィーナはどうにか笑みを浮かべると、ジェッタに会釈して挨拶した。「はじめまして」

ジェッタが返事をするまえに、グリアがそばに来て言った。「おれが連れていくよ。一刻も早く捜索を始めたいだろうから」

コンランはその申し出を断り、自分でエヴィーナを階下に連れていこうかと思ったが、オーレイとローリーと領主を待たせていることに気づき、仕方なく彼女をグリアの腕に抱かせて言った。「なるべく早く戻ってくるよ」

グリアは何も言わずにうなずくと、廊下を歩きはじめた。サイとジェッタがそのあとに続き、そのすぐうしろをティルディが追った。

「おれもグリアといっしょにエヴィーナを護衛しようか？　それともここでジョーディーと扉を見張ってたほうがいいかな？」アリックがそう尋ねて、エヴィーナたちに向けられていたコンランの注意を彼に向けさせた。

「グリアといっしょにいてくれ、アリック」コンランはためらわずに言った。ここにはたくさんの人がいる。ジョーディーが扉を見張るのに応援は必要ないだろう。ジョーディーの主な役目は誰も部屋に入らないようにさせ、通路の出入り口を見られないようにすることだから。

「わかったよ」アリックは言うと、急いで五人のあとを追った。コンランはジョーディーにうなずきかけて部屋に戻った。

扉を閉めると、ローリーに持ってもらっていたたいまつを受け取り、彼に先立って部屋を横切った。通路の出入り口で足を止め、一歩なかに入ってたいまつを掲げて、あたりを照らす。通路はとても狭く、その奥の暗闇はたいまつの明かりを飲み込んでいるように見える。明かりが届かないところはまったく何も見えなかった。「この通路はどこに続いてるんです？」

「城のこちら側の壁に沿って塔まで続き、そこでふたてにわかれてる」領主は足を引きずりながらもコンランから離れずに言った。「一方は壁に沿ってぐるりと曲がったあと階段になり、階下の通路に続いて厨房（ちゅうぼう）の裏手のリンゴ園の横に出る。もう一方は塔の壁に沿った階段になり、地下道に続いて城から離れ――わたしとしたことが！」

コンランが驚いて振り返ると、領主は彼から離れ、足をひきずりながら部屋を横切っていた。

オーレイが問いかけるように眉を吊りあげたが、コンランは何も言わずに首を振って、領主のあとを追った。もはやそれほど驚かなかったが、領主が扉を開けると、廊下にはなおも大勢の召使いや兵士たちがいたので、領主のうしろに立って、部屋のなかが見えないようにした。誰もがすでに通路のことを知っているだろうが、その出入り口が部屋のどこにあるのか知らせる必要はない。

「ドナン！」領主が声を張りあげると、ドナンはすぐに人々のまえに進み出た。「兵士を二十人連れて湖を西に三キロ行ったあたりの谷を捜索するんだ。いや、三十人にしろ。そこで見つけた人間は誰でも捕まえて連れてこい」険しい顔でつけ加える。

ドナンはうなずくと、何人かの兵士の肩を叩いて自分についてこさせながら階段に急いだ。

「ギャヴィン！」ギャヴィンがドナンのあとを追おうとすると、領主が怒鳴った。「ドナンはおまえの代わりをいくらでも見つけられる。おまえは同じ数の兵士を連れて厨房の裏に行くんだ」そこでいったん言葉を切って続ける。「場所はわかるだろう？」

ギャヴィンはうなずくと、残っていた兵士たちの何人かについてくるよう言いながらドナンと同様に階段に向かった。それでもなお廊下は人でいっぱいだった。階上に来ている召使いや兵士たちが、扉を開けるたびに増えているようにコンランには思えた。

「始めよう」領主がコンランに向き直り、険しい顔で言った。

コンランはうなずき、わきにどいて領主を先に入らせると、室内をのぞき込もうとする好奇心に満ちた目のまえで扉を閉め、領主に先立って通路の出入り口に向かった。

「じゃあ」暗い通路に入り、たいまつを行く手に突き出して言った。「通路がわかれるところまで行ったら、オーレイとローリーに城の裏手に続く通路を行ってもらいましょう。あなたにはわたしといっしょに城を離れる通路を行ってもらいます」そう提案したものの、領主はまだお尻の傷が完治していないことを思い出して言った。「城の裏手に出る通路のほうが短いなら、あなたとローリーにはそちらをお願いしたほうがいいかもしれません」

「城から離れる通路でだいじょうぶだ」領主は凄みのある声で請け合った。「わたしの娘を殺そうとした男だ。おめおめと逃がすわけにはいかない」

「ええ」コンランは険しい声で同意した。

ローリーが尋ねた。「すでに通路や地下道から出てたら？」

「城の裏手に続く通路から出たら、領民のなかでひどく目だって、すぐに捕まるにちがいない」領主は断言した。「そして城壁の外に続く地下道を行っていれば、兵士たちが先まわりできる。地下道はとても長いし、兵士たちは馬で行くから。男がずっと走って逃げたとしても、先まわりして捕まえられる」

コンランは何も言わず、たいまつの火で見えると信じてうなずいた。だが、心のなかではエヴィーナを襲った男がまだ通路のどこかにいることを願っていた。この手で捕まえてやりたかった。

11

「ローリーはあなたの傷に当て布をせずに捜索に向かったみたいね」サイがいらだちもあらわに言った。

エヴィーナは黙ってうなずいた。するとグリアが、オーレイとジェッタが使っている部屋のベッドに彼女をおろした。

「まあ、血が出てるわ」ジェッタが言って、すかさず彼女の横に来た。

エヴィーナは目を下に向けた。いつのまにかプレードがはだけ、傷のある乳房があらわになっている。傷から血が細く流れ出て、プレードの下に消えていた。

「まったくもう」いらだちを帯びたささやき声が口をついて出る。目覚めた次の日には血は止まっていたのに。傷が濡れてしまったか、溺れさせられそうになってもがいたときに開いてしまったようだ。

悪態をついたのはエヴィーナだけではなかった。ティルディがあわてて横にやってきて、彼女の傷の手当てもせずに捜索に向かった男たちのことを絶妙な言葉を用いて罵った。

「お部屋からお薬とローリー卿がくださった軟膏と麻布を取ってきて、傷をおおって差しあげます」ティルディは傷を調べながら、いらだたしげに言った。

「またか」アリックがつぶやいた。

「なんとおっしゃいました？」ティルディが困惑して尋ねた。

「わたしを部屋に行かせなかったように、あなたも行かせないってことよ、ティルディ」エヴィーナは言った。

エヴィーナはアリックをにらみつけた。ドレスとシュミーズを取りに部屋に行かせてもらえなかったことを、いまだに根に持っていた。もうすぐこの部屋に着くというときに、コンランにふいに抱えあげられて驚いたせいで落としてしまったドレスのことを思い出した。ドレスとシュミーズを部屋に取りにいきたいからおろしてくれとすぐにグリアに頼んだが、みなに反対された。男性もいるなかでプレードだけを身にまとった姿でいたくはなかったので、ふたたび強く頼んだが、サイにドレスとシュミーズを貸すと言われ、最後にはあきらめた。自分のものを身につけたかったが、グリアとアリックがどうしてもひとりで部屋に行かせてくれないのなら、借り物で我慢するしかなかった。

「麻布と薬ならあるわ」ジェッタが言って、急ぎ足でベッドの足もとの衣装箱に向かった。「旅するときはいつも荷物に入れてるの。万一のときのためにね」そうつけ加えたが、それ以上説明する必要はなかった。思いがけないことは起こるものだし、長い旅にそうしたものはあって困らない。

「女性陣がエヴィーナの傷の手当てをしてるあいだ、おれたちは廊下に出ていたほうがいいかもしれないな、アリック」グリアが提案した。

「そうかな？」アリックが言った。「おれたちはエヴィーナを護衛するようコンランに言われてる。この部屋に通路の出入り口があって、彼女を襲った男がそこから女性陣のまえに現われたら？」

「いや、この部屋にエヴィーナのほかにも人がいれば、たとえそれが女でも……」グリアはそこで言葉を切って顔をしかめ、妻に視線を移すと、その視線をまだ平らなおなかにとどめた。

サイが怒りもあらわに眉をひそめて夫をにらみつけながら口を開いたが、言おうとしたことを口にするまえに、ジェッタが言った。「だいじょうぶよ。ティルディが傷の手当てをするあいだ、サイとわたしがオーレイのプレードを掲げてエヴィーナの体が見えないようにするから。いてもらってかまわないわ」

サイは口を閉じたものの、なおもグリアをにらんでいた。

エヴィーナは唇を噛んで、そんなふたりを静かに見つめた。コンランと結婚したら、自分たちもまさに同じようなことで言い争うことになるのが容易に想像できる。わたしは本当にそれでいいの？


「どうして止まるんだね？」

マクレーンの領主が非難を込めたささやき声でした質問に、コンランはすぐには答えなかった。身じろぎもせずに前方の暗闇に目を凝らし、耳をすます。少しのあいだそうしていたが、やがてささやき返した。「まえから足を引きずって歩くような音が聞こえてきた気がしたんです」

ふたりはそろって黙り込んだ。少しして領主がため息をつくと、小声で言った。

「たぶんそれはきみのうしろを歩くわたしの足音だ。ここでは音がおかしな感じに聞こえる。うしろの音がまえの音に聞こえたり、まえの音がうしろの音に聞こえたりするんだ」

コンランはその言葉に納得せず、さらに少しのあいだ待ってみたが、何も聞こえなかったので、ふたたびまえに進みはじめた。だが、二、三分後、尋ねた。「通路がふたてにわかれてすぐ、下におりる階段があるとおっしゃってませんでしたか?」

「いや、通路がふたてにわかれてから少し行ったところにあると言ったんだ」領主はコンランの思い違いを正した。

「そうですか。それで、少し行ったところというのはどれぐらいを指すんです?」コンランはいらいらして尋ねた。オーレイとローリーと別れてから、かなりの距離を歩いてきたように思えた。

「もうすぐそこにあるはずだ。どれ、わたしが先に行こう。きみが足もとの階段に気づかずに転げ落ちたりしないように。とても急な階段で、踏み面の縁も非常に鋭い。転がり落ちるのは避けたいだろう」

コンランは足を止め、狭い通路で横向きになった。背中を壁に押しつけ、たいまつを高く掲げて、領主が同じく横向きになってまえを通るのを待つ。きわめて狭い空間だったが、領主はどうにか通り抜けた。とはいえ、口もとをゆがめ、途中ではっと息をのんだところを見ると、反対側の壁で傷があるお尻をすったようだ。領主は何も言わなかったが、それまでよりやや大きく足を引きずりながら階段に向かっていることにコンランは気づいた。

「細くて曲がってるからな」領主がふいに足を止めて警告した。領主が片方の手を壁について体を支えるのを見て、階段に差しかかったのだとコンランは思い、たいまつをさらに高く掲げた。領主の肩越しに石を削り出してつくられたとおぼしき階段が見えた。大きく曲がっていて先が見えなくなっている。ここから先は塔の壁のなかだ。石段は塔の外周に沿って下へとおりていた。

コンランは領主が石段を三、四段下までおりるのを見届けてから、あとに続こうとしたが、背後で音がしたので迷った末に振り返り、たいまつを掲げて、来た道を戻りはじめた。暗闇に目を凝らしても何も見えない。だが、確かに音がしたのだ。

「おい！　どうしたんだ？　さっきより暗くなったぞ。ブキャナン？」領主が大声で言った。すっかり動揺しているようだ。

「いま行きます」コンランは安心させるように言って振り返り、引き返しはじめたが、人の吐息ほどのかすかな音が聞こえたので、ふたたび足を止めた。だが、振り返る間もなく背中を何者かに殴られた。

コンランはふいを突かれ、まえに三歩よろめいた。三歩なのは、三度目に足をおろすと、そこにあるはずの通路が突然なくなっていたからだ。下におりる石段の一段目だったのだが、そのことに気づいたときには手遅れだった。コンランはバランスを崩して石段を転がり落ちた。

コンランは落ちながら叫び声をあげた。領主が驚きもあらわに大声で何か言うのが聞こえ、石段を転がり落ちるうちに頭と肩と脚に痛みが炸裂した。途中、ブレードがつかまれるのがわかったが、落ちる速度は少しもゆるまなかった。コンランは空気を引き裂くような音を立てて、硬くて縁が鋭い石段を転がり落ちた。永遠に続くと思えてきた石段の下に落ちたときには、どこもかしこも痛くなっていた。だが、気を失ってはおらず、そのことだけでもよかったと思った。

「ブキャナン！」叫び声に続いて、領主が足を引きずりながらもすばやく石段をおりてくる音がした。コンランはいくぶんぼうっとした頭で、この狭い空間でよく領主にぶつからず、いっしょに転がり落ちずにすんだものだと思った。

「だいじょうぶか？」先ほどより近くで領主の声がした。だいじょうぶだと言いたかったが、痛みに悲鳴をあげそうになるのをこらえるのに忙しかった。くそっ、体じゅうが痛くてたまらない。でも、いちばん痛むのは背中だった。

何かが片方の足にふれたが、暗闇のなかではそれがなんであるのかわからなかったので、領主の声がすると、ほっとした。「ここにいるんだね？　まったく、ひどい落ち方をしたものだ」領主の声は顔の近くで聞こえ、きっとかたわらに膝をついているのだろうとコンランは思った。「ここの石段は高さがふぞろいだから気をつけないと踏みはずすと言っておくべきだった」

「踏みはずしたんじゃありません。誰かに突き落とされたんです」コンランは食いしばった歯のあいだから声を押し出すようにして言った。

「突き落とされただって?」領主はあえぐように言った。その声にはそれまではなかった警戒の響きがあった。

「ええ、まあ、正確に言うと背中を殴られたんですけど」険しい声で言う。「どちらにしても自分で落ちたんじゃないし、わたしを襲った男はまだ近くにいるはずです」

「くそっ、こうして話してるあいだにも、こっそり近づいてきてるかもしれない」領主はうなるように言った。「ここはたいまつがないと真っ暗で何も見えない。わたしたちのほかに誰かいるのかもわからないし、きみのけががどのぐらいひどいのかもわからない」

たいまつがどこにあるのかコンランにはわからなかった。きっと石段を転げ落ちているあいだに落として、火も消えてしまったのだろう。だが、わざわざそう言いはしなかった。何者かが近づいてくる音がしないか耳をすましていたからだ。

「立てるかね?」

コンランは耳をすますのをやめて、そろそろと身を起こした。どこもかしこも痛かった。頭も胸も背中も肩も腰も膝も……だが、どうにか背筋を伸ばして座れた。次は立ちあがらなければならなかった。顔をしかめ、片方の手を地面に、もう片方の手を壁にそれぞれついて立ちあがろうとする。だが、脚が震え、奇妙にも力が入らなかった。石段を落ちたショックのせいだろうと苦々しく思った。

「さあ」領主が手探りしてコンランが壁についた手をつかみ、自分の肩に置いた。「わたしを支えにして立てばいい。体重をかけるんだ」

コンランはもう片方の手を壁について途中まで立ちあがり、少し休んでからどうにか立ちあがった。

「くそっ」かすれた声で悪態をつく。立ってはいるものの最悪な気分で、頭を強く打ったにちがいないと思った。

「立っていられそうにないな」領主が心配そうに言った。「誰かを呼んできたほうがよさそうだ」

「だめです！」コンランは暗闇のなかで立ち去ろうとした領主の腕をつかんで引き止めた。「わたしを殴った男がまだここにいたら、あなたを襲うかもしれません。ふたりでいっしょにいるほうがいいと思います。わたしならだいじょうぶ。ちゃんと歩けますから。少し、息を整える時間をください」

領主は黙ったが、彼をひどく心配しているのが暗闇のなかでも伝わってきた。幸い、何度か深呼吸すると、かなり気分が落ち着いてきた。

「行きましょう」そう言って、石段があると思われるほうへよろよろと歩きはじめる。ブーツのつま先が一段目にぶつかると、思わず安堵のため息がもれた。

「焦らずゆっくりのぼるんだぞ」領主が注意する。すぐうしろをついてきているらしく、コンランは彼の体温を背中で感じた。

「はい」とだけ言った。いずれにしろいまは焦らずゆっくりのぼることしかできない。少なくとも最初のうちはそうだった。だが、何段かのぼるうちに、いくつかの痛みは弱まり、気分も少しよくなって、もっと速く動けるようになった。石段は落ちたときと同じように永遠に続くように思えた。あとどれぐらいのぼればいいか領主に訊こうとしたちょうどそのとき、彼の名前を呼ぶ声が聞こえた。足を止めて上を見ると、かすかな光が暗闇に差し込み、らせん状の石段に沿っておりてきていた。

「オーレイか？」コンランは声をかけた。名前を呼んだのはオーレイだと確信していた。

「ああ」と返事がきた。「叫び声が聞こえたんだ。だいじょうぶか？」

「さっきよりはよくなった」コンランは言って、ふたたびのぼりはじめたが、警告するのも忘れなかった。「エヴィーナを襲った男は上のどこかにいる。そいつに背中を押されて石段を転げ落ちたんだ。おれたちもいまのぼっていく」

「どこか折れたのか？」ローリーが尋ねた。「手を貸そうか？」

「いや」コンランはため息交じりに言ったあと、もっと大きな声で言い直してから続けた。「たいまつをなくしただけだ。それでゆっくりしかのぼれないんだよ。もうすぐそっちに……」一段のぼったところで驚いて言葉を切る。火のついたたいまつと人影が見え、もう少しのぼれば石段のいちばん上に着くというところまで来ていたことに気づいたのだ。

「ローリーか？」石段をのぼりながら、人影を凝視して尋ねる。

「ああ。オーレイは兄貴を襲った男がいないか通路を見にいった」ローリーはオーレイがいない理由を説明した。

コンランは何も言わずにうなずいて最後の数段をのぼり、自分の命を奪いかけた石段をのぼり終えると、ほっとした。

「頭をさすってるね。どこかにぶつけたのか？」ローリーがたいまつをコンランのほうに向けて尋ねると同時に、領主が石段をのぼり終えて彼の隣に立った。

「ああ。少しずきずきする」コンランは小声で言った。

「だいじょうぶか？」オーレイが暗闇から現われて尋ねた。

「死ぬことはないよ」コンランは肩をすくめて言って、思わず顔をゆがめた。くそっ、どうやらかなり強く殴られたようだ。背中の上のほうが痛くてたまらない。

オーレイは少しのあいだ何も言わずにいたが、やがて指摘した。「人をうしろから押すには、その背後にまわらなきゃならない」

「そうだな」コンランは暗闇に包まれている通路に目を凝らして言った。

「きっとどこかの部屋に隠れてわたしたちが通り過ぎるのを待ち、うしろにまわったんだろう」領主が険しい声で言った。

「各部屋に人を配置してから通路に入るべきだった」コンランは言った。「ティルディから聞いた男のようすから、エヴィーナを襲ったのは外の人間で、当然逃げようとするものと思ってしまったんだ」

「どういうところで外の人間だと思ったんだ？」ローリーが興味を示して訊いた。

コンランは答えずに訊き返した。「マクレーンでぼろぼろの服を着て髪をもつれたままにしてる人間を見たことがあるか？」

「ないよ」ローリーは驚いた顔で認めた。「おれが会った人はみんな清潔で見苦しくない恰好を心がけてるように見えた」

「ああ、妻はいつもそうするよう言ってた」領主が言った。「不潔にしていると病気が蔓延（まんえん）すると言って、召使いや兵士たちにシラミやノミや病気を持ち込ませなかった」ため息をついて認める。「妻が亡くなったあと、わたしだけだったら細かいことは言わず、召使いや兵士たちの好きにさせていただろう。だが、妻の娘のエヴィーナがいた。エヴィーナが妻の生前と同じようにするよう言ったんだ」

「じゃあ、エヴィーナを襲った男は外の人間にちがいない」オーレイが言った。

領主は不安な面持ちで硬そうな髪に手を走らせた。「外の人間がどうして通路のことを知っていたのか、どう考えてもわからないんだが」

「通路のことを話したのはエヴィーナとギャヴィンだけだとおっしゃってましたよね？」オーレイが尋ねた。

「ああ」

コンランは眉をひそめた。「それならふたりのどちらかが誰かに話したんですよ」

そう言われて、領主はコンランをにらみつけた。「それはない。ふたりとも誰かに話したりしない」

「たぶん、まだ子どものときに」ローリーが穏やかな声で言った。

「ふたりとも子どものころは知らなかった」領主は反論した。「エヴィーナが十六になるまで通路のことは話さなかった。ギャヴィンも同じだ。数カ月まえの誕生日に初めて話したんだ。ふたりともほかの誰かに秘密をもらしたりしない。わたしの命を懸けてもいい」確信のある口調で言う。

外の人間が通路のことをどうやって知ったのかについて、誰もほかに考えがないことがわかると、コンランは力なく体を動かして言った。「通路を捜索しているあいだに裏をかかれないよう、出入り口があるすべての部屋に誰かを配置しておく必要がある」

「あるいはわたしが各部屋に行って出入り口に鍵をかけるか」領主が提案した。

コンランは領主に鋭い目を向けた。「部屋側から出入り口に鍵をかけられるんですか?」

「もちろんだ。今回のような場合に備えて、当然そうできるようにしておくべきだろう」領主は言った。

「そうですね」コンランは苦笑いして同意したあと、真顔になって言った。「でも、あなたをひとりで行かせるわけにはいきません。エヴィーナを襲った男はいままさにどこかの部屋に隠れてるかもしれないんですから」

「そうだな」オーレイが言った。「そいつはここでおまえを突き落としたが、ローリーもおれも城の壁に沿った通路を来る途中で出くわさなかった。おまえを突き落としたあと、どこかの部屋に入ったにちがいない」

「ああ、そして誰かがここにいないかぎり、出入り口に鍵をかけるためにおれたちが部屋に入ったら、また通路に戻ることもできる」コンランは指摘した。「兄貴とローリーで——？」

「領主殿とおまえが各部屋の出入り口に鍵をかけるまで、おれたちふたりで通路を見張ってるよ」オーレイが請け合った。

「ありがとう」コンランは言った。「じゃあ、領主殿といっしょに行ってくる。できるだけ早くすませるから」

兄弟がうなずくのを見て向きを変え、通路を歩きはじめようとした。

「コン？」

コンランは動きを止めて振り返った。たいまつの明かりに照らされたオーレイの顔には真剣な表情が浮かんでいた。コンランは兄に問いかけるような目を向けた。「なんだい？」

「領主殿の部屋が最初だ。そっちじゃない。通路はそこから始まってる」

「ああ、そのとおりだ」かたわらで領主が言った。

コンランは自分もそう思っていたとは言わずに領主に尋ねた。「通路側から出入り口を開けられるんですね？」

「ああ。ついてきなさい」領主はコンランに先立って通路の端に向かった。オーレイが持ったいまつの明かりが届かなくなり、もう少しこちらに来てくれるようコンランが頼もうとした矢先、オーレイは自らそうしてくれた。

「こっちに立っていてくれ」領主がコンランの腕を取って移動させ、その体を盾にして、これからすることを兄弟に見られないようにした。そして、ほかの石とまったく変わらないように見える石をぐるりとまわして、うしろに下がった。すると壁の一部が横にすべって開いた。

「部屋側から出入り口の鍵をかけるまえに、まず室内を捜索する」部屋に入っていく、まもなく義父になる老人のあとを追いながら、コンランは兄弟に向かって言った。「また出入り口を開けて、異常がないことを兄貴たちに知らせてから、出入り口に鍵をかけてエヴィーナの部屋に行く」

オーレイが同意のしるしにうなるのを聞いて、コンランは部屋に足を踏み入れた。

暗いところに長いあいだいたせいで、まばゆい光に目がくらんだ。コンランは部屋に入ってすぐ足を止め、目をすばやくまたたいて、一刻も早く明るさに慣らそうとした。

「長いあいだ通路のなかにいたから、まだ朝の早い時間だということをすっかり忘れていた」領主がいらだたしげに目をこすりながら言った。

コンランは鎧戸が開けられている窓に目を向けた。窓から明るい日差しが注ぎ込み、室内を満たすとともに、部屋にはふたりのほかに誰もおらず、隠れる場所もたいしてないことを明らかにしていた。見るべきところはたった二カ所――ベッドの下と壁際の衣装箱のなかだけだ。

「わたしは衣装箱を調べよう」コンランがベッドに足を運んでそのかたわらに膝をつくのを見て、領主が言った。

コンランはうなずいてベッドの下をのぞいた。そしてすぐに立ちあがった。そこには齧(かじ)られた骨が一本あるだけだった。領主が飼っているという犬が残していったものにちがいない。コンランは衣装箱を調べている領主のもとに行き、そのなかのひとつを開けて、なかからシャツやプレードを出しはじめた。

「そこまでする必要はない」領主が驚いて言った。

「以前、衣装箱のなかの服の下に隠れて、わたしたちの追跡を逃れた人間がいたんです」コンランは険しい声で言った。

「そうだったのか」領主は興味を引かれたようにコンランを見た。「ちゃんと捕まえたのかね？」

「ええ、最終的には」コンランは言うと、衣類を衣装箱に戻して蓋(ふた)を閉め、次の衣装箱のまえに移動した。そのかたわらでは領主がそれまで調べていた衣装箱のなかからシーツ類を出していた。

「誰も隠れていない」少しして領主が言った。

「こっちもです」コンランは言って、調べていた衣装箱の蓋がぱたんと閉まるに任せた。

領主はうなずくと、通路の出入り口がある場所に戻って出入り口を開け、そこから顔を突き出して、オーレイとローリーに、この部屋には誰もいないから出入り口に鍵をかけて次の部屋に行くと告げた。

ジョーディーが言われたとおりエヴィーナの部屋の扉を見張っていたが、そのまえに人が大勢いたので、初めは彼の姿が見えなかった。

「仕事に戻るんだ」領主がコンランに先立って人々のあいだを進みながら怒鳴った。「みんなやるべきことがあるだろう。自分の仕事をするんだ。娘は心配ないし、ここにいてもこれ以上何も起こらない」

人々はいっせいにその場を離れ、階段に向かった。ジョーディーが挨拶代わりにうなずき、ふたりがエヴィーナの部屋からではなく、人混みのうしろから現われたことに驚いているかのように片方の眉を吊りあげたが、コンランは何も説明せずにうなずき返し、ファーガス・マクレーンに続いてエヴィーナの部屋に入った。オーレイが開いている通路の出入り口に立っていた。

コンランはオーレイに目配せして、室内を見まわした。最後に見たときといっさい変わっていないように見える。領主の部屋と同じように、見るべきところは衣装箱のなかとベッドの下だけだった。ふたりはすぐに取りかかった。

「ローリーとおれは通路を通って次の出入り口に行ってる」ふたりが捜索を終えるとオーレイが言った。彼が通路に姿を消すと、領主が出入り口を閉めて鍵をかけた。ふたりはジョーディーにうなずきかけて部屋をあとにし、次の部屋に移動した。

いまはサイとグリアが使っているギャヴィンの部屋を手早く捜索したあと、コンランの部屋に移動した。とはいえ、コンランは衣装箱をひとつも持っていなかったので、ベッドの下を見ただけで終わった。

コンランはどの部屋に入るときにも、その必要があればすぐに抜けるよう剣に手をかけていたが、ローリーとアリックに与えられている部屋には剣をかまえて近づいた。

「ああ、なんだか緊張してきた」領主が静かに言った。

「どうしたんだ？　剣なんかかまえて」ジョーディーがそう言って近づいてきた。

「娘を襲った男は残ってるふたつの部屋のどちらかにいるはずなんだ」領主は重々しい声で説明した。

「いや、この部屋にいるはずです」コンランは領主の思い違いを正して、その理由を説明した。「もうひとつの部屋はオーレイとジェッタが使ってますが、わたしたちが通路を捜索するあいだ、そこでクリアとサイとジェッタとティルディにエヴィーナといっしょにいてもらっているんです。だからその部屋には行けません。隠れていられるのはこの部屋だけです」

「そうか」領主は小声で言って剣に手をやった。それと同時にジョーディーも剣に手をやった。

「用意はいいですか？」ふたりが剣をかまえたのを見てコンランは言った。

「ああ」ジョーディーが静かに言った。

「扉を開けろ」領主が怒鳴った。

コンランはうなずくと、剣を握る手に力を込め、空いているほうの手で扉をぐいと押し開けた。三人は剣を掲げて突入し、狂気じみた目で見まわした……空っぽの部屋を。

コンランは少し決まり悪く感じながら、剣をおろし、ほかのふたりの男を見た。

「衣装箱はない」領主が指摘した。「きみの兄弟は袋しか持ってこなかったようだな」

コンランは何も言わずにうなずいてベッドに向かった。念のため少し離れたところから下をのぞいたが、無駄に終わった。この部屋にも誰もいない。立ちあがって、ほかのふたりに目をやり、首を振った。

「なんてことだ」領主はつぶやいて剣をさやに納めると、眉をひそめて暖炉に目をやり、次いでジョーディーがいるほうを見た。そしてジョーディーがすでに部屋の入口に戻り、廊下に目を向けているのを確認すると、暖炉に足を運んでそばの壁に設けられたたいまつ受けをまわした。

壁の一部が静かに横に開くと、すぐにオーレイが現われた。口を開けて何か言おうとしたが、領主が唇に人差し指をあてて静かにするよう指示し、手招きするのを見て、ローリーに先立って部屋に入ってきた。兄弟は領主に背中を向けて、彼が誰にも見られることなく出入り口に鍵をかけられるようにした。

「見つからなかったんですね」領主が出入り口を閉めて鍵をかけてから三人のところ

に来ると、オーレイが言った。

　その言葉にジョーディーが驚いた顔で振り返った。コンランは首を振って言った。

「最後の部屋にはグリアとアリックと女性陣がいるから、エヴィーナを襲った男がいるはずない」

「いったいどこに行ったんだ？」領主がいらだたしげに言った。「石段で追い越されたはずがない。そんな幅はないからな。通路か部屋にいるはずなのに。あるいは……」ジョーディーのほうを向く。「廊下に出てきた者はいたかね？」

　ジョーディーが何も言わずに部屋に入り扉を閉めたのを見て、コンランは称賛の気持ちを込めてうなずいた。領主は怒りにわれを忘れ、扉が大きく開いているにもかかわらず通路のことを口にしていた。だからといって、どうということもないが。いまごろはすでに誰もがこの城に隠し通路があることを知っているだろうから。

「わたしは見てません」ジョーディーはそう答えてから指摘した。「でも、廊下にはたくさんの人がいたから、誰かがわたしに気づかれずにどこかの部屋からこっそり出てきて、人混みに紛れることはできたでしょう」

「いや、それなら気づいたはずだ」コンランは確信して言った。「不潔な恰好で髪ももつれてるんだ。目立ったにちがいない」

「そのとおりだ」領主が言って、オーレイとローリーに目を向けた。「きみたちふたりのわきを通らなかったことは確かなんだね？」

ふたりはそろってうなずき、ローリーがつけ加えた。「わたしたちが捜索した通路でわきを通るなんて不可能です。そんな広さはなかったですから」確信をもって言う。

「どの部屋にもいなかったのは確かなんですか？」

「ああ、まちがいない」コンランは請け合った。

「各部屋にある衣装箱のなかも全部調べたか？」オーレイが尋ねた。

「ああ」コンランは言った。「衣類にしろシーツ類にしろ、それ以外のものにしろ、入ってるものは全部出して調べた」

「つまり通路にも部屋にもいないのか」オーレイはつぶやいて、顔をしかめた。「跡形もなく姿を消すはずがない。きっと何か見落としてるんだ」

「そうだな」コンランは同意した。「でも何を？」

彼にもわからないらしく、オーレイは首を振った。

「コンラン」

「うん？」コンランはローリーに目を向けたが、頭のなかではティルディから聞かされたエヴィーナを溺れさせようとした男の特徴について考えていた。マクレーンの人々はみな見苦しくない恰好をしているが、ここに来てから、もつれた髪をして、不潔でぼろぼろの服を身につけている人間を実際に見たことを思い出したのだ。だが――

「血が出てるぞ」

「なんだって？」コンランは物思いから覚め、驚いて言った。眉を吊りあげて自分の体に視線を落としたが、どこからも血は出ていなかった。

「頭だ」オーレイが険しい声で言うと同時に、ローリーがもっとよく見ようと近づいてきた。

「ああ」コンランはなんでもないというように肩をすくめた。頭から血が出ていることには領主の部屋を捜索したとき気づいていた。ベッドの下をのぞいたときに何かが頰を流れるのを感じて手の甲でぬぐった。手には血がついていたが、たいした量ではなかったので、あまり気にしていなかったのだ。

「大きなこぶができてるぞ。深そうな傷もある」ローリーはコンランの顎と後頭部をつかんでいろいろな方向に傾けながら、細めた目で頭を凝視して言った。

「ここに来るまえにできたふたつのこぶと同じように、すぐによくなるよ」コンランは皮肉っぽく言って、弟の手を振り払った。「だいじょうぶだ。さっき手でぬぐったが、たいして血は出ていないようだった」

「気分はどうだ？」ローリーは眉をひそめてコンランの頭の傷を見ながら尋ねた。「めまいは？　目はちゃんと見えてるか？　吐き気は？　頭が混乱してないか？　頭痛は？」

「頭が少し痛い」コンランは認めた。「それに、そう、かなり混乱してる。盗賊がどうやってマクレーン城の隠し通路のことを知ったのか、どう考えてもわからなくて」

「盗賊だと？」領主がひどく驚いて訊き返した。

「ええ」コンランは重々しい口調で言った。「わたしがマクレーンに来てから見た人間でティルディの言う特徴に合う者は、ギャヴィンに傷を負わせて逃げた盗賊だけです」

領主が当惑した顔になったあと、眉をひそめて首を振ったのを見て、コンランは続けた。「盗賊はみんなみすぼらしい恰好をしてましたが、逃げた男はティルディの言う特徴にぴったり合うんです。あいつはギャヴィンによく似てました。同じような背格好で、長くてべたついてる感じのもつれた髪をしてたし、汚れてぼろぼろになった服を着てた」そう説明し終えた次の瞬間、鋭く息を吸い込んだ。ローリーが頭の傷をつついたのだ。弟をにらみつけてから領主に目を戻すと、マクレーンの領主は愚か者を見るような目でコンランを見つめていた。

「その盗賊がティルディの言う特徴に合っていたとしても」冷ややかに言う。「わたしの城の隠し通路のことを知ることができるとは思えない」

コンランはうなずいた。彼もまたそう思っていたからだ。だが……「召使いにお金を渡して城に続く通路の出入り口の場所を聞き出したのかもしれません」

「いや、でもすでに言ったとおり」領主は同じことを繰り返すのはうんざりだというように言った。「通路のことを知ってるのはエヴィーナとギャヴィンとわたしだけだ」

「あなたがそう思ってるだけです」コンランは穏やかに言って続けた。「多くの目と耳がある城で秘密を守るのは並大抵のことじゃありません。あなたがギャヴィンに話すのを扉の外で召使いが聞いていたのかもしれない。いえ、何年もまえにエヴィーナに話したときに聞かれた可能性もあります。あるいは召使いのひとりが、あなたがドナンに兵士たちを連れて捜索にいくよう言った谷の出入り口を偶然見つけたのかもしれない。そこに出入り口があるんでしょう？」

「ああ」領主は渋い顔で認めた。

「そう、召使いのひとりが偶然出入り口を見つけて通路を通り、城の隠し通路の存在を知って、そのことを誰かに話した。その誰かがまた誰かに話して——おい！　痛い弟がまた傷をつついたのだ。「ローリー！　やめるんだ！」頭に鋭い痛みを感じてコンランは怒鳴った。「取らないと感染する」

「傷に石のかけらのようなものが刺さってる」ローリーは険しい声で言った。

「エヴィーナを襲った男がその逃げた盗賊だという可能性はおおいにあります」ローリーが薬草袋のもとに行き、必要なものを取り出しはじめると、オーレイが穏やかな口調で言った。「だが、問題は、いまその男がどこにいるのかということです」片方の眉を吊りあげてコンランに尋ねる。「そいつがおまえを石段から突き落としてから、グリアがエヴィーナやほかの女性陣を連れていくのに先駆けて、ジェッタとおれが使ってる部屋に行くのは可能か？」

コンランはその可能性を考えた。問題の部屋は通路の端にある。彼はエヴィーナをグリアに託してから、エヴィーナの部屋に戻り、そこから通路に入った。廊下は明るくて平坦だが、通路は暗くて平坦でもない。グリアと女性陣が廊下を同じ距離歩くよりも、コンランが通路を歩くほうがはるかに時間がかかったはずだ。エヴィーナを襲った男が彼を石段から突き落として、グリアが女性陣を連れていくのに先駆けてそこに行き、隠れられるとはとうてい思えない。もっとも——

「グリアたちが何かの理由で部屋に行くのにふつうより時間がかかったら、おれを襲った男がグリアたちに先駆けて部屋に入るのは可能かもしれない」コンランは言って、ジョーディーに問いかけるような目を向けた。「グリアたちはすぐ部屋に行ったのか？」

「最初はそのつもりだったと思う」ジョーディーは静かに言った。「でも、途中でレディ・エヴィーナが自分の部屋に戻りたいと言った。ブレードしか身にまとっていないのが嫌だったようで、ドレスを取りに戻りたがったんだ。お父上がみんなに出ていくよう言ったからだめだとグリアが言うと、わたしは入ってもかまわないはずだと彼女が言った。そこから彼女がひとりでドレスを取りにいってもいいかどうかについて言い争いが始まって——どこに行くんだ？」コンランが踵（きびす）を返して扉のほうへ駆け出すと、ジョーディーは説明を中断して尋ねた。

「ジョーディー、次に訊かれたらこう言うんだ。〝いや、すぐ行ったわけじゃない〟」オーレイが冷ややかに言って、コンランのあとを追った。

「ちょっと待てよ、コンラン。傷の手当てをしなきゃ。じゃないと——」ローリーは言葉を切った。コンランが扉を開けると同時に、隣の部屋からくぐもった悲鳴と何かがぶつかるような音が聞こえてきたのだ。

「そんなまさか！」エヴィーナはサイの言葉が信じられずに言った。衣装箱を暖炉のそばに運ぼうとしているグリアとアリックに向けられていた注意が、またたくまに引き戻された。ジェッタとサイがブレードを掲げてエヴィーナのプライバシーを守ってくれているあいだに、ティルディが傷の手当てをして、彼女が借り物の衣類を身につけるのを手伝ってくれた。それが終わるとティルディは階下にみなの飲み物を取りにいった。ジェッタとサイとエヴィーナはベッドの上に三角形を描くようにして、あぐらをかいて座った。そのあとジェッタが自分の衣装箱を椅子代わりにして座るよう男たちに言った。それでいま、男たちは衣装箱を火のついていない暖炉のそばに運んでいるところだった。女だけで話ができるようそうしてくれているのだとエヴィーナは思った。

「本当よ」エヴィーナの注意を会話に引き戻したサイが愉快そうに言った。

「一度に三人の子を産んだの？」エヴィーナは呆然として尋ねた。一度に子どもをふたり以上産んだ女性に会うのはこれが初めてだ。話には聞いたことがあるけれど――

「ええ、三人とも女の子よ」サイはにっこりして言った。「二歳半になったわ。ありがたいことに」

「ありがたいことに？」エヴィーナは興味を引かれて訊き返した。

「最初の三人がまだおむつが取れてなかったり歯が生えそろっていなかったりしたら、四人目の子を育てるのがもっと大変だったと思うわ。でも、うちの子たちはそのどちらもすませてるから。まあ、だいたいのところはね。まだ一、二本これから生えてくる歯もあるけど、この子が生まれるころにはもう生えてるはずよ」サイは片方の手をおなかにあてて言った。

「また三つ子だったら？」エヴィーナは驚嘆の目でサイのおなかを見ながら尋ねた。

サイは肩をすくめた。「もしそうならバランスよく男の子がいいわ」

「また三つ子でもかまわないの？」エヴィーナは驚いて尋ね、ひとつめの衣装箱を運び終わり、ふたつめを取りにベッドの足もとに戻ってきた男たちに視線を戻した。

「わたしがどう思おうが生まれてくる子どもの数は変わらないわ」サイは愉快そうに言った。「それなら思い悩んでも仕方ないでしょ？　何人であれ健康に生まれてくることを祈るだけよ」

「健康が何よりよね」エヴィーナは同意して自分のおなかに目をやり、そこにいるかもしれない赤ん坊のために同じことを祈った。

「うちの家系は三つ子がよく生まれるの」サイがそう言ってからつけ加えた。「双子もね」

「そうなの？」エヴィーナは心配になって尋ねた。

「ええ。オーレイとユーアンは双子だったわ」サイは言い、エヴィーナのおなかに目をやってからかった。「だから、あなたも双子か三つ子を産むかもね」

「きゃあ！」エヴィーナは金切り声をあげた。その拍子に、衣装箱を床におろそうとしていたアリックが手をすべらせ、衣装箱が大きな音を立てて床に落ちた。エヴィーナがはっと暖炉のほうに目をやると、アリックが顔をしかめてみせたので、彼女は苦笑いしてかぶりを振ってから、サイに目を戻して言った。「そういう冗談は――」

エヴィーナは最後まで言わずに言葉を切り、目を大きく見開いて今度は扉のほうに目を向けた。ふいに扉が大きく開き、コンランとその兄弟と彼女の父親が剣をかまえて飛び込んできたのだ。

12

「やつはどこだ？」

コンランが怒鳴るのを聞いて、エヴィーナはいっそう目を大きく見開き、彼の目が彼女に向けられると、衣装箱のそばに立つグリアとアリックを指差した。この部屋にいる者のなかで〝やつ〟と呼ばれそうなのは男の彼らだけだ。とはいえ、どちらともコンランがいう〝やつ〟ではなさそうだ。コンランとオーレイとジョーディーがいっせいに動きだしたのを見て、エヴィーナはそう結論づけた。オーレイとジョーディーは大股で衣装箱のところに行き、蓋を開けてなかのドレスを出しはじめた。エヴィーナはあっけにとられてそのようすを見ていたが、少ししてコンランに注意を戻すと、彼は次の瞬間しゃがみ込み、視界から消えた。眉をひそめ、ベッドの端に近づいて身を乗り出すと、コンランがベッドの下をのぞき込んでいるのが見えた。

「いったいどういうこと？」エヴィーナはふたたび立ちあがったコンランに向かって

尋ねた。

コンランは質問には答えずに兄弟に目をやって、片方の眉を吊りあげた。

「ここにはいない」オーレイが言ってドレスを衣装箱に戻すと同時に、ジョーディーがもうひとつの衣装箱の蓋を閉めた。

「つまり逃げられたんだな」父親ががっかりしているような声で言った。

コンランたちが彼女を襲った男を捜してこの部屋に入ってきたことに気づき、エヴィーナは顔をしかめた。どうやら通路では見つけられなかったようだ。きっとほかの部屋を捜索してからこの部屋に来たのだろう。つまり逃げられたのだ。エヴィーナはいつもなら腰につけている短剣に無意識に手をやったが、当然のことながらそこには何もなかった。

「まだ頭から血が出てるぞ」ローリーが室内に降りた沈黙を破って言った。彼はコンランのかたわらに立ち、頭の横の血が出ている傷を調べていた。眉間にしわを寄せて扉に向かいながら言った。「薬を持ってくるよ」

エヴィーナは心配になって傷をまじまじと見た。彼女が剣の柄で殴ってできた傷や、馬から落ちてできた傷より、はるかにひどいようだ。傷を負ったときに気を失ったか訊こうとした矢先にコンランが言った。「領主殿がここでやるべきことをやれるよう、ここにいるみんなにはエヴィーナの部屋に移ってもらう必要がある」

「そうだな」父親が同意した。「いまのうちにしておこう。じゃまが入ったり、何かが起こったりして忘れてしまうといけないから」

やるべきことというのがなんなのか、訊く必要はなかった。彼女を襲った男が隠し通路からここに戻ってきて、また誰かを傷つけないように、出入り口に鍵をかけるのだろう。実際、ここに来るまえにほかの部屋で同じことをしてきたにちがいない。少なくとも彼女の部屋の出入り口には鍵がかけてあるのだろうとエヴィーナは思った。ここではなくそちらに移るよう言うのだから――

口から驚きの声が出て、それ以上考えられなくなった。突然コンランにベッドから抱えあげられたのだ。コンランが彼女を抱えて背を伸ばすと、エヴィーナは反射的に両手で彼の肩をつかみ、硬い筋肉に指を食い込ませた。すると一瞬コンランが顔をゆがめた。エヴィーナが彼の左肩が湿っていることに気づいて手を離すと、指に温かく粘っこい血がついていた。

「血が出てるわ」エヴィーナは驚いて言った。

「ああ」コンランはうなるように言って説明した。「何者かに通路で押されて頭を打ったんだ」

「わたしが言ってるのは頭のことじゃないわ。肩からも血が出てるのよ」エヴィーナは言って、どこから血が出ているのか見ようと、コンランの腕のなかで体を動かした。どうにか背中の上のほうが見えた。彼が身につけているのは濃い青色と濃い赤色と濃い緑色が使われたプレードで、長い髪におおわれている部分も多かったが、それでも背中に濃いしみが広がっているのが確認できた。

「確かに少し痛い」コンランは認めた。「押されたときにどこかでこすったんだろう。たいした傷じゃない」

「ローリーが診てくれればいいのに」エヴィーナは心配になって言い、コンランの背中をそっとなでた。布地は血でぐっしょり濡れていた。

「兄貴がじっとしていてくれさえすれば、ローリーは喜んで頭の傷を診るよ」

その怒りに満ちた言葉にエヴィーナが視線をめぐらすと、ローリーが廊下に立っているのが見えた。薬草袋をわきに抱え、片方の手には水差しを、もう片方の手には包帯と麻布を持っている。ローリーが薬を取ってきてコンランの頭の傷を治療すると言っていたことをエヴィーナは思い出した。

「いいえ、頭じゃないの。背中からひどく血が出てるのよ」心配していることを隠さずに言う。

「大変だ！　エヴィーナの言うとおりだ！」アリックがあわててコンランのうしろに来て、背中を見て言った。

「だいじょうぶだ」コンランはローリーのわきを通って廊下を歩きながら、うなるように言った。

「だいじょうぶじゃないわ」エヴィーナは怒った声で言い返した。「あなたはけがをしていて治療が必要なのよ。おろしてちょうだい。ひとりで歩けるわ」

「もうすぐそこじゃないか」コンランは言われたとおりにせずに反論し、エヴィーナがにらみつけると続けた。「それにきみを抱いてるのが好きなんだ」

エヴィーナは目をしばたたいた。そう言われて怒りがやわらいだが、心配なのは少しも変わらなかった。コンランの肩越しに目をやると、ローリーがすぐあとをついてきていたのでほっとした。ローリーは歩きながらコンランの背中を凝視していた。その険しい表情はコンランが〝だいじょうぶ〟ではないことを物語っている。けれどもエヴィーナはコンランに抱かれたまま自分の部屋に入り、ベッドにおろされるまで何も言わなかった。

「座ったほうがいいわ」まじめな顔で言うと、ベッドからぱっと立ちあがり、コンランの手を引いて暖炉のほうに向かった。

「エヴィーナ」エヴィーナに暖炉のそばのテーブルと椅子のほうに連れていかれながら、コンランはうんざりした口調で言った。

「お願いだから」エヴィーナは頑なに言って、彼のために近いほうの椅子を引いた。「座って弟さんに傷を診てもらって」

コンランは渋い顔をしながらも、椅子に腰をおろした。けれども、片方の足をもうひとつの椅子の脚にかけて近くに引き寄せ、エヴィーナにつかまれている手でそこに座るよう彼女に示しながら言った。「診てもらってるあいだ、きみがおれの気を紛らわしてくれたらな」

エヴィーナが何も言わずにうなずいて椅子に座ると、コンランが指を絡めてきた。「うれしいよ。やっとじっと座って傷を診せる気になってくれて」ローリーが皮肉っぽく言った。「でもプレードとシャツを着たままじゃ診られない」

コンランは手を伸ばしてプレードを留めているピンをはずし、プレードが膝に落ちると、下に着ていたシャツをすばやく脱いだ。

コンランが服を脱ぐあいだ、エヴィーナは彼と向き合って座り、目だけを動かしていた。目のまえにある裸の胸に好奇心に満ちた視線をすべらせる。最初にさらってきたときに全裸の彼を見ていたが、じっくり見る暇はなかった。実際、彼に親密な行為をされているにもかかわらず、気を失っておらずシャツもプレードも身につけていない彼のこれほど近くにいるのは初めてだ。本当に目の保養になるわ、とエヴィーナは思った。手を伸ばして、たくましい体を隅々までなでまわしたくなった。

「兄貴は殴られたんじゃない。背中を剣で刺されたんだ」

その言葉にエヴィーナははっとローリーに目を向けた。ローリーは顔をしかめながらコンランの背中に清潔な麻布を押しあてていた。

「ひどいのか？」オーレイがふいにローリーの隣に現われて尋ねた。エヴィーナがあたりに目をやると、父親を除く全員が彼女たちについて部屋に入ってきていて、いまはコンランの背中を見ようとローリーのまわりに集まってきていた。エヴィーナがそのことに気づいたちょうどそのとき父親が部屋に入ってきた。父親の第一声は部屋に入るまえにローリーの言葉が聞こえたことを示していた。

「なんてやつだ！　わたしの娘を溺れさせようとしたと思ったら、今度はその許婚を刺しただと？　いったいどこのどいつなんだ？　何が目的なんだ？」

「必ず突き止めてみせますよ」コンランが険しい声で言った。「いったいどうやって逃げおおせたのかも」

「おまえを石段から突き落としてから追い越したんだろう」オーレイが静かに言った。

「石段から突き落とされたの？」エヴィーナは呆然として訊いた。押されて頭を打ったと言われただけで、通路の石段から転げ落ちたとは聞かされていなかった。首の骨を折らずにすんだのは運がよかったとしか言いようがない。

「だいじょうぶだから」コンランは安心させるようにエヴィーナの手を叩くと、父親のほうを向いて言った。「運よくあなたを巻き込まずにすんだんですが……そのことがずっと気にかかっていたんです。あなたはわたしより先に石段をおりていたのに――どうしてぶつからずにすんだんでしょう？」

「なんだって？」父親は驚いた顔でコンランを見て言った。「ああ、いや、あの石段の内側の壁には三カ所浅いくぼみがあるんだ。人ひとりがそこに体を押しつけて人を通せるぐらいのな。きみが落ちてくる音が聞こえたとき、わたしはひとつめのくぼみのそばにいたから、くぼみに体を押しつけた。そして転がり落ちるきみをつかもうとした。実際、つかむことはつかんだ。プレードをつかんだんだが……」父親は首を振った。「破れてしまい、きみはそのまま落ちていった」

「そうやって逃げおおせたんですね」コンランがその場におりた沈黙を破って言った。

「あなたが石段の下でわたしを立たせてくれてるあいだ、くぼみのひとつに体を押しつけてたんでしょう。石段を照らすたいまつの明かりがなかったんで、暗闇のなかでやつのまえを通り過ぎてしまったんですよ」

「なんてことだ」父親は驚きもあらわにうなるように言った。「くぼみのことを知られてるなんて思ってもみなかった。だが、それを言うなら、隠し通路のことも知られてるはずないのに知られてたんだから」

「ドナンを谷に行かせたのよね」エヴィーナは指摘した。「わたしを襲った男がお父さまたちをまんまと出し抜いて谷の出入り口に向かったのなら……」

「ドナンと兵士たちが捕まえてくれるはずだ」領主があとを引き取って言うと、通路の出入り口に目をやって、眉をひそめた。「あるいは谷に兵士たちがいるのを見て引き返し、通路に隠れてるか」

「部屋にある出入り口はどれも鍵がかけてあります」コンランが言った。「城の裏手の出入り口に誰かを配置して逃げられないようにしておいて、あなたとわたしで馬を飛ばして谷にある出入り口まで行き、そこから通路に入れば、やつを追い込んで――」

「兄貴にはその手のことは無理だ」ローリーがきっぱりと言った。「この傷から血を大量に失ってるし、頭の傷に刺さった石のかけらも取らなきゃならない。こうして背筋を伸ばして座っていられるのが不思議なぐらいだし、そうしていられるのもそう長くはないだろう。領主殿といっしょに行くのは誰かほかの人間に任せるんだ」

「わたしがお供します、領主殿」オーレイが静かに申し出て、エヴィーナの父親がためらう素振りを見せると、わかっているというようにつけ加えた。「そのほうがいいとおっしゃるなら、ここから谷の出入り口に向かい、通路のなかに入るまで目隠ししてでもかまいません」

その申し出を聞いてエヴィーナは眉を吊りあげた。彼自身もおそらく隠し通路がある城を持つ領主として、秘密にするのにはそれなりの理由があると理解してくれているのだろう。とはいえ、父親がため息をついて首を振るのを見ても、エヴィーナは驚かなかった。「きみの弟は結婚によってもうすぐわたしの息子になる。そうなればきみも家族だ。きみには秘密を知られてもかまわない。目隠しなど必要ない」

オーレイは信頼を示されたことに感謝するように神妙な面持ちでうなずいた。

「領主殿、鞍に当て布をなさってください」ローリーが言って、止血のためにコンランの背中に押しあてていた麻布をわきに放り、糸を通してある針を手に取った。「長い布を丸めて輪をつくり、鞍の上に置いてから座るんです。そうすれば馬に乗ってるあいだ、お尻の傷が鞍にあたらずにすみます」

「お尻はもうなんともない」父親はそう言って向きを変え、扉に向かった。

ローリーは肩をすくめてコンランの背中に向き直り、傷を縫いはじめた。「わたしの言うことを聞かないで苦しむのはご自分ですよ」

父親がヒーラーというやつは女と同じぐらい厄介だとかなんとか、けなすようなことをつぶやくのが聞こえたが、部屋を出たあと、階段ではなく自分の部屋に向かったことにエヴィーナは気づいた。ローリーに言われたように丸めるためのプレードを取りにいったのならいいのだが。そう思った瞬間、コンランに痛いぐらいに強く手を握られたので、エヴィーナは彼に目をやった。

「すまない」コンランは食いしばった歯のあいだから言葉を押し出すようにしてつぶやいた。その顔には見まちがいようもない苦痛の表情が浮かんでいる。ローリーが傷を縫いはじめたのだ。ものすごくつらいことだとわかっていたので、エヴィーナはコンランの気を紛らわせようと、空いているほうの手で彼の手をそっとなでた。

少しのあいだ室内に沈黙が漂ったあと、ふいにサイがくすりと笑った。

「何がおかしいんだ?」コンランがむっとして尋ねる。

「気づいたのよ。これまでのところ、わたしたちの誰ひとりとして、花嫁か花婿かその両方が、傷や痣ができてたり、毒を盛られたあとだったりせずに結婚式を迎えられてないって」

「ふむ」ローリーが皮肉っぽくつぶやいた。「確かにみんな冒険に満ちた恋愛を求めるという悲惨な傾向がある」

「わたしたちが好きでいちばん厄介な相手を探して伴侶に選んだような言い方するわね」サイはローリーをにらみつけて言った。

「だって矢が飛んできて人々が刺されてるってのに、おまえは荷物をまとめて逃げようとしなかっただろう？　賢明な人間ならそうするはずだ」ローリーは指摘した。

サイは辛辣な言葉を浴びせようとしているような表情で口を開いたものの、その口をぱっと閉じ、首を振って言った。「兄さんが結婚する相手は、わたしたちのときよりも平和に見つかることを祈ってるわ。でも、もしそうならなかったら、わたしが兄さんのもとに行って、いま言ったことを思い出させてあげる」

ローリーは一瞬不安そうな顔になって動きを止めたが、何も言わずに、すぐにまたコンランの背中の傷を縫いはじめた。

エヴィーナはサイの話を聞いて興味を抱き、必ずあとでどういうことなのか訊こうと思った。どうやらおもしろい話が二、三あるようだ。そう思いながら、扉のほうに目を向けた。ティルディが食べ物や飲み物をふんだんにのせたお盆を持って、急ぎ足

「階上に来る途中でお父さまとオーレイ・ブキャナンさまにお会いして、みなさまがお嬢さまのお部屋にいらっしゃるとうかがったので、食べ物と飲み物をこちらにお持ちしました。でも階下に行かれるなら、どうぞそうなさってください。カーマイケルの領主ご夫妻がたったいまお着きになったんです。長旅を終えられたおふたりのために料理人が少し早目のご昼食を用意して、侍女たちに給仕させてますから」

「ミュアラインとドゥーガルが着いたの？」サイが興奮して尋ねた。

「ええ」ティルディはテーブルのまえに立ち、重苦しい口調で言うと、運んできたお盆を置いて、首を振りながら続けた。「どこで寝ていただけばいいのかわからなくて。お部屋は全部埋まってますから」

「コンランをこの部屋に移させて、空いた部屋にふたりを通せばいい」グリアが提案した。「そうすれば警備しなきゃならない部屋はひとつになる」

「しかもおれはひとつの部屋に行けば、まとめてふたりを診られる」ローリーがその考えを気に入ったようすで言った。

「それに何者かが警備の者の目を盗んで侵入したとしても、コンランがエヴィーナを守れるわ」サイが続けた。

エヴィーナは目を大きく見開いて、コンランが彼女の部屋に移らなければならない理由をあげていく人々に順番に視線を移してから、ティルディがその提案をしりぞけることを期待して彼女を見た。なんといっても、自分とコンランはまだ結婚していないのだし、そもそも結婚しないかもしれないのだ。エヴィーナは彼との結婚について、まだ心を決めていなかった。けれども驚いたことに、ティルディはその提案を検討してうなずいた。「そうですね。もし運がよければドラモンドの領主ご夫妻は今日の午後にお着きになって、お嬢さまは夕食のときに神父さまのもとご結婚できるでしょう。それが無理なら、コンラン卿には床にわら布団を敷いて寝ていただきます。わたしがお目付け役としてここで寝てもかまいません。ええ、いい考えですね」満足げに言って、せかせかと部屋を出ていった。コンランの部屋に兄夫婦を通すための準備をしに向かったのは明らかだった。

「陛下に昼食をとりにいって、ミュアラインとドゥーガルに挨拶したほうがいいと思うわ」侍女が部屋を出ていくとサイが言い、エヴィーナに微笑みかけて約束した。「食べ終えたらミュアラインを連れて、あなたに会いにくるから。いいでしょ、ジェッタ？」

「ええ」ジェッタはにっこり笑った。「ミュアラインとあなたはきっとお互いを好きになるわ」

「そうね」エヴィーナは弱々しく言うと、ふたりの女性がグリアを引き連れて足早に部屋を出ていくのを見守った。

「おれたちは食べにいけないんだよな?」アリックが不安そうな顔でジョーディーに尋ねた。「ローリーが傷の処置を終えたら、扉を見張ってなきゃならないんだろう?」

「行ってこい」ジョーディーがこともなげに言った。「おまえが食事をすませて戻ってくるまで、おれが見張ってるから。おまえが戻ってきたら、今度はおれが食事をしにいく」

「ありがとう。おなかが空いてたんだ」アリックはそう言うと、ジョーディーの気が変わって口にしたばかりの言葉を取り消すのを恐れているかのように急いで部屋を出ていった。

エヴィーナは困惑してあたりを見まわした。またたくまに人がいなくなったことに驚いていた。ほんの少しまえまで人であふれていた部屋に、いまはジョーディーとローリーと彼女自身とコンランしかいない。

「おっと!」

ふいにローリーが叫んだので、エヴィーナはすばやくそちらに視線を向け、彼が椅子から横向きに落ちそうになっているコンランの両腕をつかんでいるのを見て、目を大きく見開いた。ジョーディーがすかさずローリーのかたわらに来て、弟とともに兄の体を支えて椅子にまっすぐに座らせた。エヴィーナはコンランの顔を見ようとのぞき込んだが、その顔は見えなかった。コンランは頭をがくりとまえに垂れていたので、髪で顔が隠れてしまっていたのだ。エヴィーナがそのことに気づくと同時にローリーがコンランの横にまわり、顎を持って顔を上に向かせて、閉じた目と生気のない顔をあらわにした。コンランは気を失っていた。

「だいじょうぶなの?」エヴィーナは心配して尋ねた。

「ああ」ローリーはコンランの頭ががくりと垂れるのに任せて背中のまえに戻り、それまでやっていたことを続けた。「兄貴は血を大量に失ってる。いままで気を失ってなかったのが不思議なぐらいだ。ちゃんと休んで食べれば体力も戻ってまた元気になる……感染しないかぎりね」

エヴィーナはうなずくと、コンランの手から手を引き抜いて背中をうしろに倒し、ため息をついた。あたりにはティルディが持ってきたお盆の上の食べ物のにおいが漂っていた。おいしそうなにおいだったが、エヴィーナはあまりおなかが空いていなかった。それよりも、ふいに疲れてきた。今朝はいろんなことがあったし、傷もまだ治っていないのだ。

「ジョーディー、エヴィーナがベッドに行くのに手を貸してあげてくれ。まだ傷も治ってないんだ。そろそろ休ませないと」ローリーがエヴィーナのほうを見もせずにそう指示した。

「ひとりで行けるわ」ジョーディーがコンランの体から手を離そうとするのを見て、エヴィーナは急いで言った。ジョーディーに微笑みかけて、つけ加える。「それにあなたがコンランの体を支えてあげないとローリーが困るわ」

ジョーディーがためらっているようすを見せると、エヴィーナは彼の腕を軽く叩いて立ちあがり、ゆっくりベッドに向かって、選択の余地をなくした。ベッドまでの短い距離をどうにか歩くことができ、ほっと胸をなでおろす。まだおかしいぐらい体が弱っていた。先ほどのように座っていれば元気になったような気がするのだが、少しでも動くと、まるで傾けた桶から水が流れ出るように、とたんに力がなくなってしまう。とはいえ、コンランをテーブルに連れていったときはなんの問題もないように思えた。コンランを心配するあまり一種の興奮状態になって力が出たのだろうとエヴィーナは思った。

ため息をつき、上掛けと毛皮を持ちあげて、サイのドレスを着たままベッドに入った。そうしたくはなかったが、コンランとその弟たちがいるまえでドレスを脱ぐことはできなかった。もっともドレスを着たままでは寝心地が悪く、眠れないかもしれない。そしたら横になるだけで眠らずにいて、弟たちが部屋を出ていったらドレスを脱ごうと思った。けれどもベッドに入り、横向きになって体を丸めて目を閉じるとすぐに、エヴィーナは眠りに落ちていった。

コンランはふいに目を覚ました。どうして起きたのか最初のうちはわからなかったが、やがて何かが股間にあたるのを感じた。困惑して目を下に向けると、体に毛皮を何枚か掛けられていて、しかもその毛皮は盛りあがっているように見えた。毛皮に手を伸ばし、その下の上掛けとともに持ちあげて、手を止める。盛りあがっているように見えたのは、エヴィーナがいたからだった。上掛けの下にすっぽり収まっていたのだ。片方の頬を彼の胸につけているので、その顔は見えなかった。まるで猫のようにコンランに絡みつき、片方の腕を彼の胸に置いて、片方の脚を腰の上に投げ出している。ドレスを着ていたが、裾がずりあがり、腰のところにたまっていた。コンランは立っているときには股間の下までくるシャツを身につけていたが、エヴィーナのドレスと同様にずりあがり、腰のところにたまっていて、大切なところがむき出しになっていた。

エヴィーナが眠ったままため息をついてふたたび体を動かし、脚で彼の股間をこすった。コンランは上掛けと毛皮をもとに戻して、そのまま横になっていた。身じろぎもせずに、息だけして、どうしようかと考えた。

エヴィーナを起こしたくはなかったが、彼自身は起きているので、自分がさまざまな欲求に駆られていることに気づきはじめた。おなかが空いているし、のども渇いている。だが、より深刻なのは、いますぐに用を足したいということだ。さらに、大切なところをエヴィーナにこすられているせいで、ほかの欲求まで募ってきていた。

エヴィーナが寝言を言って上掛けの下で落ち着きなく体を動かすと、コンランは思わずうめき声をあげそうになった。それ以上耐えられなくなり、彼女の下からそろそろと体を抜いた。そのとたん、肩に鋭い痛みが走り、後悔したが、動きを止めずに上掛けの外に出て、ベッドのかたわらに立った。

毛皮の山を見下ろし、エヴィーナはよくこのなかで息ができるものだと思った。次に思ったのは、どうして自分は彼女のベッドに寝ていたのだろうということだった。最後に覚えているのは、暖炉のそばの椅子に座り、ローリーに背中の傷を縫われていたことだ。彼をエヴィーナの部屋に移して、空いた部屋をドゥーガルとミュアラインに使わせようと話しているのを聞いた記憶もかすかにあるが、そのあと彼は床に敷いたわら布団で寝させようと言っているのを聞いた気がする。それなのにどうしてわら布団ではなくベッドで寝ていたのだろう。

コンランはかぶりを振ると、向きを変えてベッドを離れ、扉に向かった。一刻も早く便所に行かなければならない。あれこれ考えるのはそれからだ。

扉を開けると、すぐ外にジョーディーとアリックがいた。ジョーディーは部屋の入口をふさぐように敷かれたわら布団の上で眠り、アリックはそのすぐうしろに敷かれたわら布団の上で眠っている。ふたりのうちのどちらかを踏まずには部屋を出ることができず、それが狙いのようだった。もちろん、ふたりのうちのどちらかを踏まずに部屋に入ることもできない。部屋に戻って室内用の便器を探そうかと考えていると、ふいにジョーディーが目を開けて、兄を見るやいなや体を起こした。

「目が覚めたんだね」ジョーディーは静かに言って立ちあがった。

「ああ」コンランは小声で言うと、廊下に出て、扉を引いて閉めた。するとアリックが目を覚まし、ごろりと向きを変えて起きあがった。

「おなかが空いてるだろう」ジョーディーが言った。「昼食も夕食もとらないで寝てたんだから」

「ああ」コンランは認めたが、すでに弟たちのわきを通って廊下の端にある便所のほうに向かっていた。「すぐに戻る」

弟たちを扉のまえに残して、用を足しに急いだ。

エヴィーナの部屋に戻ると、扉のまえにはジョーディーしかいなかった。コンランが眉を吊りあげると、ジョーディーは説明した。「アリックは兄貴の食べ物や飲み物を調達しに階下に行った」

コンランはその言葉にうなって応じてから尋ねた。「オーレイと領主殿の捜索はどうなった？　エヴィーナを溺れさせようとしたろくでなしは見つかったのか？」

ジョーディーは首を振った。「通路にも谷にもやつの姿はなかった」

「くそっ」コンランは苦々しい思いで悪態をついてから言った。「いったいどこに行ったんだ？」

「考えられるのは、兵士たちが谷に着くまえに通路から出たか、どこかに隠れていて兵士たちがあきらめて帰るのを待っていたかだ」ジョーディーが言って、続けた。「でも、領主殿とオーレイが谷に行って通路から戻ってくるときに、出入り口に鍵をかけてきたから、もう通路を通って城には来られない」

「そうか、それだけでも行ったかいはあった」コンランはそう応じてから尋ねた。

「領主殿は逃げた男の正体について、何か心当たりがあるようだったか？」

「みんな、城の外で兄貴とエヴィーナを襲って逃げた盗賊だと考えてるようだ」ジョーディーは肩をすくめて言った。

「そうか、でもどうしてなんだ？」コンランは顔をしかめて言った。「盗賊というのはふつう旅人や城の外に出てる人々を襲うものだ。危険を冒して獲物を城のなかまで追ってきたりしない。城に来たとしても何かを盗んでこっそり出ていくならまだしも、女主人を溺れさせようとして、何も盗まずに出ていったりしないはずだ」

「そうだな」ジョーディーは同意した。彼もまた顔をしかめ、唇をゆがめていた。「どう見てもおかしな行動だ」

「ああ」コンランは言った。ふたりは少しのあいだ何も言わずにその問題を考えていたが、やがてコンランが尋ねた。「どうしておれはエヴィーナのベッドで寝てたんだ？ 彼女の部屋にわら布団を敷いて、そこで寝かされるものとばかり思ってたが」

「気を失うまえに聞いてたのか？」ジョーディーはおもしろがって訊くと、こう説明した。「ローリーが兄貴の傷の手当てを終えてから、部屋にわら布団がないことがわかった。わら布団を持ってくることを、誰も思いつかなかったんだ。ベッドは大きかったし、エヴィーナはその四分の一ほどしか使ってなかったから、兄貴にシャツだけ着せて、反対側に寝かせたんだよ」

コンランは片方の眉を吊りあげた。「領主殿はご存じなのか？」

「ああ」ジョーディーは安心させるように言った。「兄貴がエヴィーナの部屋にいることを知って喜んでおられた。また襲われても安心だとおっしゃってね」

そのときコンランの耳が足音をとらえた。振り返って階段のほうを見ると、ちょうどアリックが食べ物と飲み物がのったお盆を手に階段をのぼり終えたところだった。どちらもたっぷりふたり分はありそうだ。

アリックが近づいてくるのを見守りながらジョーディーが言った。「今日ドゥーガルとミュアラインが着いたと伝えてくれとオーレイに言われた。兄貴は聞いてなかったかもしれないからって。それから、ニルスとエディスも明日には着くだろうから、兄貴が取り組んでたことをすでに終わらせてることを祈るとも言ってた」

コンランはジョーディーに鋭い目を向けて口を開いたが、何も言わずにまた閉じて、ため息をついた。オーレイがなんのことを言っているのか、コンランには正確にわかっていた――エヴィーナと寝て、床入りは彼女の初体験のように苦痛に満ちた試練ではないとわからせることだ。あいにくまだそこまで行っていなかった。

「まだ終わらせてないならいますぐ取りかかれと伝えてくれとも言われたよ。花嫁に逃げられて祭壇のまえにひとり立つ兄貴を見たくないからって」ジョーディーはつけ加えた。

コンランは低く悪態をつくと、ふたりのもとに来たアリックからお盆を受け取るために向きを変えた。

「エヴィーナが食べる分も持ってきた。彼女が飲むハチミツ酒と兄貴が飲むエールも」アリックがコンランにお盆を渡しながら言った。

「ありがとう」コンランは心から言って扉のほうを向いた。するとジョーディーが彼のために扉を開けた。

「幸運を祈るよ、兄貴」ジョーディーは言うと、コンランの背後で扉を引いて閉めた。

コンランはお盆を手に何歩か歩いたところで足を止め、ベッドから暖炉のそばのテーブルへと視線を移した。テーブルにはすでにお盆がのっている。ローリーに傷の手当てをしてもらっているときに、ティルディがそれを持って入ってきたことを、コンランはかすかに覚えていた。お盆の上のものは手がふれられていないように見える。つまりエヴィーナもまた彼がけがをしてから何も食べていないのだろう。それどころか、彼は朝食をとったが、エヴィーナは朝食をとるまえに襲われたのだ。まだ眠っているのはそのせいにちがいないとコンランは思い、ベッドに向かった。

お盆をベッドサイドテーブルに置いてベッドにそっと腰をおろし、かたわらの毛皮の山を少しのあいだ見つめてから、一枚ずつ剝がしはじめた。そして残っているのが上掛けのシーツだけになると、手を止めた。エヴィーナが姿を現わしていた。シーツは彼女の顎の下から全身に掛けられていて、体の曲線が浮かびあがっていた。コンランはごくりと唾を飲み込んで顔をしかめた。起きたあとに気づいた欲求のひとつにまた襲われたのだ。のどの渇きに。振り返っていちばん近くにあったマグをつかみ、口に運んだ。入っていたのはエールだったので、ごくごくと飲み干し、小さくため息をつきながらマグをお盆に戻した。

そしてふたたびエヴィーナを見下ろした。眠っているときの彼女がとても愛らしいことにコンランは気づいた。強情そうな小さな顎からは力が抜け、怒りやいらだちや恐怖が顔に影を落としてもいない。もっとも彼がエヴィーナをその気にさせようとしはじめてからのこの一週間で、そうしたものは彼女の表情からだいぶ取りのぞかれていたが。そうはいっても完全になくなったわけではない。いまでも警戒するような表情をかすかに浮かべ、ときに困ったような顔をする。その顔を見ると、彼女はまだ彼との結婚を受け入れていないのではないかと思わざるを得なかった。

とはいえ、実際のところコンランは、エヴィーナに彼と結婚しなければならないという事実を受け入れてほしいとは思っていなかった。エヴィーナを知れば知るほど彼女と結婚したくなっている自分に気づくとともに、彼女にも彼と結婚したいと思ってほしくなっていた。エヴィーナは彼の血をたぎらせる。これまで彼女に床入りの悦びを教えようとしたことで狂おしいほどに欲求が募り、早く最終的な段階に進みたくなっていた。次こそはうまくいき、ふたりの夫婦の営みは悦びに満ちたものになると信じて疑わなかった。

だが、それだけではない。コンランは実際にエヴィーナという女性が好きになっていた。彼女の傷が治るのを待ってこの部屋でゲームをしながら交わした会話を楽しみ、彼女に感心するようになった。エヴィーナは賢く勇敢で、彼好みの一風変わったユーモアのセンスを持ち合わせている。彼との初体験で抱いた夫婦の営みへの恐怖を克服させられれば、ふたりはうまくいくはずだと、コンランはすぐに結論づけた。さらにこれもすぐにわかったのだが、エヴィーナはあらゆることに情熱と喜びを持って取り組む。草地での初めての経験が大失敗に終わったのはそのせいでもあった。エヴィーナはためらうことなく積極的に応じてきた。彼はそれを彼女の性格ではなく経験によるものだと誤解して、ことを急ぎ過ぎた。とはいえ、彼女が経験した痛みは処女のあかしが破られたためであって、たった一度だけのものだと示せれば、その情熱や熱意はふたりの結婚生活を豊かなものにしてくれるはずだ。彼と結ばれることはこれまで教えてきたことと同じぐらい悦びに満ちたものだと示せれば、彼女が彼との結婚に抱いている抵抗や警戒心は跡形もなく消え去るにちがいないとコンランは思っていた。

コンランはアリックがお盆にのせたハチミツ酒に目をやってから、その目をエヴィーナに戻し、キスや愛撫で起こして誘惑するのと、ふつうに起こして食事をさせてから誘惑するのと、どちらがいいか考えた。後者にするべきなのはわかっていたが、それではまた彼女に警戒されてしまう。それに寝ているエヴィーナはいかにも無防備で柔らかそうに見える……

エヴィーナはなかば寝ぼけたまままため息をついて仰向けになり、わき腹から腰まで誰かの手でなでられるのを感じながら体を伸ばした。初めのうち、自分はまだ眠っていて夢を見ているのだと思っていたが、やがて腰までおりていた手がまた上に伸びてきて、ドレスとシュミーズを片方の肩からおろし、傷ついていないほうの乳房をあらわにした。その手があらわになった乳房をつかむと、眠気が覚め、エヴィーナは小さくあえいで目を開けた。そして本能的に背中をそらして愛撫する手に胸を押しつけた。

「なんてきれいなんだ」

そっとささやかれたその言葉を聞いて、エヴィーナは目をしばたたいてからコンランに向けた。シャツだけを身につけて、ベッドに腰をおろしている。彼がこうしてすぐそばにいるのは、この世でもっとも自然なことのように思えた。少なくとも彼女の体はそう思っているようで、彼にふれられていることを喜んでいた。

「のどが渇いてるんじゃないか？」コンランがやさしい声で訊いた。

エヴィーナは彼と視線を合わせはしたものの返事をするのをためらった。彼の指は彼女の硬くなりつつある乳首をすでに探しあて、軽くつまみはじめていて、体のなかに大きな渦ができつつあった。彼によってかき立てられている興奮と、この先得られるはずの凄まじい悦びへの期待からなる渦が。あいにく、たったいまコンランが言ったとおり、のどがからからに渇いていることにエヴィーナは気づき、少ししてから、しぶしぶうなずいた。

恐れていたとおり、コンランはすぐに愛撫をやめた。彼女の胸から手を離すと、その手を背中の下に差し入れて、ゆっくり彼女を起こさせながら、ふたつある枕をすばやく置き直して寄りかかれるようにした。それから上体をひねってベッドサイドテーブルの上のお盆に手を伸ばした。

エヴィーナは目を下に向けて自分を見た。ドレスの胸もとの紐は締められておらず、ドレスとシュミーズが片方の肩からおろされたままになっていて、そちら側の乳房があらわになっている。ドレスとシュミーズを直そうかとも思ったが、そんなことをしても馬が逃げたあとに馬小屋の戸を閉めるようなものだと考え直し、注意をお盆に向けた。飲み物だけでなく食べ物もあることに気づき、胃が興味を示して動きだすのを感じた。するとコンランがマグを手にして彼女に差し出した。

エヴィーナは「ありがとう」とささやいてマグを受け取り、その中身を飲みはじめたが、コンランがシャツに手をかけて頭から脱いだので、目を大きく見開いた。彼がシャツをわきに放り投げるのを見守り、ハチミツ酒をごくごく飲みながら、裸の胸に視線を移す。けれども次の瞬間、むせそうになった。コンランがふいに頭を下げ、先ほどまで愛撫していた乳首を口に含んで、そっと吸ってきたのだ。

エヴィーナはハチミツ酒をごくりと飲み込んで、コンランが乳首をいったん口から出し、なめたり嚙んだりしたあとでふたたび口に含むのを、うっとりと眺めた。するとコンランがまた乳首を口から出し、身を起こしてマグの底を軽く叩いて、もっと飲むよう無言で促した。エヴィーナは反射的に甘いハチミツ酒をごくりと飲むと、コンランが彼女の手からマグを取ってお盆に置くのを見守った。

「傷はよくなったかい？」コンランがエヴィーナのほうに向き直りながら尋ねた。その口調は、彼が裸で、彼女が片方の乳房をあらわにして座ってなどいないかのように何気なかった。

「ええ」エヴィーナは言うと、かすれたささやき声が出たのに気づいて咳払いした。

「痛むかい?」コンランは尋ねた。

エヴィーナが首を振ると、コンランは微笑んでキスしてきた。最初のうちは口を彼女の口の上で漂わせる甘く探るようなキスだったが、やがて彼は唇をさらに強く押しあてながら、彼女のもう片方の肩からドレスとシュミーズをおろした。エヴィーナは腕を両方ともおろしていたので、ドレスとシュミーズは腕をすべり落ちた。そしてエヴィーナが両手を持ちあげて抜くと、腰のまわりに落ちてたまり、そこから上があらわになった。エヴィーナはそのことが気になったが、すぐにコンランが舌で唇のあいだをなぞってきたので、衣類のことなどすっかり忘れて口を開いた。

するとふいにキスがもっと欲望に満ちたものに変わり、コンランが口をわずかに傾けて舌を差し入れてきた。エヴィーナは彼の口のなかにため息をついて同じく欲望に満ちたキスで応じ、両手を彼の胸に走らせた。ああ、なんてすてきなのかしら。そう思いながら胸やおなかの筋肉をなでて、彼の首に両腕をまわした。

ゆっくり仰向けにさせられながら、両腕と唇でコンランにしがみつき、彼の手が彼女の体の上を動きはじめると、彼の口のなかにあえいだ。コンランは彼女の熱くほてった体をなでたり、つまんだり、もんだりした。彼の手が下に動くにつれて、エヴィーナの反応も激しさを増した。片方の手がドレスの裾に伸びてドレスを押しあげ、次いでシュミーズも押しあげて腰の上までむき出しにした。エヴィーナはため息をついて落ち着かなく脚を動かし、コンランの手が戻ってきて脚のあいだをなでると、はっと息をのんで脚を閉じた。

するとコンランはエヴィーナの唇から唇を離し、頬から首筋へと這わせた。けれども彼の手はなおも彼女の脚のあいだにとどまり、興奮の中心を手のひらで前後になでていた。エヴィーナは閉じていた脚を開いて落ち着きなく動かしてから、両足をベッドに踏ん張って腰を彼の手に押しあてた。コンランの口がふたたび乳房におりると、エヴィーナの注意は彼によって悦びがもたらされているふたつの場所に向けられたが、彼の口はそのまま下におりていった。震えるおなかを這ってさらに下に行き、次の瞬間、興奮の中心をなでていた手が離れて太ももに置かれた。すると彼のもう片方の手が反対側の太ももをつかみ、彼女の脚を大きく開かせた。エヴィーナは身をこわばらせて息をのんだが、コンランの口がおりてくると、その息を低い叫び声とともに吐き出した。コンランは彼女の熱く潤った部分に舌を打ちつけはじめた。

エヴィーナはベッドの上で荒く息をつき、大きくあえぎながら、激しく体をよじった。コンランに身をゆだね、顔を左右に振り、身をくねらせながら、彼が与えてくれる悦びを得ようともがく。やがてエヴィーナは小さく身震いして一枚の板になったように身をこわばらせたあと、激しく身を震わせて欲望を解き放った。

13

エヴィーナは荒く息をつき、なおも心臓が激しく打つのを感じながら目を開けた。いつのまにかコンランがかたわらに来ていて、エヴィーナは彼の胸に顔を寄せて横になり、彼は両腕で彼女を抱いて、その背中やわき腹をそっとなでていた。コンランがかたわらに来たことは覚えておらず、どうしていまの体勢になったのかもわからなかったが、そんなことはどうでもよかった。彼女の体はいまも彼が与えてくれた悦びに震えていた。エヴィーナは目を閉じ、このまま悦びの余韻に浸って、興奮が収まるのを待とうと決めた。

けれども、そうはならなかった。エヴィーナがふつうに息ができるようになると、コンランは背中やわき腹をなでていた手を止めて、傷のないほうの乳房をつかんだ。彼が愛撫をはじめると、エヴィーナはうめき声をもらして顔を上げた。コンランはすかさず口にキスしてきて、まだ終わりではないと彼女に示した。

エヴィーナは困惑して身をこわばらせた。これまでの二回は、コンランは悦びを与えてくれたあと、少しして部屋を出ていった。それが今回は、ふたたび彼女の情熱を燃えあがらせようとしている。舌を差し入れ、両手で体を愛撫して、種火ほどになった火をかき立てようとしていた。

エヴィーナはうめき声をあげてコンランに体を押しつけた。身をくねらせ、背中を弓なりにして二回戦への準備を整える。今回は、コンランはキスをやめようとしなかった。彼女の口をむさぼりながら、腰のところにたまっていたドレスとシュミーズを両手ですばやく下におろして脱がせる。ドレスとシュミーズをわきに放り投げると、彼の手はじゃまするものがなくなった体の上を自由に動きまわり、隅々まで愛撫した。やがて片方の手が脚のあいだに伸びてきて、彼女の熱くほてった部分の上で指が踊りはじめた。エヴィーナが無意識に脚を閉じようとすると、コンランは彼女の上で体勢を変え、片方の腕で体を支えて彼女をつぶさないようにしながら、腰をおろして脚を閉じられないようにして、じゃまされることなく指で甘い拷問を続けた。

エヴィーナは本能的に両脚をコンランの腰に巻きつけ、踵をお尻に押しあてながら、下半身を彼の手に押しつけた。何かがなかに押し入ってきたが、それが指でないことはわかっていた。指はなおも彼女の興奮の中心の上で踊り、欲望の炎をかき立てていに、彼のほうに抗わずに腰を動かし、ので、たよかったとても気持ちいえ、とはたからだ。押しつけて、奥まで迎え入れた。

するとコンランが動きを止め、彼女の口から口を離そうとしたので、エヴィーナは両手を彼の髪に差し入れて頭を押さえつけた。このまま続けてほしかった。

コンランは少しためらってからエヴィーナの要求を受け入れ、ふたたび動きはじめた。彼を締めつける彼女のなかから身を引いて、また突き入れる。彼女を愛撫していた指はいつのまにか彼のものに取って代わられ、出たり入ったりしながら興奮の中心をこすった。エヴィーナはもうすぐ得られそうな悦びを必死に追い求めるあまり、コンランの動きの遅さにいらいらしてきた。彼の腰に巻きつけていた脚をおろして膝を立て、ベッドに足を踏ん張ると、主導権を奪って、彼に向かって自分の好きな速度で腰を突きあげはじめた。

幸いコンランはエヴィーナを止めようとも、自分の速度に合わせさせようともしなかった。彼が動かずにキスを続けてくれているあいだに、エヴィーナは彼を利用して、行きたいところまで行こうとした。そしてついにそこにたどりついた。凄まじい悦びが全身を駆け抜け、エヴィーナはコンランの口のなかに叫び声をあげた。体が激しく震えだし、筋肉がきつく彼を締めつけた。

次の瞬間、コンランが身をこわばらせたのを、エヴィーナはぼんやり意識した。いったん腰を引いてから激しく突き入れ、奥深くにとどめる。彼女のなかで彼がびくりと動いて精を放つと、温かいものが広がるのを感じたが、なおも自分がもたらした波に乗っていたので、ひたすら彼にしがみついた。やがてコンランはどさりと倒れて横向きになり、エヴィーナも横向きにさせて、自分の胸に抱き寄せた。ふたりはそれぞれ傷がある側を上にして寄り添い、震える胸と胸を合わせて、荒く息をついた。

エヴィーナの息がようやく整いはじめると、コンランはふいに彼女を放して向きを変え、ベッドから起きあがって床におりた。エヴィーナが目を開けてコンランを見つめ、自分が何かしたのだろうかと不安に思っていると、彼は足早にテーブルに向かった。エヴィーナの不安はやわらぎ、すぐに好奇心に取って代わられた。コンランがローリーが置いていった清潔な麻布を一枚手にし、水差しのなかの水に浸けたのだ。彼がその麻布で自分のものを拭きはじめると、エヴィーナは脚のあいだから冷たい液体が流れ出てきていることに気づいた。

エヴィーナが自分もテーブルに行って彼といっしょに脚のあいだを拭こうかと考えていると、コンランは麻布を洗って絞り、ベッドに戻りはじめた。エヴィーナは彼が近づいてくるのを見守り、全身に称賛の目を走らせた。なんてすてきなのかしら。たくましい体に美しく躍動する筋肉。するとコンランがベッドにいる彼女の隣に戻ってきて、唇にキスしてきた。

エヴィーナは彼の口のまえで微笑んでキスを返したが、冷たく湿った麻布を脚のあいだに差し込まれたので、はっと息をのんで身を引いた。

コンランは彼女の驚いた顔を見てにっこりしながらも手を止めず、脚のあいだに溜まっていた液体を手早くそっと拭き取った。

「おなかは空いてるかい？」拭き終わるとそう言って、汚れた麻布をベッドのかたわらの床に放り投げた。

「ええ」エヴィーナは起きあがりながら答えた。

コンランがむき出しの乳房にうっとりしているような目を向けてきたので、毛皮を引きあげて隠したくなったが、どうにか我慢した。コンランは全裸なのだし、いまあらわになっている彼女の体の隅々まで彼にふれられ、なめられたのだから、いまさら隠そうとするのはばかげているように思えた。

「ベッドで食べるかい？　テーブルか暖炉のまえの毛皮のほうがいいかな？」コンランがエヴィーナの顔に視線を戻して尋ねた。

「毛皮の上がいいわ」エヴィーナは即答した。ベッドに食べ物のくずを落としたくなかったし、テーブルで食べるにはいまのっているものをすべてどかさなければならない。毛皮の上で食べるのがいちばん楽だし手間もかからないと思った。

「じゃあ、毛皮の上にしよう」コンランは陽気に言って立ちあがり、シャツを取りにいって身につけた。エヴィーナは男らしく美しい体が上からシャツにおおわれていくのを見つめてため息をつくと、ベッドから出てシュミーズを探した。コンランはベッドサイドテーブルのお盆を手にした。エヴィーナは床に落ちていたシュミーズを拾って身につけ、彼のあとを追ってゆっくり毛皮のほうに向かった。

「寒くないかい？　火を熾そうか？」お盆をまえにエヴィーナと向かい合う恰好で毛皮の上に座るとコンランは尋ねた。

「だいじょうぶよ」エヴィーナは少し息を切らして言った。「今夜は暖かいわ」

「そうだな」コンランは言って、お盆の上の食べ物に注意を向けた。

エヴィーナもお盆に視線を落とした。冷たい鶏肉のパイに、焼いた鶏肉とチーズがのった皿が二枚。食後に、よく熟（う）れていて甘そうな桃（もも）がふたつ。

ずっと何も食べていなかったし、大変な一日だったので、ふたりともおなかが空いていて、心地よい沈黙のなかで食事をし、用意された料理をすべて平らげた。エヴィーナは最後に残った桃を手にして、テーブルの上のお盆に目を向けた。ティルディが持ってきてくれた食べ物は長い時間そこに置いてあり、きっとだめになっているだろうと思ったが、もしかしたら果物があるかもしれないと思い直して立ちあがった。

テーブルに足を運んで、侍女が持ってきてくれた手つかずの食べ物を調べながら、桃をかじり、はっと身をこわばらせて下を見た。桃は確かに熟れていて、嚙んだ瞬間、甘い汁があふれ出し、彼女の顎から首筋をつたって胸へと流れ落ちたのだ。口のなかの桃を嚙んで飲み込みながら、胸の谷間に流れ落ちる汁を拭こうと手をやったが、いつのまにかそばに来ていたコンランにその手をつかまれたので、驚いて顔を上げた。

「おれに任せてくれ」コンランは言うと、流れ落ちる汁をシュミーズの襟ぐりの下に消える寸前に舌でなめ取った。けれどもそれでやめようとせず、汁が流れたあとを逆にたどって首筋から顎へと舌を這わせ、すばやく唇にキスした。

「甘いな」そうつぶやくと、顔を上げて、エヴィーナをとろんとした目で見つめながら、彼女のお尻をつかんで自分の下半身に引き寄せた。

シュミーズとシャツ越しに硬くなったものがあたるのを感じ、コンランの行為が彼にもたらしたものがわかっても、エヴィーナは驚かなかった。胸から唇へと舌でなぞられて、彼女にもまったく同じことが起こっていたのだ。乳首が硬くとがりはじめ、下半身が潤って、侵入されることを待ちわびているかのように熱いものがあふれ出してきた。

けれどもコンランはそれ以上何もしようとしなかった。体を押しつけたまま無言でエヴィーナを見つめ、彼がどれだけ彼女を欲しがっているか示したが、ふたりのあいだに募っている欲求を満たすために何もしようとしなかった。結局、最初に動いたのはエヴィーナだった。彼女は手にしている桃をコンランに差し出した。

桃を差し出されてコンランは目をしばたたいたが、眉を吊りあげて受け取った。彼が桃を口に持っていってかじるやいなや、エヴィーナはシュミーズのゆったりした襟ぐりに手をやって、片方ずつ肩からおろし、腕から抜いた。シュミーズは床まで落ちずに、ふたりの体がふれている腰の下で止まったが、それで充分だった。腰から上があらわになり、それを見たコンランは目を大きく見開いて熱い視線を送ってきた。ふたりのあいだにある彼のものがいっそう硬くなったことにエヴィーナは気づいたが、そのときコンランがけがをしていないほうの胸の先端に熟れた桃をこすりつけてきた。ふいに乳首を濡らされて、エヴィーナははっと目をしばたたいた。冷たい汁がしずくとなって乳首から垂れさがり、いまにも落ちそうになったとき、コンランがエヴィーナの腰を持って彼女を持ちあげてテーブルに座らせると、首を傾けて、落ちてきた甘い汁を口で受け止めた。

コンランが彼女の乳首を口に含んで残っていた汁をきれいになめ取るあいだ、エヴィーナは唇を噛んで彼の肩をつかんでいた。そしてコンランが身を起こしてキスしようとすると、片方の手を彼の胸にあてて止めてから、シャツを引きあげた。コンランはすかさず食べかけの桃を彼女のわきに置いて、エヴィーナが引きあげたシャツの裾をつかむと、上に引っ張って頭から脱いだ。

彼がシャツを脱ぎ終えたときには、エヴィーナは桃をつかんでいた。彼女が冷たい桃を彼の片方の乳首にこすりつけると、コンランは驚いてうめき声をあげたが、やめさせようとはしなかった。エヴィーナは彼のたくましい胸に口をあてて、硬くとがった乳首を吸った。

コンランはまた驚いてうめき声をあげ、片方の手で彼女の頭をつかんだ。エヴィーナは微笑んで乳首を軽く噛むと、口から出して、もう片方の乳首にも同じことをした。乳首を口から出して顔を上げると、コンランと目が合った。彼の顔には戸惑っているような表情が浮かんでいた。

「どうしたの?」エヴィーナは不安になって尋ねた。「気に入らなかった?」

「いや、自分でも驚いたけど、気に入ったよ」コンランはうなるように言って、エヴィーナの手から桃を取った。「シュミーズを脱ぐんだ」

そう言われてエヴィーナは眉を吊りあげたが、腰のところにたまっているシュミーズを引きあげて頭から脱ぎ、床に落とすと、顎を上げてコンランを見て、彼の次の行動を待った。

するとコンランが桃を返してきた。エヴィーナはためらったあと、彼が桃を遠ざけることをなかば予想して手を伸ばした。草地で彼にさくらんぼでそうされたことを思い出したのだが、コンランは桃を遠ざけはせず、そのまま彼女に取らせて言った。

「全部食べるんだ。体力をつけないと」

エヴィーナは眉をひそめた。コンランの表情にどこかおかしなところがあったからだ。少し迷ってから、桃を口に運んでかじった。その瞬間、コンランは顔を下げて彼女の耳に鼻をこすりつけてきた。エヴィーナは目を閉じ、口のなかの桃を嚙んで飲み込んでから、また桃をかじった。コンランが彼女の耳たぶを軽く嚙み、首筋にキスしてくると、頭をうしろに傾けて、のどの奥でうなった。桃が種だけになると、コンランは身を起こし、彼女の背後のお盆を身振りで示した。エヴィーナは種をお盆に置き、手についた汁を拭こうとテーブルの上の麻布に手を伸ばした。するとコンランに手首をつかんで止められた。

エヴィーナは驚いて目をしばたたき、彼の顔を見つめた。彼女が見守るなか、コンランは彼女の手を口に持っていって汁をなめはじめた。エヴィーナは手のひらをなめられながら、自分の体が反応していることに気づいてかすかに目を見開いたが、指と指のあいだをなめられるとじっとしていられなくなり、気づくとテーブルの上で身をよじっていた。まさかこんなふうになるなんて、と思ったが、指を口にくわえられ、強く吸われてから出されると、我慢できなくなって彼に手を伸ばした。コンランのお尻をつかんで引き寄せようとしたが、彼はそうさせようとせず、別の指をくわえた。どうにかなりそうだった。指をなめられて骨抜きにされるなんて誰が想像できただろう。自分で指をなめたことは何度もあるが、こんなふうに欲望が募ってきたことは一度もなかった。

「コンラン」結局、彼に抗って、なめられている手とコンランのお尻をいっしょにぐいと引いた。

「わかったよ」コンランはつぶやいて彼女の手を放し、唇にキスしてきた。

エヴィーナは積極的にキスを返した。コンランが身を寄せてきて腰に手をまわせるようになると、欲望と安堵がないまぜになったものが体に満ちた。また彼が欲しかった。必要でさえあった。彼が与えてくれた悦びをまた感じたかった。血が歌い、体が鳴り響くのを感じたかった。彼にふれられたり、なめられたりしたかった。なかに入ってほしかった。エヴィーナはそのことを伝えようとして、ふたりのあいだに手を伸ばすと、硬くなったものをつかんで引っ張り、自分のなかに導こうとした。するとコンランが彼女の手首をつかんでキスをやめたので、エヴィーナは目を開けて、いらだちもあらわににらみつけた。どういうわけか、コンランはそんな彼女を見て微笑んで言った。「ミュアラインとドゥーガルは今日到着した。ニルスも明日には着くはずだ」

エヴィーナは目をしばたたいた。この新たな展開に頭が追いつくまで少々かかったが、やがて彼が何を言おうとしているのか理解した。ニルスとその妻が到着すればコンランの家族は全員そろう。ふたりが来たら、父親は結婚式を挙げさせようとするだろう。エヴィーナは何も言わずにコンランを見つめながら、考えをめぐらせた。最初に父親からコンランと結婚しなければならないと言われたとき、本能的に嫌だと思った。結婚しなくてすむよう彼を説得しようとして失敗すると、逃げることを考えた。けれどもそのあとコンランは彼女の部屋で過ごすようになり、話し相手になってくれたり、ゲームの相手をしてくれたりして、時間が早く過ぎるようにしてくれた。彼と話をしているうちに、エヴィーナの気持ちは徐々に変わってきた。コンランはいい人だ。頭もよくて忍耐強い。エヴィーナが部屋から出られないことにいらいらして不機嫌になっていても態度を変えず、明るくほがらかに接してくれた。しかも彼女をけっして殴らないと約束し、そう結婚の契約書に記すことにも同意してくれた。それに彼は悦びを与えてくれる。草地で初めてしたときは最悪だったが、そのあとは……まったく痛くない。いまでは悦びだけを感じるようになっている。先ほどコンランとふたたび結ばれたときもそうだった。彼女の体は彼を喜んで迎え入れ……また彼を求めていた。そう、彼女はまた彼を求めていた。もはや夫婦の営みはエヴィーナが恐れるものではなく、心から強く望むものになっていた。

でも……結婚すれば彼に主導権を握られてしまう。父親に与えられた自由を失ってしまうし、コンランは父親のように無頓着ではないかもしれない。彼女に結婚の誓いに従って夫に服従するよう求めてくるかもしれないし――

「エヴィ？」コンランがやさしい声で言った。「おれと結婚してくれるか？」

そう訊かれてエヴィーナは驚き、身をこわばらせた。気持ちを訊かれたのはこれが初めてだ。彼女を愛してくれている父親でさえ、彼と結婚するよう言うだけで、選択の余地があるようにも、父親が彼女の気持ちを第一に考えているようにも思えなかった。それなのにコンランは訊いてきている。それだけでもイエスと言いたくなったが、その言葉をのみ込んで言った。「あなたに従うと約束はできないわ」

コンランは彼女の言葉を予測していたかのようにうなずいて請け合った。「それでかまわない。神父と神のまえで嘘をつくことで、きみの魂を危険にさらしたくないからな」

エヴィーナはかすかに微笑んだが、なおもためらっていた。

「でも、おれはきみをけっして殴らないと神父と神のまえで誓って約束するよ」コンランは続けた。「そしてまえに言ったように、そう結婚の契約書にも記す。明日の朝いちばんにお父上に話すよ」

その言葉を聞いてエヴィーナは心から安心した。彼は約束を忘れていなかった。これまでにあったことから心配していたけれど――

「おれと結婚してくれるか?」コンランはふたたび真剣な声で訊いた。

エヴィーナはごくりと唾を飲み込んでコンランの目を見つめ、かすれた声でどうにか口にした。「ええ」

それで充分だった。コンランは身をかがめ、エヴィーナが驚くほど情熱的にキスしてきた。まるで戦いに勝った兵士が宝の所有権を誇示するかのように口と舌でむさぼり、反応を求める。エヴィーナはほんの一瞬ためらっただけですぐにコンランに応じた。頭ではまだ少し不安に思っていたとしても、体は求めているものを知っていて、この勝利を彼と祝おうとしていた。

コンランが目を覚ますと、横向きに寝て、背後からエヴィーナを抱いていた。股間のまえには彼女のお尻があり、腰を抱くようにしてまわした手のすぐそばには乳房がある。天国だ。毎日こんなふうに起きられたら人生は喜びに満ちたものになるにちがいないと思った。

そして、実際こんなふうに起きられるのだ、とコンランは笑みを浮かべて自分に思い出させた。ニルスが着きしだい、結婚式を挙げて、エヴィーナは彼のものになる。結婚の契約書を交わしさえすればそうなるのだ。コンランは領主からまだそのことについて何も言われていないことに少々驚いていた。結婚式のまえにすまさなければならない。ニルスが予想どおり着けば、結婚式は今日になるはずだった。

エヴィーナの体から手を離してゆっくりベッドからおり、毛皮で彼女の体をくるんだ。エヴィーナは動きもしなかったが、コンランは少しも驚かなかった。昨日は夜まですっと寝ていたが、そこからはほぼひと晩じゅう互いの体を探索していた。エヴィーナは、彼が彼女は夫を亡くした経験豊かな女性だと思っていたときに期待していたように、大胆で冒険心に富んでいた。経験不足ではあるものの熱心で、テーブルと毛皮の上で愛を交わしたあと、彼にされたように口と手で彼を悦ばそうとした。かなりもどかしい思いをさせられたが、少し教えると上達し、何より彼女が自ら進んでしようとしたことをコンランはうれしく思った。それに、エヴィーナに彼を愛撫するのをやめさせて四つん這いにさせ、乳房や敏感な部分を愛撫しながら突き入れると、もどかしさは悦びに変わった。コンランは彼自身とエヴィーナを何度も限界まで駆り立て、彼女とともに絶頂を迎えた。

コンランはベッドのかたわらに立ち、幸せな気分で伸びをすると、窓際に置かれた小さなテーブルに足を運び、広口の水差しに入った水で自分のものを洗いはじめた。頭ではすでに今日するべきことを考えていた。まずエヴィーナの父親と結婚の契約書のことを話す。それがすんだら、彼女を襲った男を捕まえるにはどうしたらいいか、みなと話し合うつもりだった。ようやく彼女が彼との結婚を承諾してくれたのだ。彼女を溺れさせようとしたあと姿を消した男にこの幸せを奪われる危険があるままにしておくつもりはなかった。

コンランは顔をしかめて考えをめぐらせた。オーレイと領主はろくでなしを捕まえられなかったとジョーディーは言っていた。あとになってコンランは自分たちが犯したまちがいに気づいた。そもそも通路の捜索を始めるのが遅すぎたのだ。だが、男はその隙に逃げようとはしなかった。どうにかして彼らのうしろにまわり、彼を刺したのだ。いったいどうしてなのだろう。彼らがどうするか話し合ったりティルディにまた話を聞いたりしていたあいだ、いったい何をしていたのだろう。

コンランはかぶりを振ると、自分のものを洗い終え、シャツのにおいに口もとをゆがめながらすばやく身につけた。滝で水浴びをするまえに脱ぎ、ギャヴィンがここまで持ってきてくれていたシャツだ。ここでコンランが持っている衣類は、そのシャツと血まみれになったプレードだけだった。あいにく兄弟の誰ひとりとして彼の衣類をマクレーンに持ってくることを思いつかなかったらしい。それにこれまでに二回、替えの衣類を持ってくるとティルディに言われたが、その約束はいまだに守られていなかった。

コンランは血まみれのプレードに視線を向けた。テーブルのそばにしわくちゃの塊になって落ちている。部屋を横切って身をかがめ、プレードを拾いあげたが、しわくちゃの塊のままになっていたので眉間にしわを寄せた。血が乾いてねじれた像のようになっている。とうてい身につけられたものではなかった。

うんざりしてプレードを床に放ると、部屋の入口に足を運んで扉を開けた。ジョーディーとアリックはもう床で眠ってはいなかった。それどころか、どちらもそこにはおらず、代わりにローリーとドゥーガルが扉の外に立って静かに話をしていたが、コンランが出てきたとたん口を閉じた。

ふたりとも興味を引かれたようにコンランの全身に目を向けた。ドゥーガルが片方の眉を吊りあげて言った。「何か忘れてるみたいだな、コン。部屋に戻って、もう一度、身なりを整えたほうがいい」

「ミュアラインがおれを見て、結婚する相手をまちがえたと思うからか？」コンランはからかった。そう言えばドゥーガルが嫌がるとわかっていたからだ。彼が自分のものだと主張しなければ、コンランかジョーディーかアリックがミュアラインと結婚していたかもしれないことを、ドゥーガルはいまでも気にしている。もっともコンラン自身もミュアラインを彼女の兄から守るために結婚していたかもしれないと思っていた。その必要がなくてよかったと、いまになって思った。彼の運命の女性はエヴィーナなのだから。

「背中はどう？」ローリーがドゥーガルに向けられているコンランの注意をそらそうとするかのように尋ねた。

コンランはドゥーガルが険しい顔をしたことに満足し、ローリーに視線を移して言った。「なんともない。ほんのかすり傷だ」

「ああ、ほんのかすり傷だね」ローリーはあきれた顔をして言った。「うしろを向いて、見せてくれ」

「いや」コンランは弟の要求を手を振ってしりぞけて言った。「いまはいい。あとで風呂に入るときに診てくれ」

「わかったよ」ローリーは怒った声で言うと、眉を吊りあげた。「ところで、どうしてシャツしか着てないんだい？」

「ああ」コンランはシャツに視線を落とした。「おれのブレードはとうてい身につけられたもんじゃない。血で濡れてるのを放っておいたから」

「そうか」ローリーは顔をしかめて言った。それ以上説明する必要はなかった。血がしみ込んだ布を放っておくとどうなるか、兄弟たちはよくわかっていた。乾いて固まってしまうのだ。「おれのでよければ予備のブレードがある。取ってくるよ」

「ありがとう」コンランは言って、ローリーがジョーディーとアリックといっしょに使っている部屋に急ぎ足で向かうのを見守った。そのあとドゥーガルのほうを向いて言った。「ジョーディーとアリックと扉の見張りを交替したんだな」

「ああ。ふたりは階下に朝食をとりにいった」ドゥーガルが言って、続けた。「それからミュアラインとおれは、ここで起きてる問題が解決するまでいることにしたから」

「ありがとう」コンランは心から礼を言った。

ドゥーガルは肩をすくめた。「おれたちが問題を抱えてたとき、おまえはおれがミュアラインを守るのを助けてくれた。その恩返しとして、せめておまえがおまえの女を守るのを手伝わさせてくれ」

「おやまあ、裸かそれに近い恰好で歩きまわるのがこんなに好きな殿方は初めてですよ」

その声にコンランが階段のほうを見ると、ティルディがちょうど階段をのぼり終えたところだった。うんざりしたような口調にもかかわらず、彼女がみだらな好奇心を抱いて彼のむき出しの脚をじろじろ見ていることに、コンランは嫌でも気づかされた。彼の裸をティルディがいやらしい目で見ていることに気づいたのは、これが初めてではない。ティルディがきれいなプレードを持ってくるのをずっと〝忘れている〟のはそういうわけかと考えざるを得なかった。コンランはそう思いながら片方の眉を吊りあげて言った。「おれは裸じゃない。悪臭がするシャツを着てる。ここに来てからずっと着てる悪臭がするシャツをね。悪臭がするプレードを身につけてないのは、血がしみ込んだまましわくちゃにして放っておいたら、その形に固まってしまったからにすぎない。ローリーがおれに貸してくれるブレードを取りにいってる」

ティルディは驚いたようすで足を止め、コンランをにらみつけた。「あら、昨日の午前中にわたしがあなたさまのお部屋に置いておいたきれいなシャツとブレードを取ってくるようおっしゃればよかったのに。きっとまだそこにありますよ。あなたさまは取りにお戻りにならず、まるでその権利がおありになるかのように、わたしの愛らしくて純粋なお嬢さまのお部屋でお休みになったんですから」

「まあ、落ち着けよ、ティルディ」ドゥーガルが穏やかに言った。「ゆうべ説明したように、エヴィーナの部屋でコンランが寝るのがいちばんよかったんだ。そのほうが見張りに立つのも楽になるし、彼がいればまた襲われずにすむかもしれないからね。それにコンランは昨日刺されたんだぞ。きみのお嬢さまの貞操が危ぶまれるようなまねはできるはずがない」

「お嬢さまのベッドではなく、わら布団で寝るはずだったのに」ティルディは噛みつくように言うと、コンランに目を向けて冷ややかにつけ加えた。「それに、わたしには充分にそういうまねがおできになるように見えますけど」

「たとえそうだとしても、弟は病床につく女性を誘惑したりしない。そうだろう？」

ドゥーガルは冷ややかに言って、コンランにミュアラインをめぐってふたりがした殴り合いの喧嘩を思い出させた。

コンランがほっとしたことに、そのときローリーが現われて、答えなくてもすむようにしてくれた。ローリーはきれいなプレードを手に部屋から出てきて、急いでコンランのほうに向かってきた。

「それはお戻しください、ローリー卿」ティルディがローリーを見て言った。「わたしが昨日の午前中にコンラン卿のお部屋にプレードとシャツを持っていって、ベッドに置いておきました。それをいま取ってまいります」

「コンランが使ってた部屋はいまおれたちが使ってるんだろう？」ドゥーガルが眉をひそめて尋ねると、侍女は足を止め、ああそうだったというような顔で振り返った。

「まあ、そうでした。あなたさまと奥さまをあそこにお通ししたことをすっかり忘れてました」驚いているように言って、続ける。「シャツとプレードをベッドからどけられましたよね？　どこに置かれたかおっしゃっていただけますか？　探す手間が省けますから」

「プレードもシャツもベッドの上にはなかったぞ」ドゥーガルは首を振りながら言った。

「あら」ティルディは目をしばたたいたあと、かすかに微笑んで言った。「それならきっと奥さまが部屋に入られたときに気づかれて、あなたさまがいらっしゃるまえにどこかに動かしたんですよ。わたしが――」

「妻とおれはいっしょに部屋に案内された」ティルディが向きを変えかけたのと同時にドゥーガルが彼女の言葉をさえぎった。「プレードもシャツもなかった」

「まちがいないですか?」ティルディはわけがわからないという顔で尋ねた。

「まちがいない」ドゥーガルは断言した。

ティルディはその場に立ちすくんだ。戸惑いといらだちがその顔によぎる。するとローリーがやさしく言った。「昨日はたくさんのことが起こった。たぶん、きみはプレードとシャツを持っていってベッドの上に置いておくつもりでいたが、実際には持っていかなかったんだ」

ティルディはためらうような表情をしたあと、ため息をついて言った。「ええ、そうかもしれませんね。でも、まちがいなく持っていったんです」首を振って、階段のほうを向く。「別のシャツとプレードをお持ちします」

「何か気にかかることがあるような顔をしてるな、コニー」侍女の姿が見えなくなると、ローリーがまじめな口調で言った。

コンランはティルディがおりていった階段に向けていた目を弟の顔に移して肩をすくめた。「これまでティルディは忘れっぽいようには見えなかった。つまり、最初におれにきれいなシャツとブレードを持ってくると約束しながら持ってこなかったとき、おれがエヴィーナを誘惑したことを怒ってわざと忘れたんだと思った。だがティルディは単に忘れてただけだと言った。それが今回は確かにおれの部屋に持っていったと言ってる」

「シャツもブレードもなかったぞ」ドゥーガルがきっぱりと言った。「ベッドの上にはなかったし、そのまわりの床にも落ちていなかった」

「信じるよ」コンランは言った。

「でも？」ローリーが促した。

コンランは肩をすくめた。「エヴィーナを襲った男は通路に入ったあとどこかの部屋に隠れておれたちのうしろにまわったにちがいない。それがおれの部屋だったら？」

「そしてブレードとシャツを持っていったんだとしたら？」ローリーがコンランが言わずにおいたことを口にした。

コンランは険しい顔でうなずいた。

三人とも少しのあいだ何も言わずにいたが、やがてドゥーガルが言った。「それがプレードとシャツに起こったことだったとしても、それを身につけた男が兵士が立つ門を通って城に入れるとは思えない。ティルディが言ってたように、髪をもつれたままにしてるんなら」

「そうかもしれない」コンランは言いはしたものの、こう続けた。「でも、やつがきれいな服に着替えてるかもしれないことを領主殿とドナンに話して、門にいる兵士に警戒するよう言ってもらおうと思う」

「いい考えだ」ドゥーガルは賛成したが、コンランが階段に向かおうとすると腕をつかんで引き止めた。彼が首をめぐらせて腕をつかんでいる兄をにらみつけると、冷ややかに続けた。「まずは身なりを整えろ」

14

エヴィーナはなかば寝ぼけたまま笑みを浮かべ、ごろりと仰向けになって伸びをしたが、次の瞬間びくりと身を縮ませた。背中が痛みを訴えてきたのだ。一瞬ずきりとしただけだったが、昨夜、コンランに悦びを与えられているときにもずきりとしたことに何度かうっすら気づいていた。あいにくいまは悦びを与えられていない。痛みのせいで傷があることを思い出し、エヴィーナは笑みを引っ込めて伸びをするのをやめた。

眉をひそめて横向きになり、目のまえに誰もいないのを見てため息をつく。夜のあいだ目を覚ますと、決まってそこにはコンランがいた。彼がぐっすり眠っているときには甘いキスや愛撫で起こしたが、彼がすでに起きていて、彼女のほうが愛撫されたり、キスされたりしていたこともあった。けれどもすでに朝になっていて、鎧戸が開けられた窓から日の光が降り注いでいた。

もう起きる時間ね、とエヴィーナは思い、上掛けと毛皮を剝いでベッドからおりた。

「水差しにきれいな水が入ってますよ。汚れた水が入った水差しは片づけておきました」

声がしたほうに視線をめぐらすと、ティルディがテーブルの上のものをお盆にのせていた。だから目が覚めたのね、とエヴィーナは思い、きれいな水が入った広口の水差しと石鹼と清潔な麻布が用意してある窓際のテーブルに向かいながら尋ねた。「コンランは？」

「お父さまとご兄弟の何人かといっしょに階下のテーブルについて、お嬢さまを襲った男を捕まえるにはどうしたらいいか話し合っていらっしゃいます」ティルディは答えた。

そう聞いてエヴィーナはいらいらと顔をしかめた。そうした話し合いには自分も加わって当然なのに。ここの男たちを訓練し、ときに指示を与えているのは彼女だった。母親が亡くなって以来、父親はそうしたことにほとんど関心を示さない。そのことをコンランにきちんと説明しなければならない。エヴィーナはそう自分に念を押した。ここで物事がどう動いているのか彼は知らないが、徐々に学んでもらえばいい。コンランとともにマクレーンを治めたいとは思っていたが、彼にすべてを任せるつもりはなかった。

結婚式のまえにコンランと話し合う必要がある。結婚の契約書にも記したほうがいいかもしれなかった。

「当て布を取ってしまわれたんですね」ティルディががっかりしたように言い、あわててエヴィーナの横に来た。

エヴィーナは自分の体を見下ろして首を振った。「取れちゃったのよ――」そこで言葉を切って「ゆうべコンランにシュミーズとドレスを脱がされたときに」と言いそうになったのをかろうじて免れると言った。「寝てるあいだに取れたのね。たぶん寝相が悪かったんだわ」

「そうですね。きっと襲ってきた男と戦う夢でも見てらしたんですよ」

エヴィーナは肩をすくめた。夢を見たのかどうかもわからない。悪夢を見ていたとしても、コンランに起こされて、すぐにほかのことに注意が向いたのだろうから。

「ベッドの上にあるはずよ」

「お嬢さまがドレスをお召しになったら探します。でもまずは軟膏をお塗りして、当て布をしてさしあげないと」ティルディはエヴィーナの背中の矢が刺さった傷をつついてから、まえにまわって胸の矢が突き出た傷を見て言った。

エヴィーナは口もとをゆがめて言った。「今日は当て布をしないでおいたほうがいいと思うわ。当て布をすると暑いし、傷を少し乾燥させたほうがいいかもしれないから」

ティルディは少し考えてから言った。「そうかもしれませんね。ご気分はどうですか？」

「いいわよ」エヴィーナは石鹸をつけた麻布で体を洗いながら、さらりと言った。

「とてもいいわ」

「まだ傷が痛みます？」

「日を追うごとに痛まなくなってきてるわ」エヴィーナは安心させるように言った。

「じゃあ、とりあえず当て布をするのはやめておきましょうか」ティルディは気が進まないようすで言った。「でも、また痛くなったり、かさぶたがドレスに引っかかって剝がれたりしたら、当て布をしなければなりませんからね」

「わかったわ」エヴィーナがほっとして言うと、侍女は壁際の衣装箱のまえに行って大きめの麻布を取り出した。ティルディを説得するのではなく、単に拒否するだけでもよかったのだが、怒らせると結局自分が割を食うことになる。機嫌を損ねないようにするのがいちばんだ。エヴィーナはそう思いながら、肌についた石鹸を手早く洗い流し、戻ってきたティルディに渡された大きめの麻布で体を拭いた。

「シュミーズはテーブルのそばの床に落ちてましたよ」ティルディが洗濯してあるシュミーズをエヴィーナに渡しながら言った。

エヴィーナは一瞬身をこわばらせると、シュミーズを頭からかぶって顔を見られないようにして、ぼそりと言った。「ゆうべは暑かったから」

「ええ、そうでしたね」ティルディは同意すると、好奇心に満ちた口調で訊いた。「しかもコンラン卿と熱い夜を過ごされたんじゃないんですか？」

エヴィーナはいらいらとため息をついた。「わたしたちは今日結婚するのよ、ティルディ」

「お嬢さまはそうなさりたいんですか？」ティルディは静かに尋ねた。

「ええ」エヴィーナはささやくような声で言い、自分が心底そう思っていることに気づいて驚いた。ずっと、このまま再婚せずにマクレーンを治め、ゆくゆくはギャヴィンに引き継いでもらおうと思っていた。それなのにいま、目のまえに広がる未来はまったくちがうものになっている。人生の喜びと苦しみを分かち合う夫に、大勢いる義理の家族。そのうちの何人かには彼女の甥や姪になる子どもがいる。そして願わくば、いつの日か自分たちの子どもが欲しい。早ければ次の春にでも。エヴィーナはおなかに視線を落としながら、そう思った。

「コンラン卿を愛してらっしゃるんですか?」

エヴィーナはそう訊かれて驚いてティルディに目を戻した。「愛してるかですって?」

「ええ、そうです。お嬢さまはずっと再婚される気はなかったのに、コンラン卿とご結婚されようとしてる。あの方を愛してらっしゃるんですか? だからご結婚されるんですか?」

エヴィーナは顔をしかめて考えた。彼を愛しているかですって? 彼のことは好きだ。彼と話したり、子どものころの話や、大人になってからした旅の話を聞いたりするのは楽しいし、チェスやナインメンズモリスをするのも好きだ。それに何より彼の体が彼女の体に与えてくれる悦びは何にも代えがたいものだと思っている。でも愛しているかと言われたら? どういうわけか、その言葉は彼女をおびえさせた。わたしは彼を愛してなどいない。そうよね?

幸い、そのとき扉を叩く音がして、それ以上考えなくてすむようにしてくれた。ティルディがシュミーズに腕を通しているエヴィーナをそのままにして扉に向かい、応対した。サイの声がして、そのあとにほかの女性たちの興奮したおしゃべりが聞こえてきたので、エヴィーナは眉を吊りあげた。

「お嬢さまがお会いになられるかどうか、レディ・サイがお尋ねになっています」

ティルディがおもしろがっているような声で言った。

もし男性もいたらティルディは追い返していたはずだ。だから来ているのは女性だけなのだろうとエヴィーナは思った。「お通しして」

エヴィーナがそう言ったとたんティルディは扉を大きく引き開け、サイがジェッタとブロンドの女性ふたりを引き連れて颯爽と入ってきた。ミュアラインとエディスはブロンドだとサイから聞いていたので、ニルスが妻のエディスとともに到着したにちがいないと思っていると、サイが言った。「エヴィ、こちらがドゥーガルの奥さんのミュアライン。わたしたちの義理のお姉さんであり、親愛なる友人よ。こちらがジョー・シンクレア。わたしたちみんなの親愛なる友人にして、姉妹も同然の人」

「まあ」エヴィーナは紹介された女性がエディスではなかったことを少し残念に思いながらも、どうにか笑みを浮かべた。「はじめまして。お会いできてうれしいわ」

「ありがとう。こちらこそお会いできてうれしいわ」ジョーはそう応じて続けた。

「こんなふうに突然おじゃまして本当にごめんなさい。じつはサイを驚かせようとしてマクダネルに行ったんだけど、着いてみたらここにいるってわかって。帰る途中に寄って、せめて挨拶ぐらいしたいって思ったの。でも、長居するつもりはないから。これ以上人が増えたらあなたが大変だもの」

「あら、でもエヴィーナとコンランの結婚式には出席しなきゃ」サイがジョーのほうを向き、眉をひそめて言った。「そのあとわたしたちといっしょにマクダネルに来ればいいわ。せっかく来てくれたのにとんぼ返りなんてさせられない。最初の計画どおりマクダネルに来てちょうだい」

「そうできたらうれしいけど」ジョーは言って、残念そうに続けた。「ブキャナン家の人々がみんな来てるなら、わたしたちが使える部屋はないんじゃないかしら」

「そんなわけないじゃない」エヴィーナはすかさず言った。「部屋はどうにかするわ。なんとしても」顔をしかめてつけ加える。確かに空いている部屋はもうなかった。結婚して大家族の一員になるのだから、部屋を増やすことを考えなければならない。

「アリックたちが使ってる部屋に通せばいいわ」サイがエヴィーナに向き直って言った。「どちらにしろ、アリックとジョーディーはあなたを襲った男が捕まるまで部屋では寝られないでしょうし、ローリーには彼らといっしょに廊下にわら布団を敷いて寝てもらえばいい。それか兵舎で寝てもらってもいいかもしれないわね。あなたのいとこのギャヴィンにはお気の毒だけど、彼とローリーがそれでいいと言うなら」

「そうするのがいちばんいいようですね」ティルディが言った。

エヴィーナはうなずいた。それしか方法はないように思えた。

「お嬢さまにドレスをお着せしたら、お部屋の用意をしにいきます」ティルディは言って、洗濯してあるドレスを取りに衣装箱に向かった。


「門に立つ兵士たちに、行方を追っている悪党はぼろぼろの汚い服ではなくきれいな服を身につけているかもしれないと言ってきた」ファーガス・マクレーンが体の大きなディアハウンドを二匹連れてテーブルに戻ってきて言った。「なかに入ろうとする者は誰でも呼び止めて調べるよう言ってある」

コンランはうなずいて、領主がハイテーブルにつくのを見守った。領主がおそるおそる腰をおろしていることに気づいてローリーに目をやる。だが、ローリーもそのことに気づいたらしく、こう提案した。「領主殿、このあとまた傷を診せていただいたほうがいいかもしれません。感染していないか確認して軟膏を塗り、当て布も新しいものに替えましょう」

領主は渋い顔をしたものの、ため息をついてうなずいた。「ああ、そうしてもらったほうがいいかもしれない。昨日、たくさん動いたせいか少し痛む。まあ、すぐによくなるとは思うがね」

コンランはいくらかほっとして、テーブルにつく兄弟とグリア・マクダネルとキャム・シンクレアに視線を走らせた。「どうしたらいいか、ほかに意見がある人は？」

誰も口を開こうとしないのを見て、オーレイが言った。「いまのところエヴィーナに警護の者をつけるぐらいしかやれることはない。もっと何かわかれば、できることも増えるかもしれないが、エヴィーナを襲った人間が誰なのかも、どうして襲ったのかも、わからないんだから」

「よくあるのはお金のためか、頭がどうかしてるかだ」ローリーが指摘して、みなが彼のほうを見ると、説明した。「はら、ジョーを殺そうとした女は頭がおかしかったじゃないか」

「ああ」キャム・シンクレアが険しい顔で同意した。

「グリア、きみのおばさんもそうだった」ローリーは続け、グリアがうなずくと、さらに言った。「ミュアラインのときは、カーマイケルを自分のものにするためだった。つまり、お金のためだ」

「エディスのときも、お金のためだった。ドラモンドを自分のものにするためというのを、お金のためとするならね」コンランは言うと、顔をしかめてつけ加えた。「それに、頭がどうかしてたせいでもあった」

「ジェッタの場合も、頭がどうかしてたからだ」オーレイが口を挟んだ。

コンランは唇をすぼめて言った。「おれたちの多くが頭のおかしな人間に殺されそうになってる女性と結ばれるのはどうしてなんだろうと思うことはないか？」

グリアがふんと鼻を鳴らした。「そんなことは気にするなよ。それより、おれたちの多くが生きてくなかで人殺しとかかわってるのは、いったいどういうわけなんだ？一生、人殺しや頭のおかしな人間のたぐいとは縁のない人々だっているだろう？　それなのに、おれたちはしょっちゅうそういうのと出くわす」

「ほんとだね」アリックが同意した。「まるでおれたちがハチミツで人殺しがハチみたいだ」

領主がその言葉を聞いて大笑いし、かぶりを振った。「ハチがハチミツをつくるんだぞ。人殺しがハチなら、きみたちは花と言うべきだ」

「いいえ、わたしたちじゃありません」グリアがすかさず言った。「殺されそうになるのはいつも女性なんです」

「ええ」ドゥーガルがすぐに同意した。「わたしたちのまわりの女性が人殺しというハチを惹きつける花なんですよ」

「そんなこと、サイのまえで言うんじゃないぞ。恐ろしいことになるからな」グリアが冷ややかに言った。

「ああ、エヴィーナのまえでも言わないほうがいいかもしれない」領主も言ったが、その顔にはかすかな笑みが浮かんでいた。

少しのあいだ誰も何も言わずにいたが、やがてアリックが言った。「明るい面を見れば、おれたちはその手の人間を扱うのがとてもうまい」

「そうか?」コンランは疑わしげに言った。

「だって、みんな生きてるじゃないか」アリックは指摘した。「それに毎回学んでる。たとえば、ここで衣装箱の衣類の下を調べようと思ったのは――」

「今回、衣装箱のなかには誰もいなかったし、特に変わったものもなかった」コンランはアリックの言葉をさえぎって言った。

「それでも調べたのはいいことだよ」アリックは断言した。

コンランはかぶりを振った。するとシンクレアの息子のバーナードが突然くすくす笑ったので、そちらに目を向けた。ジョーは息子を父親のもとに残してほかの女性たちとともにエヴィーナに会いに階上に行っていた。バーナードは父親の背後のイグサの上に座っていたのだが、領主の体の大きなディアハウンドは彼を恰好の遊び相手だと思ったらしく二匹そろって彼のところに来て、その顔や頭をなめていた。四歳半のバーナードは二匹の犬に顔や頭をきれいになめられながら、笑い声をあげていた。

コンランは愉快になって首を振った。領主の犬を見たのは今日が初めてだった。領主が病床についているあいだ、じゃまにならないように兵士が兵舎に連れていっていたのだ。だが、傷もだいぶよくなり、起きて歩きまわれるようになったので、領主は二匹を連れてこさせた。領主と二匹が強い愛情で結ばれていることは明らかだった。二匹の犬は領主が階下に来てから片時もそばを離れようとせず、領主とともにいったん城を出たあと、また戻ってきて、ベンチに座った領主のそばについていた。

「おい、バーナード」キャム・シンクレアがうしろを向いて言うと、息子の腕をつかんで立たせた。「いったいどういうつもりなんだ？　父さんを困った目にあわせたいのか？　ブレードがイグサだらけじゃないか。父さんがおまえを領主殿の犬に食わせたと知ったら、母さんはかんかんに怒るぞ」

「この子たちはぼくを食べないよ、お父さん」バーナードは笑いながら言った。「ぼくのことが好きなんだ」

「そうかな。父さんにはこいつらが味見ですませようとしてるようには見えないぞ」キャムはにやりとしてからかった。

「だいじょうぶだよ」バーナードはまじめな顔で言うと、近くにいた犬に腕をまわして話しかけはじめた。

キャムはやれやれと首を振り、階段のほうに目を向けてから、その目をコンランたちに戻して言った。「ジョーにまた子どもができたみたいなんだ」

「おめでとう」みながほぼ同時に言った。

「でも、できたみたいというのはどういう意味だい？　はっきり聞かされてないのか？」ローリーが尋ねた。

「ああ。ジョーは子どもができたことをおれに隠そうとしてる。でも、これまで子どもができたときに現われてた兆候が、ひとつ残らず現われてるんだ」キャムは言うと、悲しそうにつぶやいた。「子どもができてたとしても、無事に生まれるか、まえの二回のときのように流産するまで、おれには言わないつもりなんだと思う」

「きみに心配かけないようにしてるだけだよ」ローリーがすかさず言った。「多くの女性が子どもを産むあいだに、おなかの子を一、二度流産してる。ジョーもきっと、また健康な子どもを産んでくれるよ」

「子どもなんてどうでもいい。いや、どうでもいいわけじゃなくて、欲しいことは欲しいが、それよりもジョーのことが心配なんだ」キャムはうなるように言って続けた。

「今回、おれがサイとグリアに会いにいこうと言ったのはだからなんだ。そうすればジョーとサイが、ミュアラインとエディスとジェッタに会いにいきたいと言うにちがいないとわかってたから」

「そうだな」ドゥーガルが言った。「ジョーが南に来たのに自分に会いにこなかったと知ったら、ミュアラインはかんかんになるはずだ」

「ああ」キャムは言うと、ローリーのほうを向いて言った。「南に行けば、いずれブキャナンに行くことになるとわかってたから、きみにジョーを診てもらって、なんの問題もないか確かめてもらいたかったんだ」

ローリーは驚きもあらわに眉を吊りあげた。「ジョーも彼女の叔母さんのアナベルも腕のいいヒーラーじゃないか、キャム。たぶん、もう――」

「ああ」キャムはローリーの言葉をさえぎった。「でも、きみのほうがもっと腕がいいじゃないか、ローリー。きみはあらゆる場所に足を運んで、優れた治療法や知識を身につけてる。ジョーは最高のヒーラーに診てもらいたいんだ」

ローリーはため息をついてうなずいた。「きみたちがここにいるあいだに、ジョーと話してみるよ。本当に妊娠してて、子どもが生まれることを望んでたら、なんの問題もないか診てみるから」

「ありがとう」キャムはささやくように言うと、首をめぐらせて、また笑い声をあげた息子に目を向けた。バーナードは二匹の犬の背に両腕を掛けてぶら下がり、足を持ちあげていた。キャムはかすかに微笑んで首を振った。「少なくともイグサの上を転がってるわけじゃない」

「ジョーが怒るのが怖いのか？」コンランはからかった。

「ああ、そうだ。あいつは小柄で愛らしく見えるかもしれないが、怒らせたが最後、親指締め具でぎりぎり締めつけられてるような気分にさせられる」キャムはふたたび首を振った。

コンランはかすかに微笑んだが、キャムがなかば本気で言っているとわかっていた。妹や兄たちの恋愛や結婚を見てわかったのだが、誰かを愛するとそうした問題が生じる。お互いをよく知っていて、相手が自分を怒らせたときに、悪かったと思わせるもっとも効果的な方法も知っている。彼との結婚を承諾してくれたエヴィーナを怒らせたら、どんな目にあわされるのか、知りたくてたまらないとはとうてい思えなかった。だからといって、おれが彼女を愛しているというわけではないが。コンランは顔をしかめ、心のなかですぐにそうつけ加えた。彼女のことは好きだ。頭の回転が速くてやさしく、勇気もある。彼女と愛を交わすのが好きだとさえ言える。だが、彼女を愛しているのかと言われると？　いや、愛してなどいない。コンランは心のなかでそう言いながら、どうして自分を納得させようとしているように聞こえるのだろうと思った。自分を納得させる必要などない。紛れもない事実なのだから。そうだろう？

「さあ、これでいいでしょう」エヴィーナのドレスの胸もとの紐を結び終えたティルディが、うしろに下がって言った。「みなさま方といっしょに階下に行かれて、朝食をおとりになってください。そのあいだに殿方が使ってらっしゃるお部屋にレディ・ジョーとシンクレア卿とそのご子息をお通しできるよう、ご用意しますから」

「ご子息ですって？」エヴィーナは興味を引かれ、みなと扉に向かいながら尋ねた。

「ええ」サイがにっこりした。「バーナードといって、とってもかわいいのよ。うちの三つ子の長女のローナの許婚でもあるの」

「長女ですって？」エヴィーナは愉快になって訊いた。「三つ子なら、みんな同い年のはずよ」

「ええ。でも、ローナがいちばん先に生まれたの」サイは説明した。「ほかのふたりより三時間早く生まれたのよ」

「三時間？」エヴィーナは驚いて訊き返した。三つ子がどうやって生まれるのか真剣に考えたことはなかったが、当然、ぽん、ぽん、ぽん、と続けざまに生まれるものだと思っていたのだ。

「ええ」サイは口もとをゆがめて言った。「でも、次女のソーチャは何をするにものんびりなの。ソーチャが生まれたら、三女のエイルサはすぐに生まれたわ」

「まあ」エヴィーナが弱々しく言うと同時にティルディが彼女たちのために扉を開けた。

「ご婦人方」エヴィーナたちが部屋を出ていくと、ドゥーガルが出迎えた。「階下に行くのか？」

「そうよ、旦那さま」ミュアラインが微笑みながら言い、背伸びして夫の頬に軽くキスした。

「よかった。おなかが空いてたんだ」ドゥーガルはそう応じると、片方の腕をミュアラインにまわして、かたわらに引き寄せた。

「わたしもよ」ミュアラインは言った。

ドゥーガルは眉間にしわを寄せた。「何も食べてないんだろう？　階下におりたものの、朝食もとらずに、サイやジェッタやジョーといっしょに階上に来たんだな」

「ジョーもわたしも一刻も早くエヴィーナに会いたかったんだもの。これから食べるわ。約束する」ミュアラインはなだめるように言った。

「ああ、そうしてくれ」ドゥーガルはうなるように言って、ふたたび眉間にしわを寄せた。「今朝はチンキ剤は飲んだのか？」

ミュアラインをよく知らないエヴィーナでさえ、その表情から夫の質問への答えがノーであることがわかった。ミュアラインの顔には罪悪感が滑稽なほどありありと現われていた。

「ミュアライン」ドゥーガルは怒った声で言った。「頼むから自分の体を大事にしてくれ。ビーサンもおれもきみを頭がおかしくなるほど愛してる。もしきみが気を失って、倒れて頭を打ち、おれたちを残して死んでしまったら――」

「いますぐ飲むわ」ミュアラインはあわてて言うと、エヴィーナたちのほうを向いて申しわけなさそうに微笑んだ。「先に階下に行っててちょうだい。すぐに行くから」

「ばか言わないで。わたしたちもいっしょに行くわ」サイがすかさず言って、エヴィーナに目を向けた。「あなたがすでに疲れてて早く階下に行きたいなら別だけど。まだ完全に元気になったわけじゃないのはよくわかってるから」

「いいえ、わたしならだいじょうぶよ」エヴィーナはすぐに言った。弱っていると思われるのはごめんだった。それにいまはなんともない。もちろん、いつまでも平気でいられるとは思っていなかったが。でも、昨夜コンランといたときはまったく問題なかった。とはいえ、どこかに歩いて向かったわけではないし、必要なことはすべてコンランがしてくれたのだ。

「そう、よかったわ」サイはほがらかに言った。「疲れたらすぐに言って。男どもの誰かに抱えて運んでもらえばいいわ」

エヴィーナはふんと鼻を鳴らした。いくら弱っていたとしても男性に抱えられて運んでもらうなんてあり得ない。まあ、コンランは別だけれど。彼にはすでに何度か抱えられて運ばれているのだから。とはいえ、大量に出血していたり、死に瀕していてもいないかぎり、彼の兄弟のまえで弱っている姿は見せられない。エヴィーナはそう心に決めて、みなといっしょに部屋の入口をあとにした。

「ミュアライン、わたしの甥っ子は元気？」廊下を歩きはじめるとすぐにサイが尋ねた。すかさずエヴィーナのほうを向いて説明する。「ミュアラインにもエディスにも子どもがひとりいるの。どちらとも男の子よ」

「そうなの？」エヴィーナはミュアラインに目をやって訊いた。

「ええ、ビーサンっていうの。わたしの父の名前をとって、そう名づけたのよ」ミュアラインは笑みを浮かべて答えると、サイに目を向けて言った。「とても元気にしてるわ。日を追うごとに重くなってる」

「連れてきてるの？」エヴィーナは興味を引かれて尋ねた。

「いいえ。まだ生後三カ月だから。連れて旅をするには小さすぎるわ。わたしたちが戻るまで子守りに見てもらってるの。幸い、カーマイケルには、わたしと同じころに子どもを産んだいとこがふたりいて、わたしが留守にしてるあいだ、自分の赤ん坊にあげるのといっしょに、代わりばんこにお乳をあげてくれてるのよ」

エヴィーナはうなずいた。自由がなくなるからと子どもにお乳をあげない貴婦人が少なからずいることは知っていた。通常そうした貴婦人たちは子どもを産んだばかりでその役目を任せられる女性を手配しておく。けれどもエヴィーナ自身は子どもは自分のお乳で育てたいと思っていたので、ミュアラインたちも同じ考えを持っているらしいとわかってうれしく思った。

「ビーサンと離れるのは今回が初めてなの」ふいにミュアラインが口にした。心配でたまらないというような口振りだ。

「きっとだいじょうぶよ」ジョーが落ち着かせようとするかのようにミュアラインの腕をそっと叩いて言った。「まだ小さい子どもを置いてくるのはつらいわよね。でも、雨のなかやぬかるんだ道を旅させて、悪くすれば病気になられるより、家で安全に過ごしてくれてたほうがいいわ」

「そうよね」ミュアラインはどうにか笑みを浮かべると、彼女がドゥーガルと使っている部屋の扉を開けた。

「エディスとニルスはロニーを連れてくるかしら？」ジェッタが男ふたりを廊下に残してミュアラインのあとからみなといっしょに部屋に入りながら尋ねた。

エヴィーナは扉を押して閉めながら、ふたりが扉の両わきに立ったことに気づいた。どうやら彼女の番犬役を務めてくれているようだ。

「まさか、それはないわよ」すかさずサイが言った。「生まれてひと月しか経ってないんだから」

「ロニーというのはエディスの息子さん？」エヴィーナは興味を引かれて尋ねると、扉のまえに固まっているほかの女性たちに場所を空けるために暖炉のそばに足を運んだ。

「ええ」ジョーがエヴィーナにならって部屋の奥に向かいながら答えた。「エディスとニルスがまだ着いてないのはロニーのことがあるからだと思うわ。おばさんとのあいだにあったことを考えたら、エディスは誰にも赤ん坊を預ける気になれないでしょうから」

「そうね」ミュアラインがベッドのそばの衣装箱に向かいながら、まじめな顔で同意した。「幸い、わたしはカーマイケルの人間に裏切られたことがないから、安心して任せられるわ」

いつの日か聞かせてもらわなければならない話がさらにいくつかあるようね、とエヴィーナは思いながら、ほかの女性たちとともにミュアラインがチンキ剤を探すのを待った。

「もうチンキ剤を飲まなくても気を失わなくなったものだとばかり思ってたけど」ミュアラインが探していたものを見つけると同時にジョーが言った。

「ええ、そうよ」ミュアラインは苦笑いして応じた。「あいにくビーサンがおなかにいたときとても具合が悪くて、食べ物をもどしてしまうようになって、また気を失うようになっちゃったの。またチンキ剤を飲みはじめるようドゥーガルに言われて、子どもを産んだあとも半年は続けて、飲むのをやめても問題ないとわかってからやめるって約束させられたのよ」

「そうだったのね」ジョーが少しも意外に思っていないような顔でうなずいた。

なんの話をしているのかと尋ねる必要はなかった。エヴィーナはいまこの部屋にいる女性たちのひとりひとりについてサイから少し聞かされていて、ミュアラインについて聞かされたことのひとつが、初めて会ったとき、彼女はすぐに気を失うという厄介な症状を抱えていたというものだった。どうやらそれは家族の何人かを続けて亡くしたことによる深い悲しみから、あまり食べられなくなっていたせいらしい。けれどもブキャナン兄弟の庇護のもとに置かれて、ちゃんと食べられるようになると、その症状はなくなったという。多くの女性が妊娠中に経験するつわりのせいで、その症状がまた出るようになったのだろうと、エヴィーナにも容易に想像できた。

「エヴィーナ、ドレスの裾についてるのは何？」ふいにジョーが尋ねた。

エヴィーナは眉を吊りあげて、ティルディが選んでくれた淡い青色のドレスの裾に視線を落としたが、何もついているようには見えなかった。

「横の裾に沿ったところよ」ジョーはエヴィーナのほうに来ながら説明した。

エヴィーナは教えられたところに目を向けて、眉をひそめた。裾に何か黒い毛玉のようなものがついている。身をかがめて少しつまみ取ると、起きあがってまじまじと見た。

「反対側にもついてるわ」ジョーはそう言うと、身をかがめてついているものを払いのけたが、そのあと顔をしかめて続けた。「うしろにもついてる。まったくなんなのかしら……床にたくさん落ちてるわ。イグサのなかに入り込んじゃってる」

「あなたのドレスの裾にもついてるわよ、ジョー」サイが言って、ふたりのほうに一歩踏み出したが、そこで足を止めて言った。「ふたりとも、こっちに来て」

ふたりはそろって暖炉のそばを離れ、サイたちのほうに足を運んだが、エヴィーナはなおも手にしている黒いものを見つめて考えをめぐらせていた。

「髪の毛じゃない？」ジェッタが信じられないというように尋ねた。

「ええ」エヴィーナは言った。

「ドゥーガルかコンランの髪にしては黒すぎるわね」ミュアラインがふたりのもとに来て、エヴィーナが手にしている髪の毛を見つめて言った。「あなたのいとこのギャヴィンの髪の毛の色に近いわ」

「ええ、そうね」エヴィーナは同意した。「でも、これは脂ぎってて、もつれてるわ」

「あなたを襲った男の髪はべとついてる感じでもつれたままになってたって、ティルディが言ってたわ」ジェッタが勢いづいて言った。

エヴィーナは険しい顔でうなずいた。

少しのあいだ誰も何も言わずにいたが、やがてサイがミュアラインのほうを向いて言った。「ねえ、さっきエヴィーナの部屋の扉を叩いてるとき、ドゥーガルがあなたに、昨日初めてこの部屋に入ったときにシャツとプレードがあったか訊いてるのを聞いた気がするんだけど」

「ええ。ティルディがコンランのためにきれいなブレードとシャツをここに置いたと言うんだけど、ドゥーガルはここにはシャツもブレードもなかったと答えたと言ってたわ。でも、彼が知らないうちにわたしがどこかほかの場所に置いたんじゃなくて、初めからなかったことを確認するために、わたしに訊いたほうがいいと思ったそうよ」

「確かにそう言ってたわ」サイは言うと、エヴィーナのほうを向いて、その視線をとらえた。「シャツとブレードをどうしたと思う？」

「誰が？」ミュアラインが困惑して尋ねた。

「わたしを襲った男がよ」エヴィーナはすかさず答えた。サイが考えていることを理解するのは少しもむずかしくなかった。彼女自身も同じことを考えていたから。

「まあ！」ジェッタが声を張りあげた。「その男がエヴィーナを溺れさせようとしたあとここに来て、シャツとブレードを盗んで、髪を短く刈ったのね」

「まあ、なんてことかしら」ミュアラインがつぶやいた。

「気を失ったりしないわよね？」エヴィーナは心配になって尋ねた。

「いいえ、だいじょうぶだと思うわ」ミュアラインは眉をひそめて言ってから、自信ありげにうなずいた。「ええ、だいじょうぶよ」

「よかったわ」エヴィーナは安堵のため息をつきながら言うと、ミュアラインに向かって微笑んだ。

「髪を刈る時間があったのかしら?」ふいにジェッタが言った。その顔にはいぶかしげな表情が浮かんでいた。

エヴィーナは昨日あったことを時間軸に沿って思い出そうとしながら、それについて考えた。溺れさせられそうになったあとで気がついてから、男たちが通路の捜索に向かうまで、だいぶ時間があったように思えた。まずティルディが何があったか説明した。父親に部屋を出ていくように言われて、みなしぶしぶ廊下に出ていった。いつしか廊下には大勢の人が集まってきていて、何が起こっているのか見逃すまいとしていた。そのあと父親が隠し通路の出入り口を開けてからも、男たちはすぐには捜索に向かわなかった。彼女と父親とコンランでギャヴィンが犯人である可能性について言い争ったあと、コンランが部屋を出てティルディに話を聞きにいき……

「ええ」サイが断言すると同時にエヴィーナも同じ結論に達した。「急いでいてひとつかふたつ切り傷をつくるはめになったかもしれないけど、充分その時間はあったわ」

エヴィーナは何も言わずにうなずくと、先ほどまで立っていた場所に戻って床を見下ろした。「刈った髪を足で蹴って散らしたみたいね。イグサのなかに隠そうとしたんだわ」

「あなたがそこに立ってなかったら、うまくいってたでしょうね」ジョーが言った。「あなたのドレスの裾についてるのを見るまで、気づきもしなかったもの。それにこんなに暑くちゃドゥーガルもミュアラインも火を熾そうと思わないだろうし。暖炉のそばに行く理由なんて、ほかにはないものね」

「本当ね」サイがつぶやいて、室内を見まわした。「でも、もともと着てた汚れた服はどこにやったのかしら」

「それって重要なこと?」ミュアラインが訊いた。「男がどうやって逃げたのかわかったのよ。髪を短く刈って、盗んだきれいな服に着替え、通路の出入り口がある谷で兵士たちに紛れたんだわ。兵士たちが捜してたのは、もつれた黒い髪をして汚れた服を着た男だったから。きれいな服を着た丸刈りの男になんて見向きもしなかったのよ」

エヴィーナは何も言わずにいた。ミュアラインの言うとおりだと確信は持てなかった。ドナンは捜索に連れていく兵士を自ら選んだ。もし谷で彼女を襲った男を見たら、もつれた髪をしていたにしろ、丸刈りだったにしろ、自分が選んだ兵士ではないと気づいたはずだ。それにマクレーンの人々はみな知り合いだ。見知らぬ男が交じっていたら気づくにちがいない。とはいえ、マクレーンにも丸刈りで体の大きな兵士が何人かいる。ドナンが連れていった兵士のなかに、そのうちのひとりがいたら、彼女を襲った男はまんまと逃げおおせたかもしれない。近くで見られないようにしたり、顔をそむけたりしていれば、その兵士だと思わせることができたかもしれないから。そうやってみなをだまして逃げおおせたのかもしれない。そうエヴィーナは思ったが、その推理どおりのことが起こるには、いくつもの条件がそろわなければならなかった。

「男が着てた服はここにはないはずよ」気づくとジェッタが言っていた。「この部屋は男たちが捜索したんだから」

「そうね」サイが残念そうに同意した。

エヴィーナもうなずきはしたものの、暖炉に足を運んで炉床のまえに膝をつき、手を上に伸ばして、暖炉の内側を探りはじめた。

「何してるの?」サイが興味を引かれたように尋ねた。

「わたしの部屋の暖炉には、なかに出っ張ってるところがあるの。棚みたいになってるのよ」エヴィーナは頭を下げて暖炉のなかを探りながら言った。「もしこの暖炉にもあったら、そこに――あったわ！」手がふれた布地をつかんで引っ張ったが、布地が手から落ちたので、うしろに下がった。五人はそろって何も置かれていない炉床に落ちているぼろきれ同然の服を見つめた。

「男が着てた服よ」サイが自信たっぷりに言った。

エヴィーナはうなずいて立ちあがり、ほかの四人に目を向けた。「これを見て、わたしを襲った男がとっくに逃げてるとわかったら、コンランは兄弟をわたしの護衛につけるのをやめてくれると思う？」

四人は目を見合わせると、いっせいに笑いはじめた。

「思わないってことね」エヴィーナは冷ややかに言った。

「許してちょうだい」ジェッタが穏やかに言った。「あなたのことを笑ったわけじゃないのよ」

「ほんと、ちがうのよ。そうじゃないの」ミュアラインがすかさず言った。そう思われているのではないかと心配しているような顔をしている。

「本当よ」サイも言った。「わたしの兄のひとりが過保護じゃないと思われてることがおかしかっただけなの」首を振って、皮肉っぽくつけ加える。「兄たちは過保護そのものだから」

「ええ」ミュアラインは同意したものの、その顔には笑みが浮かんでいた。ブキャナン兄弟にそうした気質があることをうれしく思っているようだ。「そのおかげでドゥーガルとわたしは結婚することになったんだから。わたしの兄は、わたしをドゥーガルに売ろうとしたんだけど、ドゥーガルが断ると、今度は隣の領に差し出そうとしたの。雄牛に乗って兄から逃げようとしたわたしを、ドゥーガルとジョーディーとアリックが見つけて、守ってやらないといけないと思ったのよ」

ジェッタがうなずいて言った。「オーレイはマストに縛りつけられて海を漂っているわたしを見つけて引きあげ、わたしが誰かに命を狙われてるらしいと言うと、わたしの傷が治るまで面倒を見てやらないといけないと思ったの」

「ジョーのキャムとわたしのグリアも同じタイプの男性なの」サイが苦々しげに言った。兄たちや夫の保護者気質をあまりうれしく思っていないようだ。

「そうなの」ジョーが言った。「キャムとはスコットランドに行く途中に盗賊ふたりと戦ってたときに偶然出会ったの。彼はわたしを助けてくれて、そのせいでけがをしたのよ。けがが治ると、わたしを叔母と叔父のところまで連れていってくれたわ」

「グリアはしょっちゅうわたしのことで気をもんでて、わたしを守ろうとするのよ」サイがまじめな顔で言って、エヴィーナに同情の目を向けた。「ずっとそれで苦労してるの。エヴィ、正直、あなたも煩わしくなるときがあると思う。でも、みんな、わたしたちを大事に思ってのことなのよ。煩わしくなるほど大事に思ってくれる男性なんて、そういないわ」

ほかの三人がそろって真顔でうなずいた。

エヴィーナはため息をついて向きを変え、扉に向かった。護衛がつくのは変わらないにしても、言っておかなければならない。たとえ、彼らが見落としていたものを見つけたと告げることで大きな喜びを得られるというだけの理由からでも。エヴィーナは自然と口もとがゆるむのを感じながら扉を開けた。

15

「おれたちがこれを見落としたなんて信じられない」コンランは炉床に落ちているぼろきれ同然の服を見つめてつぶやいた。だが、実際のところは、女性陣が暖炉のなかを見てみようと思ったことが信じられずにいた。そんなことは思いつきもしなかった。とはいえ、彼女たちはまず髪の毛を見つけて、それで服を探そうと思ったのだ。コンランは床に落ちていた髪の毛に気づかなかった。男を捜していたのであって、イグサのなかに散らばっているかもしれないものを探していたわけではないのだから。

「ドレスを着てないんだから、裾に髪の毛がつきようもない。彼女たちは裾についた髪の毛を見て、服を探そうと思ったんだ」ドゥーガルがおもしろがっているような口調で指摘した。「ふつうにしてたら気がつかないよ」

「ふむ」マクレーンの領主がイグサを蹴散らすと、下からさらに髪の毛が出てきた。

「つまり、こうやって逃げおおせたのか。髪を短く刈って、盗んだプレードとシャツを身につけたんだ」

「そのようですね」オーレイが言ったが、その口調は納得しているようには聞こえなかった。

兄が確信が持てないのも無理はないとコンランは思った。彼自身も疑いを抱いていたからだ。谷にいた兵士たちは自分たちの女主人を襲った男を捜していた。いっさい気を抜いていなかったにちがいないし、自分たち以外の人間がいたら、それが誰であれ気づいたのではないだろうか。やはりエヴィーナを襲った男には仲間がいたのかもしれない。

「さて、門にいる兵士に、門を出入りする見知らぬ人間に注意するよう言っておいたほうがよさそうだ。特に丸刈りの男にね」領主はそう言うと、向きを変えて扉のほうに歩きはじめた。「ティルディに言って、侍女たちにあのあたりのイグサを新しいものと替えさせよう。シラミやノミなどの心配をしなくていいように」

その言葉を聞いてドゥーガルが嫌そうな顔をした。コンランはくすりと笑いながら、向きを変えて、もうすぐ義理の父になる男のあとを追った。

「エヴィーナにはまだ護衛をつけておいたほうがいいと思う」部屋を出ると、オーレイが言った。

「そのつもりだ」コンランはそう応じて続けた。「でも、これからはジョーディーやアリックやドゥーガルやローリーに頼るのではなく、ドナンに言って、信用できる兵士十二人に、六人ずつ二交替制で護衛してもらうつもりだ」

「おれたちではエヴィーナを守れないというのか？」ドゥーガルがとげのある口調で訊いた。

「もちろん、そんなふうには思ってないよ」コンランはむっとして言った。「でも、兄貴たちは護衛をするためにここに来たんじゃない。おれの結婚式に出るために来てくれたんだ。護衛なんかさせて迷惑かけたくない」

「そこがおまえの悪いところだ」オーレイが愉快そうに言った。

「なんだって？」コンランは困惑して訊きながら、足を止めて向きを変え、兄の目を見つめた。

「誰も迷惑だなんて思わない」オーレイは言った。コンランが何も言わずに戸惑いの表情を浮かべて首を振るのを見て続ける。「気づいてたか、コニー？　おまえはおれたちの誰かを助けてくれても、けっして見返りを求めないって。昔からそうだ。ドゥーガルが馬を育てるのを助けたり、ニルスが羊を飼うのを助けたり、ローリーがヒーラーの仕事をするのを助けたり、おれがブキャナンを治めるのを助けたりしても、けっしてお返しに助けてくれと言わない」

コンランは眉を吊りあげた。「だって、おれは助けを必要としてないから」

「誰でも助けが必要なときがあるんだ、コンラン」オーレイはまじめな顔で言った。「たとえば、おまえはいまエヴィーナの身を守るために助けを必要としてる。おれたちが自分の女の身を守るために助けを必要としてたときに助けてくれたのに、いまそのお返しをさせてくれようとしないで、おれたちに〝負担〟をかけたくないから、見知らぬ人間にエヴィーナの護衛を頼むと言ってる。しかも、おまえは彼らが頼りになるとは思ってない。思ってたら、そんなに多くの人数を必要とするはずないからな」

コンランは顔をしかめて首を振った。「そうしたほうが客としてゆっくり楽しんでもらえると思ったんだ。護衛役を任されて――」

「おまえを助けるよりも？」オーレイは静かな口調でコンランの言葉をさえぎった。「思ったことはないのか？　おまえがおれたちを助けたいと思うように、おれたちもおまえを助けたいと思ってるかもしれないって。おれたちがおまえを助けて借りを返したいと思ってて、そうさせてもらえないかぎり、ずっと借りがあると思いつづけるかもしれないって」

「おれは――」コンランは目をしばたたくと、愕然として言った。「いや、おれは兄貴たちがおれに借りがあるなんて一度も思ったことがない。おれは自分がそうしたいから兄貴たちを助けたんだ。なんの見返りも求めてないし、お返しに助けてもらえるとも思ってない。兄貴がそんなふうに思ってるなんて思ってもみなかった」

「よかった」オーレイは重々しく言った。「おまえがおれたちを助けることで不利な立場に置いてるのがわかっていながら優越感に浸ってたなら、おれはおまえにひどく失望していたにちがいないからな」笑みを浮かべて続ける。「でも、おれたちがいつもおまえに助けられながらお返しをできずにいることをどう思ってるか、これでわかったわけだから、おれたちがエヴィーナを守る手伝いをすることを受け入れて、兵士たちの手を借りるのはやめてくれるよな」

「もちろんだとも」コンランはすかさず言った。

「よかった」オーレイは満足そうに言うと、ふたたび歩きだしながら続けた。「じゃあ、おれたち兄弟で、一度にふたりずつ、交替でエヴィーナを護衛するとしよう」

「おれも数に入れてくれよ」キャムがオーレイの横に来て、歩調を合わせて歩きながら言った。

「おれも」グリアがふたりのあとを追いながら言った。

「ありがとう」オーレイは言った。「じゃあ、ニルスが着いたら全部で八人になるな。

ふたりひと組で四交替か。完璧だ」

「完璧だ」コンランはつぶやくと、首を振りながら兄たちのあとを追った。オーレイに言われたことのせいで、兄弟の助けを借りずにエヴィーナの身を守ろうとしたことをいまではやましく感じていた。ことあるごとに兄弟を助けてきたことすらやましく感じる。まるで、自分がそうしてきたのはひそかに――オーレイはどう言っていただろう？　自分を兄弟たちより有利な立場に置いて、優越感を得ようと思っていたため？――であるかのように。

「ばかげてる」コンランは怒った声でつぶやいた。彼らを助けるのは、彼らが兄弟で、助けを必要としているからにすぎない。彼らの助けを受け入れないのは、いつもは助けを必要としていないからだ。単純な話じゃないか。そうだろう？

「コニー！」

オーレイが大声で呼ぶのを聞いてコンランは顔を上げると、真っ先に階段の上に着いていた長兄のもとに急いで向かい、その横に立った。「なんだい？」

「女性陣の姿がない」オーレイは険しい声で言った。

コンランは首をめぐらせて大広間を見下ろした。いつもどおり人々が忙しく動きまわっているが、彼らが愛する女性たちの姿はなかった。エヴィーナもオーレイの妻のジェッタも、ほかの女性たちもいない。バーナードと領主の犬二匹の姿も見えなかった。

「そんなことで大騒ぎするんじゃない、ブキャナン」丸めたブレードを手に部屋から出てきた領主がおもしろがっているような口調で言った。

コンランは領主が昨日ローリーからブレードを丸めたものを敷いて鞍とお尻があたるのを防ぐよう言われていたことを思い出し、領主は馬に乗って門の兵士たちに話をしにいくのだろうと思った。驚きはしなかった。領主の傷はかなりよくなっているものの、少しでも歩かなければならないときは、まだ痛そうにしていたから。

「エヴィーナもきみたちの奥方もみないっしょにいるし、ギャヴィンがついてるから」ファーガス・マクレーンはコンランたちがいる階段の上に来て言うと、大広間を見下ろして続けた。「犬たちもいっしょだ。たぶん、犬たちに用を足させなきゃならなくなって、外に連れていくついでに新鮮な空気でも吸おうと、みんなで外に出ることにしたんだろう」

コンランは悪態をついて、階段を駆けおりはじめた。「いったいどうしたんだ？　甥がいっしょにいるんだから、外でもなんの危険もない」

「おいおい！」領主が驚いて言うのが聞こえた。

「エヴィーナを襲った男がいままさに中庭にいて、弓に矢をつがえて彼女を狙ってるとなれば話は別です」

背後で兄がそう言うのが聞こえ、オーレイはまるでおれの心を読んでいるかのようだ、とコンランは思った。次いで、興奮した叫び声が立てつづけに聞こえ、男たちが足音をとどろかせていっせいに階段を駆けおりてきた。コンランはうしろは無視して大広間を駆け抜けた。エヴィーナとほかの女性たちが城の正面の階段の下に立ち、領主の大きな体をしたディアハウンドが二匹そろって片方の脚を上げているのを見守っていることを心から期待して城から飛び出したが、そこには誰もいなかった。階段にも、その近くにも、彼女たちの姿はなかった。

コンランは恐怖に襲われながら足を止め、ほかの場所より高くて遠くまで見渡せる階段の上から中庭を見まわしたが、背後で扉が開いて誰かが背中にぶつかってきたので危うく転げ落ちそうになった。

「すまない」オーレイがそう言いながらコンランの肩をつかみ、自分のせいで危く階段から落ちかけた弟を救った。コンランがバランスを取り戻したのを見て隣に来ると、あたりを見まわして尋ねた。「女性陣はどこだ？」

「おれもそれを知りたいと思ってた」コンランが険しい顔で言うと同時に残りの男た

ちが城を出てきてふたりのまわりに立った。「どこにも姿が見えない」

「わたしの馬もいなくなってる」コンランたちの背後に来たファーガス・マクレーンがいらだちもあらわに言った。

「ギャヴィンが城壁の外に出ることに同意したとは思えません。エヴィーナはそこまで回復してませんから」ローリーが指摘した。「たぶんエヴィーナが中庭のどこかに行きたがって、長い距離を歩いて疲れないように、みんながあなたの馬に乗せたんでしょう」

「彼女が行きたがるような場所があるんですか？」オーレイがコンランと領主を交互に見て尋ねた。

「エヴィーナはいつもは兵士たちの訓練を監督してるとドナンが言ってた」コンランはそう言いながら階段をおりはじめた。

「やっと起きれるようになったばかりなのに、そんなことするはずないよ。そうだろう？」ローリーがほかの男たちとともについてきながら心配そうに言った。

「いや、する」コンランと領主が同時に言い、驚いた顔で目を見合わせた。

領主がにやりと笑ってコンランの背中を叩き、首を振った。「きみはあの子のいい夫になりそうだ。とてもいい夫にな」

コンランは口もとをゆがめて笑みをつくると、領主と同じように首を振って言った。

「エヴィーナがそれまで生きていてくれればいいんですが」

「そうじゃないわ、コーマグ！　持ち方が違ってる」エヴィーナは顔をしかめて叫ぶと、戦っている兵士たちのあいだを縫って、赤い髪を長く伸ばし、顔に産毛を生やした若者のほうに向かった。彼はギャヴィンと同い年かひとつ下だが、成長が早いほうではなかった。彼はまた、エヴィーナが父親の馬と犬を連れて、ほかの女性たちや幼いバーナードとともに立っていた訓練場のはずれから、かなり離れたところにいた。

エヴィーナたちはそろって大広間のテーブルにつき、男たちが彼女たちが見つけた汚れた服と刈られた髪を確認して戻ってくるのを待っていた。エヴィーナは彼らといっしょに行って、その場でなされるだろう話し合いにも加わりたかった。けれども父親とコンランの両方から、大広間で待っているよう言われた。ふたりはまるで心が通じ合っているかのように、同時にそう口にした。エヴィーナはそう言われていらだち、怒りさえ覚えた。いつもの彼女だったら、ふたりの言葉を無視して、彼らのあとをついて階上に行っていただろう。

だが、あいにく階段をおりるだけで、かなりの体力を消耗した。途中で休んで、ほかの女性たちやあとをついてきたドゥーガルとローリーに待っていてもらわなければならないほどだった。ドゥーガルが抱えていこうと申し出たのを、少し休めばだいじょうぶ、歩いていけると、息を切らしながら断ったちょうどそのとき、コンランが階段にいる彼女たちに気づいた。コンランはすぐに階段をのぼってきて彼女を抱えあげると、そのまま階段をおりた。そしてテーブルに着くまでのあいだ、まだ元気になっていないのに疲れることをしてはだめだと彼女を叱りつづけ、本当はまだ寝ていなければならないのにと怒った声で言いながら、彼女をベンチに座らせて、その隣に座った。

当然のことながら、エヴィーナはなおも息を切らしていて、コンランに放っておいてと言うことも、ドゥーガルとミュアラインが使っている部屋で見つけたものについて話すこともできなかった。その役目はほかの女性たちに託すしかなかった。とはいえ、話を聞いた男たちが衝撃を受け、場が騒然となるのを見ることができた。男たちはギャヴィンを護衛につけてテーブルにいるよう彼女たちに大声で命令して、階段を駆けあがっていった。

エヴィーナは命令に従うのが得意ではなかった。まえに置かれたハチミツ酒を飲んで息を整えると、犬たちが落ち着きなく歩きまわっているから、外に出してやらなければならないと言った。ギャヴィンが立ちあがって二匹を連れていこうとすると、彼は彼女たちの護衛をすることになっているのだから、ひとりで出ていってはいけないと指摘した。ギャヴィンがその場に立ったまま眉間にしわを寄せてどうするべきか考えあぐねているあいだに立ちあがり、ずっと部屋から出られなかったから外の新鮮な空気を吸えたらどんなにいいだろうと言った。そしてギャヴィンの腕に腕を絡めて、城の正面の扉のほうに連れていきながら、二匹を呼んだ。それと同時に、女性たちがいっせいに立ちあがって、あとをついてきた。

みなと城の外に出て、階段の下に父親の馬がいることに気づくと、エヴィーナは自分がいないあいだにドナンが兵士たちをちゃんと訓練できているか確認しにいきたいと言った。ドナンは経験豊かな兵士たちを訓練するのは得意だが、年が若い兵士たちは体の大きなドナンをまえに萎縮してしまい、その言葉が頭に入らない場合がある。ドナンがまだ少女だったエヴィーナに年が若い兵士たちの訓練を任せたのはだからだった。エヴィーナを自ら訓練していたドナンは、彼女にそれができることを知っていたのだ。それで、彼女に年が若い兵士たちの訓練をするよう提案し、自分は経験ある兵士たちの訓練に専念した。エヴィーナが年をとるにつれて、訓練している兵士たちの年齢も上がってきていた。

「おれがついていながらこんなことをさせるなんて。きっとあとでいろいろ言われるよ」エヴィーナが父親の馬に乗るのに手を貸しながら、ギャヴィンがうんざりした口調で言った。

エヴィーナはいとこににっこり微笑みかけて言った。「そうかもしれないわね。でも、あなたはわたしに借りがあるのよ。お父さまに言われてコンランとわたしのあとをこそこそつけまわして、見たことを報告したんだから。そうでしょ?」

ギャヴィンは口もとをゆがめた。「悪かったよ、エヴィーナ。でも、伯父さんは領主殿でもあるんだから。命令されたら従うしかないよ」

「お父さまは男性陣といっしょに階上に行くまえに、わたしが馬で中庭を横切って訓練場に兵士たちのようすを見にいかないようにしろと、あなたに命令しなかったわ。それに」エヴィーナはつけ加えた。「急げば、お父さまたちが階下におりてくるまえに戻れる」

もちろん、それはわたしが必要とされておらず、若い兵士たちに助言しなかった場合にかぎるけれど。エヴィーナはそう認めながら、曾祖父のいとこの子孫だとかいうコーマグ・マクレーンに近づいた。

「お嬢さま?」コーマグが釈然としない顔でエヴィーナを見た。「でも、これはお嬢さまがライサイに教えてた持ち方ですよ。お嬢さまがあいつに〝右手でつばの下をしっかり握って左手で柄頭を握るの〟とおっしゃってるのを聞いたんで、そうしてるんです」

「ええ、でも彼は右利きでしょ」エヴィーナはコーマグのかたわらで足を止めて説明したが、たいして歩いていないのに息が切れていることに気づいて顔をしかめた。本当に情けないったらない。やれやれと首を振ってから、深呼吸してどうにか息を整えると続けた。「それに対して、あなたは左利き。つまり左手のほうが力が強いの。だからライサイとは逆に、左手でつばの下を握って、右手で柄頭を握るのよ」

「ああ、そうか」コーマグはわかったというように言うと、微笑みながら手を持ち替えた。「こうですか?」

「そうよ」エヴィーナはうなずいた。「そうしたら、このあたりに柄頭がくるように持つの」コーマグのおへそがあると思われるあたりを軽く叩きながら言う。「でも、胃に押しつけちゃだめよ。そして剣先が敵の心臓とのどのあいだにくる角度に剣を保つ」

コーマグはうなずいて、剣の角度を調整した。

「それでいいわ。そうしたら、右足を左足よりうしろに引いて、右足の指の付け根に重心を置いて立つのよ」エヴィーナは言った。「そうすれば剣を突き出したときに体のバランスを崩さずにすむから」

「エヴィ！」ジェッタが大声で呼んだ。

「ちょっと待って」エヴィーナは叫び返した。教えるのに忙しく、ジェッタが続けてサイを呼ぶのが聞こえたが無視した。「剣を振り下ろすときは、右手が目より上にくるまで振りあげて、左手で刃をまっすぐにして振り下ろすのよ。右手で柄頭を握ってることで振り下ろした剣の威力が増すの」

「エヴィ！　サイ！」

エヴィーナは自分たちを呼ぶ声を無視して、コーマグが剣を振りあげると同時にうしろに下がったが、すばやくまたまえに出て、彼の腕をつかんで止めた。「違う、そうじゃないわ！　左腕はまっすぐにしておかなきゃならないけど、そんなふうに突っ張らせちゃだめ。さもないと腕の骨を折るはめに――」

「エヴィ！　サイ！」

エヴィーナは最後まで言わずに言葉を切り、いらいらと振り返って、父親の馬とディアハウンド二匹といっしょに立っている女性たちのほうを見た。ジェッタもミュアラインもジョーも動揺しているような顔をしていたが、どうしてなのかわからなかった。エヴィーナは眉をひそめて尋ねた。「どうしたの?」

「男性陣がやってくるって警告しようとしてるんだと思うわ」ギャヴィンと剣を交えていたサイが、エヴィーナの横に来ながら愉快そうに言った。

エヴィーナはサイの視線を追って、あわてたようすで中庭を横切って彼女たちのもとにやってくる大勢の男たちに目をやり、ため息をついた。「やっぱり来たか」

「やっぱり来たわね」サイはこともなげに言った。「あらまあ。わたしのグリアとあなたのコンランはいまにも誰かを絞め殺しそうな顔してるわ」

エヴィーナはふたりの顔に目をやって、サイの言うとおりだと思った。ふたりはまちがいなく腹を立てている。エヴィーナは興味を引かれ、サイに目を向けて言った。

「あなたは心配してるようには見えないわね」

サイは平然と肩をすくめた。「グリアはけっしてわたしを傷つけないし、コンランもあなたを傷つけるはずないもの。あなたの身の安全がどうとか、おなかに子どもがいるのに剣の練習をするなんてとか、がみがみ言われて、城に連れて帰られるあいだも、ずっと叱られることになるでしょうけど。もちろん」サイは続けた。「あなたもわたしもむっとして話もしないの。そうしたら、ふたりともわたしたちを部屋に連れていって謝ってきて、結局は悦ばせてくれるわ」エヴィーナに目を向け、にっこり笑って言う。「あなたにもわかるはずよ。喧嘩のあとで愛を交わすほどすてきなことはないって。必死で悦ばそうとしてくるから」

エヴィーナは眉を吊りあげた。コンランがいままで以上にベッドで悦ばせてくれるとはとうてい思えない。すでに充分、悦ばせてくれているのだから。とはいえ、そんなことが可能なのかどうか、ぜひ試してみたいと思った。エヴィーナはまた、サイが率直に話してくれることをありがたく思った。彼女のことが本当に大好きになってい て、とてもいい友だちになれそうな気がした。ほかの女性たちのことも好きになっていて、結婚してこの大家族の一員になれるのは運がいいと思うようになっていた。

「エヴィーナ!」

「サイ!」

「来たわよ」サイが言うと同時に男たちは訓練場に着いた。コンランとグリアがほかの男たちをあとに残し、戦う兵士たちのあいだを縫って、ふたりのほうに近づいてきた。サイは小さな声で言った。「いいわね? 不機嫌な顔をして、横暴だとか、あなたを子ども扱いして命令してばかりいるとか言ってやるのよ」

エヴィーナは愉快になって笑みを浮かべると、かぶりを振った。コンランが実際に横暴にふるまったり、彼女を子ども扱いして命令したりしないかぎり、そんなことを言うつもりはなかった。近づいてくるふたりの男の表情を見るかぎり、ふたりともまちがいなくそうした行動に出そうだったが。

最初にふたりのもとに来たのはコンランだった。コンランがエヴィーナの手をつかんで彼のほうに引き寄せ、口を開けて叱ろうしたちょうどそのとき、背後から苦痛に満ちたうめき声が聞こえたので、エヴィーナは振り返ってコーマグを見た。剣を足に落としたか、練習相手が振り下ろす剣を受けて両手が震えでもしたのだろうと思ったのだが、気づくとコーマグの背中に刺さった矢を口を開けて見つめていた。困惑しながら目のまえの光景を心に留めるやいなやコーマグが倒れはじめ、誰かが――たぶんコンランだろうとエヴィーナは思った――うしろから抱きついてきて、彼女を地面に押し倒した。

固い地面に打ちつけられて、今度は自分が苦痛のうめき声をあげるはめになった。すかさずコンランの下から這い出て、コーマグのところに行こうとした。コーマグはすぐそばに倒れていた。ようすを確かめたかったが、コンランが彼女の両脚をつかんで引き止めると、彼女の上に乗って自ら盾になり、その体をおおい隠した。

「じっとしてるんだ」コンランが怒鳴った。

そのとたん、まわりから叫び声があがったのでエヴィーナは驚いた。マクレーンの兵士たちが何があったのか気づき、矢を射った犯人をいっせいに捜しはじめたのだ。首をめぐらせると、ジェッタとミュアラインとジョーがそれぞれの夫に守られているのが見えた。幼いバーナードをしっかり胸に抱いているジョーを、その夫が抱きしめていた。一方、ジョーディーとローリーとアリックは、叫び声をあげて犯人を捜しまわっている兵士たちのあいだを縫って、エヴィーナたちのほうに向かってきていた。

「だいじょうぶか、エヴィーナ？ 矢があたってないよな？」

声がしたほうを向くと、ギャヴィンが飛んできて、ふたりのかたわらに膝をつくのが見えた。その向こうでは、グリアがコンランと同じように身を盾にして、地面に倒れているサイにおおいかぶさっていた。

「ええ、だいじょうぶよ」エヴィーナはわずかに息を切らして言った。うつ伏せになって上からコンランに乗られているので息がしにくかった。コーマグに視線を移し、心配して尋ねた。「死んでないわよね？」

ギャヴィンはコーマグの上に身をかがめ、うつ伏せになっていた彼を横向きにさせると、少しして言った。「まだ息がある」

エヴィーナはほっとして目を閉じたが、その目をふたたび開けて、あたりを見まわし、ローリーの姿を捜した。一刻も早くコーマグを診てもらわなければならない。もしコーマグが死ぬようなことになったら、けっして自分を許せないだろう。すべて自分の責任だ。矢はまちがいなく自分に向けて射られたのだろうし、コンランに手をつかまれて彼のほうに引き寄せられていなければ、おそらく自分にあたっていたはずだ。わたしを襲った男はまだここにいて機会をうかがっている。わたしは兵士たちがいるこの場所に男を連れてきてしまった。コーマグが射られたのは、ひとえにわたしの責任だ。

「エヴィーナは無事か？」

その声がローリーのものであることに気づいて、声がしたほうに目をやり、ぶっきらぼうにうなずいた。「ええ、わたしならだいじょうぶよ。でも、コーマグがあなたを必要としてる」

「エヴィーナとほかの女性たちを城に連れて帰らないと」ローリーがギャヴィンの隣に膝をつくとコンランが言った。

ジョーディーがうなずいた。「オーレイたちがすでにみんなを連れて城に向かってる。残ってるのはエヴィーナだけだ。いっしょに戻ろう。おれたちがうしろを守る」

その言葉を聞いてエヴィーナは目を丸くし、つい先ほどまでサイがいた場所に目を向けて、その姿が消えていることに驚いた。城があるほうに視線を移すと、グリアがサイを抱きかかえて走っていくのが見えた。その向こうには、ほかの男たちが大事な子どもを抱えるようにそれぞれの妻を抱きかかえて、城のほうに走っていた。

ブキャナン兄弟とそのお友だちのマクダネルとシンクレアは妻を抱きかかえて運ぶのが好きなようね。エヴィーナはそう思って顔をしかめたが、次の瞬間、コンランに同じように抱えあげられたので、はっと息をのんだ。コンランは彼女を抱えあげるなり走りだし、アリックとジョーディーがそのあとに続いて文字どおり彼のうしろを守った。

エヴィーナは眉をひそめ、ふたりの背後に目を向けて叫んだ。「ドナン、コーマグをお城まで運んでちょうだい！ ローリーに診てもらうから！」

ほっとしたことに、彼女の声はドナンに届いた。ドナンは引きつづきまわりの兵士たちに大声で指示を飛ばし、中庭を徹底的に捜索させていたが、そうしながらもエヴィーナのほうを向いてうなずいて、彼女の声が聞こえたことを示した。そしてなおもコーマグのかたわらに膝をついているローリーとギャヴィンのもとに行った。そのときアリックとジョーディーが近くにきて彼女の視界をさえぎった。エヴィーナはコンランの腕のなかでため息をつき、そのまま城まで抱えられていった。

サイが予想したのとは違い、コンランは城に戻りながらエヴィーナを叱ろうとはしなかった。とはいえ、状況が状況だし、走っているせいで息が切れて、吒れなかったのだろう。城の正面の階段を駆けのぼるコンランの腕のなかで揺られながら、エヴィーナはそう思った。予想していたのとは違って、コンランは城に入っても走る速度をゆるめなかった。家族やシンクレア一家のそばでも足を止めずに大広間を走り抜けると、階段を駆けあがりはじめた。

「コンラン、どうしたらいいか話し合わ――」オーレイが心配そうな声で言いかけた。

「すぐ戻るから」コンランは駆けあがる速度をゆるめずに怒鳴った。

エヴィーナが彼に警戒の目を向けると同時にコンランは階段をのぼり終わり、彼女を抱えたまま彼女の部屋に向かった。アリックとともにあとをついてきていたジョーディーが、先まわりして扉を開けた。

「ありがとう」コンランは低い声で言うと、エヴィーナを抱えて部屋のなかに入り、扉を蹴って閉めた。そして彼女を足から床におろして立たせ、顔を彼のほうに向けさせてキスした。期待していたようなキスではなかったので反応するのが遅れ、気を取り直して反応しようとしたときには、彼はすでに顔を上げていた。そしてエヴィーナを叱りはじめた。

「いったい何を考えてたんだ？　何者かに命を狙われてるとわかっていながら、なんの心配もないかのように中庭に出ていくなんて。きみの軽率な行動のせいで、きみ自身やみんなを危険にさらしたんだ……」

エヴィーナはそこで聞くのをやめて下を向いた。それ以上はとても聞いていられなかった。心のなかで、すでにそれとまったく同じことを思っていた。今回のことはすべて自分のせいだ。自分がギャヴィンとともにテーブルについていろという命令に反発し、従わなかったために、コーマグは死ぬかもしれない。わずかに十六年ほどしか生きていないのに、自分のせいでそれ以上生きられないかもしれないのだ。そんなことはよくわかっている。わざわざ教えてもらう必要はない。

ふいに静かになったことに気づき、エヴィーナは顔を上げて、コンランに問いかけるような目を向けた。コンランは目を閉じて身じろぎもせずに立っていた。そしてエヴィーナが見守るなか、ため息をついて目を開けた。「すまない、エヴィーナ。怖い目にあったばかりなのに。きみを叱ってもなんの役にも立たない。おれはただ――」

エヴィーナが彼の唇に人差し指をあてると、コンランは驚いた顔で言葉を切った。

「いいえ」エヴィーナはまじめな顔で言った。「あなたの言うとおりよ。もしコーマグが死ぬようなことがあったら、すべて訓練場に行ったわたしの責任だわ。訓練場に行ったとき、わたしは自分のことと、自分がやりたいことしか考えてなかった。あなたやお父さまに言われたとおり、あなたたちが階下に戻ってくるまでテーブルについてるべきだったのよ」

エヴィーナの罪悪感に満ちた声を聞いて、コンランは眉間にしわを寄せて首を振った。「いや、エヴィ。きみが悪いんじゃない。矢を射ったのはきみじゃないんだから。でも、きみに矢があたらなくて、本当に運がよかった」

「でも、コーマグは運が悪かったわ」エヴィーナは暗い声で言った。

「エヴィ」コンランは話しはじめようとしたものの、ため息をついてふたたび首を振った。「いや、またあとで話そう。階下でみんなが待ってる。でも、とにかくきみのせいじゃないからな」断固とした口調で繰り返すと、向きを変えて部屋の入口に向かい、扉を開けてわきに寄ったが、エヴィーナがついてきていないことに気づいて顔をしかめ、首をめぐらせた。「来ないのか?」

「ええ、ちょっと疲れたから」エヴィーナは静かに言ったが、本当は自分が恥ずかしくてならず、みなに責めるような目で見られるのが耐えられなかったからだった。彼女が訓練場に行ったせいでみなを危険にさらしたことを責められるにちがいないと思った。

コンランは少しためらってから、重々しくうなずいた。「コーマグの容体について何かわかったらすぐに知らせるよ。なるべく早く戻ってくるから。それまでのあいだ、少し休むといい」

エヴィーナはうなずくと、ベッドに足を運んで横向きに寝た。

コンランはまた少しためらってから、部屋の入口のほうを向いた。「ジョーディーとアリックが扉の外に立って見張ってる。何か必要なものがあったら呼ぶといい」

コンランが部屋を出ていって扉が閉まるのを見届けると、エヴィーナは首をめぐらせて頭上の天蓋を見つめ、ため息をついた。とんでもなく愚かな、自分勝手な人間になったような気がした。剣の持ち方を教わっていたときのコーマグの熱心な顔が脳裏から離れなかった。そのあとに見た、彼が倒れている姿と、その背中に刺さる矢も。

目を閉じて、それらを脳裏から追い出して眠ろうとしたが、とうてい眠れそうになかった。エヴィーナは長いあいだそのまま横になっていたが、何度も繰り返しそれらが脳裏に浮かぶので、しまいには頭がおかしくなりそうになった。

どうすれば自分を襲った男を捕まえられるだろうと考えることで、ようやく脳裏からそれらを追い払うことができた。これ以上誰も傷つけられないようにするにはそれしかない――男を捕まえて、その脅威を排除するしかないのだ。おそらく兵士たちはいまこの瞬間も男を捜しているだろう。けれども男はすでに一度逃げおおせているし、今回もまたそうなるにちがいない。罠にかけるしか方法はないように思えた。どういう方法で罠にかけようかと考えていると、扉を叩く音がした。エヴィーナはすばやく身を起こし、扉のほうに目を向けて、声を張りあげた。「どうぞ」彼女がベッドからおりると同時に扉が開けられた。やってきたのはいとこのギャヴィンだった。

エヴィーナは彼のほうに向かいながら尋ねた。「どうしたの？」

「きみにコーマグの容体を知らせるようコンランがローリーに頼んだんだ」ギャヴィンは扉を閉めながら説明した。

「それで？」エヴィーナは両手でギャヴィンの両手をとり、不安に思いながら先を促した。

「心配ないそうだ」ギャヴィンは安心させるように言って、エヴィーナの両手を握りしめた。「ローリーはまだコーマグの傷を縫ってるけど、きみを必要以上に心配させたくないと言ってね。浅い傷で、骨にもどこにも達してないそうだ。二、三日もすれば訓練場に戻れるだろうって」

「ああ、神さま、ありがとうございます」エヴィーナはささやくように言うと、ほっとした気持ちで頭を垂れた。

「きみのせいじゃないよ、エヴィーナ」ギャヴィンが静かに言って、エヴィーナの背中に腕をまわし、ぎこちなく叩いた。「きみがコーマグに矢を射たわけじゃないんだから。矢がきみじゃなくてあいつにあたって本当に運がよかった」

エヴィーナは身を引いてギャヴィンに目を向け、眉を吊りあげた。「運がよかったですって？」

「ああ、おれはそう思うよ」ギャヴィンは弁解じみた笑みを浮かべて言った。「そんなふうに思うべきじゃないのはわかってるし、コーマグはそうは思わないだろうけど。きみが死ななくて本当によかったと思うから」

エヴィーナは口もとをゆがめて微笑みながらギャヴィンをきつく抱きしめると、うしろに下がって尋ねた。「わたしを訓練場に行かせたことで困ったことになった？」

「いや、誰にも何も言われてない。いまのところは」ギャヴィンは皮肉っぽく言った。「みんな忙しくしてるから」

「何をして？」エヴィーナは尋ねた。「わたしを殺そうとしてる男を捕まえるにはどうしたらいいか話し合ってるの？」

「いや、話し合うことなんてたいしてないから。そいつが何者で、どうしてそんなことをしてるのか、誰にもわからないんだから。おれが草地で逃がした盗賊である可能性がいちばん高いっていうこと以外は」ギャヴィンはそうつけ加え、悔しそうに唇をきつく引き結んだ。「あのとき、もっとちゃんと追いかけるんだった。とにかくきみのけがが心配で、早く城に連れて帰って――」

「あなたのしたことはまちがってないわ」エヴィーナはまじめな顔でギャヴィンの言葉をさえぎって、安心させるように言った。「あなたとコンランがわたしをすぐに城に連れて帰って傷の手当てをしてくれなかったら、わたしは死んでたかもしれないんだから」

「でも、おれたちがそいつを捕まえないかぎり、きみは死んでしまうかもしれないんだ」ギャヴィンは怒りもあらわに言った。

エヴィーナはなだめるように彼の肩を叩いて、扉のほうに促した。「階下に行って、何か食べるものはないか料理人に訊いてみない？　コーマグが心配ないってわかっておなかが空いてきたわ」

「食べるものは何もないと思うよ」ギャヴィンは言った。「捜索のあいだ、料理人もその手伝いも、みんなといっしょに大広間に集められてたから」

「捜索って？」エヴィーナは驚き、ギャヴィンが彼女のために扉を開けてくれるのと同時に尋ねたが、兵士たちが廊下を歩いていくのが見えたので、質問したことを忘れてあんぐりと口を開けた。

「ご覧のとおりだよ」ギャヴィンは冷静に言った。「コンランたちはドナンや兵士のほとんどとともに、中庭や訓練場はもちろん城壁のなかを隈なく捜索してる。ファーガス伯父さんが残りの兵士たちに城のなかを捜索させてる。今度こそはなんとしてもきみを襲った男を捕まえるって」

「まあ」エヴィーナはため息交じりに言うと、首を振って、胸を張った。「兵士たちが階上にいるってことは、階下は終わってるはずよ。料理人に何か用意してもらえるかもしれないわ」

廊下に出て、すかさず背筋を伸ばして近づいてきたジョーディーとアリックに微笑みかけると、いとこの腕に腕を絡ませ、兵士たちのわきを通って階段に向かった。

「階段をおりられる？」ギャヴィンが階段の上でエヴィーナの腕を引いて立ち止まらせ、心配そうに尋ねた。「よかったら抱えておりるけど」

エヴィーナはその申し出を聞いて鼻にしわを寄せると、肩をいからせて、きっぱりと言った。「おりられるわ。ゆっくりおりればだいじょうぶよ」

ギャヴィンが疑うような表情をしたのを無視して彼の腕をしっかり握り、もう片方の手を伸ばして手すりをつかんだ。そして非常にゆっくりした速度で階段をおりはじめた。男性なら誰でもいらいらするにちがいないとわかっていたが、筋肉を使わないと力は戻ってこない。とはいえ、最後の段をおりるころには自分の足でおりると決めたことを後悔していた。両脚ががくがく震え、エヴィーナはまるで中庭を駆け抜けてきたかのように荒く息をついていた。

「ここからは、おれに抱いていかせてくれよ」ギャヴィンが彼女のほうを向いて言った。

エヴィーナは片方の手を胸にあてて息を整えようとしながら、架台式のテーブルに目をやった。あまりにも遠くにあるように見えたので思わずうめき声をあげそうになったが、首を振って言った。「自分の足で歩かないと——あっ!」はっと息をのむ。ジョーディーがふいに彼女を抱えあげ、テーブルのほうに大股で歩きはじめたのだ。

エヴィーナはふたたび息を整えようとしながらジョーディーをにらみつけた。テーブルのそばまで来たところで、ようやく話せるようになって文句を言った。「あなたたちブキャナン兄弟は、相手の気持ちにおかまいなく女を抱えあげて運ぶのが大好きなようね」

「きみはうちのサイと同じぐらい頑固だな」ジョーディーは冷ややかに応じて肩をすくめた。「頑固者とは言い争うだけ無駄だ。それにおれはとんでもなくのどが渇いてるから、きみが大広間を自分の足で歩いてテーブルまで行って、おれがのどを潤せるようになるまで、あと三十分も待てない」

エヴィーナは何も言わずに首を振り、ジョーディーが彼女をベンチに座らせると、すでにベンチに座っていたサイやほかの女性たちに向かって、どうにか微笑んでみせた。

「気分はどう？」すかさずサイが尋ねた。「けがしてないわよね？」

「ええ。だいじょうぶよ」エヴィーナは安心させるように言った。

「そうだと思ったんだけど、コンランがまっすぐあなたを階上に運んでいったものだから、地面に押し倒されたときに、息ができなくなったか、痣でもできたんじゃないかと心配してたの」サイは顔をしかめて言った。

エヴィーナはかぶりを振って、仕方なく打ち明けた。「コーマグがわたしの代わりにけがしたことで気が動転しちゃって」

「ええ、わかるわ。わたしもあなたと同じ気持ちになったと思う。自分のせいじゃないといくら人に言われても、気休めにもならないと思うわ」サイはよくわかるというように言って、きっぱりした口調で続けた。「あなたを襲った男をこれ以上野放しにしておくわけにはいかないわ」

「心配しなくていい」ジョーディーがそう言うと、ふたりのあいだから身を乗り出してテーブルの上のマグとエールが入った水差しを取った。身を起こしてマグにエールを注ぎながら続ける。「いままさに城内を捜索してる。マクレーンの城壁のなかも隅々まで捜索することになってる。すぐに捕まるよ」

エヴィーナはサイに目を向けた。彼女が自分と同じように疑うような表情をしているのを見ても驚かず、その表情を浮かべたままエヴィーナのほうを向いたサイに向かって言った。「捜索しても捕まえられなかったときのために、男を罠にかけるいい方法を思いついたの」

サイは背筋を伸ばしてにやりと笑った。「言ってみて」

「なんてこった」背後でアリックがつぶやいた。「女が考えてる。女が考えはじめるとろくなことにならないのに」

エヴィーナは彼を無視してサイに身を寄せ、部屋で思いついたことを話しはじめた。

16

兄弟やドナンに先立って城の正面の階段に向かっていたコンランは、領主が大声でそう訊くのを聞いて顔を上げた。エヴィーナの父親は階段のなかばに立っていたが、コンランが返事をするより早く、兵士がドナンの名前を呼んだ。振り返ると、ドナンがみなのもとを離れて中庭を戻っていくのが見えた。コンランはドナンが門に向かうのを見届けてから、ふたたび行く手にいる領主のほうを向いた。領主が問いかけるような表情をしているのに気づき、力なく首を振って言った。「ドナンや兵士たちといっしょに城壁のなかを隅々まで捜索しました。途中で会った人にもひとり残らず話を聞いたんですが――」いらいらと唇を引き結ぶ。「――成果はありませんでした」

「どうだった?」

領主の横で足を止めて尋ねた。「城内は捜索させましたか?」

「ああ」領主はため息交じりに答えた。コンランと同じぐらい疲れ果て、失望しているように見える。領主が「こちらも成果はなかった」と言ってもコンランは驚かなかった。

何も言わずにうなずくと、階段をのぼりながら言った。「きっとどこかに隠れてるんですよ。引きつづきエヴィーナに護衛をつけて、おびき寄せるための策を考えましょう」

「そうだな」領主はコンランについて足をひきずって階段をのぼりながら、ぼそりと言った。

コンランが城の扉のまえに着いたちょうどそのとき、門のほうで叫び声があがった。足を止め、何を騒いでいるのか見ようとして振り向いて、眉を吊りあげた。門が開かれ、跳ね橋がおろされようとしていたのだ。捜索のあいだ門を閉めて跳ね橋を上げておくよう指示してあった。捜索中に人を出入りさせて混乱を招きたくなかったのだが、もう門を開けてもいいと言うのを忘れていた。いままさに門は開けられており、ドナンがそちらのほうから足早に戻ってくるのが見えた。どうやら先ほど彼を呼んだのは門を守る兵士だったようだ。ドナンがマクレーンをふたたび外の世界に開く許可を与えたのだろう。

「ああ」オーレイがそう言うと同時に、馬に乗った従者たちがドラモンドの旗を掲げて中庭に入ってきた。「ニルスが着いたようだ」

領主が問いかけるような目を向けてくると、コンランは深々とうなずいた。「神父を呼びにやってください、領主殿。結婚式を挙げましょう。せめて今日じゅうに何かをやり遂げないと」

コンランは向きを変えて扉の取っ手をつかんだ。「エヴィーナに知らせてきます」そう言うと、扉を引き開けて城のなかに駆け込んだ。

エヴィーナはまだ部屋にいるものとばかり思っていたので、何も考えずに階段に向かったが、途中で女性の大きな笑い声が耳に入ってきた。ほとんどの貴婦人に見られる慎み深く女らしいくすくす笑いではなく、腹の底から発せられた、なんの遠慮もない笑い声。コンランが知るなかでそんなふうに笑う女性はふたりしかいない。サイとエヴィーナだ。だが、エヴィーナの声はサイの声より少しかすれている。いま聞こえてきたのは紛れもなくエヴィーナの笑い声だった。テーブルのほうを向くと、すぐに彼女の姿が目に入った。ほかの女性たちもみなそこにいて笑いながら何かを飲んでいる。エヴィーナはサイといとこのギャヴィンに挟まれて座っていた。エヴィーナの背後にはジョーディーとアリックが立っていて、みなと同じように笑みを浮かべながらも、あたりに警戒の目を走らせていた。

コンランは一瞬足を止めてエヴィーナを眺め、彼女がもうすぐ――そう、このあとすぐ自分の妻になるという事実を嚙みしめた。奇妙にも驚くべきことのように思えた。そうなることはわかっていて、そのために奮闘し、昨夜ついに彼女の承諾を取りつけたというのに、心のどこかでそれが現実になることを疑っていたにちがいない。ニルスが到着したいま、いよいよそうなると気づいて少し動揺している自分がいたからだ。自分はエヴィーナと結婚する。彼女の夫となって、彼女を妻にする。残りの人生をこの女性とともにする――まもなくブキャナン姓になるエヴィーナ・マクレーン・マクファーソンと愛を交わして、いっしょにマクレーンを治め、喧嘩して仲直りして、子どもを持ち、願わくばいつの日か孫を胸に抱く。

そして彼女も彼の妻になることを承諾してくれている。

コンランが静かに見守るなか、エヴィーナはふたたび笑い声をあげた。奇妙な具合に胸が痛んできた。

「胸やけですか？」

自分でも気づかないうちに胸をさすっていた手をおろして、声がしたほうに目をやると、いつしか城に入ってきていたドナンが近づいてきていたので、苦笑いして尋ねた。「ほかのみんなは外に残ってニルスとエディスを出迎えてるんだな？」

ドナンは重々しくうなずいた。「じきに入ってこられるでしょう」

コンランがうなずいてエヴィーナに目を戻すと、また笑い声があがった。

「わたしが入ってくる直前に、式を挙げられるよう領主殿が神父さまを呼びにいかせました」ドナンがコンランとともにテーブルにつく人々を見ながら言った。

「それならエヴィーナにニルスとエディスが着いたからすぐに結婚式が執りおこなわれると知らせないと」コンランはそう言ったものの動かずに、笑っているエヴィーナを見つめた。また胸が痛んできた。

「胸やけですか?」ドナンにふたたび訊かれて、コンランはまた胸をさすっていたことに気づいた。

「ああ、胸やけがするんだ」手をおろして答えたが、そうでないことはわかっていた。どういうわけかエヴィーナのことが好きでたまらなくなっていた。先ほどテーブルにエヴィーナの姿がないと気づき、彼女を殺そうとしている人間がいるにもかかわらず外に出たとわかって、あれほどあわてふためいたのは、そのためだとしか考えられない。矢がかろうじて彼女をそれ、うしろにいた兵士にあたるのを見て、心臓が止まったことはもとより。あのときは自分の胸を切り開いて、彼女をなかに入れて守りたいと思った。彼女を見るたびに、熱い思いが胸にあふれ、けっしてなくなりそうにない痛みで胸がうずく。彼は頑固で向こう見ずの美しいエヴィーナを愛している。そう気づいて、いままでになく怖くなり、自分が弱い存在になったように感じた。エヴィーナを殺そうとしている男を捕まえられず、彼女が殺されてしまったら……とうてい耐えられそうにない。なんとしても捕まえなければならない。コンランはそう思いながら、テーブルにつく女性陣のほうに向かった。

「本当なの？」近くまで来ると、エヴィーナが信じられないというような顔であえぎながら言うのが聞こえ、コンランは興味を引かれた。

「ええ、本当よ」サイがそう答えたかと思うと、近づいてくるコンランを目の端でとらえたかのように、ふいに彼のほうを向き、にっこり微笑んで言った。「来たわよ」

するとエヴィーナが首をめぐらせてコンランを見た。その顔に笑みが広がるのを見て、コンランは彼女がもうすぐ自分の妻になることに改めて驚いた。どうして自分にこれほどの幸運が舞い込んだのだろうと不思議に思い、その答えがぱっと頭に浮かんだので、思わず苦笑いした。すべてはまったくの偶然にすぎない。エヴィーナは優れたヒーラーとして名高いハイランダー、ローリー・ブキャナンを連れて帰ろうとして、まちがって彼をさらい、連れて帰った。そのおかげで彼は世界一ではないにしてもスコットランド一幸せな男になれたのだ。

「だいぶ気分がよくなったみたいだな」コンランはエヴィーナのかたわらで足を止めて言った。

「ええ」エヴィーナは穏やかな笑みを浮かべて言った。「コーマグのけがが心配ないってわかってほっとしたわ。元気に動きまわってるのも見られたし」

「そうなのか?」コンランはあたりを見まわした。「どこにいるんだ?」

「さっきまでここでわたしたちといっしょに飲み物を飲んでたんだけど、いまは兵舎で休んでるわ」エヴィーナは答えた。「軽い傷を負っただけですんだとはいえ、痛むことには変わりないし、ショックも大きかったでしょうから」そう指摘する。

「そうだな」コンランは同意して、ふたたびエヴィーナに目をやり、少しのあいだ彼女を見つめてから、ふいに言った。「ニルスとエディスが到着した」

「まあ!」サイがその知らせを聞いて顔を輝かせ、エヴィーナのほうを向いた。「エディスはとてもいい人なのよ。あなたもきっと好きになるわ」

ほかの女性たちが口々にそれに同意すると、サイは続けた。「つまり、今夜結婚式を挙げられるということね」

「夜まで待つ必要はない」コンランは請け合った。「すでに神父を呼びにいかせてる。こうして話してるあいだにも着くかもしれない」

「なんですって？」そう聞いてエヴィーナが驚いた顔をした。「でも——」

「ばか言わないで」サイがエヴィーナの言葉をさえぎって言うと、彼女の手を軽く叩いて続けた。「エヴィーナにお風呂に入らせて準備を整えさせてからじゃないと、結婚式は挙げられないわ。それに兄さんもお風呂に入らないと」

「風呂だって？」コンランは驚いて訊き返した。「おれもエヴィーナもお風呂に入る必要なんてない。おれたちは——」

「もちろん、ふたりともお風呂に入らなきゃ」サイは言いつのった。「いよいよ結婚するのよ。ふたりともお風呂に入ってきれいにしてから初夜の儀式を迎えなくちゃ。早く取りかかれば夕食まえに準備をすませられると思うわ」きっぱりした口調で言って、あたりを見まわす。「あなたの愛すべきティルディはどこ、エヴィ？　彼女に言って、あなたたちふたりのためにお風呂を用意させないと」

「浴槽はひとつしかないわ」エヴィーナが顔をしかめて言った。

「いや」ギャヴィンが彼女の思い違いを正した。「浴槽はふたつある。ひとつは召使いたちが使うためのもので、彼らの希望で厨房に置いてあるんだ。ふたつとも階上に運べば、別々にお風呂に入れる」

「どこで入ればいいの？」エヴィーナはふたたび顔をしかめて尋ねた。「わたしは自分の部屋で入ればいいけど、コンランの部屋はいまはドゥーガルとミュアラインが使ってるのよ」

「お父さまのお部屋で入られればいいんですよ」ティルディがコンランの隣に現われて提案した。どこから現われたのかさっぱりわからなかったが、少なくとも話の一部を聞いていたことはまちがいなかった。

「そうね」エヴィーナはほっと息をついて言った。「お父さまは気にしないと思うわ」

「今夜、ギャヴィンさまや兵士たちといっしょに兵舎で眠ることも気になさらないといいんですけど」今度はティルディが顔をしかめて言った。「そうでないと、ドラモンドの領主ご夫妻をどこにお通しすればいいのかわかりません」

「あら」エヴィーナはふいに笑顔になってサイを見ると、侍女のほうを向いて言った。「お父さまに兵舎で寝てもらう必要はないわ、ティルディ。エディスとニルスにはわたしの部屋を使ってもらえばいい」

「なんだって？」コンランは驚きの声をあげた。「じゃあ、おれたちはどこで寝るんだ？」

「そうですよ」ティルディが心配そうに言った。「おふたりをお嬢さまのお部屋にお通ししたら、お嬢さまとコンラン卿は結婚初夜をどこでお過ごしになるんです？」

「心配いらないわ」エヴィーナは謎めいた笑みを浮かべて言った。「女性陣とわたしでいいことを思いついたの」

「ああ、そうなんだ」アリックがコンランに向かって言うと、警告するような口調で続けた。「兄貴たちがエヴィーナを襲った男を捜しまわってたあいだに、女性陣は考えをめぐらせてた」

「いったい何を思いついたんだ？」コンランは心配になって訊いたが、誰かが答える間もなく城の扉が開き、女たちは歓声をあげながらいっせいに立ちあがって、入ってきたエディスを迎えにいった。コンランは眉をひそめて、その姿を見守った。エディスと会えて喜んでいるのは確かだが、彼女が到着したのをいいことに質問に答えるのを避けたのはまちがいなかった。少なくともエヴィーナはそうだ。エディスを知りもしないのに、いまの彼女にできる範囲で精いっぱい急いでテーブルを離れたのだから。コンランは口もとをゆがめ、弟たちのほうを向いて命令した。「教えろ」

「できましたよ」ティルディはエヴィーナの髪を整え終えてうしろに下がり、自分が整えた髪を笑みを浮かべて見ていたが、次いで彼女が身につけているドレスに視線を走らせて表情をくもらせた。首を振ってため息をつき、後悔しているように言う。

「申しわけありません、お嬢さま。この日が来るのはわかってたんだから、結婚式のために新しいきれいなドレスをつくっておくべきでした。ほとんどのドレスは古くなってすり切れてしまってて。矢で穴が開いたのと、今日地面を転がったせいで汚れたものを別にすると、これがいちばんいいドレスなんです」

エヴィーナは身につけている淡い黄色のドレスに視線を落とし、少しいらだちながらすり切れた布地をつまんだ。これまで着るものにはたいして注意を払っていなかった。適切に体をおおってくれさえすれば、それで充分だった。けれどもいまは美しいドレスを着て結婚したかったと思っていた。彼女を妻にすることをコンランが誇りに思うようなドレスを着たかった。エヴィーナはどうにか笑みを浮かべて肩をすくめた。

「これがいちばんいいドレスなら、これにするべきよ。なんの問題もないわ」気丈に嘘をつく。「わたしが何を着ていても、コンランは気づきもしないと思うわ」

ティルディが明らかに嘘をついている彼女を気の毒そうに見つめていると、扉を叩く音がした。訪れた者は招き入れられるのを待たずに扉を開けた。

エヴィーナが目を丸くして見守るなか、サイとミュアラインとエディスとジョーとジェッタがそろって興奮した面持ちで飛び込んできて、いっせいにしゃべりはじめた。

「用意ができたわ！」サイが勝ち誇ったように言うと同時に、ジョーディーが廊下側から手を伸ばし、女性陣の背後で扉を引いて閉めた。

「ええ。とてもすてきにできたわよ」ジョーがうれしそうに言った。

「本当よ」ミュアラインが請け合った。「あそこまでできるとは思わなかったけど、とてもすてきにできたわ」

「ええ」ジェッタがにっこりして同意した。「お城の全部の部屋から毛皮や枕や長枕を持ち出して、ろうそくやたいまつもたくさん置いたわ。椅子を二脚とテーブルまで置いたのよ」

「もちろん、衣装箱もね」エディスが意味ありげに言った。

「すばらしいわ」エヴィーナはほっとして心からの笑みを浮かべて言った。「早く見たいわ」

「きっと喜んでくれるはずよ」サイが請け合うと、まじめな顔になって続けた。「あとはうまく罠にかかってくれることを祈るだけだわ」

みながそろってまじめな顔でうなずくあいだ、室内に短い沈黙がおりたが、少ししてミュアラインがふたたび笑みを浮かべ、まえに進み出て言った。「とってもきれいよ、エヴィーナ。ティルディ、この髪型、すばらしいわ」

「本当ね」エディスが言って、ティルディがエヴィーナの髪を三つ編みにして頭に巻きつけ、ところどころに花を挿して完成させた髪型を見ようと近づいた。「こんなふうに花を三つ編みに挿すとまるで妖精のお姫さまみたいだわ」

ティルディは褒められてにこにこしていたが、みなの目がエヴィーナのドレスに向けられると、ため息をついて言った。「この日のために特別なドレスをつくってさしあげるべきでしたが、みなさまがいらしたこともあって、そこまで考えがまわらなくて。きれいで穴も開いてなくて、目のやり場に困るほどすり切れてないドレスはこれだけなんです。お嬢さまはこれまで流行りの服装のようなものに、ほとんど興味がおありになりませんでしたから」

「これでなんの問題もないわ」エヴィーナはまたどうにか笑みを浮かべて繰り返した。「ティルディがすばらしい髪型にしてくれたから、誰もドレスには目がいかないと思う」

「待って」ジョーがエヴィーナのかたわらに来て、自分自身と彼女を見比べてから、みなに尋ねた。「エヴィーナはわたしとほぼ同じ体つきをしてるわよね？」

「ええ、そうね」ミュアラインが言った。口角が徐々に上がって唇が笑みを形づくる。「どうかエヴィーナが結婚式に着られそうなドレスがあるって言ってちょうだい」

「あると思う」ジョーはうなずいて言うと、扉に向かった。「すぐに戻るわ」

「ジョーが持ってくるものなら、きっとすばらしいわ」ジョーの背後で扉が閉まると同時にミュアラインがにこりとして請け合った。

「どんなドレスにしろ、わざわざ取ってきてくれるなんてやさしいわ」エヴィーナは静かに言った。「とてもいい人のようね。イングランド人だなんて信じられない」

「半分イングランド人なだけよ」サイがきっぱりした口調でエヴィーナの思い違いを正した。「父親はスコットランド人なの。だから、やさしくていい人になったのよ。どうやら母親は正真正銘の性悪なイングランド人だったみたいだから」

「サイ！」ジェッタが愕然として言った。「ジョーが聞いたら傷つくわよ」

「でも聞いてなかったんだからいいじゃない？」サイは肩をすくめて言ってから続けた。「それにジョーもきっと同じことを言うわ。実の母親を愛してないし、知りもしないのよ。実の母親が妹のレディ・マッケイを殺そうとしたと知って、みんなと同じように震えあがったんだから」

「待って」エヴィーナは眉をひそめて言った。「ジョーの母親は自分の妹を殺そうとしたの？」

「そうよ」エディスが言ったが、そのとき扉が開いたので、そちらに目をやり、ジョーが紫がかった濃い青色のドレスを両腕にかけて入ってくるのを見て口をつぐんだ。

「今度、話してあげるわ」ジョーが近づいてくるのをみなといっしょに見守りながら、サイが小声で言って続けた。「本人が話さなかったらね」

エヴィーナは何も言わずにうなずくと、ジョーが持っているドレスに熱い視線を向けた。美しいドレスだ。いま身につけているドレスよりはるかに美しい。細部に目をやりながら、どうかちょうどいい大きさでありますようにと祈りはじめた。

「さあ、いま着てるドレスをお脱ぎになって、あちらのドレスを着てごらんになってください」ティルディが侍女の役目に徹して言った。みながすかさずエヴィーナのまわりに来て手を貸し、ほどなくして祈りは聞き届けられて、彼女は紫がかった濃い青色のドレスを身につけていた。ドレスはぴったりだった。みながうしろに下がると、エヴィーナは自分を見下ろして危うく泣きそうになった。ドレスが似合っているのかどうかはわからなかったが、見下ろすととても美しく見え、着ている自分もきれいになった気がした。

「完璧だわ」ミュアラインがささやいた。

その言葉を聞いて、エヴィーナが期待を込めて目を上げると、みなは称賛の表情を浮かべていた。

「ええ、完璧に似合ってるわ」ジョーがまじめな顔で言った。「それは新品なの。まだ一度も着たことないし、いまとなっては着られないわ。あなたほど似合うはずないもの。あなたが持ってるべきよ」

「そんな！」エヴィーナは驚いて目を丸くした。「だめよ。もらえないわ」

「いいえ、もらって」ジョーは言った。「結婚の贈り物だと思ってちょうだい」

エヴィーナは口を開けたものの何も言わずに閉じ、ジョーのやさしさに涙がこみあげるのを感じて戸惑いながら、ふたたび美しいドレスを見下ろした。「ありがとう」少ししてどうにか口にしたが、ふいに近づいてきたジョーに抱きしめられたので、わずかに身をこわばらせた。

「どういたしまして」ジョーは言って、彼女をきつく抱きしめた。「うっとりするほどきれいよ」

エヴィーナは少しためらってから、ジョーの体におずおずと両腕をまわして抱きしめ返した。なんだか奇妙な感じがした。母親が亡くなって以来、コンラン以外の人間にきつく抱きしめられたことは一度もなかったし、彼に抱きしめられたときとも違っていた。これまで彼は親密な行為をしている最中とそのあとや、溺れさせられそうになった彼女を落ち着かせるために抱きしめてきた。それが今回は、相手の純粋な愛情を感じた。こんなふうに抱きしめられて、こみあげてきた感情に、エヴィーナは慣れていなかったが、ほかの女性たちがまわりに来て彼女たちふたりを抱きしめてきたので、慣れたほうがよさそうだと思った。

「やだ!」ふいにミュアラインがあえぐように言って、みなから離れた。「ドレスがしわになっちゃうわ!」

すかさず一同はエヴィーナを放し、うしろに下がって、ドレスが無事なことを確かめた。

「だいじょうぶよ」エディスがほっとした顔で言うと、苦笑いして続けた。「でも、わたしも結婚式に出る準備をしなきゃ。旅のあいだにドレスがすっかり埃っぽくなっちゃった。着替えないと、エヴィーナと並んだら、ぱっとしないとこみたいに見えるわ」

「ドゥーガルとわたしが使わせてもらってる部屋で着替えればいいわ」ミュアラインが提案した。

「待って」エヴィーナは言った。「どちらにしろ、エディスにはわたしの部屋に泊まってもらうのよ。わたしは出ていくから、ここで着替えればいいわ」

「だめよ」すかさずサイが言った。「コンランに見られるかもしれないじゃない。彼が教会の祭壇に行くまでここで待たなきゃ。あなたは迎えにきたお父さまに連れられて祭壇に行って、神父さまのまえで彼に引き渡されるのよ」

「まあ」エヴィーナは当惑して言った。その手のことに決まりがあるなんて思ってもみなかった。

「だいじょうぶよ」エディスが笑みを浮かべて安心させるように言った。「ミュアラインとドゥーガルが使ってる部屋で着替えさせてもらうわ。どちらにしろ、わたしの衣装箱はまだ廊下に置かれてるから」

「ぐずぐずしてはいられないわ」ジェッタが言った。「エヴィーナが現われるのを教会で待ってなきゃならないんだから。わたしも着替えたほうがよさそうだし。天幕の用意をしてて汗をかいたし、ドレスも埃っぽくなったから」

「わたしもよ」サイがドレスについた埃をいらだたしげに払いながら言った。「わたしも着替えたほうがいいみたい」

同意の言葉を口にしながら五人はいっせいに動きはじめ、ときに笑い声をあげながら、入ってきたときと同じようににぎやかに部屋を出ていった。エヴィーナは部屋のまんなかに立って彼女たちが出ていくのを見守りながら、ひとり取り残されたような心細い気分になった。

するとその衣擦れのような音が聞こえてきたのでティルディに注意を向け、音がしたほうに目をやると、彼女がベッドから毛皮をおろしているのが見えた。エヴィーナはひと息ついて気持ちを落ち着かせてから、どうにか笑みを浮かべて言った。「いまそんなことする必要はないわ、ティルディ」

「いいえ、いまやっておかないと」ティルディはすかさずそう答えて指摘した。「今晩ドラモンドの領主ご夫妻がこの部屋をお使いになれるようにしておかなければならないんですから」

「ああ、そうだったわね」エヴィーナは言うと、侍女がベッドからシーツを剝がしはじめたのを見て、手伝おうとベッドに向かった。

「離れていてください」ティルディがすぐに言った。「ドレスがしわになって、髪も崩れてしまいます。おとなしく椅子におかけになって、お待ちください」

エヴィーナは顔をしかめたが、言われたとおりに暖炉のそばのテーブルに向かい、そろそろと椅子に腰かけた。とはいえ、侍女が働いているのを、ただ座って見ている自分が役立たずに思えて仕方がなかった。

「いい方々ですね」ティルディが汚れたシーツを扉のそばに運んで床に落としながら、まじめな口調で言った。

「ええ」エヴィーナは同意して、ティルディが衣装箱から洗濯してあるシーツを出してベッドに敷くのを見守った。

「それに、すでにお嬢さまをご家族の一員として受け入れてらっしゃいます」ティルディは手を動かしながら続けた。「また女性のご家族ができてよかったですね」

その言葉を聞いてエヴィーナはかすかに目を見開くと、眉をひそめて、ティルディの声の調子からその気持ちを推し量ろうとした。怒っているのではなく、後悔しているようだ。どうしてなのかわからなかった。落ち込んでいるようにも見えたが、その原因も理由もわからないので慰めようがなかった。エヴィーナは立ちあがってベッドに足を運び、ティルディの顔をよく見ようとしたが、侍女は見られまいとしているらしく、ずっと顔をそむけていた。結局、エヴィーナはティルディの最後の言葉をもとにして言った。「あなたも女性で家族よ、ティルディ」

「いいえ、お嬢さま」ティルディは声に後悔の念をにじませて言うと、背筋を伸ばし、エヴィーナの目をまっすぐに見て続けた。「わたしはずっとお嬢さまを家族だと思ってきましたし、お嬢さまがお生まれになったときからいっしょにいるのも事実です。でも、先ほどみなさまがお嬢さまを抱きしめてらっしゃるのを見て気づいたんです。自分はあんなふうにお嬢さまを元気づけてさしあげたことは一度もなかったって。お母さまがお亡くなりになった日でさえも。お嬢さまはまだほんの子どもで泣きじゃくっておられたのに」

エヴィーナはティルディがそこかしこで埃を払いながら部屋を片づけてまわるのを見守りながら、その日のことを思い出した。ティルディの言うとおりだが、違っていることもある。咳払いして言った。「あなたの言うとおりかもしれないけど、確かあなたはわたしが泣き止むと涙を拭いて馬車に乗せてくれたわ。そして何も言わずに横に座って、家に帰るまでずっと、わたしが静かに心を落ち着かせられるようにしてくれたのよ」

その言葉を聞いたティルディがわずかに口もとをゆがめただけで動きを止めず、彼女が着る予定だった黄色いドレスや汚れたシュミーズを手に取るのを見て、エヴィーナは続けた。「それにあなたはいつもわたしを支えてくれて、わたしが転んだり、何かでけがしたりしたときには傷の手当てをしてくれたわ……兵士たちに指示を与えにいくまえに、何か食べてからにしろとうるさく言ってくれたし、まちがったことをしたときは、きつくにらみつけてくれた。あなたはまちがいなく家族よ、ティルディ」

穏やかな声で安心させるように言う。「抱きしめるのはあなたのやり方じゃないだけよ」

「まあ、そんな……」ティルディは居心地悪そうにもぞもぞと体を動かすと、首を振った。「でも、抱きしめてさしあげるべきでした。お嬢さまはほんの子どもだったんですから。わたしはお父さまと同じぐらいお嬢さまの期待を裏切ってしまったんです。お父さまはお嬢さまにお嬢さま自身とギャヴィンさまの面倒を見させ、城の管理をお任せになった。そしてわたしはお嬢さまに、子どもならみんな必要としてる愛情をさしあげなかった。わたしたちふたりをご覧になってたんだから、お嬢さまが結婚したがらず、期待を裏切るかもしれない誰かに頼りたがらなかったのも当然です。本当に申しわけなく思ってるんです」動揺している口調で言う。

エヴィーナはすかさず首を振った。「結婚したくないと思ったのは、そんな理由からじゃないわ。マクファーソンみたいな夫や、ギャリック叔父さまがグレナ叔母さまにしたようにわたしを殴るかもしれない夫を持つ危険を冒したくなかったからよ」

「まあ、お嬢さま」ティルディは背筋を伸ばし、怒った顔でエヴィーナを見た。「なんならお父さまにそう言って気持ちを楽にしてさしあげてもいいし、ご自分にそう言い聞かせて、そのことについて考えないようにされてもかまいませんけど、わたしをだますことはできませんよ。愚かにもお嬢さまを殴った男がいたとしても、お嬢さまは殴り返すに決まってますし、それどころかとことん思い知らせてやるはずです。兵士たちが酔って生意気な態度をとったときにお嬢さまがそうするのを何度も見たことがありますから」ティルディは指摘した。「ドナンを相手に熱心に剣の腕を磨いてらっしゃるのは、半分はそのためなんじゃないですか？」

「わたしはそんな——」エヴィーナは弱々しく首を振った。

「それに、お嬢さまとご結婚された誰かが愚かにもお嬢さまに暴力を振るったら、それを最後にその男は誰にも暴力を振るうことができなくなるはずです。けがが治りしだい、お嬢さまはシーツを縫ってつくった袋に男を入れて、死ぬ寸前まで殴りつけ、そのまま森に捨てて、生かすも殺すも神さまにお任せしたあと、戻ってきて門を閉め、男が生きて帰ってきたとしても入れるなとおっしゃるはずですから。ええ」ティルディはきっぱりと言った。「お嬢さまは殿方に肉体的に傷つけられることなんて恐れていらっしゃいません。命を懸けてもいいです。お嬢さまが恐れてらっしゃるのは期待を裏切られることです。好きなだけ鍛えて腕を磨くことはできても、お母さまが亡くなられたときにお父さまにされたように、殿方に捨てられてご自分でご自分の面倒を見なければならなくなったときに、心が張り裂けないようにすることはおできになりませんから」

ティルディはため息をつき、まじめな顔でエヴィーナを見つめてから続けた。「ブキャナンさまがいらっしゃって、お嬢さまをわたしたちから救ってくださって本当によかったとしか申しあげられません。あの方ならわたしたちと違って、けっしてお嬢さまの期待を裏切らないでしょう。わたしが耳にしたところでは、あの方はご家族思いで責任感が強くていらっしゃるようです。つねにご兄弟のどなたかや義理の弟さんを助けてらっしゃるんだそうですよ。ローリーさまがヒーラーのお仕事をなさるのを助け、ドゥーガルさまが馬を育てるのを助け、ニルスさまが羊を飼うのを助けてらっしゃるんだそうです」深々とうなずいて、さらに続ける。「それに、もしあの方がけがされるか――不幸にも――亡くなられたとしても、ご兄弟や妹さんが助けてくださるでしょう。ええ、まちがいありません」ティルディは断言した。「ブキャナン家の方々はみんなご家族思いなんです。マクレーンがどこかと戦うことになったら駆けつけるだけじゃなく、どんなときにも駆けつけるんですよ。どなたかがお生まれになったとか、お亡くなりになったとか、ご結婚されるとか、宗教上の祝日や、お祝いごとや、そう、ただ顔をご覧になるためだけでも。それで思い出しましたけど」ふいに顔をしかめて言う。「みなさまに泊まっていただけるようにお部屋を増やさなければなりませんね」

ティルディはエヴィーナの返事を待たずに扉に向かいながら言った。「お客さまをお迎えする準備はできました。お待ちになってるあいだ、少しお休みになったらどうです？　お父さまがお迎えにくるまでどれぐらいかかるか確かめてきます」

ティルディは汚れた衣類を洗濯するシーツの上に置いて扉を開けると、それらをひとまとめにして抱えて部屋を出ていった。

今度もまたジョーディーが扉を引いて閉める役を買って出た。取っ手をつかもうと手を伸ばしたが、部屋のまんなかに立つエヴィーナに気づいて動きを止め、かすかに目を見開いた。そして少しのあいだ彼女を見つめてから、笑みを浮かべて言った。

「きみにローリーとまちがえられた日は、コンランにとって人生でもっとも運がよかった日だったな、エヴィーナ。ものすごくきれいだ」

「なんだって？」廊下でアリックの声がしたかと思うと、彼がジョーディーのかたわらに現われて部屋をのぞき込んできた。アリックが目を見開いて「わお！」と言うのと同時にジョーディーが扉を引いて閉めた。

扉が閉まったあともエヴィーナはその場を動かずにいた。動こうとしても動けなかったにちがいない。ティルディの言葉に衝撃を受け、凍りついていたからだ。頭のなかではティルディの言葉がふたたび聞こえていた。

〝お嬢さまは殿方に肉体的に傷つけられることなんて恐れていらっしゃいません。命を懸けてもいいです。お嬢さまが恐れてらっしゃるのは期待を裏切られることです。好きなだけ鍛えて腕を磨くことはできても、お母さまが亡くなられたときにお父さまにされたように、殿方に捨てられてご自分でご自分の面倒を見なければならなくなったときに、心が張り裂けないようにすることはおできになりませんから〟

エヴィーナはベッドの端に力なく腰をおろした。

自分が結婚するのを避けていたのはだからなのだろうか。そうではないと思いたかったが、ティルディが言ったことはどれも本当だった。愚かにも彼女を殴った男は誰であれ殴り返してやるし、その男が彼女に暴力を振るうという救いようもなく愚かな行為に出るほどの間抜けなら、最初に暴力を振るったときに彼女が死んでしまうことを願ったほうがいい。二度目の機会はけっして訪れないから。

「まったく、なんてことかしら」エヴィーナは両手で顔をさすりながら、つぶやいた。もう何年も自分に嘘をついてきたのだ。どうして自分に嘘がつけたのだろう。

その答えは簡単だった。ティルディが言っていたとおり、そうすればそのことを考えずにすむからだ。父親が支えになってくれず、充分に面倒を見てくれなかったという事実を認めずにすむ。生きることもマクレーンを治めることもやめて、彼女が必要とする父親でいてくれなくなったという事実を。ある意味、父親は、あの日、母親や夫やラハランと同じように川で死んだのだ。エヴィーナは孤児同然となり、ひとりで大きくならなければならなくなった。いちばん信頼していた父親に期待を裏切られたのだ。母親が亡くなったあと、父親は彼女を支えてくれなかったばかりか、誰の支えにもなっていなかった。彼女が進み出て、力を尽くしてマクレーンを治めなければ、マクレーンは衰退し、荒れ果てていただろう。ギャヴィンに関しても、叔母の期待もむなしく、父親は支えになっておらず、エヴィーナがいとこを育てる役目を負うことになったのだ。

最初のうちは、どちらの役目もうまく果たせていなかったが、幸い、ドナンやティルディやほかの兵士や召使いたちが、できるかぎり助けてくれた。最終的な判断は彼女にゆだねながらも、正しい方向に導いてくれた。エヴィーナはすぐに成長し、父親の代わりにいとことマクレーンの人々の面倒を見た。父親の面倒さえ見て、食事を抜かそうしたときには食べるよう言い、お酒に依存しそうになったときにはお酒を遠ざけた。妻を亡くした悲しみを乗り越え、立ち直ったように見えたあとも、父親は自らの責任を果たそうとはしなかった。このままエヴィーナに任せていれば問題ないとして、彼女の母親と夫を助けようとして死んだ男の後任にドナンを据え、自分が死んだら彼女を氏族の長とすると宣言した。そして自分は狩りをしたり、釣りをしたり、古い友人を訪ねたりして過ごすようになった。

まったく、お父さまなんて大嫌いよ、とエヴィーナは正直に認めた。

でも、愛してもいるわ、と顔をしかめて認める。

自分に嘘をついたのはだからだった。エヴィーナは、母親が亡くなるまえの父親の姿を覚えているので父親を愛していたが、母親が亡くなって弱くなり、頼れなくなって、幼い彼女に重荷を課した父親が大嫌いだった。父親はそうするべきではなかったのだ。コンランなら父親と違って、ぼろぼろになったりはしなかっただろう。自らを奮い起こしてベッドから出て、すべきことをしたにちがいない。それに、もしそうでなかったとしても、兄弟やサイが彼のもとに押しかけて、ベッドから引きずり出し、すべきことをさせたはずだ。そして彼が自ら悲しみを乗り越えられるようになるまで支えてあげたにちがいない。

けれども父親にはブキャナン兄弟やサイのような兄弟姉妹はいなかった。たったひとりの妹は、数カ月後に瀕死の状態でやってきて、そのまま亡くなった。深い悲しみに新たな悲しみが重なったのだ。叔母はギャヴィンを父親に託し、エヴィーナに新たな責任が課されることになった。だからといって、エヴィーナがそれを嫌だと思ったというわけではないが。当時はギャヴィンだけが彼女の毎日を明るく照らしてくれた。

彼女の救いにさえなってくれた。ギャヴィンのためにも投げ出すわけにはいかなかった。

本当に大変だったわ、とエヴィーナは思った。何もかも放り出して、父親のようにふさぎ込み、失った人を思って泣いて暮らしたいと何度も思ったが、ギャヴィンやマクレーンの人々のことを考えると、そうするわけにはいかなかった。彼らのために強くならなければならなかった。父親は、彼らのためにも、自分の娘のためにも、強くなってはくれなかったけれど。

「まったくもう」エヴィーナは首を振りながらつぶやいた。これから結婚式を挙げるのだ。心のなかを探って、解決できない問題についてあれこれ考えている暇はない。どんなことをしても過去は変えられないのだ。すべてはすんだこと。いまは未来に目を向けよう。つまり、これから結婚する相手、コンランに。

エヴィーナはゆっくり息を吐き出した。彼のことを考えただけでいくらか落ち着いてきた。そうよ、コンランはお父さまとは違う。絶対にわたしの期待を裏切ったりしない。たとえ裏切ったとしても、サイがわたしの味方について、彼のお尻を蹴り飛ばしてくれるわ。エヴィーナはそう思って微笑んだ。

ティルディの言うとおり、彼女は結婚して、家族を何よりも大事にしている大家族の一員になろうとしていた。この先、彼らはコンランだけでなく彼女の支えにもなってくれるだろう。わたしたちの子どもの支えにも。エヴィーナはそう思い、コンランは当然、子どもを持つべきだと思った。コンランの両親にならって、七、八人は子どもを持とう。そうすれば、彼女とコンランが死んでしまっても、子どもたちはお互いを頼りにできる。

エヴィーナはかすかに微笑んで身につけている美しいドレスに視線を落とし、彼女を見たジョーディーとアリックの反応を思い出した。

〝きみにローリーとまちがえられた日は、コンランにとって人生でもっとも運がよかった日だったな、エヴィーナ。ものすごくきれいだ〟とジョーディーは言った。コンランもそう思ってくれるだろうか、とエヴィーナは思った。彼は彼女と結婚することを喜んでいるのだろうか。彼女の父親にまんまと嵌められて結婚するようなものだけれど。

エヴィーナは思わず苦笑いした。ファーガス・マクレーンは、長年、彼女に自分の面倒を見させておいて、ふいに父親であることを思い出し、自ら娘の未来を切り拓いた。文句を言ってやりたいところだが、お手柄だったと認めざるを得ない。いいときに、いい相手を選んでくれたのだから。その証拠に、彼女は人違いをして別のハイランダーを連れて帰ってきて結婚しようとしている自分は運がよかったと感じていた。もしあの日、予定どおりローリーを連れて帰ってきていたら……まあ、ローリーも充分にいい人だし、ほかの兄弟やサイと同じように家族を大事にしていることはまちがいない。けれどもローリーと性格が合うとは思えなかった。ブキャナン家のヒーラーを連れて帰ってこようとしたのは、結婚相手にしようとしたからではないけれど。実際、あのときはそれどころではなかった。それがいま、コンランと結婚することをうれしく思っている。彼はまちがいなく信頼できる男だった。

彼はまたベッドでほかの誰からも得られない悦びを与えてくれる。あの飢えた目で見つめられるだけで、それまで一度もうずいたことがないところがうずきだす。そして彼にキスされたり、ふれられたりするだけで……ほかのことはすべて忘れてしまう。理性を失って、切実な欲望に震える体になり、すぐに横になって彼のために脚を開きたくなる。

そう、結局、彼女は自分にふさわしいハイランダーを連れて帰ってきたのだ。彼のことが好きで、尊敬もしているし、彼とともに悦びを味わっている……彼を愛してさえいるのかもしれない。エヴィーナは心からそう認めた。まだ愛していないにしても、いずれ愛するようになるのはまちがいなかった。彼のいない人生を想像するのがむずかしくなりはじめていたし、彼以外の男と人生やベッドをともにする未来は思い描けなくなりはじめていた。

ええ、わたしはたぶん彼を愛している。エヴィーナはそう認めたものの、自分の臆病さに顔をしかめ、ええ、わたしはコンラン・ブキャナンを愛している、と改めて認めた。彼はいい人だ。強くて勇敢で、知的でもある。しかもやさしく穏やかで、辛抱強く、親切だ。わたしは彼を愛し、求めていて、彼の妻になるのが待ち切れない。エヴィーナはそう認めたが、そのとき背後で何かがかさこそと動きまわるような音がしたので、はっと身をこわばらせた。浴槽で何者かに溺れさせられそうになった直前に聞こえた音とよく似ていた。

でもいまは、通路の出入り口はどれも鍵がかけてある。エヴィーナは自分にそう思い出させた。今度こそネズミにちがいない。そう思いながらも、音の正体を確かめようと首をめぐらせはじめたが……途中で扉を叩く音がしたので動きを止めて、そちらにさっと顔を向けた。

自分がひどく神経質になっていることに気づいて、やれやれと首を振りながら、声を張りあげた。「どうぞ」エヴィーナが立ちあがってドレスの埃を払うと同時に扉が開いた。

父親が迎えにきたのだろうとなかば思っていたが、父親に対して少し複雑な気持ちになっていたので、ギャヴィンが入ってきたのを見てほっとした。

「とてもきれいだね、エヴィーナ」ギャヴィンは扉を閉めてエヴィーナに目を向け、畏敬の念と誇らしさが入り交じったような声で言った。

「ありがとう」エヴィーナは称賛の言葉に落ち着かなく体を動かしながら言うと、話題を変えようとして尋ねた。「何かあったんじゃないわよね？　お父さまが迎えにくるのを待ってるんだけど」

「ああ。きみを連れてくるようファーガス伯父さんに頼まれたんだ。傷が少し痛むから階段をのぼりおりできそうにないって」

心の声が、また父親に失望させられそうだと告げたが、エヴィーナはそれを追い払った。過去は過去よ。そう自分に思い出させる。

「まさか逃げようとしてたんじゃないよね？」ふいにギャヴィンが尋ねた。

エヴィーナは物思いを断ち切り、困惑して彼を見ながら尋ねた。「なんですって？」声に戸惑いが現われていた。

するとギャヴィンが眉を吊りあげて、彼女の背後を身振りで示した。振り向くと、隠し通路の出入り口が開いていた。エヴィーナは驚いて出入り口を見つめた。女性陣がいたときも、ティルディが部屋を整えているあいだも、出入り口は開いていなかった。もし開いていたら気づいていたはずだ。そもそも開いているはずがない。父親が部屋側から鍵をかけたのだから。通路側から開けることは誰にもできなかったはずだ。

「きみはコンランと結婚したがってると思ってたけど？」背後でギャヴィンが言った。非難しているような口振りだ。

「ええ」エヴィーナはささやくように言うと、急いで隠し通路の出入り口に向かおうとした。出入り口を閉めて鍵をかけるつもりだった。そうしておいてギャヴィンにコンランたちを呼びにいかせ、また通路を捜索してもらおうと思った。彼女を襲った男はいままさに通路にいるはずだから。少なくともそういう計画だったのだが、エヴィーナは出入り口まで行けなかった。ベッドの端まで来て一歩踏み出したところで、視界の端で何かが動いた。そちらを向こうとしたときにはすでに手遅れだった。ベッドの横でしゃがみ込んでいた、丸刈りでそこそこきれいなプレードを身につけた長身の男が立ちあがるのが見えた瞬間、エヴィーナは男に腕をつかまれて、その胸に引き寄せられていた。

「ギャヴ――！」どうにか叫んだが、すぐに手で口をふさがれ、のどに短剣を押しあてられた。

「静かにしろ。誰かが来たら、おれもあんたたちも困ることになる」男はエヴィーナののどに鋭い刃を押しつけながら、低い声でうなるように言った。

「その人を放せ」ギャヴィンがベルトから剣を抜き、相手を威嚇するように高く振りあげて要求した。

「剣をおろすんだ」エヴィーナを捕まえている男は低く怒気を帯びた声で言った。「助けを呼ぼうなんて考えるなよ。そんなことしたら、この場でこの女ののどを切り裂いてやる」

ギャヴィンは剣を握る手に力を込めて、ためらう素振りを見せたが、結局、顎をこわばらせて首を振った。

エヴィーナを捕まえている男は、低い声でくすりと笑った。「じゃあ、その剣を落とさないようにするんだな。でも、だいぶ重そうだな。じきに疲れてくるぞ……こっちはいつまでだって待ってられる。つまり、おれのほうが有利だってことだ」

三人は動きが取れない状態のまま、その場に立ちつづけた。この状況が永遠に続くのではないかと思われはじめたとき、扉を叩く音がした。

17

「これでいい」オーレイがプレードをところどころ引っ張りながら言った。「かっこいいぞ」

「ありがとう」コンランは応じて、ベルトに剣を差した。「きれいなシャツとプレードを貸してくれたことにも礼を言うよ。ここにいていちばん困るのは、替えのプレードもシャツもないことだ」

「そうだろうな」オーレイはそう言ってうしろに下がり、コンランをまじまじと見て続けた。「そのプレードはニルスからの贈り物だ。あいつのところの羊の毛で織られてる」

そう告げられて、コンランは眉を吊りあげた。「それなら、どうしてニルスが自分で持ってこなかったんだ？」

「ニルスはそうしたがったが、おれが、自分が持っていくと言ったんだ」オーレイは言った。「おまえに話があったから」

コンランはため息をついて首を振った。「おれは彼女と結婚する。脅されたり、殴られたりしなくても、おれは――」

「わかってる」オーレイはコンランの言葉を冷ややかにさえぎった。「おまえが彼女を愛していて、結婚することを喜んでいることぐらい、どんな間抜けにだってわかる」

その言葉にコンランは身をこわばらせると、わずかに顔をしかめて訊いた。「そんなにわかりやすいかな？」

「ああ」オーレイは愉快そうに言った。「でも、その話をしにきたんじゃないんだ」

「じゃあ、なんの話をしにきたんだ？」コンランは眉を吊りあげて尋ねた。

「女性陣が考えた計画のことだ」オーレイは答えた。「天幕の件だよ」

「ああ、そのことか。シンクレアの旅行用の天幕を使う件だな」コンランは女性陣が考え出した計画を思い出し、重苦しい口調で言った。今夜、彼とエヴィーナは天幕のなかで寝る。結婚初夜をそこで過ごすのだ。城に多くの客を迎えて寝る部屋がないというのが表向きの理由だった。だが、本当のところ、女性陣は、なおもエヴィーナを殺そうとしているろくでなしが、ふたりが天幕で寝ているのを絶好の機会と捉えて、ふたたび襲ってくることを期待していた。

「気が進まないのか？」オーレイは驚いているようには見えない顔で尋ねた。「おれはいい計画だと思うがな」

「ろくでなしがまた殺そうとしてきたら、天幕のなかで危険にさらされるのはジェッタじゃないからな」コンランはぶっきらぼうに指摘した。

「ああ」オーレイは応じた。「エヴィーナだ」

「ああ」コンランはうなるように言った。

「襲ってこないかもしれないじゃないか」オーレイはなだめるように言った。「天幕の出入り口と四方の角に兵士を立たせて、厳重に警備されてるように見せるんだから」

「少ししたら、うしろ側のふたりがまえにいるふたりと話しにきて、うしろ側には誰もいなくなるんだろう？」コンランはアリックとジョーディーから聞き出した計画の内容を思い出しながら、苦々しげに続けた。「そうしたら、やつが天幕のうしろ側を切り裂いてなかに入ってきて、おれたちが眠ってるものと思って殺そうとする。すると、これはあくまでもうまくいけばの話だが、ジョーディーとアリックがそれまで隠れていた衣装箱からすばやく飛び出して、エヴィーナが危害を加えられるまえにやつを止めるんだよな」

「おれもドゥーガルとニルスといっしょに隠し通路の出入り口から見張ってる」オーレイはコンランに思い出させた。「厨房の裏のリンゴの木々のあいだに天幕を設営したのはそのためだ。それに、おまえもエヴィーナも武器を持って天幕に入るんだし、人殺しが忍び込んでくるかもしれないとわかってるのに眠りはしないだろう。そもそもやつは天幕の警備が厳しいのを見て、兵士たちが動くまえに、襲うのをやめて退散するかもしれない」オーレイは指摘した。「計画どおりにいかない可能性だってあるんだ」

コンランは何も言わずにうなずいたが、計画がうまくいくことを望むべきか、いかないことを望むべきか迷っていた。ろくでなしは捕まえたいが、できればエヴィーナを危険にさらさない方法で捕まえたい。あいにく、そうした方法はまだ思いつかなかった。それに認めたくはないが、エヴィーナが考えた計画はなかなかいい。本当に頭がいい女性だ。

「とにかく」オーレイは言った。「おまえが計画をちゃんと把握してるか確認したかったんだ」

「ああ、ちゃんと把握してる」コンランはため息交じりに答えた。

「よかった。じゃあ、おまえが結婚するのを見にいくとしよう」オーレイは言って、扉に向かった。

コンランは低くうなると、オーレイのあとを追って扉に向かった。オーレイが扉を開けて押さえていてくれたので先に廊下に出たが、ジョーディーとアリックがエヴィーナの部屋の扉のまえでしゃがみ込んでいるのを見て足を止めた。ふたりはかわるがわる扉に耳を押しあて、横板の隙間から部屋のなかをのぞこうとしていた。

コンランがいったい何をしているんだと問いつめようとして口を開きかけたちょうどそのとき、ジョーディーが首をめぐらせて、彼とオーレイに気づいた。ジョーディーは何も言わずに人差し指を唇にあてて静かにするよう示すと、ぱっと立ちあがり、ふたりが扉の近くまで足を運んで何か言うのを防ぐかのように、急ぎ足でふたりのもとに来た。

「いったい何をしてるんだ?」コンランは声を押し殺して尋ねた。

「ついさっき、ギャヴィンが入っていったんだ」ジョーディーは説明した。

「だから?」コンランは訊いた。「彼はエヴィーナのいとこだ。たぶん領主殿に頼まれて彼女を迎えにきたんだろう。領主殿はさっきひどく足を引きずってたからな。また傷が痛んでるらしい。それにエヴィーナもまだ体力が戻ってない。だから、ふたりとも馬に乗って教会に行くことにしたんじゃないかな」

「そうだろうな」ジョーディーは応じた。

「話したか？」アリックが三人のもとに来て急かすように言った。

「いま話そうとしてたところだ」ジョーディーはいらだたしげに答えた。

「話すって何を？」オーレイが尋ねた。

「部屋のなかに、ふたりのほかに誰かいるみたいなんだ」アリックは心配と興奮が入り交じったような表情で言った。

「誰かって？」コンランはすかさず訊き返した。

「それがわからないんだよ」ジョーディーは認めた。「女性陣が部屋に入って出てきたあと、ティルディが出てきて、そのあとギャヴィンが入っていった。ギャヴィンとエヴィーナしかいないはずなんだ」

「それなのに、どうしてほかに誰かいると思うんだ？」コンランは眉をひそめて尋ねた。

「ギャヴィンが部屋に入ってすぐ、エヴィーナが彼の名前を叫んだんだ。そのあと、ふたりの男が話す声が聞こえてきた。ギャヴィンの声が聞こえて、誰かがかろうじて聞こえるくらいの小さな声で、それに答えた」

「エヴィーナの声じゃないのか？」オーレイが言った。

弟ふたりはそろって首を振り、次いでジョーディーが言った。「低くてかすれた声だった。まちがいなく男の声だよ」

「それなのに、入って確かめようとしなかったのか？」コンランは信じられない思いで問いつめた。

「ついさっき起こったことなんだよ。どうするか決めるために、何を話してるのか聞こうとしてたんだ。実際に男がいるなら、おれたちが入っていったらエヴィーナと彼女のいとこを危険にさらすことになるかもしれない」ジョーディーは指摘した。「それにエヴィーナを部屋に入れるまえに、おれたちは室内を確認した。部屋の入口にはおれたちがいたし、隠し通路の出入り口にはどこも部屋側から鍵をかけてある。誰もいるはずないんだ」

コンランは眉をひそめて言った。「扉を叩いてみてくれ。なんの問題もないか確かめないと」

「ふたりのうちのどちらかが扉を開けたら、どう言えばいいんだい？」ジョーディーが顔をしかめて尋ねた。

「扉を開けたのがギャヴィンで、部屋のなかが見えたら、なんの問題もないか確かめようとしたと言えばいい。でも、部屋のなかが見えないか、ギャヴィンのようすがおかしかったら、オーレイとおれはたったいま教会に向かったから、もう何分かしたら向かえばいいとエヴィーナに知らせようと思ったと言うんだ」

「どうして？」ジョーディーは戸惑った顔で訊いた。

「そうすればギャヴィンはおまえの横に立つおれを見て、おれたちが何かあったんじゃないかと疑ってると気づくはずだからだ」コンランは辛抱強く説明した。「何が起こってるのかわかるような手がかりをくれるかもしれない」

ジョーディーが「わかったよ」と言って納得した顔でうなずくと、コンランは彼をせき立ててエヴィーナの部屋の扉のまえに行かせ、その横に立った。そしてオーレイが扉の反対側の室内からは見えないところに立っていることを確認してから、ジョーディーに向かってうなずきかけて、扉を叩くよう合図した。

弟は深呼吸してから扉を叩いた。

四人はそのまま返事を待った。待ちながら、通常よりまちがいなく時間がかかっているとコンランは思った。ジョーディーがもう一度叩こうと手を上げかけたとき、扉が細く開いて、ギャヴィンが顔を出した。ギャヴィンは四人に視線を走らせてから、ジョーディーに戻した。

「えっと……その……」ジョーディーはコンランに目を向けて、初めからやり直した。「コンランとオーレイが教会に向かったことを知らせようと思って。エヴィーナはきれいに着飾った姿をまだコンランに見せたくないだろうから、教会に行くのは少し待ってからにしたほうがいい」

ギャヴィンの目が鋭くなった。その目をコンランに向けて、ほっとしたような表情になる。コンランたちが何かおかしいと思っていることに気がついたのだ。部屋のなかにギャヴィンとエヴィーナのほかに誰かいる。コンランはそう確信し、ジョーディーにささやいて自分の代わりにさせる、さらなる情報を得るための質問を考えていると、いとこと同じく賢いギャヴィンが言った。「よかった。コンランはエヴィーナと結婚したくなくて、隠し通路を使って逃げるんじゃないかと心配してたんです」ギャヴィンが伝えようとしていることがコンランにははっきりわかった。隠し通路から入ればいい。ジョーディーに返事を任せて、すぐに向きを変え、そっと廊下を歩いて領主の部屋に戻った。

「通路の出入り口には領主殿が鍵をかけた」

背後からそうささやかれて跳びあがりそうになった。肩越しに振り返ると、あとを追ってきていたオーレイが首を振った。「エヴィーナの部屋にいる何者かが鍵を開けたらしい。少なくともエヴィーナの部屋の出入り口と、そいつが通路に入るのに使った出入り口の鍵は開けたんだ」

「おまえはマクレーン城の隠し通路の出入り口の鍵の開け方を知ってるのか?」オーレイはコンランといっしょに領主の部屋に入りながら尋ねた。

「ああ」コンランは答えると、剣を抜いて、暖炉に足を運んだ。そして領主が出入り口に鍵をかけたときにまわした石をつかんですばやくまわしてから、出入り口を開けるたいまつ受けをまわした。出入り口が開くのを固唾をのんで見守ると、通路に身を乗り出して、あたりを警戒しながら真っ暗な空間をのぞき込んだ。誰もいないように見えたが、隣のエヴィーナの部屋の出入り口から光が四角く注ぎ込んでいた。彼女の部屋の出入り口は開いているのだ。コンランは剣をかまえて暗い通路に入り、四角い光のほうに静かに歩きはじめた。

「いや、コンランはきみのいとこと結婚したがってるし、おれたちもみんなそうなればいいと思ってる」扉の向こうでジョーディーがそう言うのがエヴィーナには聞こえた。「彼女が家族の一員になるのを喜んでいるんだ」

一瞬、沈黙がおりたあと、ギャヴィンが言った。「じゃあ、何分か待ったほうがいいってエヴィーナに伝えます」

「ああ、そうしてくれ」ジョーディーは言った。そしてギャヴィンが扉を閉めようとすると、つけ加えた。「おれたちもここで待ってるから」

ギャヴィンは扉を閉めて、固い表情でエヴィーナと彼女を捕まえている男のほうを向いた。エヴィーナは、コンランが通路を使って逃げるのではないかと心配していたという言葉で、ギャヴィンが廊下に立つ男たちに異変を知らせようとしたのだろうと思ったが、ちゃんと伝わったのかどうかわからなかった。しかも、いとこは彼女のほうを見ないようにしているようだ。それが何を意味しているのか、エヴィーナにはわからなかった。さらに、彼女を捕まえている男が、少しも動かず、何も言わずにいることも気に入らなかった。ギャヴィンがあの言葉で異変を知らせようとしたのではないかと疑っているのかもしれない。そう思ったエヴィーナは男の気をそらそうとして言った。「通路の出入り口には鍵がかかっていたはずよ。どうやって入ったの？」

「おれが鍵を開けたに決まってるだろう」男は冷ややかに言ったが、その口調から、気をそらすことには成功したようだとエヴィーナは思った。

「そもそもどうして通路のことを知ってたの？」エヴィーナは尋ねた。男に話させておいたほうがいい。そうすれば考えられないから。おそらくは。ギャヴィンが伝えようとしたことがうまく伝わっていて、いまこの瞬間、誰かがどこかの部屋から通路に入って彼女たちを助けにこようとしているのなら、それまで時間を稼がなければならなかった。問題は、ジョーディーとアリックが通路の出入り口の開け方はもちろん、場所さえも知らないことだ。ふたりは父親を呼んでこなければならない。時間が必要だった。

「妻から聞いたんだ」男は言った。エヴィーナは驚いて男の顔を見ようとしたが、短剣の刃がいっそう強くのどに押しあてられたので、動きを止めた。

「妻だって？」すかさずギャヴィンが尋ねて、ふたたび男の注意を引いた。「誰のことだ？　うちの召使いなのか？」

エヴィーナがほっとしたことに、のどに短剣が押しつけられている強さが少し弱まった。すると男が苦々しげに言った。「いや。おまえにはおれが領民に見えるのか？　おれの妻はグレナ・マクラウドだ。グレナ・マクレーン・マクラウドだよ」

エヴィーナは男の言葉に目をしばたたくと、ギャヴィンと目を合わせ、自分も彼と同じように戸惑った顔をしているにちがいないと思った。グレナがマクラウドの領主と結婚するまえに盗賊と結婚していたとふたりが信じると思っているのなら、男は明らかにどうかしている。ギャヴィンも同じように思っているらしく、剣を振りあげて、ふたりのほうに一歩踏み出した。

「やめろ」男は低く怒気を帯びた声で言うと、エヴィーナを捕まえたまま通路の出入り口のほうに一歩下がった。「動かずに静かにしてるんだ、ぼうず(サン)。なんの問題もない。おまえはかかわるな。おまえをどうこうしようとしてるわけじゃない」

「ああ、そうだろうな」ギャヴィンはさらに一歩踏み出して低い声で言った。「でも、おれのいとこを危険な目にあわせるってことは、おれも相手にしてるってことだ。いますぐ彼女を放さなければ、廊下にいる男たちを呼ぶ。相手にしなきゃならないのが、おれだけじゃすまなくなるぞ」

「そんなことしたら、その場でこいつののどを掻(か)っ切るぞ、サン」男が脅迫した。

「〝サン〟なんて呼ぶな」ギャヴィンが嚙みつくように言った。「おまえの息子(サン)でもなんでもないんだから」

「いや、それは違う」男は怒った声で言うと、首を振って、腹立たしげに続けた。

「どうしておれのじゃまをするのかわからないな。おまえのためにしてることなのに」

「おれのためだって？」ギャヴィンは信じられないというように、あえぎながら訊き返した。

「ああ」エヴィーナを捕まえている男はため息交じりに言い、臭い息を彼女の顔の片側にかけて続けた。「おれはおまえの父親だ、おれはギャリック・マクラウド。おまえの父親なんだ」

エヴィーナは身をこわばらせると、さっと首をめぐらせて、すばやく男の顔を見た。そのとたんに短剣をのどに強く押しあてられたので、またまえを向いたが、それだけで充分だった。ティルディが男に見覚えがあるように思った理由がふいにわかった。男はギャヴィンに年をとらせ、粗野にして、ギャヴィンの顔にははっきり表われている知性をいくらか薄めたような顔をしている。そのことだけでエヴィーナは、男が彼の言葉どおりの人間であり、ギャリック・マクラウドが、その弟の言葉に反して死んでいなかったことを確信した。

けれどもギャヴィンはまったく信じていないらしく、ふんと鼻を鳴らして冷ややかに言った。「おれの父親は死んだんだ。愚かにも酔って馬に乗って、馬から落ちて首の骨を折ったんだよ」唇をきつく引き結んで続ける。「それに、おまえのしてることは、おれのためになんてなってない。おれはいとこが死ぬのを見たいなんて思ってないんだから。しかも、おまえは草地でおれを殺そうとしたじゃないか。あれもおれのためだったっていうのか？」

「おまえだってわからなかったんだ」ギャリック・マクラウドは弁解するように言っ

た。「でも、この女がおまえをギャヴィンと呼んだんで、おれの息子だとわかった。そしたらすぐに戦うのをやめて逃げたじゃないか」そう指摘して、続ける。「信じてくれ。おまえを殺したかったら、そうしてた。おまえの剣の腕は悪くないが、おれはいまでもこの世でいちばんの剣の使い手なんだから」

ギャリック・マクラウドが自慢げに言うのを聞いて、エヴィーナはあきれて目を上に動かした。彼は自慢ばかりしている嘘つきで、欲しいものを欲しいときに手に入れていたと父親から聞かされたことがあった。自分の父親を説得してグレナと結婚しないですむようにしようとしたが、耳を貸してもらえなかったとも聞いた。ギャリック・マクラウドが妻を殴って死なせたという事実によって、彼は父親の言うとおりの人間だったとエヴィーナが納得していなかったとしても、今回のことで納得した。マクラウドの領主は死んでいなかった。そして、すっかり落ちぶれてしまったかもしれないが、なおも自らを過大評価し、どんなことでも思いどおりにできると思っていた。

「わかるだろう?」ギャリックは言った。「おれはおまえの父親だ」

「嘘だ」ギャヴィンは果敢に言って、エヴィーナを見た。「そうだろう?」

エヴィーナは即座に同意することを期待されているのがわかっていたものの、少しためらってから言った。「この人は本当のことを言ってるんだと思うわ、ギャヴィン。

おそらくあなたの父親なのよ」誰かほかの人間が隠し通路の存在ばかりか、その出入り口の鍵の開け方まで知っていると考えるより、そう考えたほうが、はるかに道理にかなっている。まだ若かった叔母が結婚したばかりで夫がどんな人間なのか知らなかったころに、愚かにもそれらのことを話したのだろうと想像できた。

ギャヴィンは彼女の言葉を聞いて目をしばたたくと、眉をひそめて、責めるような口調で言った。「それなら、きみもファーガス伯父さんも、どうして父親は死んだなんて言ったんだ？」

「そう思ってたからよ」エヴィーナはすかさず答えた。「お父さまがあなたの父親は亡くなったと聞かされたとき、わたしもその場にいたわ。あなたの叔父さまのティアラッハがそう言ったのよ。ギャリック・マクラウドの弟の。信じない理由はなかった」

「ティアラッハ」ギャリックは嫌悪感もあらわに吐き捨てるように口にした。「あいつはおれから何もかも盗んだんだ」

「何もかもじゃないわ」エヴィーナは静かに反論した。頭のなかではギャリックが殴って死なせた妻のことを考えていた。叔母のグレナのことを。

「何もかもだ」ギャリックは言い張った。「おれはあいつに足もとをすくわれてマクラウドを盗まれた。おまえがこの女に同じことをされるのを黙って見てるわけにはいかない」怒りに満ちた声で言うと、エヴィーナののどにいっそう強く短剣を押しあてた。

「やめろ！」ギャヴィンは恐怖に満ちた顔でさらに一歩、彼女たちのほうに近づいた。「エヴィーナを傷つけたら殺してやる」

「ばか言うんじゃない、息子よ。おれはおまえがいちばんいい目を見られるようにしてやろうとしてるんだぞ。どうやらこの女を大事に思ってるようだが、いまこそ将来のことを考えないと。マクレーンは年寄りだ。じきに死ぬだろう。ブキャナンがやってきて治療するまえは、実際に死ぬ寸前までいってたんだ」ギャリックはいらだたしげに言って、続けた。「いま現在、あの老いぼれがくたばったあと、おまえがマクレーンを受け継ぐのをじゃましてるのはこの女だけだ。でも、この女がブキャナンと結婚して子どもができたら……」首を振って言う。「おまえはけっして領主になれなくなる」

「かまうもんか」ギャヴィンは言った。「エヴィーナを傷つけたら承知しない」

「おれの言うとおりにすれば、おまえはマクレーンだけでなくマクラウドも手に入れられる」ギャリックはいらだたしげに言った。「おまえが生まれながらにして持ってる当然の権利だ」

「なんだって？」ギャヴィンは信じられないという顔で訊き返した。「マクラウドは叔父さんにゆずったんだろう？　おれのものにはならない」

「いや、ゆずってなんかない」ギャリックは言った。「ティアラッハはそうさせようとしたがな。ドナンがおまえとおまえの母親を連れて去ったあと、ティアラッハはおれのところに来て、もしグレナが死んだら、おれは絞首刑になるが、それを免れるようにしてやれると言ってきた。ついにやつも弟としておれに力を貸してくれる気になったんだと思ったが、うまいこと言って、おれからマクラウドを取りあげるつもりだったんだ。おれが死んだことにして首に縄をかけられるのを防ぐから、新しい遺言書をつくってやつを後継者にしろと言われた」

「そして、あんたはそうしたんだ」ギャヴィンが嫌悪感もあらわに指摘した。

「そうするしかなかった」ギャリックは噛みつくように言った。「いろんなことが起こって、おれは追いつめられた。まずドナンがおれを裏切って、おれの息子と妻をこっそり連れ出した。次いでおまえの母親が自ら命を断った。すると弟が――」

「母さんは自殺したんじゃない」ギャヴィンがきつい口調で言い返した。「あんたが殴って死なせたんじゃないか」

「あのままマクラウドにいたら死んでなかったはずだ」ギャリックはエヴィーナの顔に唾を飛ばしながら激しい口調で言った。「うちに古くからいた侍女のサリーが看病して回復させただろうから。あのときよりもっとひどく殴ったときにも、ちゃんと回復させてた。ひどいけがをしてるのにドナンとマクレーンに逃げたから死んだんだ」

エヴィーナは心底嫌気がさして小さく首を振った。それと同時にギャヴィンが大きく首を振った。

「とにかく」ギャリックはため息交じりに言った。「おれはおまえがマクラウドを受け継げなくなるようにする文書には署名(しょめい)していない。おまえが大きくなって、おれの弟から身を守れるようになったときに、マクラウドに戻って自分のものにできるようにしてある」

「あんたは署名したんだよ」ギャヴィンは重い口振りで言った。「叔父さんを後継者に指名する遺言書があるじゃないか」

「ああ」ギャリックは認めたものの、にやりとして続けた。「でも、おれの名前では署名してない。おまえの名前でしたんだ」

「えっ？」エヴィーナがあえぐように言うのと同時にギャヴィンも言った。

「ギャリック・マクラウドではなくギャヴィン・マクラウドと署名したんだ」ギャ

リックは辛抱強く言った。「そしてティアラッハは気づきもしなかった。おれの息子のものをすべてやつのものにさせることにまんまと成功したことを祝う酒を注ぐのに忙しかったからな。おれがおまえの名前でした署名をざっと見て、おそらく大文字で書いてある名前の最初の文字と姓だけ目に留めて丸めると、大事な文書をしまってる箱にしまった。いまごろはまちがいなく、あのあとやつが入れたほかの大事な文書の下に埋もれてるだろう」

「たぶん、もう捨ててるよ」ギャヴィンが顔をしかめて言った。

「いや。あいつは何ひとつ捨てない。何ひとつだ」ギャリックは強調した。「手にしたものはすべて取っておくんだ」いったん言葉を切ってから、満足そうに言った。「だから、ここでおまえのいとことマクレーンの老いぼれを殺しさえすれば、城がふたつ、おまえのものになる。とんでもなく裕福な領主になれるんだよ。おれのおかげで」

「あんたの言ってることが本当だとしても、マクラウドに帰って自分の権利を主張するだけでいい。どうしてエヴィーナとファーガス伯父さんを殺さなきゃならないんだ?」ギャヴィンは顔をしかめたまま言った。「マクラウドを自分のものにできるなら、なんだってマクレーンを自分のものにしなきゃならないんだ?」

「おまえの叔父のティアラッハが役立たずの愚か者で、マクラウドの土地以外の財産を賭け事で全部すってしまったからだよ」ギャリックは怒った声で言った。「マクラウドをおれが治めてたころの状態に戻すにはマクレーンの財産が必要だ。おれが力を貸してやる。ここでこの女を殺して、次にこいつの父親を殺せばいい」短剣をさらに強く押しあてて言いつのる。

「そして、もちろんあなたはなんの見返りも求めないのよね」エヴィーナはあざけるように言った。

「黙れ」ギャリックは怒った声で言って、短剣をいっそう強く押しあてた。

短剣が強く押しあてられるたびにのどが切れているのはわかっていた。傷から血がしたたり落ちるのを感じていたからだ。とはいえ、それほど深くは切れていないだろうと思った。いや、そうであってほしいと願った。けれどもエヴィーナはギャヴィンが心配そうに彼女ののどを見ていることに気づいて、そうではないのかもしれないと思いはじめた。もしかしたら深く切られているのかもしれない。彼女が思っているより多くの血が流れていて、それほど痛くないのは置かれている状況のせいなのかもしれない。こうして立ったまま、死にかけているのかもしれなかった。

そう考えると不安になった。エヴィーナは死にたくなかった。特にいまは。物事がいい方向に向かいはじめたいま死ぬなんてとんでもない。もうすぐコンランと結婚するのに。彼女が……たぶん……愛している男性と。わたしったらなんて臆病なのかしら。エヴィーナはそう思って、はっきり認めた。ええ、わたしは彼を愛しているわ。そして、まさかそういうめぐり合わせになっているわけじゃないわよね、と思った。好きになれて尊敬できて心から愛せる男性を見つけながらも、そのことを楽しみ、その男性と人生をともにして子どもをもうけるまえに死ぬというめぐり合わせに。

まあ、少しは楽しんだけれど、とエヴィーナは思った。少なくとも彼が口や手で与えてくれる悦びを味わい、そう、ついには彼のもので与えてくれる悦びも味わった。草地で初めて体験したときには、彼のものがもたらすものがまったく好きではなかったが、そのあとでとてつもなくすばらしいものだとわかった。しかも、今日の午後、コンランが戻ってくるまえに階下のテーブルでほかの女性たちと話していてわかったのだが、彼のものはかなり大きいようだ。そういえば、彼女たちとのおしゃべりは本当に楽しかった。

ああ、わたしはまちがいなく死にかけているんだわ、とエヴィーナは思った。彼女を殺そうとしている悪者に背後から捕まえられ、のどに短剣を押しあてられているのに、コンランのものを褒めちぎっているのだから。

「何か見返りを求めてるのか？」ふいにギャヴィンが早口で尋ねて、さらに一歩近づいてきた。その不安そうな表情から、父親が彼女ののどを切り裂くのを防ごうとしているのだろうとエヴィーナは思った。

「いや、もちろんそうじゃない。すべておまえのためだ」ギャリックはすかさず答えたものの、丸め込もうとするかのように続けた。「もちろん、おまえは城をふたつ手に入れるんだから、そのうちのひとつに、おれのための小さな部屋を見つけることぐらいできるよな？　腹を温めてくれるウイスキーと、ベッドを温めてくれる若い侍女とともに、おれが死ぬまでぬくぬくと快適に暮らせる部屋を。長いあいだ寒さに凍えながら寝て、行くあてもなかったあとだから、さぞかしすばらしいだろうな。おまえにかなりのものを与えてやるんだから、それぐらいしてもらってもいいはずだ」

ギャリックが話しているあいだ、エヴィーナはギャヴィンを見つめていたが、彼は二度、彼女の斜めうしろにゆっくり視線を走らせた。三度目に彼がそうすると同時にギャリックが話し終えて、彼の返事を待った。そのときようやくエヴィーナはギャヴィンが彼女に何かを伝えようとしていることに気づいた。いとこが見ているものは彼女には見えなかったが、幸い両手は自由に動かせた。左手をそっと下におろしてあたりを探ると、指が冷たい金属をかすめたので、驚いて目をしばたたいた。ギャリックはギャヴィンが一歩近づいてくるたびに、エヴィーナを背後から捕まえたまま斜めうしろに下がっていた。どうやらいま立っているところは、暖炉のすぐそばのようだ。たったいま手がふれたのは暖炉の横に掛けてある火掻き棒にまちがいない。

エヴィーナは慎重な手つきで火掻き棒を掛け金からはずしてしっかり握り、どうすればもっとも効果的に使えるか考えた。ギャリックの脚に突き刺す？　頭の上に振りあげてギャリックの頭にあたることを祈る？　肘を曲げてギャリックのおなかに突き刺す？　どうするのがいちばんのどを切り裂かれる危険が少ないかわからず、どれもかなり危険なように思えた。一方、何もしなければまちがいなくのどを切り裂かれる。ギャヴィンにそれを防ぐ方法はないし、遅かれ早かれギャリックはそうするだろうから。

「どうなんだ？」ギャリックは嚙みつくように言うと、エヴィーナののどから短剣を離し、怒りもあらわにギャヴィンに突きつけた。「おれの話を聞かないなんてばかもいいところだぞ。なんとか言え！」そう怒鳴ってエヴィーナののどに短剣を戻そうとしたが、彼女がすばやく火掻き棒を握り直して肘を曲げ、彼のおなかに突き刺したので、苦痛の叫び声をあげた。

ギャリックはすぐに彼女を放しておなかを押さえ、エヴィーナはいとこのもとに走った。ギャヴィンがすばやく彼女のまえに出て、父親と向き合った。エヴィーナは衣装箱に走って剣をつかむと、急いでギャヴィンのもとに戻った。ギャリックの指のあいだから血がしたたり落ちていた。思っていたより強い力で突き刺したらしく、かなりの打撃を与えられたようだ。何よりだった。

「いや」ギャヴィンがそう言ったので、エヴィーナとギャリックはそろって驚きの目を彼に向けた。するとギャヴィンが続けた。「あんたには何もやらない。あんたは母さんを殺した。伯父さんも、ずっとおれの母親であり姉であった女性も殺させない。それにあんたをおれが住んでる城に住まわせるなんてとんでもない。地下牢に入れるなら話は別だけど」

そう聞いてギャリックはあんぐりと口を開けたが、すぐにまた閉じると、顔をしかめながら背筋を伸ばして、腰に差していた剣を振りあげた。「どうしてそんなに恩知らずでわからず屋のろくでなしなんだ。ここまでしてやってるおれを、そんなふうに扱っていいと思ってるのか？　目上の人間には従ったほうがいいと教えてや――」ふいに言葉が途切れた。コンランが背後の暗い通路からこっそり出てきて、剣でギャリックの背中を刺したのだ。

「おまえがギャヴィンに教えてやれることは何もない」コンランが冷ややかな声で言

うと同時にオーレイが背後の通路から現われた。「ギャヴィンが知る必要があることはすでにエヴィーナが教えてる」

「ええ、そのとおりです」ギャヴィンがほっとしたようすで微笑んで言った。

コンランはギャヴィンに微笑み返すと、眉を吊りあげて尋ねた。「この男をどうしたい？」

「どうしたいかって？」ギャヴィンは自信のなさそうな顔になって訊き返した。

「ああ。結婚式を挙げるために、とりあえずは地下牢に入れておかなければならない」コンランは言った。「でも、式のあとどうするかはきみ次第だ。殺人の罪で縛り首にするために国王のもとに送ってもいいし、死ぬまで地下牢に入れてもいい」

「どちらもごめんだ」すかさずギャヴィンが言った。「どうか逃がしてくれ、息子よ。おれはおまえの父親なんだから。それにマクラウドを取り戻すにはおれが必要だ。ティアラッハに遺言書に無理やり署名させられたと、おれなら証言できる」

「マクラウドに行って遺言書を見せてくれるよう頼み、ティアラッハが思っているのとは違って、ギャリックではなくギャヴィン・マクラウドと署名されていると指摘することもできる」コンランは言った。するとオーレイがふたりの横を通って部屋の入口に足を運び、扉を開けてジョーディーとアリックを室内に入らせた。「そうすれば遺言書は偽物ということになるか、おまえが書いてまだ小さかったギャヴィンの代わりに署名したということになるだろう。どちらにしても、ギャヴィンはおまえの力を必要とせずにマクラウドを取り戻せる」

「そうですね」ギャヴィンは言うと、エヴィーナを見て微笑んだ。「おれがマクラウドに慣れるまで力を貸してくれるよね？」

「もちろんよ」エヴィーナは微笑み返して言って、ギャヴィンの腕を握った。

「さて？」コンランが穏やかに言うと、顔をしかめて続けた。「神父さまが待ってるぞ、ギャヴィン」

「ああ、ええ、すみません」ギャヴィンは言い、眉をひそめてギャリックを見て、首を振った。「さっきは地下牢がどうとか言ったけど、本当はこの男にここにいてもらいたくありません。この男のことなんて二度と考えたくないんです。この男をどうするかは国王にお任せするべきだと思います」

「それでいいと思う」ギャリックががっくりと肩を落とすと、コンランが言った。

「とりあえずは地下牢に入れておこう。あとでドナンに言って、この男を国王のもとに連れていく手筈を整えさせる」

「おれたちがこいつを地下牢に連れていくよ」ジョーディーが申し出て扉のそばを離

れ、コンランの隣に来た。「それから教会に行く」

「ありがとう」コンランは言うと、ギャリックの短剣と剣を取りあげて、うしろに下がった。すかさずジョーディーとアリックが進み出た。「ほかに武器を持ってないか確認してくれ」

ジョーディーがうなずいてギャリックの体を探りはじめると、コンランは彼らのわきを通って、取りあげた武器をテーブルに置き、テーブルの横に立つエヴィーナのほうを向いた。彼が彼女に手を伸ばそうとしたちょうどそのとき、うめき声がしたので、エヴィーナは首をめぐらせた。するとジョーディーが腕をつかんでうしろに倒れるのが見え、ギャリックが彼女のほうに向かってきた。

エヴィーナとコンランが動く間もなくギャヴィンがふたりのまえに来て、広刃の剣を父親ののどと胸のあいだに突きつけた。彼は剣を振りあげもおろしもしなかった。そうする時間はなかったのだ。剣の先をわずかにおろして突き出し、心臓を刺した。

ギャリックは驚いた顔をした。やがてその目から光が消えた。ギャヴィンは剣を抜いてうしろに下がり、みなといっしょに父親が床に倒れるのを見守った。

エヴィーナはゆっくり息を吐き出して、ギャヴィンのほうに向かおうとしたが、そうできなかったので驚いて動きを止め、下に目を向けた。驚いたことに、体に腕がまわされていた。気づかないうちにコンランに抱きとめられていたのだ。けれどもすぐにコンランは彼女を放して弟のそばに行った。

「だいじょうぶか、ジョーディー?」コンランはジョーディーに手を貸して立たせながら心配そうに尋ねた。

「ああ。ふいを突かれたが、ほんのかすり傷だよ」ジョーディーは言って立ちあがり、腕をつかんでいた手を離した。前腕に切り傷があるのが見えた。

エヴィーナは血がかなり出ているが、二、三針縫えばすぐによくなるだろうと思いながら、アリックとオーレイがジョーディーを部屋から連れ出すのを見守った。するとコンランに顎をつかまれて持ちあげられたので、驚いて彼に目を向けた。

「ひどい傷がいくつもできてるじゃないか」コンランはエヴィーナののどを調べながら心配そうに言った。

「だいじょうぶよ。なんでもないわ」エヴィーナは言って顎を引こうとしたが、コンランはそうさせてくれずに、彼女を水差しと広口の水差しが置かれている窓際のテーブルまで連れていった。そしてティルディが置いていった清潔な麻布をつかむと、水差しのなかの水に浸し、それで彼女の首をそっと拭いた。

「まだ血が出てる」コンランは眉間にしわを寄せて言った。「縫ったほうがいいかもしれない」

「縫う必要なんかないわ」エヴィーナはすかさず言うと、コンランの手から麻布を取って傷があるあたりに強く押しつけた。「こうしておけば止まるわ。だいじょうぶよ」そう安心させるように言ってから、いとこのほうを向いた。ギャヴィンは先ほどいた場所を動いていなかった。身じろぎもせずに父親の死体を見つめている。エヴィーナは顔をしかめてコンランに血のついた麻布を渡すと、いとこのかたわらに足を運んだ。ギャヴィンは彼女が横に来たことに気づいていないようだったので、そっと腕をつかんで、その目をギャリック・マクラウドの死体から離させた。

「だいじょうぶ?」エヴィーナは尋ねた。たったいま自分の父親を殺したことを彼がどう受けて止めているのか気がかりだった。彼女の身を守るためだったし、恐ろしい男だったが、それでもギャヴィンの父親なのだ。

「ああ」ギャヴィンはつぶやいて、エヴィーナの手を軽く叩くと、ギャリックに目を戻した。「だいじょうぶだよ。心配ない」

エヴィーナは疑わしげに彼を見た。「とてもそうは思えないわ、ギャヴィン。この人は――」

「だいじょうぶだから」ギャヴィンはようやくエヴィーナの目を見て言った。「本当のところ、この人がおれに殺されるようにしてくれたことを喜んでいるんだ。この人はおれの母親を殺して、きみのことも殺そうとした。こうなったのは当然の報いだ。おれはきみたちふたりの復讐ができたんだ」まじめな顔で言ってから、ゆがんだ笑みを浮かべる。「おれは本当にだいじょうぶだよ」

エヴィーナは少しほっとしたものの、ふんと鼻を鳴らして、嘆かわしげに首を振った。「どうやらコンランのそばに長くいすぎたようね。彼も背中から血をだらだら流しながらだいじょうぶだって言ってたわ」

「おれがどうしたって？」コンランが納得がいかないような口振りで言いながら、ふたりのもとに来た。ギャヴィンはかすかに笑みを浮かべて、死体を動かさないととかなんとかつぶやいた。「きみもまったく同じことをしてるじゃないか。たったいま、その首の傷について同じことをした」コンランは指摘した。「それに彼が幼いころからそばにいて、そうしたことを教えたのはきみだぞ」

「あら、そうね」エヴィーナは認めると、笑顔になって肩をすくめた。「じゃあ、なんの問題もないと思うわ」

コンランはくすりと笑って、すばやくエヴィーナにキスしてから、彼女の顎を持ちあげて、ふたたび首を調べた。「血が止まってる」

「止まるって言ったでしょ」エヴィーナはすかさず応じたが、ひそかにほっとしていた。本当に止まるかどうかわからなかったのだ。傷を縫われるのが嫌だっただけで。

「ああ、そうだったな」コンランは認めると、眉を吊りあげて尋ねた。「さて、おれといっしょに教会に行ってくれないか。また何か起きて式を遅らせなきゃならなくなるまえに結婚できるように」

「ええ」エヴィーナは笑みを浮かべて言った。けれどもコンランが彼女を扉のほうに連れていこうとすると、その場を動かずに言った。「でもそのまえに……」

コンランは動きを止めて、彼女に問いかけるような目を向けた。「そのまえに？」

エヴィーナは視線をめぐらせ、ギャヴィンが死体を部屋から運び出すまで待つと、コンランの両手を取って、少しのあいだ真剣な顔でその手を見つめてから、彼の顔に目を向けて言った。「笑わないでね。わたしはあなたを愛してるんだと思う」

コンランは目をしばたたいた。「そうなのか？」

「ええ」エヴィーナはうなずいた。「あなたとは結婚したくないとさんざん騒いだあとでこんなことを言うのはばかげてるとわかってる。でも、お父さまが迎えにくるのを待つあいだ、そのことについて考えたの。ギャリックに殺されるのを待つあいだも。そして、あなたを愛してるにちがいないってわかった。それか、頭がどうかしちゃったか。だって、わたしはお父さまのこともギャヴィンのことも、そしてティルディのことさえ愛してるのに、いちばん別れたくなかったのはあなただったんだもの。あなたと別れたら、失ったものを思って寂しくなるってわかったの」

「何を思って寂しくなると思ったんだ？」コンランはかすれた声で尋ねた。その唇には穏やかな笑みが浮かんでいた。

エヴィーナはなすすべもなく肩をすくめた。「あなたとともにできたかもしれない人生や、持てたかもしれない子どもや、おしゃべりや、笑い合うことや、苦しみをわけ合ってくれるあなたや、あなたの笑顔や、笑い声や、あなたのものや、あなたの――」

「おれのものだって？」コンランは驚いた顔で声をつまらせながら訊き返した。

エヴィーナは口を挟まれたことにいらだち、顔をしかめながらも答えた。「ええ。大好きだわ」

「ああ――いや――そんなに……いいのか？」コンランはどうにか最後まで口にした。

「ええ、びっくりするぐらいいいわ」エヴィーナは認めた。「あなたも知ってるとおり、最初はそう思わなかった」コンランが力なくうなずくのを見て、安心させるように言う。「でも、サイにも言ったとおり、そのあと大好きになったの」

「サイにも言ったとおりだって？」コンランは呆然とした顔で訊き返した。

「ええ、そうよ。最初のときはひどく痛かったって話したら、そのあとあなたとふたりでそのつらい経験を克服したって言って安心させてあげなきゃならなくなったの」エヴィーナは説明した。

「ああ、なるほど」コンランは言うと、咳払いして続けた。「そう言ってくれてうれしいよ、もちろん。でも、できればほかの女性にそういうことを言わないでくれるかな」

エヴィーナは眉を吊りあげた。「じゃあ、あなたがとても大きいものを持っていて、それでわたしをものすごく悦ばせてくれるって、誰にも言ってほしくないのね？」

コンランは口を開けたが、すぐにまた閉めて、少しのあいだ考え込むような顔をしたあと、頬をゆるめて言った。「まあ……それは別に言っても——いや」ふいに言葉を切り、きっぱりと首を振る。「おれの……男としての能力について、その手の噂が広まるのは大歓迎だけど……でも、やっぱり、けっしてそんなことをほかの女性に言うんじゃない」

エヴィーナはうなずいたものの言った。「手遅れだわ」

「なんだって？」コンランはひどく驚いた顔で訊き返した。

エヴィーナはコンランをにらみつけた。「あなたたち男性がいないとき、わたしたち女がなんの話をしてると思ってるの？　お天気の話？」

コンランの顔が恐怖で青ざめた。「まさか、話してないよな？　あの……」

「話したわよ」コンランがはっきり言えずにいるのを見てエヴィーナは言った。

「そんな」コンランは少しのあいだ呆然と彼女を見つめていたが、彼が何か言うのをエヴィーナが待っていると気づいたらしく、咳払いして話しはじめた。「その……おれも大好きだよ……きみの……体が」

「本当に？」エヴィーナは冷ややかに尋ねた。「わたしはあなたのものが好きだってはっきり言えるのに、あなたは言えないのね。わたしの――」

コンランはすばやくエヴィーナの口をふさぐと、ふたりしかいない部屋に誰かが来ると思っているかのようにあたりを見まわした。そしてほかに誰もいないことを確認して彼女のほうを向き、なかばささやくように言った。「妻よ、おれはハイランダーだ。ハイランダーはレディのまえで、そういうあからさまなことは言わない。小さいころにそう母親に教え込まれた。悪態は好きなだけついてもいいが、それだけはだめなんだ」

「ハイランダー」エヴィーナは小さく微笑んでつぶやいた。「ハイランダーさん」首を振りながら尋ねる。「不思議だと思わない?」

「何が?」コンランはいぶかしげに訊いた。

「あの日、わたしが人違いして別のハイランダーをさらってこなかったら、わたしたちが会うことはなかったかもしれないのよ」エヴィーナは指摘した。

コンランは話題が変わったことにほっとしたらしく表情をゆるめながらも尋ねた。

「後悔してるのか？」

「ローリーではなくあなたをさらったことを？」エヴィーナは訊いた。

「ああ。でも、きみはおれをさらったわけじゃない」コンランは彼女に思い出させた。

「少なくとも、おれたちの子どもにはそう言おう」

「本当に？　わたしたちの出会いについて、子どもたちに本当のことを言えないの？」エヴィーナは驚いて言った。

「ああ、そうだ。女の子だったら、特に言っちゃいけない」コンランは険しい顔で言って続けた。「さあ、答えてくれ。ローリーではなくおれをさらったことを後悔してるのか？」

「いいえ」エヴィーナは断言した。「わたしは別のハイランダーをさらったのかもしれないけど、あなたはわたしにとってふさわしい人だわ」

「ああ、エヴィーナ」コンランはため息交じりに言うと、彼女を抱き寄せた。「困ったことに、おれもきみを愛してる」

「どうして困ったことに、なの？」エヴィーナがいぶかしげに尋ねると同時にコンランは彼女の首筋にキスしはじめた。

「おれがどれだけきみを愛してるか、いまここでわからせたくなったからだ」コンランはそう言うと、両手を下におろしてエヴィーナのお尻をつかみ、彼女の体を持ちあげて、硬くなったものを脚のあいだに押しつけた。

「おい、待て、悦びをもたらすものを持つきみ。結婚式がすむまで、それは待ってもらわないと」いつしか部屋の入口にやってきていたオーレイが、声を荒らげていらだたしげに言った。「マクレーンの領民全部とおまえの兄弟とその妻たちとシンクレア一家が、もうかなりの時間、教会でおまえたちを待ってるんだから。ふたりとも急いでくれ」

コンランはため息をつきながらエヴィーナをそっと床におろした。「この続きはあとにしなければならなそうだ」

エヴィーナはうなずくと、コンランに腕を取られて扉に向かった。

「とてもきれいだって、もう言ったか？」コンランが彼女とともに廊下に出ながら尋ねた。

「それなら、いま言おう。見るたびに息がつけなくなるほどきれいだよ」コンランは言った。

「ありがとう」エヴィーナは応じると、コンランの顔をしげしげと見て尋ねた。「どうしてそんなににこにこしてるの？」

「オーレイはおれを〝悦びをもたらすものを持つきみ〟と呼んだ」コンランはにやりとして言った。

「だから？」エヴィーナはわけがわからず訊いた。

「オーレイはこれから何かにつけておれをそう呼ぶはずだ」コンランは説明した。

「怒ってるわけではなさそうね」エヴィーナは指摘した。

「怒ってるはずないだろ」コンランは笑い声をあげて言った。「サイがグリアを〝心配性の困ったちゃん〟と呼ぶのを聞いて以来、みんな何かにつけて彼をそう呼んでる。でも、おれは〝悦びをもたらすものを持つきみ〟だ。兄弟をからかうあだ名としては、かなりいいほうだよ。でもオーレイには言うなよ。そう呼んでくれなくなるかもしれないから」

「わかったわ」エヴィーナは愉快になって言った。

「ああ、エヴィーナ」コンランはため息交じりに言うと、両腕で彼女を抱えあげ、階段をおりはじめた。「きみがおれの頭に剣の柄を振り下ろすのを見た瞬間、きみはおれの運命の女性だとわかったんだ」

「まさか、そんなはずないわ」エヴィーナが言い返すと同時にコンランは階段をおり終え、彼女を抱きかかえたまま城の正面の扉に向かった。

「いや、そうなんだ」コンランは断言した。

エヴィーナはくすりと笑って首を振った。「あなたはおかしな人ね、コンラン・ブキャナン」

「ああ、でもおれはきみのおかしな人だ。もうじきブキャナンになるエヴィーナ」コンランは言った。

「ええ、そうよ」エヴィーナが静かな声で同意すると、コンランは彼女を抱きかかえたまま城を出て、ふたりを結婚させてくれる神父が待つ教会に向かった。

訳者あとがき

中世スコットランドを舞台にした、リンゼイ・サンズのヒストリカル・ロマンスをお届けします。本作は『約束のキスを花嫁に』で始まる〈新ハイランド〉シリーズの第七弾です。愛とユーモアにあふれた本シリーズをお気に召し、本作の邦訳紹介を心待ちにしてくださっていた方もいらっしゃるのではないでしょうか。

とはいえ、本シリーズを初めて手に取るという方もご心配には及びません。本作はあくまでも独立したお話なので、なんの前知識もなくても充分に楽しんでいただけるものと思います。

本作の主人公はブキャナン領の領主の弟であるコンランと、ブキャナン領よりはるか北に位置するマクレーン領の領主の一人娘エヴィーナです。本シリーズを愛してくださっている方はご存じのとおり、コンランにはすでに亡くなっている一人も含めて四人の兄と三人の弟、そして妹が一人います。

ある夏の日、優れた治療師（ヒーラー）として名高い弟のローリーを手伝って薬草を摘んでいたコンランは、弟と別れて滝で水浴びをしている最中に見知らぬ男につかみかかられます。襲われたと思って応戦しますが、今度は見知らぬ女に殴られて気を失い、気づくと裸のまま馬に乗せられて、どこかに連れていかれようとしていました。同じ馬に乗っている女の注意を引こうとした結果、また気を失うはめになり、次に気づいたときには見たこともない城の一室に。驚くコンランに、彼を殴って気を失わせ、ここまで連れてきた当の女性が、重い病に苦しんでいる父親を診てくれるよう頼みます。コンランは弟のローリーとまちがわれて連れてこられたのです。

この人違いをしてコンランを連れてきた女性こそが、マクレーン領の領主の一人娘エヴィーナです。死の淵に立つ父親を救うために優れたヒーラーだというローリー・ブキャナンに助けを請おうと、いとこと側近の者一人を連れて自ら馬を走らせ、ブキャナン領に出向いたのです。

弟が同じ目にあわされるかもしれないと思って人違いだと言いだせないでいるコンランに、もともとはいっしょに来てくれるようていねいに頼むつもりだったが仕方なくこうなったと弁解するエヴィーナ。コンランはそんな彼女に憤りを感じながらも、父親を思う気持ちにほだされて、とりあえず領主のようすを見ることに。すると容体はかなり悪く、一刻の猶予もないことがわかります。コンランはローリーの手伝いをして身につけた知識をもとに必死に治療にあたり、どうにか危険な状態を脱させることに成功します。ほっとひと息ついたときに、父親の身を案じながらも疲れて眠ってしまったエヴィーナを見つけて思わずキスしてしまい、目を覚ましたエヴィーナも熱く応じてくるのですが、そのあと彼女について思いも寄らなかった事実を知ることに……。

本作の舞台はブキャナン領ではありませんが、前作までにお目見えしていたブキャナン家の面々やその伴侶たちや友人夫婦がそろって登場します。各カップルの身に起こった出来事についてふれられている部分もあり、それぞれの作品を読んでおられない方は、彼らと初めて会ったエヴィーナと同様に、きっと興味を持たれることでしょう。できましたらぜひ興味を持たれたカップルが主人公の作品を手にお取りになって、詳しいいきさつをご確認ください。そうした楽しみもあるのがシリーズ物のいい点だと思います。また前作までを読んでくださっている方には、本作で登場人物たちのその後を知るというお楽しみが待っています。

日本では〈新ハイランド〉シリーズとしてご紹介している本シリーズは、本国アメリカでは、ずばり〈ハイランドの花嫁〉シリーズと銘打たれています。シリーズ一作目『約束のキスを花嫁に』ではジョーの叔母が、二作目『愛のささやきで眠らせて』ではジョーが、三作目『口づけは情事のあとで』ではサイが、四作目『恋は宵闇にまぎれて』ではミュアラインが、五作目『二人の秘密は夜にとけて』ではエディスが、六作目『忘れえぬ夜を抱いて』ではジェッタが、それぞれ花嫁になります。シリーズを追うごとに登場人物が増え、全員独身だったブキャナン家の面々も次々に愛する人と結ばれて、ますます大家族になっていきます。男女の愛にとどまらず、大きな家族愛や友人愛が描かれているのも本シリーズの魅力です。

少し気が早いかもしれませんが、シリーズ次回作はコンランのすぐ下の弟ジョーディーの物語です。著者リンゼイ・サンズによると、本シリーズのどの作品よりもホットな内容だとか。

そちらもおおいに気になるところではありますが、まずは弟とまちがえられたことで始まったコンランの恋物語を心ゆくまでお楽しみください。

二〇二一年三月

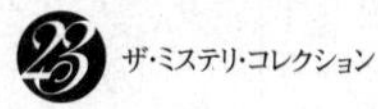

ハイランダー戦士の結婚条件

2021年 5月20日 初版発行

著者 リンゼイ・サンズ
訳者 喜須海理子

発行所 株式会社 二見書房
東京都千代田区神田三崎町2-18-11
電話 03(3515)2311［営業］
03(3515)2313［編集］
振替 00170-4-2639

印刷 株式会社 堀内印刷所
製本 株式会社 村上製本所

落丁・乱丁本はお取り替えいたします。
定価は、カバーに表示してあります。

ISBN978-4-576-21055-1
https://www.futami.co.jp/

＊の作品は電子書籍もあります。

約束のキスを花嫁に
リンゼイ・サンズ
上條ひろみ［訳］〔新ハイランドシリーズ〕

幼い頃に修道院に預けられたイングランド領主の娘アナベル。ある日、母に姉の代役でスコットランド領主と結婚しろと命じられ…。愛とユーモアたっぷりの新シリーズ開幕！

愛のささやきで眠らせて
リンゼイ・サンズ
上條ひろみ［訳］〔新ハイランドシリーズ〕

領主の長男キャムは盗賊に襲われた少年ジョーンを助けて共に旅をしていたが、ある日、水浴びする姿を見てジョーンが男装した乙女であることに気づいてしまい!?

口づけは情事のあとで
リンゼイ・サンズ
上條ひろみ［訳］〔新ハイランドシリーズ〕

夫を失ったばかりのいとこフェネラを見舞ったサイは、しばらくマクダネル城に滞在することに決めるが、湖で出会った領主グリアと情熱的に愛を交わしてしまい……!?

恋は宵闇にまぎれて
リンゼイ・サンズ
上條ひろみ［訳］〔新ハイランドシリーズ〕

ギャンブル狂の兄に身売りされそうになったミュアライン。ドゥーガルという男と偽装結婚して逃げようとするが、結婚が本物に変わるころ、新たな危険が…シリーズ第四弾

二人の秘密は夜にとけて
リンゼイ・サンズ
相野みちる［訳］〔新ハイランドシリーズ〕

妹サイに頼まれ、親友エディスの様子を見にいったブキャナン兄弟は、領主らの死は毒を盛られたと確信し犯人探しにとりかかる。その中でエディスとニルスが惹かれ合い…

忘れえぬ夜を抱いて
リンゼイ・サンズ
上條ひろみ［訳］〔新ハイランドシリーズ〕

ブキャナン兄弟の長男オーレイは、顔の傷のせいで婚約者に逃げられた過去を持っていた。ある日、海で女性を救出するが、記憶を失った彼女は彼を夫だと思い込み…

愛しているが言えなくて ＊
リンゼイ・サンズ
久賀美緒［訳］

美人だがふくよかな体つきのアヴェリン。許婚と結婚したものの、裸体を見られるのを避けるうちになかなか初夜を迎えることができず……。ホットなラブコメ！